Kirsten Weinhold
Racheseele

KIRSTEN WEINHOLD

RACHE
SEELE

Ein Charles-Pantel-Krimi

FSC
www.fsc.org
MIX
Papier aus ver-
antwortungsvollen
Quellen
Paper from
responsible sources
FSC® C105338

Die Autorin

Kirsten Weinhold, promovierte Wirtschaftswissenschaftlerin und Kommu-
nikationsberaterin, lebt mit ihrem Mann und Labrador ›Cosmo‹ in einem
malerischen Dorf in der Soester Börde.

Ihre besondere Liebe gilt dem Süden Englands, mit seinen pittoresken
Städtchen, imposanten Klippen, mystischen Orten und herzlichen Menschen.
Wenn sie nicht gerade schreibt, liest sie meterweise englische Krimis.

Originalausgabe
Dieser Titel ist ebenfalls als E-Book erschienen

Bibliografische Information der Deutschen Nationalbibliothek:
Die Deutsche Nationalbibliothek verzeichnet diese Publikation in der
Deutschen Nationalbibliografie; detaillierte bibliografische Daten sind im
Internet über http://dnb.dnb.de abrufbar.

© 2021 Kirsten Weinhold
Lektorat: Sophie Lichtenstein

Umschlaggestaltung, Satz, Herstellung und Verlag:
BoD – Books on Demand, Norderstedt
ISBN: 978-3-7534-3149-9

Inhalt

Prolog   9

Erster Mord
Morvah/Mên-an-Tol   11

Zweiter Mord
Trewellard/Levant Mine   59

Dritter Mord
Porthcurno/Minack Theatre   101

Vierter Mord
Gurnard's Head/Chapel Jane   155

Fünfter Mord
Lizard Point/Housel Bay   205

Sechster Mord
Mousehole/Penleen Quarry   269

Epilog   289

Für Rolf und Cosmo,
die liebenswertesten Männer der Welt.

Dienstränge der britischen Polizei (aufsteigend):

Constable PC / DC
Sergeant PS / DS (Kurzform: Sarge)
Inspector PI / DI
Police Chief Inspector PCI / DCI (Kurzform: Chief)
Superintendent PSI / DSI (Kurzform: Super)

Je nachdem, ob es sich um Schutzpolizei oder Kriminalpolizei handelt, wird nach Police (P) oder Detectiv (D) unterschieden. Eine verallgemeinernde Bezeichnung für Beamte der Schutzpolizei ist Officer.

Wenn Menschen dumpf sich nicht getrauen,
Wenn sie feig und heuchlerisch sich fügen
Und ihr Glück auf ihre Schlauheit bauen,
Redlich bedrücken und betrügen.
(Ringelnatz, aus Rachegelüste)

Prolog

23. Mai 2020
18:30 Penzance/Wohnung des Mörders

Der Mann saß an seinem Schreibtisch. Er versuchte, die Schutzfolie der Gummierung abzuziehen, und stieß einen lauten Fluch aus, da ihn die Latexhandschuhe, die er trug, bei seinem Vorhaben behinderten. Endlich hielt er den dünnen Streifen in den Fingern und konnte den selbstklebenden Briefumschlag schließen und in einen größeren Umschlag hineinschieben. Er streifte die Handschuhe, die eine unangenehme Feuchtigkeit auf seinen Händen hinterlassen hatten, mit einem Ruck ab und warf sie in einem gewöhnlichen Müllbeutel. Dorthin wanderte auch der weiße Einwegoverall, aus dem sich der Mann mühsam herausgeschält hatte. Zwei Straßen weiter, in einer Mülltonne des Wohnparks, würde er den Beutel morgen früh verstauen und so lange warten, bis dieser im dicken, rumorenden Bauch des Müllwagens verschwand. Danach würde er wie gewohnt zur Arbeit gehen.

Entspannt lehnte sich der Mann in seinem Stuhl zurück, griff nach einer sehr teuren Flasche schottischen Whiskys und goss sich zwei Fingerbreit Single Malt in einen kristallenen Tumbler. Langsam ließ er die bronzefarbene Flüssigkeit im Glas kreisen, bevor er einen winzigen Schluck davon nahm. Wohlige Wärme breitete sich in seinem Körper aus, und ein zufriedener Seufzer kam über seine Lippen, auf denen der rauchige Geschmack von verbranntem Torf lag. Er war stolz auf sein Konzept – durchdacht bis ins kleinste Detail, sodass für die kurz bevorstehende Durchführung seines Plans keinerlei Risiken bestanden. Er schloss die Augen und überließ sich, in Vorfreude auf seine Erfolge, die sich bald einstellen würden, seinen Gedanken, die in den Ohren eines Fremden fast wie ein Mantra geklungen hätten.

Morgen werde ich zum ersten Mal einen Menschen töten. Ich fühle mich gut, nach so vielen Jahre das erste Mal richtig gut, denn ich habe nun die Gewissheit, dass die Gerechtigkeit siegen wird.

Er öffnete die Augen und schaute auf die Liste, die vor ihm lag. Er las voller Abscheu die sechs Namen, die darauf standen. Dann nahm er einen Stift und schrieb hinter jeden ein Datum – den von ihm geplanten Todestag. Einer Eingebung folgend, fügte er sechs akkurat gezeichnete Kästchen hinzu, für die Haken, die er nach der jeweiligen Tat eintragen würde. Ein Lächeln zeigte sich auf seinem Gesicht, als er daran dachte, dass er das Schicksal dieser Menschen kannte, während diese noch unwissend und unbedarft die nächsten Tage erlebten, Pläne für die Zukunft schmiedeten, aßen, tranken, sich mit Freunden trafen, ihrer Arbeit nachgingen. Ihn erfasste eine nie gekannte Euphorie.

Sein Konzept war perfekt, die Vorbereitungen waren getroffen, und der Ausführung seiner Rache stand nun nichts mehr im Wege. Nur für eine Sache musste er noch sorgen: der Brief musste morgen früh Charles Pantel erreichten.

Es sind die harten Freunde, die uns schleifen.
(Ringelnatz, aus »Vom andern aus lerne die Welt begreifen«)

Erster Mord
Morvah/Mên-an-Tol

25.Mai 2020
07:00 Truro/Abteilung für Kapitalverbrechen

Chief Inspector Charles Pantel nippte an seiner zweiten Tasse Kaffee. Zufrieden lehnte er sich in seinem Bürostuhl zurück und genoss das schwarze, sehr süße Gebräu. Mit Schaudern dachte er an die grauenhafte Brühe in York zurück, seiner letzten Dienstelle. York, unwillkürlich erschien vor seinen Augen das Gesicht von Sophie, seiner Sophie, schön, lebensfroh, herzlich und manchmal ein wenig verrückt.
Wie kann ich hier sitzen und mich an einem Kaffee erfreuen!
Die Erinnerungen an den schrecklichsten Tag in seinem Leben überrollten ihn und zu hilflos, sich dagegen zu wehren, drängten die schrecklichen Bilder an die Oberfläche. Sophie, die sich lächelnd von ihm verabschiedete und trotz des beginnenden Schneetreibens ins Auto gestiegen war. Seine beiden Kollegen, die unglücklich vor seiner Tür standen und über Sophies Unfall und ihren Tod sprachen. Er selbst, hoffnungslos und gebrochen, mit einer fast leeren Flasche Whisky in der Hand. Verwandte und Freunde, tief betroffen an Sophies Grab, unsicher Beileidsbekundungen stammelnd.

Nein! Entschlossen stellte er seine Tasse auf den Schreibtisch und erhob sich. Die Tage, an denen er sich seiner Melancholie und Traurigkeit hingegeben hatte, mussten nun endgültig vorbei sein. Die Flucht vor den Erinnerungen hatten ihn hierher nach Truro geführt, und er würde, nein, er musste lernen, ein neues Leben ohne Sophie zu führen. Wie enttäuscht wäre Sophie wohl von ihm, wenn er sich aufgeben würde? Bevor er sich diese Frage allerdings selbst beantworten konnte, riss ihn ein fröhliches ›Guten Morgen, Chief!‹ aus seinen Gedanken. Ein Kopf mit feuerroten Locken erschien an der Tür.

»Guten Morgen, Sergeant.« Pantel zwang sich zu einem Lächeln. »Und, haben Sie den Bingo-Topf am Wochenende geknackt?«

Auf dem runden, freundlichen Gesicht von Henry Bloombottem zeigte sich ein breites Grinsen. Mit einem euphorischen ›Jepp!‹ öffnete er die Tür ganz und trat ein.

»Knapp, Sir, sehr knapp! Wenn meine Zahl nur eine Ziehung später gekommen wäre, hätt's nicht geklappt.«

»Dann herzlichen Glückwunsch!« Ein Schmunzeln legte sich auf Pantels Lippen. Eines der besten Dinge, die ihm hier in Truro passiert waren, war sein immer fröhlicher, etwas leibesvoller Detectiv Sergeant Henry Bloombottem. Mit seinem roten Haar und seinem besonderen Geschmack, was Kleidung betraf, verbreitete er überall gute Laune. Heute hatte er sich in ein groß kariertes Jackett gezwängt, bei dem Lila sowie ein kräftiges Grün vorherrschten und sich die Knöpfe bedenklich in den Knopflöchern spannten. Doch so tölpelig der Sergeant auch erscheinen mochte, unter den roten Haaren verbargen sich ein wacher Verstand und eine ausgeprägte Menschenkenntnis.

Bloombottem legte den Kopf ein wenig schief und musterte Pantel. »Sie haben wieder an Ihre Frau gedacht! Stimmt's!« Es war eine Feststellung, keine Frage. Trotzdem nickte Pantel. Der Sergeant schnalzte leise mit der Zunge und hielt seinem Chef einen Umschlag in einem Beweismittelbeutel hin. »Vielleicht kann Sie das hier ein wenig ablenken. Hat Dolores unten am Eingang auf der Fußmatte gefunden. Steht nur Ihr Name drauf. Habe darum gleich mal einen Blick in die Kameraaufzeichnungen geworfen. Aber nix zu sehen, wer den dort unten wann abgelegt hat. Leider sind wohl Dolores' Fingerabdrücke auf dem Papier.«

Pantel nahm den Beutel entgegen und wog ihn kurz in der Hand. Dann betastete er den Inhalt.

»Keine Angst, Sir, ist keine Bombe drin. Hab's schon gecheckt«, kommentierte Bloombottom Pantels Tun.

»Gut, dann wollen wir einmal sehen, was man mir mitzuteilen hat.« Der Chief Inspector streifte rasch Einmalhandschuhe über und griff nach seinem Brieföffner aus Messing, der das Schwert Excalibur darstellte. Ein Mitbringsel aus dem letzten Urlaub in Cornwall. Sophie hatte es ihm geschenkt und mit einem hellen Lachen verkündet, dass er nun die Herrschaft über England antreten könne. Nur ein halbes Jahr später war sie tot. Schnell schüttelte er die Erinnerung ab, schob die Klinge unter die Lasche, und mit einem leisen Ratschen öffnete er den Umschlag. Vorsichtig zog er den Inhalt heraus. Zum Vorschein kam ein zweimal gefaltetes Blatt Büttenpapier.

»Ganz schön nobel, Chief!« Bloombottem hatte sich etwas vorgebeugt und beobachtete gespannt, wie sein Chef die Seite behutsam auseinanderfaltete und konzentriert den Inhalt las.

»Entweder ist das hier ein geschmackloser Scherz, oder wir werden bald ein massives Problem bekommen«, kommentierte Pantel das Schreiben und drehte den Brief so, dass auch der Sergeant die wenigen Zeilen sehen konnte.

Sehr geehrter Chief Inspector,
ich schreibe Ihnen heute diesen Brief, da es mir ein Anliegen ist, Sie nicht unvorbereitet in einen Ihrer größten Fälle stolpern zu lassen.

In den nächsten Wochen werde ich sechs Menschen töten. Es sind Menschen, die für ihre Vergehen an mir und meinem Leben nie zur Rechenschaft gezogen worden sind. Menschen, die den Tod mehr als verdient haben!

Heute werde ich das Spiel beginnen. Der Erste auf meiner Liste wird noch diesen Abend seinem Schöpfer gegenübertreten.

Dass ich Ihnen, zumindest so lange, bis ich mein Vorhaben vollbracht habe, kein Glück bei Ihren Ermittlungen wünsche, können Sie sicherlich nachvollziehen.

Hochachtungsvoll
Der zukünftige Mörder

Der Sergeant fuhr sich mit der Hand durch seine drahtigen Locken. Ungläubig sah er Pantel an. »Das kann doch nur ein Scherz sein, oder?«

»Spätestens, wenn eine Leiche auftaucht, werden wir Gewissheit haben.« Der Inspector schob den Brief in den Asservatenbeutel und gab ihn seinem Kollegen zurück. »Am besten gleich ins Labor. Selbst wenn es nur ein Scherz ist, müssen wir diesen Witzbold schnappen.«

Mai 1989
09:30 Truro/Truro Privat School

»Bitte, setzen Sie sich doch.« Der Rektor der Truro School wies mit seiner Hand auf den dunkelgrün gepolsterten Lederstuhl vor seinem Schreibtisch. Die Frau nahm vorsichtig auf der vordersten Kante Platz. Fast vier Jahre war es her, dass sie auf genau demselben Stuhl gesessen hatte. Im Gegensatz zu heute war es jedoch ein freudiger Anlass gewesen. Ihr Sohn hatte ein Stipendium für diese angesehene Privatschule erhalten. Und obwohl der Großteil der Kosten von einer Organisation für besonders begabte Kinder übernommen wurde, floss jeder Cent, den die kleine Familie erübrigen konnte, in die Ausbildung ihres Sprösslings.

Schon damals hatte sie dieser Raum mit seinen holzvertäfelten Wänden, den deckenhohen Bücherregalen und dem mächtigen Mahagonischreibtisch eingeschüchtert, doch Stolz und ein unbeschreibliches Glücksgefühl hatten sie ruhig und entspannt bleiben lassen. Auch war ihr der Rektor, Dr. Albus, der ihr heute erneut gegenübersaß, mit seinem dunklen Anzug, der dezenten Krawatte und den manikürten Fingernägeln viel freundlicher und offener erschienen. Nun jedoch war sein Gesicht ernst, und eine steile Falte zeigte sich auf seiner Stirn. Krampfhaft schlossen sich ihre Finger um die Henkel ihrer abgewetzten Handtasche. Sie merkte, dass ihr ein Schweißtropfen den Rücken hinunterlief.

Dr. Albus räusperte sich kurz, bevor er das Wort an die Frau richtete. »Nun, Sie wissen ja aus unserem gestrigen Telefonat, welchem Problem wir uns heute stellen müssen. Es tut mir sehr leid, da ihr Sohn ein außergewöhnlich intelligenter Schüler ist. Es haben sich aber sowohl die Lehrerschaft als auch der Elternrat für einen Ausschluss Ihres Sohnes vom Lehrbetrieb ausgesprochen. Sein gezeigtes Verhalten gegenüber Bernard wurde als inakzeptabel bewertet.«

Obwohl die Frau von ihrer Umgebung eingeschüchtert war, regte sich Zorn in ihr – Zorn über solch eine Ungerechtigkeit. Und plötzlich konnte sie das, was in ihrem Kopf vorging, nicht mehr zurückhalten. »Ach ja, und das Verhalten von Bernard meinem Sohn gegenüber ist nicht inakzeptabel gewesen? Ich habe Ihnen doch schon am Telefon gesagt, dass Bernard und seine Freunde in den letzten Jahren versucht haben, ihn fertigzumachen. Diese Übergriffe waren sowohl körperlicher als auch seelischer Art. Er hat fürchterlich gelitten, aber er wusste, dass ihn nur ein Abschluss an dieser Schule nach Oxford bringen kann. Darum hat der arme Junge durchgehalten und alles geschluckt.«

»Ma'am, beruhigen Sie sich bitte. Wir haben diese angeblichen Übergriffe natürlich überprüft. Aber es gibt keine Beweise für ein Mobbing gegenüber Ihrem Sohn.«

»Klar, dass es keine Beweise gibt. Wie könnte auch der Sohn des großen Philipp James-Holland so ein böser Junge sein? Der Sohn des Mannes, der mal eben die Kosten für die Renovierung der Turnhalle gespendet hat, ist natürlich ein Musterknabe.« Die Stimme der Frau überschlug sich fast. »Aber, dass Bernard meinen Jungen so provoziert hat, dass sich das Kind nicht mehr anders zu helfen wusste, als zuzuschlagen, das interessiert hier ja keinen.« Erschöpft rang sie nach Atem.

»Ma'am, ich werde Ihre Anspielung auf einen Zusammenhang zwischen dem Geld von Bernards Vater und unserer Entscheidung gegenüber Ihrem Sohn überhören. Was glauben Sie eigentlich, wie viel Mühe es mich gekostet hat, Mr James-Holland zu beruhigen und davon zu überzeugen, auf eine Anzeige wegen Körperverletzung zu verzichten? Und Ihr Verhalten, das von Sozialneid geprägt zu sein scheint, ist völlig unangebracht.« Der Rektor funkelte die Frau böse an. »Ich hatte auf Ihr Verständnis und ein zumindest minimal zivilisiertes Gespräch gehofft. Aber da habe ich mich anscheinend in Ihnen getäuscht.«

Mit großen, tränenverschleierten Augen starrte die Frau den Rektor an. Dann erhob sie sich, wandte sich der Tür zu und ließ den erstaunten Dr. Albus ohne ein weiteres Wort mit seiner Selbstgefälligkeit und Arroganz allein.

25. Mai 2020
19:30 Morvah/Mên-an-Tol

»Penzance Police, Sergeant Phillips. Mrs James-Holland, könnte ich bitte mit Ihrem Mann sprechen? Es geht um den gestohlenen Wagen.« Die Stimme, die Evelyn James-Holland hörte, klang blechern, und ein ungleichmäßiges Rauschen ließ vermuten, dass der Anrufer irgendwo draußen im Wind stand.

»Ja, natürlich. Haben Sie den Wagen gefunden? Da wird sich mein Mann aber freuen! Warten Sie einen Moment.« Eilig lief sie, das Telefon immer noch an das Ohr gepresst, hinaus auf die weitläufige Terrasse des ehemaligen Herrenhauses und schaute sich suchend um. »Ah, da ist er ja. Natürlich wieder bei seinen geliebten Rosen«, plapperte sie munter weiter. »Seine Rosen sind sein Ein und Alles, müssen Sie wissen. Manchmal bin ich richtiggehend eifersüchtig!« Ein gekünsteltes Lachen folgte. »So, gleich haben Sie meinen Gatten am Hörer.«

»Danke, Ma'am«, antwortete die blecherne Stimme höflich. Was Mrs James-Holland allerdings nicht sehen konnte, war das entnervte Augenrollen des Anrufers.

»Hier, Darling. Irgendwer von der Polizei. Es geht um das Auto. Ich übergebe Sie jetzt, Sergeant, und tschüs«, hauchte sie in den Hörer.

»Bernard James-Holland«, meldete sich nun eine autoritäre Stimme. »Wer spricht dort?«

»Penzance Police, Sergeant Phillips, Sir. Wir haben Ihren Wagen gefunden.«

»Ah, gut, gut. Wann bringen Sie ihn mir?«

Immer noch derselbe arrogante Fatzke, dachte der Anrufer angewidert. Dann räusperte er sich kurz, bemüht, seine Stimme unpersönlich klingen zu lassen. »Wir haben ein Problem, Sir. Der Wagen wurde für einen Einbruch benutzt. Wir haben ihn vor zwei Stunden verlassen aufgefunden. Die Kriminaltechniker sind gerade mit ihm beschäftigt. Es gibt aber einige Fragen zu Gegenständen, die wir im Wagen und vor allem außerhalb haben sicherstellen können. Darum möchte ich Sie bitten, Sir, zu uns zu kommen und sich diese Gegenstände anzusehen.«

»Das ist doch wohl nicht Ihr Ernst!« Doch bevor James-Holland seinen Ärger weiter Luft machen konnte, unterbrach ihn der Anrufer.

»Sir, ich belästige Sie wirklich nur sehr ungern.« Gott, wie er es hasste, ausgerechnet diesem Kerl um den Bart gehen zu müssen. »Aber es sind an Ihrem Wagen Sachbeschädigungen zu erkennen, und Sie wollen doch sicherlich auch, dass wir die Täter so schnell wie möglich fassen.«

Am anderen Ende blieb es still und der Anrufer glaubte schon, dass James-Holland aufgelegt hätte, doch dann vernahm er einen kurzen Seufzer. »Also gut, wo soll ich hinkommen?«

»Danke für Ihre Bereitschaft, Sir. Wir befinden uns am Mên-an-Tol.«

»Tiefste Pampa also! Gut, ich bin in zwanzig Minuten bei Ihnen.« Ohne Gruß beendete er das Gespräch. Der Anrufer lachte laut auf. Er hatte es tatsächlich geschafft, sein erstes Opfer in die menschenleere Wildnis zu locken.

Zwanzig Minuten später sah der Mann einen schweren, silbernen SUV über die Schotterpiste rumpeln und auf den schmalen Pfad zu der Megalith-Formation einbiegen. Er schaute sich noch einmal prüfend um. Ja, es war alles vorbereitet.

Bernard James-Holland fluchte laut. Er hatte weder für den leuchtend gelb blühenden Ginster Augen noch für das prächtige Farbenspiel, dass die bereits tief im Westen stehende Sonne auf den Himmel malte. Seine Gedanken waren ausschließlich bei seinem gestohlenen Jaguar und dem, was diese Schufte mit ihm gemacht hatten. Denn, dass der Wagen nicht mehr das sein würde, was er einmal war, schien klar. Warum sonst hätte ihn die Polizei hierhin beordern sollen. Vorsichtig bog er in den Heidepfad ein. Von Weitem konnte er das Flatterband sehen, das den Tatort absperrte. Doch außer einem silbernen Astra und einem Mann, der in einem weißen Einwegoverall an einem der bronzezeitlichen Granitblöcke lehnte, war der Platz leer. Erneut stieg Ärger in ihm hoch, und die Ader an seiner Schläfe begann zu pochen. Während er den SUV neben dem Astra parkte und den Motor abstellte, zählte Bernard langsam bis zehn. Erst dann stieg er aus, holte noch einmal tief Luft und stapfte mit weit ausholenden Schritten auf den Mann zu. Dieser stieß sich mit einer lässigen Bewegung von dem Megalith ab und wartete, bis James-Holland vor ihm stand.

»Guten Abend, Sir. Vielen Dank …«

»Wo ist mein Jaguar?!«, donnerte James-Holland los. Dann stutzte er kurz. »Kennen wir uns nicht?«

»Ich glaube nicht, Sir. Was den Wagen betrifft, tut es mir leid, aber die Kollegen von der Spurensicherung wollten nicht länger warten und haben Ihr Auto bereits mit nach Truro genommen.«

»Und Ihnen ist es nicht eingefallen, mir rechtzeitig Bescheid zu geben?«, blaffte James-Holland zurück. »Ich habe sicherlich Besseres zu tun, als hier durch die Einöde zu fahren. Das wird ein Nachspiel haben, das versichere ich Ihnen! Ihren Namen und die Dienstnummer, aber dalli!«

»Sir, um den Wagen müssen Sie sich keine Gedanken machen. Er scheint nicht beschädigt zu sein. Und wir werden ihn Ihnen nach der Untersuchung sofort nach Hause bringen.«

Der Mann konnte beobachten, wie sein Gegenüber etwas entspannte. *Der war immer schon so leicht auf die Palme zu bringen,* dachte er amüsiert. Er musste sich sehr zusammenreißen, um nicht ein breites Grinsen zu zeigen. »Es geht auch weniger um den Wagen, Sir, als mehr um das, was um den Wagen herumlag. Einige der Dinge geben uns Rätsel auf, und vielleicht können Sie uns da behilflich sein?«

James-Holland wollte erneut zu einer Tirade ansetzen, als ihm siedend heiß der Seidenslip seiner Geliebten und die angebrochene Packung potenzsteigernder Tabletten einfielen, die er achtlos in das Handschuhfach gelegt hatte. Argwöhnisch musterte er den Mann in dem weißen Overall, doch dessen neutraler Gesichtsausdruck ließ keine Rückschlüsse auf dessen Gedanken zu.

»Wenn ich Sie bitten dürfte, Sir.« Der Mann wies mit seiner Hand auf einen speziell abgesperrten Bereich und hob das weißblaue Trassierband so weit an, dass James-Holland bequem hindurchschlüpfen konnte.

»Dort bei den gelben Beweisfähnchen liegen die Spuren, die wir nicht zuordnen konnten.«

»Na gut. Dann will ich mir das einmal anschauen.« Bernard James-Holland beugte sich über die Tafel mit der Nummer eins und sah einen billigen Kugelschreiber einer heruntergekommenen, zwielichtigen Bar in Truro. Im selben Moment spürte er, wie sich etwas um seinen Hals legte und er nach hinten gerissen wurde. Entsetzt versuchte er, sich an die Kehle zu fassen, doch seine Hand erschlaffte mitten in der Bewegung. Die Garrotte hatte in Sekundenschnelle saubere Arbeit geleistet.

26. Mai 2020
09:05 Truro/Abteilung für Kapitalverbrechen

Pantel las den Bericht der Kriminaltechnik bezüglich des anonymen Briefs. Er enthielt allerdings keine verwertbaren Ergebnisse. Papier und Umschläge waren zwar teuer, stammten aber von Marks&Spencer und wurden dort zu Hunderten verkauft. Der Drucker war ein HP, wahrscheinlich ein OfficeJet, jedoch wollten sich die Techniker diesbezüglich nicht festlegen. Auf dem Umschlag fanden sich ausschließlich die Fingerabdrücke von Dolores Johnson. Damit hatte Pantel schon gerechnet. Und was das Briefpapier betraf, so waren die minimalen DNA-Spuren von ihm selbst.

Enttäuscht legte er den Bericht beiseite. Für einen dummen Streich hatte der Schreiber sich außergewöhnlich viel Mühe gegeben. Er musste genau gewusst haben, was zu tun war, um keine Spuren zu hinterlassen. Pantel hoffte inständig, dass es tatsächlich nur ein Scherz war, denn einen Mörder zu überführen, der über solch eine Umsicht, eventuell sogar umfangreiche forensische Kenntnisse verfügte, bedurfte es sehr guter Ermittlungsarbeit und einer großen Portion Glück. Er nahm den Brief erneut zur Hand und ging ihn noch einmal durch. Der Stil war gewöhnungsbedürftig. *Fast wie jemand, der unbedingt zeigen will, wie intelligent und allmächtig er ist,* dachte Pantel. Orthografie und Interpunktion waren absolut korrekt, Sprachgewandtheit sichtbar. *Mittelschicht, höhere Schulbildung, Engländer, männlich, um die fünfundvierzig,* taxierte er den Schreiber. Dann öffnete er eine Schublade und zog eine neue Ringmappe heraus. Mit einem schwarzen Filzschreiber notierte er, nach kurzem Überlegen, Ankündigung Mord darauf, heftete Bericht und Brief ein und ließ die elastischen Eckspanner geräuschvoll auf den roten Karton schnippen. Er wollte den Ordner gerade in das Fach für die offenen Fälle legen, als sein Telefon klingelte. Der schrille Ton ließ ihn ein leichtes Kribbeln im Nacken verspüren – ein sicheres Zeichen dafür, dass gleich etwas Entscheidendes passieren würde. Kurz ließ er seine Hand über dem Hörer schweben. »Bitte keine Leiche«, murmelte er leise, bevor er abhob.

Die schnarrende Stimme von Superintendent Thomson vom Bodmin Police Hub schallte ihm entgegen. »Pantel, wir haben eine Leiche. Penzance hat sich gerade bei mir gemeldet und bittet um Unterstützung aus Truro. Es handelt sich um den Baulöwen Bernard James-Holland aus Pendeen. Wenn Sie mich fragen, hätte die Hälfte der Bevölkerung ein Motiv, ihn umzubringen. Da seine Frau aber eine Honorable ist, darf man so etwas natürlich nicht laut sagen.« Ein merkwürdiges Glucksen am anderen Ende der Leitung ließ Pantel vermuten, dass sein Chef lachte.

»Pantel, sind Sie noch dran?«, schnarrte es weiter. Nur mit Mühe brachte der Chief Inspector ein ›Ja, Sir, sicher!‹ heraus.

»Gut. Setzen Sie sich sofort mit Detectiv Sergeant Peter Smith in Penzance in Verbindung.«

Charles Pantel starrte auf die rote Mappe und spürte, wie sich sein Magen zusammenzog. *Mann, reiß dich zusammen,* rief er sich selbst zu Ordnung. »Bloombottem wird mich begleiten, Sir?«

»Nein!«, kam die energische Antwort.

»Aber …«

»Pantel, man hat mir gesagt, dass Sie einen eigenwilligen Kopf besitzen, aber Bloombottem bleibt dort, wo er ist.«

»Warum?«

»Verflixt, Pantel, weil ich das sage!« Thomsons Stimme klang nun ärgerlich. Dann hörte der Inspector einen kurzen Seufzer. »Also gut. Sergeant Smith hatte sich ebenfalls auf Ihren Posten beworben und den Kürzeren gezogen, weil irgendwer von ganz oben

Ihre Versetzung durchgedrückt hatte. Smith ist der fähigste Mann im ganzen County. Ich will, dass er sich Lorbeeren verdient, um endlich die Beförderung zu bekommen, die seinen Kompetenzen entspricht. Bloombottem können Sie im Notfall einsetzen, aber nur dann! Haben Sie mich verstanden?«

»Ja, Sir.«

»Gut. Ich erwarte von Ihnen eine schnelle Aufklärung. Viel Glück.« Dann war die Leitung tot.

Charles Pantel legte langsam den Hörer auf und schob sich eine Veilchenpastille in den Mund. Nicht nur, dass allem Anschein nach der anonyme Briefschreiber seine Drohung ernst meinte, jetzt musste er sich auch noch mit einem enttäuschten Kollegen herumschlagen. Er wollte gerade den Hörer wieder aufnehmen, als ein aufgeregter, dieses Mal sehr ernster Bloombottem in sein Büro stürzte.

»Sir, haben Sie schon gehört? Eine Leiche ist aufgetaucht!«, stieß er atemlos hervor.

»Ich weiß«, antwortete der Inspector matt.

»Glauben Sie, dass das etwas mit unserem Brief zu tun hat?«

»Das weiß ich nicht, aber ich vermute es.«

»Okay, ich besorge schon mal ein Fahrzeug. Die Leiche liegt beim Mên-an-Tol. Ich kenne den Weg.«

»Stopp!«

Erstaunt hielt Bloombottem inne und sah seinen Chef verblüfft an.

»Sie sind raus, Sergeant. Anweisung von oben. Ich werde mit Smith zusammenarbeiten.«

»Ach du Sch…! Entschuldigung, Sir.« Betreten fuhr sich Bloombottem durch das Haar.

Hellhörig über diese negative Reaktion des Sergeants geworden, forderte Pantel seinen Mitarbeiter auf, sich zu setzen.

»Anscheinend sind Sie kein Freund von Detectiv Sergeant Smith? Würden Sie mir erzählen, warum?«

Der Sergeant zögerte, und ihm war anzusehen, dass ihm die

Situation nicht behagte.»Nun, wir waren alle froh, dass Smith hier nicht die Leitung übernommen hat. Er ist, wie soll ich sagen, ziemlich merkwürdig. Nach außen hin höflich, charmant und rücksichtsvoll, aber im Grunde seines Herzens ein Ehrgeizling, wie er im Buche steht. Sie können fragen, wen Sie wollen. Keiner unserer Kollegen traut ihm über den Weg.«

Nachdenklich schob sich Pantel erneut eine seiner Pastillen in den Mund.»Danke für diese Information, Sergeant. Ich werde das im Hinterkopf behalten.« Dann beugte er sich ein wenig vor und senkte seine Stimme.»Bloombottem, offiziell sind Sie außen vor. Trotzdem möchte ich mich mit Ihnen regelmäßig über den Fortgang der Ermittlungen unterhalten. Aber kein Wort zu irgendjemanden! Ist das klar?«

»Jawohl, Sir.«

»Gut, dann setze ich mich jetzt mit Smith in Verbindung. Sie können meinen Wagen schon vor den Hintereingang fahren.«

Der Inspector ließ sich über Dolores mit der Mobilnummer von Smith verbinden. Einen Moment später meldete sich eine sehr angenehme, ruhige Stimme.»Sie sprechen mit Detective Sergeant Peter Smith.«

»DCI Charles Pantel. Guten Morgen, Sergeant. Superintendent Thomson hat mich darüber unterrichtet, dass beim Mên-an-Tol die Leiche von Bernard James-Holland aufgefunden wurde und Sie Unterstützung angefordert haben. Ist die Leiche noch am Tatort?«

»Ja, Sir. Ich dachte mir schon, dass Sie sich selbst ein Bild machen wollen.«

»Danke, Sergeant, das würde ich wirklich sehr gern. Ich benötige eine gute Stunde, um bei Ihnen zu sein.«

»Das ist kein Problem, Sir, ich werde am Tatort auf Sie warten, Sir.«

»Schön, ich benötige nur noch die GPS-Daten.«

»Natürlich, Sir. Ich werde Sie Ihnen gleich auf Ihr Smartphone spielen, Sir.«

»Haben Sie herzlichen Dank und bis gleich.« Pantel legte auf und blickte nachdenklich auf den Hörer. *Freundlich, zuvorkommend und mitdenkend,* urteilte er über den unbekannten Kollegen. Doch für seinen Geschmack verwandte er eindeutig zu viele Sirs.

10:15 Morvah/Mên-an-Tol

Der Chief Inspector bog auf den mit Ginster gesäumten Heidepfad ein. Schon von Weitem konnte er mehrere Polizeifahrzeuge sowie einen Leichenwagen erkennen. Langsam fuhr er mit seinem Alfa Romeo Spider auf den weiträumig abgesperrten Bereich zu. Ein Constable in Uniform und grellgelber Warnweste trat unvermittelt auf den schmalen Weg und zeigte auf eine kleine, ebene Fläche, auf der bereits zwei zivile Autos parkte. Pantel folgte dem Hinweis, stellte den Motor ab und stieg aus.

»Detectiv Chief Inspector Pantel?« Der Beamte hob zum Gruß den Finger an seinen Mützenschirm. »Police Costable Cook. Detectiv Sergeant Smith erwartet Sie schon. Er steht dort hinten bei den Hauptsteinen, Sir.«

»Danke, Constable«, antwortete Pantel mit einem freundlichen Nicken. Dann tauchte er unter dem Absperrband hindurch und blieb, zur großen Verwunderung des Sergeants, regungslos stehen. Seine Augen wanderten langsam über das Terrain. Er kannte den Mên-an-Tol von einem Kalenderblatt, getaucht in das sanfte Licht der aufgehenden Sonne und zarte Nebelschwaden, die aus dem feuchten Heideboden aufstiegen. Nun aber bot sich ihm das Bild einer typisch polizeilichen Untersuchung. Vier Mitarbeiter der Spurensicherung, gut erkennbar an den weißen Schutzanzügen und den ruhigen, bedächtigen Bewegungen, widmeten ihre Aufmerksamkeit einem silbernen SUV. Zwei uniformierte Kollegen fotografierten Spuren im Gelände. Einen kleinen, rundlichen Mann in blauem Overall, neben sich eine braune, kofferartige Tasche, erkannte Pantel als den zuständigen Pathologen Max Gainheart. Dieser unterhielt sich angeregt mit einem lässig an einen der bronzezeitlichen Granitblöcke gelehnten Beamten in Zivil. Einmal mehr wunderte sich Pantel über die ruhige, fasst beschauliche Atmosphäre, die er stets an Tatorten wahrnahm. *Gerade so, als wolle man den Seelenfrieden des Toten nicht stören,* ging es ihm durch den Kopf. Er setzte sich langsam in Bewegung und marschierte hinüber zur Megalith-Formation. Die beiden Männer waren so intensiv in ihr Gespräch vertieft, dass sie den Chief Inspector erst bemerkten, als dieser direkt vor ihnen stand.

»Ah, Pantel, schön Sie zu sehen!« Freundlich lächelte der Arzt dem Neuankömmling zu und reichte ihm die Hand.

»Guten Tag, Dr. Gainheart!«

»Darf ich Ihnen ihren Kollegen Detectiv Sergeant Smith vorstellen, oder kennen Sie sich schon?«

»Nein, leider hatten wir noch nicht das Vergnügen«, antwortete Peter Smith forsch und gab Pantel ebenfalls die Hand. »Chief Inspector, ich freue mich, Sie kennenzulernen.«

Pantel nahm die angebotene Hand und musterte den Kollegen interessiert.

»Sagen Sie einfach Peter, Sir.« Ein gewinnendes Lächeln zeigte sich auf Smiths attraktivem Gesicht. *Sein kurz geschnittenes, kastanienbraunes Haar, mit dem keck vor seine dunkelbraunen Augen fallenden Pony, sein energisches Kinn und die athletische Figur würden wohl so manches Frauenherz höhe schlagen lassen,* sinnierte Pantel abschätzend. Doch er würde sich von dem Charme, den sein Gegenüber versprühte, nicht beeinflussen lassen. Dazu war er schon zu lange im Geschäft.

»Danke, Sergeant, aber ich spreche Kollegen grundsätzlich mit ihrem Nachnamen oder ihrem Dienstgrad an. Das geht also nicht gegen Sie persönlich. Ich habe nicht vor, diesem Grundsatz untreu zu werden.« Pantel konnte beobachten, wie Smith weiterhin lächelte. Aus dessen Augen war die Freundlichkeit jedoch verschwunden.

»Natürlich, Sir, ganz wie Sie wollen«, antwortete er höflich, jetzt hingegen mit einer nicht zu überhörenden Portion Distanz. »Dann sollten wir uns vielleicht die Leiche ansehen.«

»Gern, aber ich möchte mir ein paar Minuten allein ein Bild von dem Ermordeten machen.« Er nickte den beiden Männern kurz zu und erkannte an dem feinen Lächeln des Doktors, dass die erste Runde beim Klarstellen der Rangordnung an ihn gegangen war.

Langsam bewegte er sich auf den Lochstein zu, der der Anlage seinen Namen gegeben hatte. Der runde, etwa hüfthohe Megalith mit einer kreisrunden Öffnung in der Mitte wurde von zwei gedrungenen Granitmonolithen flankiert. Das Erste, was Pantel sah, war ein kniender Unterleib. Gesäß und Beine steckten in einer Designerjeans, die im Schritt einen dunklen Fleck aufwies. Die Füße, bekleidet mit teuren Lederschuhen, die in dieser Umgebung fast grotesk wirkten, waren merkwürdig verdreht. Langsam umrundete er den Stein und stand unvermittelt vor dem Oberkörper des toten Mannes. Dessen dunkelblaues Sportjackett war bis zu den Achseln hochgeschoben. Daraus schloss Pantel, dass, wer auch immer die Anstrengung, die Leiche durch den Stein zu ziehen, auf sich genommen hatte, dies mit den Füßen zuerst getan haben musste. Die Hände des Toten ruhten flach neben Kopf des Toten. Das stark aufgedunsene Gesicht war nach rechts gedreht, und gebrochene, dunkle Augen starrten den Inspector an. Dieser streifte seine Einweghandschuhe über und ging vor dem Toten in die Hocke. Sanft schob er das blonde, halblange Haar aus dem Nacken der Leiche und entdeckte einen schmalen, blutigen Striemen, der von dort aus beidseitig zum Kehlkopf verlief. Er stieß einen leisen Pfiff aus. *Sieh an, eine Garrotte – schnell und lautlos!* Sein Blick wanderte weiter zu den Händen des Toten. Unter den Manschetten des weißen Leinenhemdes blitzte eine goldene Rolex auf und auf dem Ringfinger der linken Hand befand sich ein außergewöhnlich großer Siegelring. Damit konnte ein Raubmord ausgeschlossen werden. Vorsichtig hob er die rechte Hand des Toten. Die Haut wies keinerlei Verletzungen auf, und die perfekt manikürten Fingernägel waren ohne jegliche Absplitterungen. James-Holland hatte anscheinend nicht einmal mehr für den Versuch Zeit gehabt, an der Schlinge, die ihn tötete, zu zerren.

Pantel blickte sich um. Für diese Art zu töten, musste der Mörder ein Überraschungsmoment genutzt haben. Doch hier im Gelände gab es kein geeignetes Versteck, um aus dem Hinterhalt einen Menschen zu überfallen. Außerdem schien der Ermordete außergewöhnlich groß zu sein. Pantel schätzte ihn auf fast zwei Yard. Der Täter hätte mindestens genau so groß sein müssen, um die Drahtschlinge schnell und exakt um den Hals des Opfers zu legen. Pantels Hand glitt automatisch in seine Jackentasche, förderte eine Veilchenpastille zutage und steckte sie in den Mund. *Nein*, ging es ihm durch den Kopf, *vielleicht hat der Tote den Mörder gekannt und ihm vertraut. Die beiden haben sich hier getroffen, und der Täter hat James-Holland irgendwie dazu gebracht, sich herunterzubeugen.*

Pantel richtete sich wieder auf und ging zurück zu Smith und dem Doktor.

»War es eine Garrotte?«

»Aller Wahrscheinlichkeit nach ja«, antwortete Gainheart. »Ich vermute sogar, dass in den Draht noch so eine Art Knebel eingebaut wurde, der zusätzlich den Kehlkopf eingedrückte.«

»Ist die Stelle, an der er getötet wurde, bekannt?«, richtete er seine nächste Frage an Sergeant Smith.

»Ja, Sir. Gleich dort hinten bei den drei umgestürzten Steinen.«

»Gut, dann schauen wir uns das doch einmal an. Ich hätte auch gern den Chef der Forensik dabei.«

»Ich sage Detectiv Inspector Brown Bescheid, Sir.« Der Sergeant eilte in Richtung des SUVs, um den sich immer noch die Leute von der Spurensicherung drängten.

»Wissen Sie schon etwas über den Todeszeitpunkt, Doktor?«
»Immer dieselbe Frage! Könnt ihr Ermittler euch nicht etwas
Neues einfallen lassen?« Dr. Gainheart machte ein säuerliches Ge-
sicht. »Wenn ich die Leiche auf dem Tisch habe, kann ich Ihnen
Genaueres sagen.«
»Ich weiß, dass Pathologen sich in diesem Punkt nicht gern fest-
legen.« Beschwichtigend hob Pantel die Hand und zeigte ein ein-
nehmendes Lächeln. »Mir reicht schon eine grobe Einschätzung.«
»Na gut. Ich vermute gestern Abend zwischen fünf und neun.«
»Danke, Doktor. Wann kann ich mehr erfahren?«
»Ebenfalls immer dieselbe Frage.« Dieses Mal fiel die Antwort
jedoch etwas freundlicher aus. »Ich denke, morgen im Laufe des
Vormittags. Ich melde mich bei Ihnen.«

Nachdem sich Charles Pantel von Gainheart verabschiedet hatte,
ging er hinüber zu Brown und Peter Smith, die sich bereits über
einen speziell markierten Bereich beugten. Brown richtete sich
auf, als er den Inspector bemerkte, und zog die Kapuze seines Overalls vom Kopf. Dichtes, tizianrotes Haar leuchtete im
Sonnenlicht auf. Pantel trat auf ihn zu und reichte ihm die Hand.
»DI Brown?« Er musste den Blick heben, um in die blaugrünen
Augen seines Gegenübers zu schauen. Obwohl er selbst fast sechseinhalb Fuß maß, überragte ihn der Chef der Forensik noch um
einen halben Kopf. »Charles Pantel. Ich freue mich, Sie endlich
persönlich kennenzulernen. Selbst bei uns in York hat man mit
Hochachtung über Ihr enormes Fachwissen gesprochen.«
»Hector Brown. Ich freue mich auch, unseren Neuzugang
endlich von Angesicht zu Angesicht zu sehen.« Ein dröhnendes
Lachen folgte. »Danke für das Kompliment, leider kann ich es
nicht zurückgeben. York ist ja nicht gerade um die Ecke.« Er
reichte Pantel die Hand, die eher einer Pranke glich. »Aber die
Leute haben recht, Sie ähneln verdammt dem …«
»Ich weiß. Viele sehen diese Ähnlichkeit. Ich kann Ihnen aber
versichern, dass ich nicht die betreffende Person bin«, unterbrach

Pantel ihn. *Da sieht dieser Typ aus wie Hagrid aus Harry Potter und will mir irgendwelche Ähnlichkeiten andichten!* Er bemühte sich weiterhin um ein freundliches Lächeln, doch spürte er Ärger in sich hochkriechen. Brown hatte einen wunden Punkt getroffen. »Und hier ist der Tatort?«, wechselte er darum rasch das Thema.

»Ja, Sir«, mischte sich nun Smith in die Unterhaltung. »Das Heidekraut ist umgeknickt und das Moos aus dem Boden gerissen.« Er wies mit der Hand auf die zerstörten Pflanzen. »Wir vermuten, dass der Täter das Opfer nach hinten zu Fall brachte und dieses dann im Todeskampf mit den Füßen das Moos gelockert hat. Entsprechende Spuren finden sich auch an den Schuhen des Toten.«

»Hm«, der Inspector holte erneut eines seiner Bonbons aus der Tasche. »James-Holland war ein sehr großer Mann, ich schätze, weit über sechs Fuß. Smith, würden Sie sich bitte hinter mich stellen und so tun, als würden Sie mir eine Schlinge um den Hals legen?«

Der Sergeant, durchtrainiert, aber von kleiner Statur, tat, wie von ihm verlangt. Es zeigte sich aber sofort, dass er Pantel aus dieser Position heraus nicht gefährlich werden konnte.

»Har…, ähm, Brown, würden Sie es einmal versuchen?«

»Pantel«, wieder das dröhnende Lachen, »wenn ich der Killer gewesen wäre, hätte ich ihm mit Leichtigkeit das Genick gebrochen und die Garrotte zu Hause gelassen.«

»Das glaube ich Ihnen sofort!«, erwiderte Pantel mit einem Grinsen. »Der Mörder hätte so groß oder eher noch größer als James-Holland gewesen sein müssen, um ihn mit einer Schlinge effektiv zu töten. Das wäre schon außergewöhnlich.«

»Das bedeutet, wenn der Mörder kleiner oder schwächer als das Opfer war, musste James-Holland sich heruntergebeugt haben.« Smith hatte nun den Faden aufgenommen. »Das hat er aber mit Sicherheit nicht freiwillig getan. Vor allem in Gegenwart eines Fremden, falls es ein Fremder war.«

»Genau!« Pantel blickte zu Brown. »Gibt es irgendwelche Hinweise, warum sich der Tote gebückt haben könnte?«

»Tja, das ist schon sehr merkwürdig.« DI Brown wiegte bedächtig den Kopf. »In dem Bereich zwischen den drei Steinen, den Sie hier sehen, haben wir nicht einmal eine alte Kippe gefunden. Als hätte irgendjemand diese Fläche von gut vier Quadratmetern abgesaugt.«

Pantel ging in die Hocke und strich sanft über die weichen Stängel von jungem Heidekraut. Dann stutzte er. Vorsichtig entfernte er das Moos neben einem kleinen Loch, das sich in der Erde zeigte. Es war die Form, die ihn verwirrte; halbrund und an der flachen Seite mit einer schmalen Kerbe.

»Brown, wurden heute in diesem Bereich Markierungsfähnchen eingesetzt?«

»Nein, warum auch? Hier gab es nichts zu markieren«, antwortete dieser überrascht.

»Haben Sie zufällig welche bei sich?«

»Hm, wie viele brauchen Sie?« Brown griff grinsend in eine lange Beintasche seines Overalls und beförderte ein Bündel grellgelber Fähnchen zutage.

»Eines genügt vollkommen. Schauen Sie sich das hier doch einmal an.«

Smith und Brown traten hinter Pantel und beugten sich vor. Vorsichtig schob dieser den schmalen Erdspieß in die kleine Öffnung im Boden. »Passt perfekt.«

»Donnerwetter!«, stieß Brown überrascht aus. »Sie haben ja Augen wie ein Luchs, Chief. Ich frage gleich mal meine Jungs, ob nicht doch einer hier eine Markierung gesetzt hat.«

»Tun Sie das.« Pantel richtete sich wieder auf. »Und falls nicht, sollten wir den ganzen Bereich noch einmal absuchen.«

Smith starrte das Fähnchen an. Zögernd wandte er sich Pantel zu: »Sir, was könnte das bedeuten?«

»Ich weiß es auch nicht so genau, aber wenn es niemand von der Spurensicherung war …«

»… könnte es etwas mit unserem Mord zu tun haben«, vervollständigte der Sergeant den Satz.

»Richtig, Smith. Dass irgendjemand aus lauter Spaß ausgerechnet an dieser Stelle solch einen Erdspieß in den Boden gesteckt haben sollte, wäre ein zu großer Zufall.«

Der Sergeant nickte bedächtig. »Und wenn solch ein Fähnchen der Grund dafür war, dass James-Holland sich bückte beziehungsweise in die Hocke ging?«

»Dann hätten wir eines der ersten Rätsel gelöst.« Pantel betrachtete den Sergeant abschätzend. »Übrigens eine sehr gute Schlussfolgerung, Smith.«

15:00 Penzance/Polizeirevier

»Ich war überrascht, dass Smith zu solch einem Gedankengang fähig ist. Auf jeden Fall haben die Jungs von der Spurensicherung noch fünf weitere Löcher gefunden.«

»Dann könnte es sein, dass der Täter eventuell einen Tatort vorgetäuscht hat?«, rauschte es durch die Freisprechanlage.

»Da bin ich mir hundertprozentig sicher, Bloombottem. Ich bin später zur Ehefrau nach Pendeen gefahren. Unangenehme Sache. Die Frau hatte einen emotionalen Zusammenbruch. Zwischen Kreischen und Weinen hat sie erzählt, dass gestern Abend ein gewisser Sergeant Phillips aus Penzance angerufen habe, um mitzuteilen, dass der gestohlene Jaguar ihres Mannes wieder aufgetaucht sei. Danach hatte er James-Holland wohl gebeten, zum Tatort zu kommen, da es angeblich merkwürdige Spuren gab. Ihr Mann sei gegen sechs Uhr zum Mên-an-Tol aufgebrochen. Wir müssen aber morgen noch einmal mit ihr sprechen, da sie kaum in der Lage war, sich genau zu erinnern.«

»In Penzance gibt es keinen Phillips.« Pantel sah vor seinem inneren Auge förmlich, wie sich der Sergeant mit den Fingern durch die roten Locken fuhr. »Also hat jemand, der von dem Diebstahl wusste ...«

»... oder ihn selbst begangen hat ...«, ergänzte Pantel.

31

»… sich als Polizist getarnt, den Tatort vorbereitet und James-Holland so in die Falle gelockt?«

»So vermuten Smith und ich das auch. Bleibt zunächst die Frage: Wo ist das Auto? Vielleicht haben wir Glück und finden darin irgendwelche Spuren. Und die nächste Frage ist, ob der Mörder unser Briefschreiber ist.«

»Was meint Smith?«

»Dem habe ich von dem Brief noch gar nichts erzählt. Thomson ebenfalls nicht. Vielleicht ist es ja doch Zufall. Mist!«

»Sir?«

»Ich fahre gerade nach Penzance rein und habe ganz vergessen, das Navi einzuschalten.«

»Wo genau sind Sie?«

»Kurz vor dem großen Kreisverkehr.«

»Nehmen Sie die zweite Ausfahrt und beim nächsten Kreisel erneut die zweite Ausfahrt, dann sind Sie schon im Penelverne Drive. Den fahren Sie dann fast bis zum Ende. Das Polizeirevier liegt auf der rechten Seite.«

»Danke, Bloombottem. Wie gesagt, wenn es tatsächlich nur ein Zufall sein sollte, möchte ich die Pferde noch nicht scheu machen. Trotzdem habe ich eine Bitte an Sie. Ah, da bin ich ja schon. Warten Sie einen Moment, ich suche erst einen Parkplatz.« Der Sergeant hörte die typischen Einparkgeräusche, danach war alles still. »So, jetzt kann ich mich besser konzentrieren. Also, Smith soll zunächst recherchieren, ob James-Holland aktuell Schwierigkeiten mit irgendwelchen Leuten hat.«

»Hat er! Garantiert!«, warf Henry Bloombottem ein. »Der hat so viele Gerichtsverfahren anhängig wie ein Igel Flöhe.«

»Dann wird Smith ja ausreichend beschäftigt sein. Sollte der Mörder allerdings unser Briefschreiber sein, könnte das Motiv für den Mord viel weiter in der Vergangenheit liegen. Darum bitte ich Sie, das Leben von Bernard James-Holland komplett zu durchleuchten. Vielleicht hat er unserem Schreiberling schon in der

Schulzeit so empfindlich auf die Füße getreten, dass dieser immer noch auf Rache sinnt.«

»Mache ich, Sir.« Der Sergeant hörte, wie sein Chef die Autotür öffnete.

»Danke. Sie melden sich, sobald Sie etwas herausgefunden haben?« Pantel stieg aus seinem roten Spider und schloss die Fahrertür. »Übrigens, Smith hat für mich zwei Nächte im Woodstock Guest House gebucht. Wir werden sehen, wie lange ich hierbleiben muss.«

»Dann weiß ich Bescheid. Viel Erfolg, Sir!«

Charles Pantel drehte sich zu dem grauen, zweigeschossigen Gebäude um, in dem das Polizeirevier von Penzance untergebracht war. Sein Blick fiel auf einen dieser typischen, hässlichen Zweckbauten, wie sie in ganz England zu finden waren. Den einzigen Farbklecks bildete eine riesige Glastür, die von royalblau gestrichenem Metall umrahmt wurde. Er fühlte sich nicht wohl in seiner Haut. Wenn er gleich durch diese Tür trat, würden ihn Dutzende von Augen interessiert mustern. »Das ist also der Typ, der dem armen Smith die Beförderung vermasselt hat«, würden sie hinter vorgehaltener Hand flüstern. Und was er auch täte, immer würde man ihn an dem ach so fähigen Smith messen. Er dürfte sich keinen Fehler erlauben und keine Schwächen zeigen. Diese romantisierte Kameradschaft, die in den Stellenanzeigen der Polizei immer wieder hervorgehoben wurde, war etwas für verklärte Seelen. Dafür war er schon zu lange bei der Truppe. Er wusste um den Konkurrenzkampf, das aggressive Verhalten und das verbissene Gerangel um Posten, gerade in den kleineren Polizeistationen.

Entschlossen straffte er die Schultern, atmete noch einmal tief durch und ging mit energischem Schritt auf den Eingang zu. Der Empfangsbereich war durch schusssicheres Glas gesichert. Ein älterer Beamter, mit grauen Haaren und einem rötlichen Walrossschnauzbart, saß hinter dem abgeschotteten Empfangsschalter. Er musterte Pantel, nickte ihm kurz zu und wies mit dem Finger auf eine Milchglastür, die in das Innere des Gebäudes führte. Dann betätigte er einen Türöffner und widmete sich wieder den Papieren, die vor ihm auf dem Schreibtisch lagen. Mit einem leisen Summen glitt die Glasscheibe zur Seite.

Was für eine herzliche Begrüßung, dachte Pantel ironisch, hatte jedoch nichts anderes erwartet. Er stellte sich an den Tresen. Da der Beamte keinerlei Anstalten machte, sich mit ihm zu beschäftigen, räusperte er sich kurz.»Guten Tag, Constable. Ich bin DCI Charles Pantel. Könnten Sie mir bitte sagen, wo ich DS Smith finde?«

»Erstes Obergeschoss, zweite Tür links«, brummelte der Mann, ohne den Blick zu heben.

Pantel schaute sich in dem Großraumbüro, das sich hinter dem Empfangsschalter fast über die gesamte Grundfläche des Gebäudes erstreckte, suchend um. Anstelle eines betriebsamen Treibens, das er nach dem Auffinden einer Leiche erwartet hätte, lümmelten sich lediglich zwei weitere Constables in Uniform mit ihren Kaffeebechern auf ihren Schreibtischstühlen herum, beäugten ihn unverhohlen und drehten ihm dann den Rücken zu. Eine Frau, ebenfalls in Uniform, schaute kurz von ihrem Smartphone auf, nickte ihm zu und vertiefte sich erneut in das Display. Eine Treppe ins obere Stockwerk konnte er allerdings nicht entdecken.

Pantel schüttelte fassungslos den Kopf über diese emsigen Kollegen. Nur gut, dass er bald wieder nach Truro zurückfahren konnte. Er räusperte sich erneut.»Entschuldigen Sie die erneute Störung, Constable, aber könnten Sie mir bitte sagen, wo sich die Treppe befindet?«

»Geradeaus, hinter der grauen Tür«, kam die knappe Antwort.

Der Inspector wandte sich um, schritt zu besagter Tür und warf ein ›Herzlichen Dank und noch einen angenehmen Tag!‹ über die Schulter zurück zum Empfang.

Das Treppenhaus roch muffig und das hellblaue Linoleum auf den Stufen war stellenweise durchgetreten. Rasch stieg er die Treppe hinauf und öffnete eine weitere graue Tür. Als er in den stillen, dämmrigen Flur trat, der nur durch ein schmales Fenster am anderen Ende erhellt wurde, sprang zögerlich die Beleuchtung an. Interessiert musterte er die weiße, grob verputzte Decke. Neben zwei Kameras konnte er auch eine Reihe von Bewegungsmeldern erkennen. Genau in dem Moment, in dem er die vom Constable beschriebene Tür öffnen wollte, wurde sie von innen aufgerissen, und mehrere Polizeibeamte strömten aus dem Raum. Einige nickten Pantel kurz zu, andere eilten grußlos an ihm vorbei. Eine junge Polizistin in Uniform blieb vor ihm stehen und starrte ihn mit großen Augen an. Pantel wusste genau, wen sie glaubte, vor sich zu haben.

»Finde ich hier DS Smith?«, fragte er und würzte seine Worte mit einem grimmigen Lächeln. Die Augen der Frau wurden noch größer, und sie stieß ein gepresstes ›Ja, Sir!‹ aus, bevor sie den Kollegen hinterherhastete.

Manchmal ist die Ähnlichkeit mit einer Berühmtheit doch recht amüsant, dachte er schmunzelnd, während er durch die Tür trat und sich in einem großzügigen Besprechungsraum wiederfand. Der Beamer lief noch, und auf der Leinwand war der durch den Lochstein gepresste Leichnam von James-Holland zu sehen. Smith war allein im Raum. Er stand hinter einem Pult und sortierte einige Blätter. Für Pantel war sofort klar, dass der Sergeant, ohne auf ihn zu warten, die erste Fallbesprechung bereits durchgeführt hatte; ein eindeutiger Angriff auf seine Position und Person. *Na warte, Bürschchen,* ging es ihm angriffslustig durch den Kopf. *Du willst also dein eigenes Ding machen! Darum wolltest du auch nicht zu James-Hollands Witwe mitfahren.*

»Ah, Smith. Schön, dass Sie die Kollegen schon gebrieft haben!« Freundlich lächelte er dem Sergeant zu, während er gemächlich zu ihm hinüberschlenderte.

»Netter Besprechungsraum!« Er drehte sich einmal um sich selbst und betrachtete das technische Equipment. Dann stellte er sich so nah vor Smith, dass dieser einen Schritt nach hinten zurückweichen musste. In seinen Augen flackerte Unsicherheit auf. Erst als er zum Rednerpult hinüberschaute, entspannte er sichtlich. Pantel folgte seinem Blick und sah, dass das Aufnahmegerät noch lief. *Das fehlt noch, dass du eine Aufzeichnung unseres Gesprächs bekommst!* Mit einer schnellen Bewegung drückte er die Stopptaste, setzte sich auf den nächstbesten Stuhl und schlug lässig seine langen Beine übereinander.

»Sergeant, ich glaube wir beiden müssen miteinander sprechen.«

»Ja, Sir.«

»Setzen Sie sich doch bitte zu mir.«

Smith folgte artig der Aufforderung.

»Ich glaube, dass ich zunächst etwas klarstellen muss. Ich habe erst gestern von Thomson erfahren, dass Sie sich ebenfalls für Truro beworben hatten. Es tut mir leid, dass Sie nicht zum Zug gekommen sind. Ich hatte lediglich um eine Versetzung gebeten. Wohin, war mir egal. Hauptsache, ich konnte York verlassen und damit die Erinnerungen an den Tod meiner Frau. Hätte ich gewusst, dass ich damit Ihre Beförderung beeinflusse, hätte sich für mich sicherlich eine andere Lösung gefunden.« Pantel beobachtete den Sergeant, doch in dessen Gesicht zeigte sich keinerlei Regung.

»Und dass ich hier die Mordermittlung leiten soll, war ebenfalls nicht meine Entscheidung. Der Superintendent hat mich förmlich dazu verdonnert.« Immer noch beschränkte sich Smith auf aufmerksames Zuhören. »Also sollten wir das Beste daraus machen und nicht gegeneinander arbeiten. Nur zusammen haben wir die Chance, einen schnellen Erfolg zu erzielen. Oder sind Sie anderer Meinung?«

»Nein, Sir«, kam es zögernd von Smith.

»Gut. Wie könnte unsere Zusammenarbeit Ihrer Meinung nach aussehen?« Pantel lehnte sich bewusst entspannt zurück, um Peter Smith zu signalisieren, dass er nicht bereit war, das Problem zwischen ihnen allein zu lösen. Nervös fuhr sich dieser mit der Zunge über die Lippen. Dann, endlich, setzte er zum Sprechen an.

»Es tut mir leid, Sir, dass ich mich so kindisch benommen habe.

Als der Superintendent mir mitteilte, dass ausgerechnet Sie die Ermittlungen übernehmen sollten, war ich nicht nur zutiefst enttäuscht, sondern regelrecht empört. Und den Kollegen hier ging es nicht anders. Also haben wir gemeinsam beschlossen, Sie auflaufen zu lassen.« Smith sah Pantel hilfesuchend an, aber dieser schwieg beharrlich.»Es wird nicht wieder vorkommen, Sir, das verspreche ich Ihnen. Mit den Kollegen werde ich ebenfalls reden.«

»Danke, Smith. Ich nehme die Entschuldigung an. Doch Sie haben noch nicht meine Frage nach der Form unserer Zusammenarbeit beantwortet.«

»Ich werde in Zukunft mein Vorgehen mit Ihnen absprechen?« Nun ähnelte der Sergeant einem Schüler, der von seinem Lehrer ein Lob erwartete.

»Okay. Noch besser wäre es, wenn wir uns gegenseitig kontinuierlich austauschen würden. Hätten Sie nämlich mit der Besprechung auf mich gewartet, hätte ich zwei Informationen, die für unser weiteres Vorgehen entscheidend sein könnten, an Sie und die Kollegen direkt weitergeben können.«

»Tja, dann wäre es wohl am besten, wenn die Kollegen noch einmal hochkommen.« Betreten schaute Smith den Vorgesetzten an.

»Ja, das denke ich auch. Wenn Sie mir sagen würden, was Sie mit den anderen schon besprochen haben. Wir wollen ja keine unnötigen Wiederholungen.«

»Na ja, Tatortbesprechung und das, was Sie mir aufgetragen haben. Die Recherche bezüglich Schwierigkeiten, die James-Holland in letzter Zeit mit Kunden hatte.«

»Gut, dann holen Sie mal die Truppe her.«

Während der Sergeant nach unten verschwand, ging Pantel zum Sprechpult und schob einen Stick in den Computer. Er hatte sich dazu entschlossen, die Kollegen in Penzance nun doch über den Brief zu informieren. Vielleicht war es gar nicht so verkehrt, wenn sich mehrere Köpfe mit der älteren Vergangenheit des Baulöwen beschäftigen würden.

Nach und nach trudelten die Beamten ein und suchten sich einen Platz am großen Besprechungstisch. Smith kam als Letzter, schloss die Tür und gesellte sich zu Pantel. Das verhaltene Gemurmel der Anwesenden erstarb.

»Wie ich euch schon unten erläutert habe, war die Idee, unsere Besprechung vor dem Eintreffen von DCI Pantel abzuhalten, nicht so vorteilhaft. Da er bereits mit der Witwe des Opfers gesprochen hat, kann er unseren bisherigen Erkenntnissen neue Informationen hinzufügen. Doch zuerst möchte ich den Chief Inspector ganz herzlich in unserer Mitte begrüßen.« Smith schaute auffordernd in die Runde und ein fast zeitgleiches ›Guten Tag, Sir!‹ war von den Anwesenden zu hören. »Dann übergebe ich jetzt das Wort an den DCI.«

Pantel räusperte sich kurz und ließ seinen Blick interessiert über die Gesichter der Anwesenden gleiten.

»Ich begrüße Sie ebenfalls ganz herzlich und wünsche mir, dass wir gemeinsam bei der Klärung dieses Mordfalls Erfolg haben werden. Ich habe zwei wichtige Informationen für Sie, die wir bei der Bearbeitung des Falls berücksichtigen müssen. So hat mir Mrs James-Holland erzählt, dass sich gestern Abend ein Sergeant aus Penzance gemeldet und mitgeteilt habe, dass der als gestohlen gemeldete Jaguar ihres Mannes aufgetaucht sei.« Überraschtes Gemurmel setzte ein.

»Wer soll das denn von uns gewesen sein?«, meldete sich der Polizist mit dem Wallrossschnäuzer.

»Ein gewisser PC Phillips.«

»Aber hier gibt es keinen Phillips!« Die junge Polizistin, die Pantel vorhin so erschreckt hatte, war anscheinend über ihren Mut, das laut auszusprechen, was alle anderen gerade dachten, selbst verblüfft. Eine zarte Röte zeigte sich auf ihren Wangen.

»Genau das ist der springende Punkt, Constable …«

»Clarks, Sir.«

»… Constable Clarks. Dieser falsche Sergeant hat James-Holland zum Mên-an-Tol gelockt und aller Wahrscheinlichkeit nach auch getötet. Für uns ergeben sich, natürlich neben der Frage zu seiner Identität, zwei weitere Punkte, die wir klären müssen. Erstens, woher wusste er von dem Diebstahl des Jaguars? Zweitens, warum kannte er die private, geheime Festnetznummer des Ehepaars James-Holland? Wer von Ihnen hat die Diebstahlsanzeige aufgenommen?«

»Ich, Sir!« Ein junger Polizist mit glattem, blondem Haar und grün eingefärbtem Pony meldete sich. »PC Taylor, Sir. Vorgestern, am frühen Nachmittag. Die genaue Uhrzeit müsste ich auf der Anzeige nachschauen.«

»Welche Telefonnummer hat das Opfer bei Ihnen hinterlassen?«

»Seine mobile Telefonnummer sowie die seines Büros.«

»Also kann es niemand von uns sein. Wir hatten keine Kenntnis von seiner Geheimnummer«, stellte Smith fest.

»Wenn wir unseren Überlegungen nur die Telefonnummer zugrunde legen, gebe ich Ihnen recht, Smith. Was jedoch den Diebstahl betrifft, haben sicherlich sehr viele Personen davon gewusst, oder täusche ich mich?« Pantel schaute erneut in die Runde. Als niemand seine Annahme verneinte, fuhr er mit seinen Überlegungen fort. »Wer von Ihnen hat jemandem außerhalb dieses Reviers von dem Diebstahl erzählt?« Für Pantel war klar, dass die Neuigkeit, dem ungeliebten Baulöwen sei sein teures Spielzeug gestohlen worden, zu interessant war, als dass man so etwas für sich behielt. Der erneute Blick in die Runde gab ihm recht. Er sah eine Reihe von schuldbewusst dreinblickenden Gesichtern.

»Sie wissen selbst, dass Sie nicht korrekt gehandelt haben. Mir geht es jetzt nicht darum, Ihnen Schwierigkeiten deswegen zu machen, sondern darum, den Personenkreis derer, die über den Diebstahl Bescheid wussten, einzuengen. Ich bitte jeden Einzelnen von Ihnen, eine Liste mit den Personen zu erstellen, denen Sie diese Information weitergegeben haben. Und bitte, seien Sie ehrlich. Es geht hier um Mord!«

»Natürlich kann auch James-Holland selbst die Nachricht vom Diebstahl verbreitet haben«, wandte Smith ein.

»Richtig! Und darum werden wir beide morgen früh nach Pendeen fahren und die Witwe erneut befragen. Vorausgesetzt, sie hat sich soweit erholt, dass mit ihr ein Gespräch möglich ist.« Ein junger Beamter mit schwarzem Igelschnitt meldete sich zögernd, und Pantel forderte ihn auf, zu sprechen. »Sir, könnte es nicht sein, dass der Täter selbst den Wagen gestohlen hat?«

»Sehr guter Gedanke, Sergeant …« Der Inspector kniff die Augen ein wenig zusammen, um das Namensschild lesen zu können.»… Miller. Darüber habe ich ebenfalls nachgedacht. Deshalb sollten wir alles daransetzen, den Wagen zu finden. Vielleicht hat der Täter darin Spuren hinterlassen.«

Pantel schaute erneut in die Runde und schob sich rasch eine seiner Pastillen in den Mund.»Es gibt aber noch eine andere Spur, die wir verfolgen müssen. Ich habe Ihnen einen Brief mitgebracht, der gestern Morgen anonym auf meinem Schreibtisch in Truro gelandet ist. Ob er etwas mit unserem Fall zu tun hat oder nur das Geschreibsel eines Witzbolds ist, weiß ich nicht. Wir sollten ihn aber auf alle Fälle in unsere Überlegungen miteinbeziehen.«

Er öffnete die Datei, und der Brief erschien auf der Leinwand. »Bitte lesen Sie ihn in Ruhe durch und geben mir dann Rückmeldung, was Sie davon halten.«

Eine Stille trat ein, in der man eine Stecknadel hätte fallen hören können. Aufmerksam beobachtete Pantel die Gesichter der Anwesenden. Was er in ihnen lesen konnte, reichte von ungläubigem Erstaunen bis hin zu blankem Entsetzen.

»So eine verdammte Scheiße!«, entfuhr es dem Beamten mit dem Schnauzbart.»Entschuldigung, Sir«, setzte er nach. Und als hätte sich ein Knoten gelöst, füllte den Raum plötzlich ein gewaltiger Tumult. Erst ein schriller Pfiff von Smith ließ die Beamten verstummen.

»Danke, Smith!« Pantel nutzte die eingetretene Ruhe.»Ich kann mir vorstellen, was in diesem Moment in Ihnen vorgeht. Ich hoffe inbrünstig, dass dieser Brief nichts mit unserem Mord zu tun hat. Trotzdem sollten wir unsere Recherche auch auf die weiter zurückliegende Vergangenheit des Opfers ausweiten. Und bitte, absolute Verschwiegenheit, was diesen Brief betrifft!«Dann wandte er sich an Smith. »Da ich die Kollegen nicht kenne, halte ich es für sinnvoll, dass Sie die Verteilung der einzelnen Aufgaben auf die Officer übernehmen. Sollte sich der Brief als authentisch herausstellen, werden wir eine Sonderkommission einrichten und weitere Unterstützung anfordern müssen. Ich möchte allerdings verhindern, dass der Yard sich einmischt.« Diese Aussage brachte Pantel einen kurzen Applaus der Anwesenden ein. Er reagierte mit einem Grinsen, wusste er doch, dass die Jungs aus London hier auf dem Land nicht gern gesehen waren.

»Übrigens habe ich vorhin Sergeant Bloombottem aus Truro in den Fall eingeweiht und ihn gebeten, bereits einige Recherchen zu James-Hollands Vergangenheit durchzuführen. Er wird uns zunächst inoffiziell helfen. Haben Sie sonst noch irgendwelche Fragen?« Pantel schaute sich um, doch die Beamten schüttelten einvernehmlich die Köpfe. »Gut, dann an die Arbeit. Morgen früh um neun treffen wir uns hier wieder.« Zu Smith gewandt, fügte er hinzu: »Ich werde jetzt in die Pension fahren, mein Zimmer beziehen und danach setzen wir beiden uns zusammen und überlegen unser weiteres Vorgehen.«

23:00 Penzance/Woodstock Guest House

Müde betrat Pantel sein Zimmer. Es war sehr einfach eingerichtet, doch das störte ihn nicht weiter. Er würde hier sowieso nicht die meiste Zeit verbringen, und zum Schlafen reichte es allemal. Er zog sich aus und ging in das sehr kleine Bad, das vielleicht einmal eine Putzkammer gewesen sein mochte. Nur mit Mühe konnte er sich in dem niedrigen, engen Raum für die Nacht fertig machen. Aus dem stumpfen Spiegel sah ihm ein Mann entgegen, der tiefe Ringe unter den dunklen Augen hatte und dessen schwarzes Haar wirr auf die Schultern fiel.

»Junge, du könntest auch mal wieder einen Friseur gebrauchen«, sprach Pantel sein Spiegelbild an. Dieses erwiderte seine Bemerkung mit einem schiefen Grinsen. *Sophie hätte mir schon längst die Hölle deswegen heißgemacht,* dachte er wehmütig.

Dann schlüpfte er in seinen Pyjama, legte sich auf sein Bett und griff nach den Berichten, die die Kollegen in den letzten Stunden angefertigt hatten. Er war positiv überrascht, wie eifrig die Truppe in Penzance bereits gearbeitet hatte. Rasch überflog er die Seiten, doch brachte deren Inhalt keine weiteren neuen Erkenntnisse. James-Holland schien in Cornwall mehr Feinde als Freunde zu haben. Überraschend war allerdings, dass er bei seinen Bauvorhaben nie Schwierigkeiten mit den Behörden gab. Pantel schätzte, dass dort wohl die eine oder andere größere Summe geflossen sein musste. Doch das war nicht seine Baustelle – er hatte einen Mord aufzuklären. Schließlich legte er die Berichte zurück in den Klemmhefter. Er wollte gerade das Licht löschen, als sich sein Telefon mit einem lauten Brummen meldete. Auf dem Display erschien ein fröhlich in die Kamera schauendes Gesicht.

»Bloombottem. Wissen Sie, wie spät es ist? Sie arbeiten doch nicht etwa noch?«

»Guten Abend, Chief. Ich mache mich gleich auf den Weg nach Hause, aber ich habe noch zwei Information für Sie. Ich habe mich mit der Schule, die der Tote besucht hat, in Verbindung gesetzt. Er muss ein feines Früchtchen gewesen sein. Soll Schüler, sogar Lehrer tyrannisiert haben. Dass er bleiben durfte, lag wohl an seinem Vater, der der Schule viele, äußerst großzügige Spenden zukommen ließ. Es soll zig Schüler und zwei Lehrer gegeben haben, die die Schule verlassen mussten, weil Bernard James-Holland deren Nase nicht gepasst hatte. Allerdings alles nur Hörensagen und Tratsch. Es gibt darüber keinerlei Akten. Morgen treffe ich mich mit der ehemaligen Schulsekretärin.«

»Gute Arbeit, Sergeant.«

»Danke, Sir!« Bloombottem zögerte einen Moment, bevor er fortfuhr:»Na ja, und das Zweite, das ich für Sie habe, ist nicht besonders erfreulich. Mit der Abendpost ist nämlich wieder ein Brief eingetrudelt, habe ihn schon an Browns Leute weitergeleitet. Er ist von unserem Freund. Ich schicke Ihnen gleich eine Kopie.«

Pantel schluckte. *Also ist der Mord an dem Baulöwen tatsächlich der Beginn einer Serie!*»Was steht drin?«, fragte er knapp.

»Lesen Sie lieber selbst«, antwortete der Sergeant ausweichend.»Gute Nacht, Sir! Ich melde mich morgen.«

Ein leises *Pling* ertönte. Pantel zögerte kurz, die neue Nachricht zu öffnen. Doch er konnte nicht vor der Realität weglaufen. Entschlossen drückte er auf den Knopf und der abfotografierte Brief, eindeutig auf Büttenpapier verfasst, erschien.

Guten Abend, Chief Inspector,
wie war Ihr Tag? Anstrengend? Gut so! Es wäre mir ein Gräuel, Sie mit meinem Tun zu langweilen.

Wie Sie feststellen konnten, hat das Spielchen zwischen uns begonnen. Der gute Bernard. Was glauben Sie, wie viele Menschen sich die Hände reiben werden, wenn sein Tod bekannt wird? Ich habe also etwas Gutes für die Menschheit getan!

Und nun beeilen Sie sich mit Ihren Ermittlungen, denn in fünf Tagen wird neue Arbeit auf Sie zukommen.

Ich wünsche Ihnen eine angenehme Nacht!

Der Mörder

Angewidert warf Pantel das Telefon auf die Bettdecke. *Was für ein aufgeblasener Idiot!* Dann nahm er das Smartphone erneut zur Hand, tippte eine kurze Nachricht an Sergeant Smith und fügte den Brief bei.

Langsam füllte sich der Besprechungsraum der Dienststelle in Penzance. Die meisten Beamten sahen müde aus. Pantel verspürte Mitgefühl mit seinen Kollegen, denn in den nächsten Wochen würden sie kaum zum Schlafen kommen. Es sei denn, sie fassten den Täter, bevor er erneut zuschlagen konnte.

»Guten Morgen, zusammen!« Betont freundlich blickte Pantel in die erwartungsvollen Gesichter. »Zunächst einmal möchte ich mich für die bereits geleistete Arbeit und die ausführlichen Berichte bei Ihnen bedanken. Leider gibt es aber unerfreuliche Neuigkeiten. Ein neuer Brief ist aufgetaucht.« Das Bild des Schreibens füllte die Leinwand. Zu Pantels Erstaunen blieben die Anwesenden dieses Mal sehr gefasst. Constable Clarks war die Erste, die sich zaghaft zu Wort meldete.

»Dann müssen wir also tatsächlich mit fünf weiteren Morden rechnen, Sir?«

»So, wie es aussieht, ja. Es sei denn, wir schnappen den Täter vorher.«

»Sie sagten gestern, dass wir eine Sonderkommission einrichten werden. Woher bekommen wir die Unterstützung?« Ein älterer Polizist mit schneeweißen Haaren und einer langen Narbe auf der Wange schaute den Inspector fragend an.

»Ich denke, dass wir Kollegen aus Truro, eventuell auch aus Plymouth anfordern können, Grant.« Smith hatte die Antwort übernommen. »Sergeant Bloombottem wird ja sicherlich ebenfalls dabei sein?« Er schaute zum Inspector hinüber.

Dieser nickte zustimmend. »Ja. Das ist mit dem Superintendenten so verabredet. Ich werde Thomson gleich anrufen und ihm die Sache erläutern. Er entscheidet dann, wer abgeordnet wird. Wenn wir mehr wissen, bitte ich Sie, Smith, die Sonderkommission zu organisieren.«

»Danke, Sir! Das mache ich sehr gern. Aber was ist dann mit dem Besuch bei der Witwe?«

»Wenn es Ihnen nichts ausmacht, übernehme ich das allein. Das heißt …« Suchend sah sich Pantel im Raum um. »… Constable Clarks könnte mich begleiten.«

Die erneute Befragung von Evelyne James-Holland erbrachte keine neuen Erkenntnisse. Sie war der festen Überzeugung, dass ihr Bernard einer der liebenswürdigsten Menschen überhaupt war und keinerlei Feinde hatte. Auch wären die Geheimnummer und der Diebstahl des Wagens nur der Familie und den engsten Freunden bekannt gewesen. Für diese würde die Witwe allerdings ihre Hand ins Feuer legen. Pantel und die junge Polizistin zogen enttäuscht ab.

10:30 Morvah/Mên-an-Tol

Pantel hielt auf dem kleinen, leeren Besucherparkplatz, von dem aus man zum Mên-an-Tol wandern konnte.

»Kommen Sie, Clarks! Ich möchte mir gern noch einmal den Tatort ansehen. Es ist von hier höchstens eine halbe Meile, und etwas frische Luft tut uns sicherlich ganz gut.« Er holte seine Wanderschuhe aus dem Kofferraum und zog sie an. Clarks schaute sich in der Zwischenzeit um.

»Sir, ich war noch nie bei den Steinen, aber wie es hier aussieht, kann man ja meilenweit schauen. Könnte nicht irgendjemand den Mörder oder sogar den Mord gesehen habe?«

»Nun, vielleicht nicht den Mord. Dort oben ist es schon ein wenig unübersichtlich. Aber eventuell den Täter, als er hinauf zu den Steinen fuhr.«

Clarks ließ den Blick die enge Straße hinaufgleiten. »Na ja, viele Anwohner scheint es hier nicht zu geben, nur das Cottage direkt am Weg. Das scheint aber eher ein leerstehendes Ferienhaus zu sein.« Dann wies sie mit dem Arm zu der Kuppe eines Hügels. »Aber von der Farm dort oben hat man doch sicherlich einen guten Blick.«

Pantel schaute in die gewiesene Richtung. Ärgerlich stellte er fest, dass ihm gestern die aus einem schmutziggrauen Stein erbauten Gebäude gar nicht aufgefallen waren. Auch DS Smith schien den Bauernhof, der eher einer merkwürdigen Felsformation als einem bäuerlichen Anwesend glich, übersehen zu haben, denn er hatte mit ihm zwar über mögliche Zeugen gesprochen, aber nicht über Anwohner, sondern Wanderer, die noch spät unterwegs gewesen sein könnten.

»Sie haben gute Augen, Constable. Mir sind die Gebäude gestern entgangen«, lobte Pantel seine Begleiterin.

Die junge Frau errötete leicht. »Danke, Sir.«

»Lassen Sie uns trotzdem erst zu den Steinen gehen und uns dort noch einmal umsehen. Danach fahren wir zur Farm.«

Der Besuch der Megalith-Formation brachte lediglich die Erkenntnis, dass der Platz weder vom kleinen Ferienhaus noch von der Farm aus einzusehen war. Unzufrieden machten sich die beiden Polizisten auf den Weg zum Bauernhof. Ein Mann in Arbeitskleidung werkelte an seinem Traktor. Als Pantel auf die Hofanlage fuhr, unterbrach dieser seine Arbeit und beobachtete die beiden Neuankömmlinge interessiert.

»Hab' mich schon gefragt, wann einer aus eurer Truppe hier erscheint«, rief er ihnen entgegen.

»DCI Pantel und das ist PC Clarks. Guten Tag, Mr …?« Pantel hielt dem Mann seinen Ausweis hin.

»Beans, Jack Beans.«

»Mr Beans, dürften wir Ihnen wohl ein paar Fragen stellen?«

»Na klar. Hab' Ihnen sogar was zu erzählen«, kam es großspurig zurück.

Die beiden Beamten wechselten einen schnellen Blick, woraufhin Clarks ein Notizheft und einen Stift aus ihrer Uniform zog.

»Sie haben vorgestern etwas beobachtet, was mit dem Mord am Mên-an-Tol zu tun haben könnte?« In Pantel blitzte ein Hoffnungsfunke auf.

»Aye! Hier vom Hof aus ist natürlich nichts zu sehen, aber von der Kuhweide da unten hat man einen sehr guten Blick. Kommen Sie, ich zeige Ihnen die Stelle.« Er drehte sich um und stapfte mit seinen schlammigen Gummistiefeln in Richtung eines maroden Weidezauns.

Pantel überlegte kurz, ob er nicht lieber wieder seine Wanderschuhe anziehen sollte, doch der Farmer legte solch ein Tempo vor, dass ihm nichts anderes übrigblieb, als hinter ihm her zu marschieren. Beans hatte mittlerweile ein Tor erreicht, öffnete es weit und lief noch ein paar Schritte in die Weide hinein. Mit ausgestrecktem Arm zeigte er auf einen Punkt in der gleichförmigen Heidelandschaft. »Dort drüben sind die Steine. Sehen kann man sie wegen des Gestrüpps nicht, aber den Bereich davor kann man ganz gut erkennen. Als ich vorgestern gegen sechs die Kühe reinholte, sah ich jemanden dort stehen und die Straße beobachten. Erst dachte ich an einen Wanderer, aber haben Sie schon mal einen Wanderer in einem schneeweißen Anzug gesehen?« Ein bellendes Lachen kam Beans über die Lippen. »Der Typ hatte sogar eine Kapuze auf.«

Für Pantel fügten sich gleich zwei Puzzleteile ein. Zum einen erklärte die Beobachtung des Farmers, warum der Mörder keinerlei Spuren hinterlassen hatte, und zum anderen, warum James-Holland dem Täter gegenüber nicht misstrauisch reagiert hatte. Schließlich befand er sich auf dem Weg zum Fundort seines Jaguars. Eine Person, vorzugsweise ein Polizist, der an einem Tatort einen Einwegoverall trug, war nichts Ungewöhnliches.

»Konnten Sie erkennen, ob es sich um einen Mann oder eine Frau gehandelt hat?«

»Nein, Chef. Ist doch ein wenig weit von hier. Aber ich würde sagen, dass es ein Mann war, mittelgroß und schlank.«

47

»Haben Sie sonst noch etwas beobachtet, Mr Beans?«

»Hab' erst einmal die Kühe in den Stall gebracht, bin dann aber noch mal hierhin. War halt neugierig.« Beans lüftete ein wenig seine Tweedmütze und kratzte sich darunter. »Der Mann war weg, aber so ein Bonzen-SUV kroch langsam die Schotterstraße hoch, bog zu den Steinen ab und verschwand dann hinter den Büschen. Ich bin dann zurück in den Stall.«

»Fanden Sie das denn nicht merkwürdig?« Die junge Polizistin sah den Farmer verwundert an.

»Ach, Mädel, was glauben Sie denn, was da drüben alles los ist? Besonders wenn's dunkel wird. Da kann ich mir nicht jedes Mal einen Kopf drüber machen.«

»Danke, Mr Beans. Ihre Aussage war für uns sehr hilfreich. Falls Ihnen noch etwas einfallen sollte, melden Sie sich bitte bei uns.« Pantel reichte ihm seine Karte.

»Mach ich, Chef.« Er schob die Karte in die Brusttasche seiner Latzhose und tippte an seine Mütze. »Schönen Tag noch und Weidmannsheil.«

11:15 Penzance/Polizeirevier

Als Charles Pantel und Ivy Clarks wieder in Penzance eintrafen, hatte Sergeant Smith bereits alles für die Sonderkommission organisiert. In dem Besprechungsraum, der zur Einsatzzentrale umfunktioniert worden war, saßen fünf Beamte der Dienststelle an Computern, schon eifrig in die Ermittlungen vertieft.

»Wie haben Sie das denn so schnell hinbekommen?« Pantel zeigte sich ehrlich überrascht.

»Kleinigkeit«, wehrte Smith ab. »Planung und Organisation sind mein Steckenpferd.«

»Nun mal nicht so bescheiden, Sergeant. Das ist nicht mal eben eine Tasse Tee kochen, sondern eine enorme Leistung.«

»Danke, Sir!« Obwohl sich Smith bemühte, ein neutrales

Gesicht zu wahren, entging dem Inspector nicht das stolze Leuchten in den Augen des Kollegen.

»Darf ich Ihnen eine Frage stellen?« Smith zögerte und wartete die Zustimmung Pantels ab. »Hat der Superintendent heute Morgen irgendetwas zu einem möglichen Einsatz von Yard-Leuten gesagt?«

»Als er von der Existenz der Briefe erfuhr, wurde er ziemlich unruhig und wollte sich sofort mit dem Yard in Verbindung setzen. Ich habe ihm aber gesagt, dass die Leute hier ebenso kompetent seien wie die Mitarbeiter in London. Schließlich hat er eingewilligt, erst die Entwicklung abzuwarten.«

»Dann wollen wir ihn mal nicht enttäuschen, Sir.«

»Das sehe ich auch so. Wie sieht es mit dem Rest der Verstärkung aus?«

»Nun, Sir, aus Plymouth erwarten wir drei Beamte, die gegen halb vier hier sein wollen. Truro hat uns zwei Personen zugesagt plus Sergeant Bloombottem. Ich habe auch schon für alle Zimmer besorgt.«

»Wirklich hervorragende Arbeit! Können wir Clarks wohl mit einplanen?«

»Wenn Sie wünschen, Sir.«

»Gut. Wann wollte Bloombottem ankommen?«

»Die aus Truro kommen gegen zwei und der Sergeant wollte direkt nach dem Termin mit der Schulsekretärin eintreffen.«

Wie aufs Stichwort tönte ein munteres ›Guten Tag!‹ durch den Raum und die vertraute Gestalt Bloombottems erschien im Türrahmen. Mit seiner tannengrünen Cordhose und dem braunbeigen Tweedjackett ähnelte er eher einem Laird als einem Officer. Rasch durchquerte er das Zimmer und schüttelte Pantel herzlich die Hand.

»Schön, Sie zu sehen, Sarge. Sergeant Smith kennen Sie?«

»Vom Hörensagen, Sir.« Die Herzlichkeit verschwand, und ungewohnt steif begrüßte er den Kollegen aus Penzance. Dann wandte er sich wieder seinem Chef zu. »Hab' einiges ausgegraben. Ob es allerdings zu unserem Fall gehört, bleibt abzuwarten.«

»Wir haben für vier Uhr die nächste Teambesprechung angesetzt. Damit Sie nicht alles zweimal erzählen müssen, schlage ich vor, dass Sie Ihre Ergebnisse dann der gesamten Mannschaft vorstellen«, mischte sich Peter Smith ein. Pantel grinste innerlich über das erneute Wer-hat-hier-das-Sagen-Spielchen des Sergeants. Verblüfft starrte Bloombottem erst den Kollegen, dann seinen Chef an. »Wenn das für Sie in Ordnung ist, Sir?«

»Ich bin zwar schon sehr gespannt auf Ihren Bericht, doch ich denke, dass Smith recht hat. Er hat auch schon eine Unterkunft für Sie reserviert.« Pantel schaute auf seine Uhr. »Vielleicht wollen Sie zuerst in Ruhe Ihr Zimmer beziehen?« Sichtlich enttäuscht nickte Bloombottem und ließ sich von Smith die Adresse geben.

16:00 Penzance/Polizeirevier

Pantel ließ seinen Blick über das neu zusammengestellte Team schweifen. Dreizehn Augenpaare musterten ihn interessiert. Es war ein bunt zusammengewürfelter Haufen aus Detectives und Police Officern. Er zählte vier Frauen, eine davon im Rang eines Sergeants.

»Guten Tag, liebe Kolleginnen, liebe Kollegen. Ich bin DCI Charles Pantel aus Truro und leite die Ermittlungsarbeiten. Neben mir sehen Sie DS Smith, Leiter des Reviers hier in Penzance und Organisator der Sonderkommission.« Er wies mit der Hand in Richtung des Sergeants, der lächelnd der Gruppe zunickte. »Wir benötigen Ihre Mithilfe in einem Fall, der wahrscheinlich nur der Anfang einer Serie von Morden ist. DS Smith wird Sie gleich über die bisherigen Ermittlungsergebnisse in Kenntnis setzen. Danach werden Sergeant Bloombottem und ich noch einige neue Fakten hinzufügen. Im Anschluss daran wird Smith Sie den einzelnen Ermittlungsbereichen zuordnen. Gibt es von Ihrer Seite noch Fragen zur Organisation?« Pantel sah sich um, nahm aber nur einträchtiges Kopfschütteln wahr. »Gut, dann wünsche ich uns allen eine angenehme Zusammenarbeit und eine rasche Klärung des Falls.«

Erstaunt über die Professionalität, mit der nun der Sergeant seinen Vortrag hielt, lehnte sich Pantel in seinem Stuhl zurück. Er musste neidlos zugeben, dass Smith ohne Zweifel das Zeug zu einem hervorragenden Inspector hatte. Seine Erläuterungen waren so strukturiert, anschaulich und faktensicher, dass es vom Team kaum Rückfragen gab.

Anschließend trat Bloombottem vor die Anwesenden. Umständlich blätterte er zunächst in seinem Notizblock, schaute dann lächelnd auf und begann:»Heute Morgen besuchte ich die ehemalige Schulsekretärin der Truro School, Mrs Newton. Sie erzählte, dass unser Opfer dort Schüler war. Während seiner Schulzeit hätte es eine Reihe von unschönen Vorfällen gegeben. Sobald James-Holland einen Schüler oder Lehrer nicht mochte, haben er und sein Vater, Elternratsvorsitzender und Sponsor der Schule, dafür gesorgt, dass die betreffende Person von der Schule verwiesen wurde. Während es für die betroffenen Lehrer schwierig war, eine neue Anstellung zu bekommen, schließlich war ihr Ruf beschädigt, war der Wechsel auf eine andere Privatschule für die Schüler aus gut betuchten Familien kein großes Problem. Es gab jedoch einen Fall, der einen Stipendiaten betraf. Mrs Newton beschrieb ihn als hochintelligent, gut erzogen und eindeutig zu etwas Höherem berufen. Ihm blieb, nach James-Hollands Angritte auf ihn, nur der Weg zurück auf eine öffentliche Schule. Leider konnte sich die alte Dame nur noch vage an den Vornamen erinnern. Wahrscheinlich hieß er Robert. Den Nachnamen wusste sie nicht mehr.«

Eine dunkelhäutige Frau mit fein geschnittenen Gesichtszügen, das krause, schwarze Haar zu einem seitlichen Zopf geflochten, meldete sich.»DS Patricia Jenkins, Plymouth. Könnte man an der Schule nicht nach dem Familiennamen forschen?«

»Das war auch meine erste Frage«, erwiderte Bloombottem

freundlich.«Mrs Newton antwortete darauf, dass der Direktor der Schule sie nach dem Vorfall angewiesen hatte, sämtliche Akten und Unterlagen über den betreffenden Schüler zu vernichten. Gerade so, als hätte er nie an der Schule existiert. Was aus ihm geworden ist, wusste sie leider nicht.«

Taylor, der junge Beamte mit dem grünen Pony, hob die Hand. »Wie wahrscheinlich ist es denn, dass dieser Robert unser Mann ist?«

Nun sah Bloombottem hilfesuchend zu Pantel hinüber. Dieser erhob sich und stellte sich neben ihn.

»Nun, da der Täter, falls er auch der Verfasser der Briefe sein sollte, anscheinend seinen Rachewunsch über Jahre hinweg gepflegt hat, müssen wir zunächst alle Vorfälle, bei denen James-Holland das Leben einer anderen Person massiv negativ beeinflusst hatte, genau unter die Lupe nehmen.« Er nickte Bloombottem kurz zu, sodass dieser zurück an seinen Platz ging. »Besagter Schüler gehört also durchaus auf die Liste der Verdächtigen. Ich bin mir aber bewusst, dass das Opfer weitaus mehr Feinde hatte als nur diesen einen. Und hier beginnt Ihre Arbeit. Sie sollen nach genau solchen Vorfällen im Leben von James-Holland suchen. Sie wissen, dass wir nur noch vier Tage Zeit haben, bevor der Mörder erneut zuschlagen will. Auch sollten wir alles daransetzen, den gestohlenen Wagen zu finden, um vielleicht doch noch an Spuren des Täters zu kommen. DS Smith wird Ihnen gleich Ihre Aufgaben zuweisen.« Pantel sah zu Ivy Clarks hinüber und lächelte ihr kurz zu. »Dank PC Clarks haben wir heute Morgen einen Zeugen gefunden, der den Täter höchstwahrscheinlich gesehen hat. Seine Aussage erhärtet den Verdacht, dass der Täter einen Tatort mit polizeilichen Ermittlungen vorgetäuscht hatte.« Kurz schilderte er den Gesprächsverlauf mit dem Farmer und schloss mit den Worten: »Wir haben es hier mit einer planvoll und umsichtig handelnden Person zu tun. Also seien Sie aufmerksam. Ich wünsche uns allen Glück!«

Die folgenden Tage sollten für Pantel die arbeitsreichsten, aber auch enttäuschendsten seines bisherigen Arbeitslebens werden. Obwohl die Beamten rund um die Uhr an dem Fall arbeiteten, stets den 31. Mai sorgenvoll vor Augen, ergaben sich keine neuen Erkenntnisse, die zu einer Identifizierung des Täters geführt hätten. Insgesamt stießen die Ermittler auf fünfzehn Personen, deren Leben von James-Holland derart umgekrempelt worden war, dass sich daraus ein Mordmotiv hätte ableiten lassen können. Zwölf von ihnen hatten ein wasserdichtes Alibi. Die drei anderen landeten zunächst auf der Liste der Verdächtigen, doch Pantel war sich sicher, dass sie nichts mit dem Mord zu tun hatten. Als schließlich der Jaguar des Opfers unterhalb der Klippen von Rinsey Head gefunden wurde, keimte ein wenig Hoffnung bei allen Beteiligten auf. Doch in der zerschmetterten, tagelang vom Meerwasser umspülten Limousine ließen sich weder DNA-Spuren noch Fingerabdrücke nachweisen. Allerdings sorgten ein Spitzenhöschen und eine angebrochene Packung Viagra aus dem fast unversehrten Handschuhfach einen Moment lang für allgemeine Heiterkeit.

Pantel, dem nicht nur der Superintendent, sondern mittlerweile auch die Presse im Nacken saß, musste hilflos mitansehen, wie der Tag des zweiten Mordes unaufhaltsam näher rückte, ohne dass sich eine erfolgversprechende Spur ergab.

30. Mai 2020
15:00 Penzance/Polizeirevier

»Ich habe den Mörder!« Taylor stürmte in Smiths Büro, in dem auch Pantel vorübergehend untergebracht war. Während Pantel dem mit einem Blatt Papier wild winkenden Constable interessiert entgegensah, zuckte Smith erschrocken zusammen.

»Können Sie nicht anklopfen?«, blaffte er den jungen Officer unfreundlich an. »Und was soll dieser ganze Wirbel?«

»Entschuldigung, Sir.« Abrupt blieb Taylor stehen und blickte irritiert zwischen den beiden höheren Beamten hin und her.

»Was gibt es denn, dass Sie in solch eine Aufregung versetzt?« Pantel zwang sich, seine Frage ruhig und langsam zu formulieren, obwohl sich die Unruhe des jungen Mannes längst auf ihn übertragen hatte.

»Sir!« Der Adamsapfel des Constables hüpfte nervös auf und ab, und der grüne Pony stand ihm wirr nach oben. »Ich habe eine Person gefunden, die nicht nur mächtigen Ärger mit unserem Opfer hatte, sondern auch Robert heißt und von der Truro School geflogen war!«

Triumphierend legte er einen Computerausdruck vor Pantel auf den Schreibtisch. Smith, der sich mittlerweile wieder gefasst hatte, stand hastig auf, trat hinter den Inspector und las aufmerksam den kurzen Bericht über einen gewissen Robert Stanford, der die Privatschule in Truro während des Sommertrimesters 1987 verlassen musste. Dreißig Jahre später war James-Holland gegen Stanford vor Gericht gezogen, da dieser ihm angeblich 80.000 Pfund schuldete. Die Richter entschieden zugunsten des Baulöwen, und Stanford ging mit seinem Architekturbüro in Konkurs. Mittlerweile arbeitete der einstige Stararchitekt bei Fancienes Fish&Chip in Newquay als Bedienung. Und dort hat er herumerzählt, dass er das Schwein James-Holland irgendwann killen würde.

Smith stieß einen Pfiff aus. »Das ist ja mal ein Abstieg und ein wunderbares Motiv.«

»Jedenfalls die beste Spur, die wir bis jetzt haben.« Pantel wiegte bedächtig den Kopf. »Wir sollten ihn auf jeden Fall vernehmen!«

Smith drehte sich Taylor zu. »Veranlassen Sie, dass der Typ hierhergebracht wird. Sofort!«

Überrascht musterte Pantel den Sergeant, von dessen sonst so freundlichen und höflichen Umgangsformen plötzlich nichts mehr zu spüren war.

»Das haben Sie hervorragend gemacht, Taylor!«, lobte er darum den Constable. »Und ich möchte gern, dass Sie nachher bei der Vernehmung dabei sind.« Als hätte er einen Schalter betätigt, leuchtete das Gesicht des jungen Mannes vor Begeisterung auf. Ein überschwängliches ›Danke, Sir!‹ folgte, bevor er eilig den Raum verließ.

Robert Stanford war ein schmächtiger Mann um die vierzig mit Halbglatze und einer typischen Trinkernase. Aus wässrigen Augen blickte er Pantel nervös an.

»Mr Stanford«, freundlich lächelte Pantel dem verunsicherten Mann zu, »der Grund, warum Sie hier sind, ist Ihnen von den Beamten mitgeteilt worden. Wurden Sie über Ihre Rechte umfänglich unterrichtet?«

Stanford räusperte sich und fuhr sich mit der Zungenspitze über seine ausgetrockneten Lippen. »Ja, Chief Inspector.«

»Gut«, fuhr Pantel ruhig fort, »Sie kennen Bernard James-Holland?«

»Ja.«

»Ihnen ist auch bekannt, dass er letzten Samstagabend, den 25. Mai, ermordet wurde?«

»Ja, aber ich habe ihn nicht umgebracht, obwohl dieser Kerl es durchaus verdient hätte.«

»Mr Stanford, können Sie mir bitte sagen, wo Sie sich am Abend des 25. Mais zwischen fünf und zehn Uhr aufgehalten haben?«

»Bis sechs ging meine Schicht. Danach bin ich nach Hause gefahren, hab ferngesehen und bin dann ins Bett.«

»Gibt es dafür Zeugen?«

»Nein«, schrie Stanford plötzlich auf. »Ich habe dieser Kakerlake kein Haar gekrümmt. Zweimal hat dieses Schwein mein Leben gehörig durcheinandergebracht. Ich habe ihn gehasst und mir tatsächlich vorgestellt, ihn umzubringen, aber ich war nicht bereit, für diesen Abschaum der Menschheit ins Kittchen zu wandern.«

»Beruhigen Sie sich bitte, Mr Stanford.« Beschwichtigend hob Pantel die Hände. »Möchten Sie vielleicht etwas trinken?«

Erneut leckte sich der Mann über die Lippen, dann schüttelte er den Kopf, besann sich aber. »Oder doch. Haben Sie vielleicht eine kalte Cola?«

»Constable, ob Sie wohl eine Cola für Mr Stanford auftreiben können?«

»Kein Problem, Sir. Bin gleich wieder da.« Eifrig erhob sich der junge Polizist und verließ den Raum.

»Chief Inspector«, Stanford beugte sich etwas vor und senkte seine Stimme, »ein wenig Whisky hätten Sie wohl nicht?«

»Tut mir leid. Selbst wenn ich welchen hätte, dürfte ich Ihnen keinen geben.« Bedauernd zuckte Pantel mit den Schultern und beugte sich dann ebenfalls ein wenig vor. »Mr Stanford, erzählen Sie mir doch einmal, was für Probleme Sie mit James-Holland hatten.«

Froh, endlich jemandem von der Ungerechtigkeit, die er erfahren hatte, erzählen zu können, schüttete er Pantel sein Herz aus. Er sprach von James-Holland, der ihn gemobbt hatte und schließlich die Kaffeekasse im Lehrerzimmer stahl, um sie in Stanfords Spint zu deponieren. Die Kasse wurde gefunden und Stanford flog noch am selben Tag von der Schule. Vor etwa vier Jahren traf er wieder auf James-Holland. Der machte ihm ein unglaubliches Angebot: Stanford sollte eine komplette Siedlung für fünfzig Eigenheime gehobenen Anspruchs entwerfen. Er war sofort begeistert, unterschrieb den Honorarvertrag. Leider hatte er das Kleingedruckte bezüglich der Frist für die Abgabe des Entwurfs übersehen. Nur sechs Wochen nach Auftragsvergabe flatterte ein Schreiben von James-Hollands Anwalt auf Stanfords Schreibtisch: die Aufforderung, die Konventionalstrafe in Höhe von 80.000 Pfund zu entrichten, da der Abgabetermin für die Entwürfe nicht eingehalten wurde. Eine betrügerische Absicht von James-Holland wurde vom Gericht nicht nachgewiesen. Stanford zahlte und ging in Konkurs.

Robert Stanford hatte demnach ein klassisches Motiv für den Mord: Rache! Doch Pantels Bauchgefühl sah ihn nicht als Täter. Als Taylor die gewünschte Cola brachte, trank Stanford die

Flasche gierig in einem Zug aus. »Welche Schule haben Sie nach Truro besucht?«

»Meine Eltern schickten mich auf ein Internat in die Schweiz. Habe mich dort sehr wohl gefühlt. Im Prinzip hatte Bernard mir also einen Gefallen mit dem Unterschieben des Diebstahls getan.«

»Sie waren also kein Stipendiat?«

»Wie kommen Sie denn darauf?« Stanford lachte laut auf. »In Truro gibt's keine Stipendiaten.« Dann stutzte er kurz. »Doch, wir hatten mal einen. Hieß genau wie ich, Robert. War zwei Jahre unter mir. Hat immerhin drei Jahre durchgehalten. Als Bernard nämlich erfuhr, dass die Mutter des Bürschchens eine alleinerziehende Friseurin war, wurde er sofort zum Abschuss freigegeben.«

»Wissen Sie, was aus ihm geworden ist?« Pantel beugte sich interessiert vor.

»Sorry, keine Ahnung. Nicht meine Liga, Sie verstehen?«

»Können Sie sich vielleicht noch an den Nachnamen erinnern?«

»Nein, das heißt, warten Sie mal. Das war so ein typischer Allerweltsname wie Miller oder Fisher oder so. Keine Ahnung.«

»Nun gut.« Pantel räusperte sich leicht. »Mr Stanford, wir werden Sie bis morgen Abend erst einmal hierbehalten. Vielleicht möchten Sie jetzt doch noch Kontakt mit Ihrem Anwalt aufnehmen?« Doch Stanford verneinte erneut. »Constable Taylor, haben Sie vielleicht noch eine Frage an Mr Stanford?« Der junge Mann zuckte förmlich zusammen, und Röte schoss ihm ins Gesicht. Dann schüttelte er entschieden den Kopf.

Pantel wies den wachhabenden Officer an, Stanford in seine Zelle zu bringen.

»Dann haben wir ihn also?«, sprudelte es erfreut aus Taylor heraus, nachdem die Tür hinter Stanford zugefallen war.

»Nein.«

»Aber warum haben Sie ihn dann eingesperrt?«, fragte Taylor erstaunt.

»Weil dieser Mann schon genug Ärger am Hals hatte. Er muss

jetzt nicht auch noch Hauptverdächtiger in einem Mordfall werden«, antwortete der Inspector sachlich, konnte sich dann aber ein Grinsen nicht verkneifen, als er den entgeisterten Blick seines jungen Kollegen sah. »Constable, morgen wird wahrscheinlich ein zweiter Mord geschehen. Wenn Stanford hier einsitzt, was hat er dann?«

»Ein absolut wasserdichtes Alibi?«

Pantel tätschelte Taylors Schulter. »Ganz genau, Taylor!«

Lang, lang ist's her. Und doch
Hast du mich nicht – konnt ich dich nicht –
Vergessen.
(Ringelnatz, aus »So kann ein Wiedersehen sein ...«)

Zweiter Mord
Trewellard/Levant Mine

September 1992
St. Just/Cape Cornwall School

»Hallo, wie geht es dir?« Freundlich lächelte Mrs Spring, die Schulsekretärin der Cap Cornwall School, den Schüler der Abschlussklasse an.

»Danke, geht so.« Er lehnte sich an den Tresen, hinter der die grauhaarige, ältere Frau ihren Arbeitsplatz hatte. »Mrs Pepperton wollte mich sprechen?«

Mrs Spring schaute ihn immer noch freundlich an, doch das Lächeln verschwand, und in ihre Augen schimmerte Mitgefühl. »Tut mir wirklich leid, wie sich in letzter Zeit die Dinge für dich entwickelt haben. Du bist so ein guter Junge. Leider erkennt das nicht jeder. Sie wartet schon auf dich. Ich drück dir die Daumen und wünsch dir viel Glück.«

»Danke Mrs Spring. Ich glaube, das kann ich wirklich brauchen.«

Der junge Mann klopfte an die Tür zum Rektorenzimmer. Er musste einen Moment warten, bis ein durch das massive Holz gedämpftes ›Herein!‹ zu ihm drang. Ihm war nicht wohl bei dem Gedanken, was ihn dort drinnen erwarten würde, darum zögerte er kurz, bevor er die Klinke hinunterdrückte und in das Allerheiligste der Schule eintrat.

Mrs Pepperton, eine knochige Frau Ende fünfzig mit grauen Strähnen im braunen Haar und einer goldumrandeten Brille auf der spitzen Nase, hatte den Blick auf verschiedene Papiere, die über ihren Schreibtisch verteilt lagen, geheftet. Ohne den Schüler anzuschauen, winke sie ihn mit der linken Hand heran und bedeutete ihm, sich zu setzen. Der junge Mann folgte der Aufforderung und wartete geduldig, bis die Rektorin endlich aufblickte. »Nun. Sie ahnen sicherlich, warum ich Sie einbestellt habe.« Sie schob die Papiere zu einem unordentlichen Haufen zusammen und legte sie achtlos in einen bereits übervollen Ablagekorb. Der Schüler beobachtete angewidert ihr Tun. Wie konnte eine Frau in ihrer Position nur so nachlässig und unorganisiert sein. *Schlampe*, schoss es ihm durch den Kopf.

Mrs Pepperton setzte sich aufrecht hin, legte die Unterarme auf den Tisch und verschränkte die Finger ineinander.

»Mir ist zu Ohren gekommen, dass Sie sich über meine Notenvergabe beschwert haben. Ein Verhalten, das ich nicht tolerieren kann und auch nicht werde.« Ihre hohe Stimme nahm an Lautstärke und Schärfe zu. Er beobachtete, dass sich ihre Finger so stark verkrampften, bis die Knöchel weiß hervortraten. Die heftige Emotionalität, mit der Edith Pepperton anscheinend gerade zu kämpfen hatte, amüsierte ihn, und er stellte mit Genugtuung fest, dass seine eigene Anspannung langsam verschwand. »Wie kommen Sie eigentlich dazu, mich öffentlich derart anzugehen?«

Er hielt dem bösen Blick der Rektorin gelassen stand und ließ sich Zeit mit seiner Antwort. Dann räusperte er sich und änderte ein wenig seine Sitzposition, bevor er anfing, zu sprechen: »Mrs Pepperton, es tut mir leid, dass die Dinge so gelaufen sind. Doch da Sie sich, als ich mit Ihnen in Ruhe über meine Note sprechen wollte, einfach umgedreht haben und mich stehen ließen, wusste ich mir nicht anders zu helfen.«

»Wollen Sie behaupten, dass etwa ich schuld an dieser Sache bin?« In den Mundwinkeln der Frau bildeten sich Speichelbläschen.

»Nein, Mrs Pepperton. Sie haben mich nach meinen Beweggründen gefragt, und ich habe nur ehrlich geantwortet.« Die Ruhe und Gelassenheit, die er ausstrahlte, verunsicherte die Frau zutiefst. Ihr aggressives Vorgehen schien keine Wirkung bei ihm zu zeigen. Also bedurfte es einer neuen Strategie. Sie lehnte sich in ihrem Sessel zurück und ließ ein leises Seufzen vernehmen. »Was ist an einem C+ so schrecklich, dass Sie es nicht akzeptieren können?«

Der junge Mann, der fälschlicherweise glaubte, den Drachen, wie die Rektorin von den Schülern allgemein bezeichnet wurde, gezähmt zu haben, erzählte von seinem Wunsch, Arzt zu werden und ein Stipendium für Oxford zu bekommen. Seine Noten, allesamt im A-Level, waren die Voraussetzung für den Eintritt in die akademische Welt. Lediglich die mittelmäßige Bewertung der Rektorin, ausgerechnet in Biologie, machte jede Chance zunichte. Auch könne er die Begründung, dass seine exzellent bestandenen Tests durch die angeblich mangelhaften mündlichen Leistungen nicht genug Gewicht hätten, nicht akzeptieren. Während der junge Mann sprach, stellte er leicht beunruhigt fest, dass die Rektorin zunehmend entspannter wirkte. Eine Entwicklung, die sein limbisches System mit Gefahr verknüpfte. Und kaum hatte er geendet, geschah das für ihn Unbegreifliche. Edith Pepperton brach in schallendes Gelächter aus.

»Oxford, ja? Warum nicht gleich Princeton?« Die Frau lehnte sich wieder vor und betrachtete den jungen Mann mitleidvoll. »Suchen Sie sich einen anderen Berufswunsch und eine kleine, nette Universität, zum Beispiel Brighton oder Birmingham. Dort wird man Sie mit Kusshand nehmen. Dieser Rat ist zu Ihrem eigenen Schutz. Was glauben Sie wohl, was Oxfords Studenten, die aus Adelshäusern, Unternehmer- oder Politikerfamilien stammen, zu jemandem wie Ihnen sagen würden? Das Gleiche gilt für die Professoren. Niemand wird mit Ihnen zu tun haben wollen. Sie gehören nicht zu dieser Elite – obwohl Sie mehr sicherlich mehr Intellekt besitzen als mancher von denen.« Selbstzufrieden ließ sie sich wieder in ihren Ledersessel sinken. »Vielleicht könnte ich mich noch zu einem B durchringen, aber, wie gesagt, Oxford, Cambridge oder Bristol sind für Sie nicht das richtige Pflaster. Und jetzt entschuldigen Sie mich bitte, ich habe gleich Unterricht.«

Mrs Pepperton wandte sich wieder ihrem Schreibtisch zu. Das Gespräch war beendet. Der Schüler erhob sich, und da die Rektorin ihn vollkommen ignorierte, verließ er grußlos das Büro.

»Na, mein Junge, dein Termin war wohl nicht so erfolgreich?« Traurig sah Mrs Spring ihn an.

»Nein«, antwortete er schlicht. »Aber eines habe ich mitgenommen: Ich muss noch hart an meiner Menschenkenntnis und Kommunikationsstrategie arbeiten.«

»Da wäre unser …«, sie senkte ihre Stimme zu einem Flüstern, »… Drachen eine hervorragende Lehrerin.«

Als er zwei Wochen später sein Examenszeugnis in Händen hielt, musste er feststellen, dass die Rektorin nicht nur Biologie beim C-Level belassen, sondern ihn zusätzlich in Chemie um eine Note heruntergestuft hatte. Sie hatte gesiegt! Keine Universität der Welt würde ihn nun als Stipendiaten für Medizin nehmen. *Irgendwann wirst du dafür büßen, du alte Schachtel*, dachte er grimmig und wusste, dass seine Chance der Rache kommen würde. Ordentlich heftete er das Zeugnis in seinem Ordner für Bewerbungsunterlagen ab.

31. Mai 2020
17:00 Trewellard/Levant Mine

Der Mann kauerte neben der Mauer des verfallenen Pulverturms. Von hier hatte er eine gute Sicht auf alles, was unter ihm auf dem restaurierten Areal der Levant Mine geschah. Endlich verlosch das Licht im Besucherzentrum. Eine zierliche Frau trat heraus. Gewissenhaft schloss sie die Tür ab und drückte noch einmal die Klinke herunter. Dann machte sie sich auf den Weg zum Parkplatz hinter den Gebäuden, und kurze Zeit später konnte der Beobachter einen altersschwachen Ford Fiesta langsam die Klippen entlangfahren sehen.

Der Mann ließ seinen Blick über das Gelände schweifen. Zufrieden stellte er fest, dass sich auf diesem gottverlassenen Boden außer ihm und einigen wild kreischenden Möwen niemand mehr befand. Er stand auf, streckte sich und warf seinen großen, schweren Rucksack über die Schultern. Er lief den Hang hinunter, bis er das ehemalige Maschinenhaus erreichte. Dort zog er einen Satz Dietriche aus der Hosentasche. Das altmodische Yale-Schloss leistete kaum Widerstand. Rasch öffnete er die Tür, schlüpfte hindurch und fand sich neben dem historischen Dampfkessel der aufgegebenen Zinnmine wieder. Zielstrebig eilte er in den hinteren Teil des Kesselhauses, der als Besucherzentrum und Eventfläche diente. Er sah auf die Uhr – halb sechs – genug Zeit, um für den Drachen alles vorzubereiten.

Das Taxi hielt auf dem Besucherparkplatz der Zinnmine. Eine betagte, hagere Frau, schwer auf einen Stock gestützt, ging vorsichtig den unebenen Weg zum Maschinenhaus hinunter. Irritiert hatte sie festgestellt, dass der Parkplatz leer war, doch das Licht, das aus dem alten Gebäude einladend durch die geöffnete Tür fiel, ließ sie vermuten, dass sie wieder einmal die Erste war und die anderen, natürlich, zu spät kamen. Sie schlurfte vorbei an dem Dampfkessel und trat durch den schmalen Zugang zum Besucherzentrum. Das Bild, das sich ihr bot, ließ sie verwirrt innehalten. Ein Mann in weißem Einwegoverall hantierte im hinteren Teil des Raums, der durch eine gleißend helle Lampe erleuchtet wurde. Er kniete auf dem mit roten und braunen Mosaiksteinen ausgelegten Boden und beugte sich über einen, mit beigem Gerband abgeklebten Bereich. Vorsichtig trat die Frau einen Schritt näher. Mit Erschrecken erkannte sie, dass der Bereich die Form einer liegenden Person hatte, und ihr entfuhr ein spitzer Schrei, als ihr der große, dunkelrote Fleck in Höhe des Kopfes auffiel.

Erschrocken zuckte der Mann zusammen und sprang auf die Füße. »Ma'am, was machen Sie denn hier? Das Besucherzentrum ist auf Grund polizeilicher Ermittlungen geschlossen.«

»Hat da etwa ein Toter gelegen?« Mit zitternder Hand wies sie auf die am Boden sichtbare, menschliche Silhouette.

»Ma'am. Wir sind mitten in den Ermittlungen, und ich möchte Sie bitten, den Raum zu verlassen.« Der Mann musste sich zusammenreißen, damit er nicht laut auflachte. War der alte Drache Pepperton tatsächlich aus seiner Höhle gekrochen! Er wusste, dass seine ehemalige Lehrerin mittlerweile ziemlich gebrechlich war, aber er kannte auch ihre kaum zu befriedigende Neugier, die anscheinend bei der Entscheidung, an das Ende der Welt zu fahren, gewonnen hatte.

»Aber hier sollte heute doch ein Klassentreffen sein.« Fahrig griff sie in ihre kleine Handtasche, zerrte ungeduldig ein Stück Papier heraus und reichte es dem Officer.

»Nein, Ma'am. Das Klassentreffen wurde in den Trewellard Arms verlegt. Anscheinend hat man vergessen, Ihnen Bescheid zu geben.« Mitleid zeigte sich auf dem Gesicht des Mannes. Dann tauchte er unter dem Absperrband hervor und stellte sich neben die alte Frau. »Ich bringe Sie zurück zu Ihrem Wagen. Der Pub ist nicht so weit.«

»Aber ich bin doch mit dem Taxi hier, und das ist nun weg.« Panik ergriff die Frau. Warum hatte sie sich nur auf diese Einladung eingelassen. Wäre sie lieber in ihrem gemütlichen Zimmer im Seniorenheim geblieben und hätte sich Wer wird Millionär? angeschaut, anstatt durch das dunkle Cornwall zu fahren und sich plötzlich an einem Tatort wiederzufinden.

»Kein Problem. Ich rufe Ihnen ein anderes Taxi.« Der Mann wählte eine Nummer, sprach anscheinend mit einer Frau und

bedankte sich dann herzlich. »Ma'am, die Taxizentrale wird dem Fahrer Bescheid geben, zu wenden und Sie wieder abzuholen. Soll ich Sie vielleicht ein Stück begleiten?«
»Danke, ich komme allein zurecht«, antwortete Mrs Pepperton erleichtert. Ihr Blick lag prüfend auf dem Gesicht ihres Gegenübers. »Irgendwie kommen Sie mir bekannt vor. Waren Sie vielleicht auf der Cap Cornwall in St. Just?«
»Nein«, erwiderte der Mann mit einem Lächeln. »Ich habe meine Kindheit und Jugend in Bath verbracht.«
»Ich dachte nur. Sie sehen einem ehemaligen Schüler von mir sehr ähnlich.« Dann drehte sie sich um und ging Richtung Ausgang. »Nochmals vielen Dank!«, rief sie über die Schulter zurück. Dies sollten die letzten Worte sein, die sie in ihrem Leben aussprach.

Der Mann griff zu dem antiken Bergeisen, das er griffbereit an die Wand gelehnt hatte. Mit zwei schnellen Schritten hatte er die Frau eingeholt und trat mit einem heftigen Tritt gegen ihren Stock. Ihrer Stütze beraubt, fiel sie nach vorn. Ihr Kopf schlug mit einem dumpfen Knall auf den steinernen Fußboden. Der Mann trat neben den reglos daliegenden Körper. Er hob das antike Bergeisen mit beiden Händen an und stieß es mit aller Kraft, genau unterhalb des linken Schulterblatts, in den Rücken der Bewusstlosen.

»Ich bin der Drachentöter, du mieses Stück.« Laut lachte er auf.

Der Mann kauerte erneut in seinem Versteck am Pulverturm. Die Spuren am vorgetäuschten Tatort hatte er entfernt. Seine Schutzkleidung, das benutzte Ger- und Absperrband, der Baustrahler sowie die Flasche mit Theaterblut hatte er sicher in seinem Rucksack verstaut. Er wartete auf das Eintreffen der Taxe. Er hatte vorhin tatsächlich die Taxizentrale angerufen, da es ihm wichtig war, dass die Leiche der Pepperton noch am selben Abend entdeckt wurde. Er wusste genau, dass die Ermittlungen zum ersten Mordfall auf Hochtouren liefen und die einzelnen Beamten kaum

Schlaf gefunden hatten. Für die Polizei, im besonderen Pantel, würde der heutige Fund erneut eine schlaflose Nacht bedeuten. Und je übermüdeter die Truppe war, umso größer war die Chance für Ermittlungsfehler. Endlich hörte er das Motorengeräusch eines sich nähernden Wagens und sah, wie das Taxi auf den Besucherparkplatz fuhr. Zufrieden beobachtete er, dass der Taxifahrer ausstieg und hinunter zum Besucherzentrum ging. Er verschwand kurz im erleuchteten Rechteck der Eingangstür, um wenige Sekunden später herauszustürzen und sich auf dem Kiesweg zu erbrechen.

Das ist ja ganz nach Plan verlaufen, dachte der Mann erfreut und beglückwünschte sich zu seiner Planung. Er richtete sich auf und lief gebückt über den Küstenpfad zu seinem, hinter einer Trockenmauer versteckten Wagen.

19:30 Trewellard/Levant Mine

Charles Pantel fuhr auf den Parkplatz der Mine. Er schaltete den Motor ab und gähnte herzhaft.»Dann wollen wir uns mal den Schlamassel ansehen!«

»Smith hat ja richtig Glück mit seinem Durchfall«, murrte Bloombottem vom Beifahrersitz und fingerte an seiner grün karierten Krawatte, die er zu einem dunkelroten Tweedjackett mit passender Weste trug.

»Hat er sich sicherlich nicht ausgesucht«, brummte der Inspector zurück.

»Haben Sie recht, Chef. Unser Ehrgeizling wird sich schwarzärgern, dass er heute nicht dabei sein kann.«

»Bloombottem, Smith ist ein außergewöhnlich guter Kripobeamter.« Ein leiser Tadel war aus seiner Stimme herauszuhören. »Dass wir beide mit seinem Sozialverhalten nicht zurechtkommen, ändert nichts an dieser Tatsache.« Entschlossen zog Pantel den Schlüssel ab, öffnete die Fahrertür und stieg aus.

»Aye, Sir«, antwortete der Sergeant kleinlaut und verließ ebenfalls den Polizeiwagen.

Die beiden Männer liefen schweigend den Fußweg zu den Gebäuden hinunter. In der einsetzenden Dämmerung huschten die Blaulichter der Einsatzfahrzeuge gespenstisch über die alten Mauern der ehemaligen Mine. Am Absperrband standen zwei Officer in Uniform. Als sie den Chief Inspector erkannten, tippten sie zum Gruß mit den Fingern an die Schirmmützen. Einen der Beamten erkannte Pantel wieder. »Constable Cook, heute auch wieder im Dienst?«

»Ja, leider Sir. Ist ja nicht ganz angenehm, so ein Mordfall.« Cook zwinkerte Pantel zu. »Aber warum soll es mir besser gehen als Ihnen, Sir? Hoffe nur, dass es nicht zur Gewohnheit wird.«

»Das hoffe ich auch, Cook.« Zustimmend nickte der Inspector. »Wer hat die Leiche gefunden?«

»'n Taxifahrer, Sir. Mickey Cox. War wohl angefordert worden.« Cook kratzte sich am Kopf. »Hat den armen Kerl ganz schön mitgenommen. Sie finden ihn im Rettungswagen.«

»Danke, Cook. Wir sehen uns sicherlich gleich noch.«

Micky Cox saß, aschfahl im Gesicht und in eine goldene Rettungsdecke gehüllt, auf der Fahrtrage und starrte auf eine Zeichnung, die Maßnahmen zur Wiederbelebung abbildete. Doch er nahm all das nicht wahr. Vor seinem inneren Auge hatte sich ein Bild festgesetzt, das eine tote, alte Frau zeigte, die in einer riesigen Blutlache lag und aus deren Rücken eine Art Spitzhacke ragte.

»Mr Cox?« Erschrocken fuhr er zusammen und sah zwei Männer an der Tür des Rettungswagens stehen. Der Schlanke mit wirren, schwarzen Haaren hielt einen Polizeiausweis in die Höhe. »Detectiv Chief Inspector Pantel und Detectiv Sergeant Bloombottem von der Truro-Police. Können wir Sie bitte einen Moment sprechen?«

Ein Krächzen kam aus Cox' Kehle. Er musste sich kurz räuspern. »Ja, natürlich.«

»Warum waren Sie hier bei der Mine?«

»Na, weil die Zentrale mir gesagt hat, dass ich noch einmal zurückfahren und die Frau in den Pub nach Trewellard bringen sollte.«

»Zurückfahren?«, fragte Bloombottem irritiert.

»Na, ich habe sie in St. Just abgeholt und sie hierhergefahren. Sie wollte zu einem Klassentreffen. Fand ich schon merkwürdig, dass auf dem Parkplatz noch keine anderen Autos waren. Aber unten im Maschinenhaus brannte Licht.«

»Haben Sie jemanden gesehen?«

»Nee. Wollte die Frau ja noch unten zum Eingang bringen, aber sie hat abgelehnt. Hat mich angeraunzt, dass davon mein Trinkgeld auch nicht mehr würde.« Cox lachte abschätzig. »Fünfzig Pence hatte die alte Schachtel herausgerückt. Und dafür musste ich mir noch anhören, was für ein schlechter Fahrer ich wäre.«

Der Sergeant und Pantel wechselten einen schnellen Blick.

»Sarge, rufen Sie bitte in dem Pub an?« Bloombottem zückte sein Smartphone und verschwand aus dem Blickfeld des Taxifahrers.

Pantel wandte sich wieder Cox zu. »Sie haben das Opfer also von St. Just hierhergebracht. Wann war das ungefähr?«

»Punkt sechs kam ich hier an.«

»Und dann sind Sie wieder gefahren?«

»Ja.«

»Und was passierte dann?«

»War gerade wieder in St. Just, als mich die Zentrale anfunkte, dass ich wieder zurückfahren sollte. Hatte mir gerade einen Kaffee eingegossen. Hatte ihn erst ausgetrunken, bevor ich mich auf den Weg zurück machte. Hatte, ehrlich gesagt, keine Lust, die unangenehme Alte so schnell wiederzusehen.«

»Wann waren Sie wieder hier?«

»Kurz nach halb sieben. Die Nachrichten hatten gerade begonnen.«

»Und Sie sind dann hinunter zur Mine gegangen?«

»Ja, da die Frau nicht hier oben war. Dachte, vielleicht braucht sie Hilfe.«

Pantel steckte eine Veilchenpastille in den Mund. »Hatte die Frau in der Zentrale angerufen?«

»Das weiß ich nicht. Da müssen Sie schon Kathy fragen. Die hatte heute Abend Dienst.«

»Und Ihnen ist wirklich niemand aufgefallen?«

»Nein, habe ich doch schon gesagt.«

»Danke, Mr Cox. Der Sergeant nimmt gleich noch Ihre Aussage auf.« Pantel zögerte noch einen Moment. »Von welcher Adresse haben Sie die Frau abgeholt?«

»Vom Seniorenzentrum. 12, Carrallack Terrace.«

»Danke. Ihnen alles Gute.«

Bloombottem gesellte sich wieder zu seinem Chef. »Sir, in dem Pub findet heute Abend kein Klassentreffen statt.«

»Das habe ich mir fast schon gedacht.« Pantel blieb stehen und ließ einen Moment seine Augen über die ruhig daliegende Keltische See schweifen. »Rufen Sie doch bitte in der Taxizentrale an und fragen nach, wer die Taxe bestellt hat. Ich gehe schon hinein.«

Der Chief Inspector betrat das ehemalige Maschinenhaus, in dem nun das Besucherzentrum untergebracht war. Lediglich ein riesiger Dampfkessel zeugte noch davon, dass hier in den ertragreichsten Jahren bis zu fünfhundert Menschen in Lohn und Brot gestanden hatten. Der Inspector stieg die sechs Stufen hoch, die auf eine Galerie führten, auf der man das schwarze Ungetüm umrunden konnte. Doch sein Interesse galt nicht dem Kessel, sondern dem schmalen Durchgang, durch den gleißendes Licht fiel. Er trat durch die schmale Öffnung und hielt einen Moment inne, um sich zu orientieren. An der rechten Wand des überraschend großen, quadratischen Raums befanden sich der Kassenbereich mit einer langen, gläsernen Theke und einige Regale mit Informationsmaterialien. Sein Blick ging nach links und erfasste vier billig aussehende Tische mit grauen Plastikstühlen, an denen die Besucher aus Automaten gezogene Sandwiches und Getränke verzehren konnten. Die Wände waren mit alten Werkzeugen dekoriert. *Sehr schlicht und wenig liebevoll*, ging es Pantel durch den Kopf. Dann endlich zwang er sich, seine Augen auf den eigentlichen Tatort zu richten. Zwei Männer in blauen Schutzanzügen beugten sich über die Leiche einer Frau. Den kleineren, rundlicheren erkannte er als Dr. Gainheart.

»Guten Abend, Doktor.«

Der Angesprochene blickte hoch. »Ah, Pantel.« Er richtete sich auf und kam auf den Inspector zu. »Wo ist denn unser lieber Smith?«

»Magen-Darm.«

»Na dann. Wird sicher auch ohne ihn gehen.« Gainheart zog die Kapuze vom Kopf und fuhr sich durch das lichte Haar. »Unschöne Angelegenheit. Da ist jemand auf Nummer sicher gegangen. Ich bin bezüglich der primären Todesursache noch unentschieden.«

»Sie müssen die Leiche erst auf dem Tisch haben, ich weiß«, kommentierte der Chief Inspector schmunzelnd die Aussage des Doktors.

»Genau!«, gab der Pathologe lächelnd zurück.

»Den Todeszeitpunkt können wir aufgrund der Aussage des Taxifahrers auf eine halbe Stunde eingrenzen.«

Die Augenbrauen des Arztes schnellten in die Höhe, dann hob er spielerisch den Zeigefinger. »Wollen Sie mich meiner Aufgaben berauben?«

»Auf keinen Fall, Doc!« Nun grinste Pantel. »Ich wette, dass Sie schon zu genau demselben Ergebnis gekommen sind!«

»Bei so frischen Leichen ist die Bestimmung des Todeszeitpunktes auch kein Problem.« Lächelnd wies der Arzt auf die Tote. »Bevor ich Ihnen aber mehr verrate, wollen Sie sich sicherlich selbst ein Bild machen?«

»Ja, das würde ich tatsächlich gern.«

»Nur zu, ich werde mir die Zeit derweil mit einem Zigarettchen vertreiben.« Gainheart öffnete den Reißverschluss seines Overalls und zog eine Schachtel und ein Feuerzeug aus der Brusttasche seines Hemdes. »Und bitte, dort drüben liegt Schutzkleidung. Nicht, dass Sie hier etwas kontaminieren, sonst bekommt Brown die Krise!« Er nickte in Richtung des Leiters der Spurensicherung, der eine junge Frau, Pantel vermutete eine Auszubildende, in die Technik des Fingerabdrucknehmens einweihte. Brown hob kurz grüßend den Kopf und konzentrierte sich wieder auf die Oberfläche eines der Besuchertische. Dann rief Gainheart gut gelaunt seinem Kollegen zu: »Sam, kommen Sie, Zwangspause!«

Pantel stellt sich neben die Leiche und schaute hinunter auf die alte Frau. Mit dem Gesicht nach unten lag sie in einer riesigen Blutlache. Ihre Hände, von Altersflecken übersät und mit Fingerknöcheln, die durch Arthrose stark deformiert waren, ruhten seitlich neben dem Kopf. Das weiße Haar war so dünn, dass die Kopfhaut sichtbar war. Durch die abgetragene, aber durchaus gepflegte Kleidung, zeichnete sich ihr magerer Körper ab. *Wie wütend muss jemand sein, um einen so gebrechlichen, alten Menschen zu töten?*, fragte sich Pantel. Er ging in die Hocke und musterte das Bergeisen, das im Rücken des Leichnams steckte. Dann ließ er den Blick über die Wände schweifen und entdeckte die Lücke in der Dekoration, in der sich mit Sicherheit das antike Werkzeug befunden hatte. *Mord im Affekt? – Nein!* entschied er, denn er war sich absolut sicher, dass das Benutzen des Eisens vom Mörder geplant gewesen war. Vorsichtig zog er an dem schmalen Riemen einer Handtasche, der ein Stück unter dem toten Körper hervorlugte. Zum Vorschein kam ein abgewetztes, beigefarbenes Ledertäschchen, das trotz des vielen Blutes kaum Verschmutzungen aufwies. Er zog an dem metallenen Reißverschluss und blickte hinein. Nur wenige Habseligkeiten befanden sich im Inneren: ein Taschentuch mit Spitzenkante, eine kleine rote Geldbörse, ein Schlüsselbund und ein zweifach gefaltetes Blatt Büttenpapier. Pantel war sofort klar, dass diese Frau das zweite angekündigte Opfer war. Vorsichtig faltete er den Brief auseinander.

Einladung zum Klassentreffen
Wir wollen am 31. Mai unsere silberne Examensfeier begehen. Wir
treffen uns ab 18:00 Uhr in der Levant Mine bei Trewallard.
Für Essen, Trinken und Unterhaltung wird bestens gesorgt sein!
Wir hoffen, dass Ihr alle dabei sein werdet. Sollte jemand
verhindert sein, was sehr schade wäre, kann er sich bis zum 20. Mai
unter susys@gb.com abmelden.
Wir freuen uns riesig auf Euch!
Das Orgateam, stellvertretend Susan Richard (früher Strong)

Besonders stach Pantel ein mit blauer Tinte geschriebener Zusatz
ins Auge:

Liebe Mrs Pepperton,
wir würden uns sehr freuen, wenn auch Sie am 31. Mai dabei
sein könnten. Vom ehemaligen Kollegium haben Mr Bertram und
Mr Grow bereits ihr Kommen zugesagt. Vielleicht für Sie eine nette
Gelegenheit, die alten Kollegen wiederzusehen.
Herzlichst
Susan

»Chief?« Bloombottem schaute neugierig hinunter auf seinen
Chef, der wie gebannt auf ein Blatt Papier starrte.
»Ah, Sarge!« Pantel richtete sich auf und übergab wortlos den
Brief an seinen Mitarbeiter. Dieser griff nach dem Blatt und be-
gann zu lesen. »So hat also unser Mann die alte Frau hierher-
gelockt.«
Der Inspector nickte. »Und wer immer diese Susan ist, sie hat
diese Einladung mit Sicherheit nicht geschrieben.«
»Aber sie muss existieren, und sie muss auch ihr Abschlussjubi-
läum haben, sonst wäre unser Opfer niemals hierhergekommen«,
gab der Sergeant zu bedenken.
»Da haben Sie vollkommen recht«, stimmte Pantel zu. »Unser
Mörder kennt Susan sowie die Lehrer an der Schule in St. Just.

Das lässt vermuten, dass er ebenfalls an dieser Schule war. Unter Umständen im selben Jahrgang wie Mrs Richard.«

»Ich werde mich gleich mit dieser Susan in Verbindung setzen«, bot der Sergeant an.

»Kontaktieren Sie auch die Schule. Sie sollen uns die Namen aller männlichen Schüler des Abschlussjahres geben. Das Einladungsschreiben geben Sie an die Forensik weiter. Die sollen den Graphologen dransetzen.« Pantel schaute sich um. »Und ich werde mit Brown sprechen. Vielleicht haben seine Leute schon irgendetwas Interessantes gefunden. Ach ja, haben Sie die Taxizentrale erreicht?«

»Ja, Sir. Die Frau sagte, dass das Taxi von einem Sergeant Phillips angefordert wurde.«

»Dann passt ja alles zusammen.« Pantels Hand suchte den Weg in seine Jackentasche, musste aber feststellen, dass der Overall sie behinderte. Ärgerlich zog er seine Hand wieder zurück. »Mrs Pepperton ist damit Opfer Nummer zwei.«

»Schöne Schweinerei!«, begrüßte der Leiter der Kriminaltechnik den Inspector. »Wer bringt eine alte Frau nur so bestialisch um?«

»Dieselbe Person, die James-Holland auf dem Gewissen hat.«

»Habe ich mir fast gedacht«, erwiderte der Hüne. »Genau wie letzte Woche haben meine Leute absolut nichts gefunden.«

»Das Bergeisen scheint dort von der Wand genommen worden zu sein?« Es war jedoch mehr eine Feststellung als eine Frage.

»Davon gehen wir auch aus. Die Leiterin des Zentrums wird gleich hier sein. Dann haben wir Gewissheit.«

»Ich darf mich trotzdem noch ein wenig umsehen?«

»Sicher, Chief!« Freundlich nickte Brown Pantel zu. »Sie scheinen ja ein Händchen für Verborgenes zu besitzen.«

Langsam bewegte sich Charles Pantel durch den Raum. Im hinteren Teil stutzte er. Irgendetwas schien an seiner Schuhsohle zu kleben. Er hockte sich hin und fuhr mit der Hand über den Boden. An mehreren Stellen blieb der Latex der Handschuhe kurz haften. »Kann ich wohl etwas helles Spurensicherungspulver bekommen?«, rief er in den Raum. Brown kam auf ihn zu und reichte ihm ein Döschen und einen Pinsel. »Jetzt sagen Sie nicht, dass Sie tatsächlich etwas gefunden haben!«

»Das weiß ich noch nicht«, und zu Browns Verwunderung fügte er hinzu: »Den Pinsel benötige ich nicht.« Großzügig schüttete er das Pulver über einen größeren Bereich des Bodens. »Helfen Sie mir mal, das Zeug wegzupusten!«

Kopfschüttelnd ging Brown neben ihm in die Hocke, doch als das Pulver nur noch auf den klebrigen Stellen zu sehen war, stieß er einen lauten Pfiff aus. Die beiden Männer starrten verblüfft auf den Umriss eines auf dem Boden liegenden Menschen.

Pantel grinste. »So akribisch unser Mörder auch alles plant, aber er hat doch übersehen, dass Klebeband Spuren hinterlässt.«

»Der Typ hat also erneut einen Tatort vorgetäuscht!« Hector Brown konnte es kaum fassen. »Warum macht er so was?«

»Damit die Opfer keinen Verdacht schöpfen, wenn ein völlig vermummter Mann vor ihnen steht.«

1. Juni 2020
08:00 Penzance/Polizeirevier

»Hören Sie, Pantel! Das ist jetzt der zweite Mord in nur sieben Tagen. Wenn Sie das nicht in den Griff bekommen, werde ich den Yard hinzuziehen!« Thomson brüllte so laut ins Telefon, dass Bloombottem und Smith, die ihrem Chef gegenübersaßen, jedes Wort mitbekamen. Während der Sergeant aus Truro Pantel mitfühlend beobachtete, schien sich der Beamte aus Penzance ein Grinsen nicht verkneifen zu können.

»Sir, mit allem Respekt, aber die Jungs vom Yard sind auch keine Zauberkünstler.«

»Aber sie haben andere Ermittlungstechniken!«, brüllte die Stimme aus dem Telefon.

»Sir, wie Sie wissen, ist der Mörder sehr professionell vorgegangen und hat uns kaum Anhaltspunkte hinterlassen. Immerhin haben wir herausbekommen, wie er die Opfer getäuscht und danach ermordet hat. Auch ist das Profilbild, das wir von ihm haben, recht klar. Nun müssen wir nur noch herausfinden, wem beide Opfer so empfindlich auf die Füße getreten sind, dass derjenige sie so maßlos hasste. Und wenn er auch noch unserem Profilbild entspricht, haben wir den Täter.«

Eine Weile war es still am anderen Ende der Leitung. Dann dröhnte es erneut aus dem Hörer. »Wenn das so einfach ist, Pantel, müsste der Knabe ja morgen schon hinter Gittern sein!« Die Stimme troff vor Ironie.

»Ich habe nicht gesagt, dass es einfach ist, Sir. Es bedeutet vor allem akribische Kleinarbeit und die dauert bekanntlich. Doch anders wird der Yard auch nicht vorgehen können.«

»Gut, dann fangen Sie gefälligst an, zu ermitteln, und halten mich auf dem Laufenden!« Grußlos legte Thomson den Hörer auf.

»Und jetzt, Sir?«, fragte Bloombottem betroffen.

»Kurze Teambesprechung um neun und dann geht es an die Arbeit! Haben Sie schon die Liste von der Cap Cornwall School erhalten? Alle männlichen Schüler sind zu überprüfen, ob sie jemals Kontakt zu James-Holland hatten. Egal, ob während der Schul- und Studienzeit, beruflich oder privat. Wir müssen die Verbindung zwischen den beiden Opfern finden, dann haben wir auch den Täter.«

»Sie wollen alle Schüler kontrollieren?« Erstaunt sah Smith den Vorgesetzten an.

»Nein, zunächst nur die, die zusammen mit Susan Richard den Abschluss gemacht haben.« Pantel wandte sich erneut Bloombottem zu.

»Apropos, haben Sie Mrs Richard schon erreicht?«

»Die Lady macht zurzeit Urlaub auf Mauritius. Kommt aber übermorgen wieder zurück.«

»Wer ist Susan Richard?«, fragte Smith interessiert.

»Seien Sie mir bitte nicht böse, Smith, aber ich muss unsere Besprechung noch vorbereiten. Dort werden Sie alles erfahren.« Die beiden Sergeants erhoben sich und gingen zur Tür. Pantel fiel noch etwas ein: »Smith, unser Täter hatte bei der Taxizentrale angerufen. Könnten Sie bitte den Anruf zurückverfolgen? Hilfreich wäre auch die Überprüfung der Funkzelle. Und dann soll ein Beamter zum Seniorenheim fahren, sich das Zimmer der Pepperton anschauen und mit dem Personal sprechen. Vielleicht gibt es dort noch irgendwelche Hinweise.«

»Natürlich, Sir.«

Erschöpft lehnte sich Pantel zurück. Sehnsüchtig dachte er an das wenn auch unbequeme Bett in seiner Penmsion. Er war jetzt seit fünfundzwanzig Stunden auf den Beinen und konnte vor Müdigkeit kaum einen klaren Gedanken fassen. Doch so schnell würde er sich nicht in die Knie zwingen lassen. Entschlossen griff er nach seiner Kaffeetasse und zog eine Grimasse, als er das bereits erkaltete Gebräu hinunterschluckte. Er wandte sich seinem Computer zu, doch noch bevor seine Finger die Tastatur berührten, hörte er ein leises Klopfen an der Tür. Auf sein ›Herein!‹ betrat Ivy Clarks zaghaft das Zimmer.

»Sir, den haben wir gerade unten auf den Stufen des Eingangs gefunden. Es steht Ihr Name darauf.« Sie hielt eine Asservatenbeutel hoch. Pantel war sofort hellwach, als er den Inhalt erkannte.

»Spurentechnisch schon untersucht?« Die Frage schoss unfreundlich aus ihm heraus, und die junge Beamtin zuckte leicht zusammen. »Tut mir leid, Clarks. Ich bin im Moment ein wenig übernervös.«

»Kein Problem, Sir. Das kann ich nachvollziehen. Und nein, ich habe den Brief gleich zu Ihnen gebracht.«

»Auch gut!« Pantel hatte schon die Schublade aufgezogen und fingerte ein Paar Handschuhe heraus. »Dann lassen Sie mal sehen, was unser Komiker heute zum Besten gibt.« Geübt öffnete er den Beutel und zog den Umschlag hervor. Mit einem leisen Ratschen fuhr der Brieföffner unter der Lasche durch und machte den Blick auf das Erwartete frei – Büttenpapier. Vorsichtig entfaltete er das Blatt und begann zu lesen:

Einen wunderschönen guten Morgen, Chief Inspector, hatten Sie eine gute Nacht? Schlaf ist ja sehr wichtig, wenn das Gehirn richtig funktionieren soll. Ups, stimmt ja, Sie waren die ganze Nacht unterwegs.

Arme alte Pepperton, aber musste sie sich meinem so liebevoll durchgeplanten Leben in den Weg stellen? Selbst schuld, wenn dieser Drachen meinte, sich mit seiner Arroganz und Selbstherrlichkeit alles erlauben zu können. Und so, wie ich denke, denken auch eine Reihe Leute, die unter dem alten Drachen zu leiden hatten.

Aber lassen Sie uns in die Zukunft schauen! Macht Ihnen unser Spielchen immer noch Spaß? Ja? Dann können Sie sich in sechs Tagen auf eine Fortsetzung freuen!

In tiefer Verbundenheit
Der Mörder

»Diese miese Ratte!« Pantel konnte sich gerade noch beherrschen, den Brief nicht in viele kleine Schnipsel zu zerreißen. Bestürzt beobachte Ivy Clarks den Vorgesetzten. Ihr war klar, dass der Inspector unter starkem Druck stand, doch hatte sie ihn stets als diszipliniert und der Sache gewachsen wahrgenommen.

»Kann ich irgendetwas für Sie tun?«, fragte sie zögerlich.

»Ja! Ich mache kurz ein Foto von dem Schreiben und dann bringen Sie es bitte zu Brown. Vielleicht haben wir dieses Mal mehr Glück.« Dann musterte er die junge Kollegin aufmerksam, griff in die Jackentasche und beförderte ein Schlüsselbund zutage. »Ich hätte da noch eine persönliche Bitte. Könnten Sie nach Truro in meine Wohnung fahren?« Noch während er sprach, nahm er einen Zettel und schrieb eine Adresse darauf. »Da ich mit meiner Kleidung nicht auf einen so langen Aufenthalt in Penzance eingestellt war, möchte ich Sie fragen, ob Sie mir einige Dinge von zu Hause herbringen könnten?«

Clarks zögerte einen Moment. Vor ihrem inneren Auge sah sie sich in der Unterwäsche des Chief Inspectors kramen. Keine angenehme Vorstellung. Doch dann nickte sie und nahm Zettel und Schlüssel entgegen.

»Das ist sehr nett von Ihnen«, bedankte er sich. »Sie finden auf dem Schlafzimmerschrank eine große Reisetasche. Wenn Sie mir den anthrazitfarbenen Anzug mit dem Nadelstreifen einpacken. Dazu vier Hemden, die grün-grau gestreifte Krawatte, eine Handvoll T-Shirts, eine Jeans, meinen Lederblouson sowie dunkle Socken und die dunkelbraunen Sneakers.«

»Keine Unterwäsche?«, schoss es aus der jungen Frau heraus, und im selben Moment zeigte sich eine zarte Röte auf den Wangen.

»Nein. Die kaufe ich mir morgen hier«, antwortete er schmunzelnd.

»Gut. Ich beeile mich.« Die Erleichterung in ihrer Stimme war Pantel nicht entgangen. Freundlich nickte er ihr zu. »Und wenn Sie wieder hier sind, informiere ich Sie über unsere Teambesprechung.«

»Danke, Sir.«

»Ich habe zu danken.«

12:00 Penzance/Polizeirevier

Charles Pantel saß an seinem Schreibtisch und studierte die Liste, die Bloombottem von der Schule erhalten hatte. Vierunddreißig männliche Namen waren darauf notiert. Es würde eine Weile dauern, bis die Kollegen all die Männer, die jetzt in einem Alter zwischen zwei- und vierundvierzig waren, überprüft hätten. Die Rückverfolgung des Anrufs beim Taxiunternehmen hatte, wie der Inspector schon befürchtete, keinen Erfolg. Wieder hatte der Täter eine Prepaidkarte verwendet. Die Auswertung der Funkzellen-analyse blieb darum ebenfalls ergebnislos. Auch war der Beamte, der sich im Seniorenheim umgesehen hatte, mit leeren Händen zurückgekehrt. Nur eine Information hatte er mitgebracht: Edith Pepperton wurde sowohl von den Pflegern als auch von den Mit-bewohnern als eine arrogante, besserwisserische und intrigante Person beschrieben. Anscheinend war niemand aus dem Benoni Nursing Home in St. Just traurig über ihr Ableben. Wieder hatte es eine Person getroffen, die keiner mochte.

Als das Telefon klingelte, sah er auf dem Display die Nummer der Forensik aufleuchten. »Bitte, lieber Gott, nur eine winzige Hautschuppe!«, sprach er ein kurzes Stoßgebet und sah hinauf zur Decke. Dann nahm er den Hörer auf.

»Brown hier. Tut mir leid, aber das Einladungsschreiben ist so blütenrein wie die Seele eines Neugeborenen.«

»Ich hatte es bereits befürchtet. Trotzdem Danke für Ihre schnelle Arbeit, Brown.« Pantel erhob sich und lief mit dem Hörer in der Hand durch den Raum, um die bleierne Müdigkeit zu vertreiben. »Und die Handschrift?«

»Wird noch etwas dauern. Da Druckbuchstaben verwendet wurden, hat der Graphologe allerdings wenig Hoffnung, etwas Besonderes zu findet.«

»Sonst noch irgendetwas Neues vom Tatort?«

»Nichts, was ermittlungstechnisch relevant wäre. Der Täter hat, bis auf den Brief, nur zwei weitere Spuren hinterlassen. Zum einen die Klebereste auf dem Boden, die von einer Kleberolle stam-men, die in jedem Haushalt zu finden ist. Zum anderen haben wir Reste von Theaterblut entdeckt. Auch das kann sich jeder im Internet beschaffen. Der Typ muss den Tatort also sehr realistisch arrangiert haben.«

»Um damit dem Opfer wahrscheinlich einen riesigen Schrecken einzujagen.«

»Ganz bestimmt.« Brown räusperte sich kurz. »Die Kollegen und ich haben uns vorhin ein paar Gedanken zum Vorgehen des

Täters gemacht. Wir glauben, dass es jemand sein muss, der sich mit Kriminaltechnik auskennt. Aber nicht, dass Sie auf die Idee kommen, dass es einer von uns wäre. Für meine Leute lege ich meine Hand ins Feuer!«

»Sicherlich, Brown, aber vielleicht ist es ja jemand, der, in welcher Form auch immer, mit Polizeiarbeit vertraut ist?«

»Würde ich nicht ausschließen, wobei ich natürlich hoffe, dass es niemand von der Truppe ist.«

»Trotzdem, den Gedanken sollten wir im Hinterkopf behalten. Infrage kämen natürlich auch Praktikanten oder Auszubildende, die dann doch nicht im Polizeidienst gelandet sind – oder Privatdetektive.«

»Oder jemand, der einfach nur großes Interesse an diesem Thema hat. Im Internet findet man alles, was für einen Täter wichtig sein könnte.«

»Gibt es denn keinerlei Kriterien, um in Ihrem Bereich den Profi vom Laien unterscheiden zu können?« Verzweifelt griff der Inspector nach diesem Strohhalm, der den Täterkreis eingrenzen könnte.

»Ich mache mir mal dazu ein paar Gedanken«, versprach der Leiter der Spurensicherung. »Früher oder später macht aber jeder Täter einen entscheidenden Fehler.«

»Netter Trost. Dann hoffen wir mal, dass es früher geschieht.«

»Pantel, ich hoffe genau wie Sie, dass wir den Mistkerl noch vor dem nächsten Mord zur Strecke bringen. Aber ein wenig Glück gehört auch dazu.«

»Wir haben bis dahin noch fünf Tage und kaum Anhaltspunkte. Trotzdem danke!« Erschöpft legte Pantel den Hörer auf, nahm einen Zettel, schrieb das Wort Profi? darauf und heftete ihn an ein Glasboard, auf dem alle Ermittlungserkenntnisse aufgeführt waren.

Kurze Zeit später erschien Ivy Clarks in Pantels Büro. Sie hatte die schwere Tasche das enge Treppenhaus hochgeschleppt, und der

Inspector entdeckte eine kleine Schweißperle, die sich von ihrem Haaransatz auf den Weg zu ihrer Schläfe machte. »Sie hätten die Tasche doch unten stehen lassen können.« Er nahm ihr das Gepäckstück aus der Hand und verstaute es hinter seinem Schreibtisch.

»Ach, ich weiß nicht, Sir. Sind doch sehr private Sachen darin. Obwohl …«, hier stockte sie kurz, »… die Kollegen haben sicherlich im Moment genug andere Interesse, als eine herrenlose Tasche zu durchsuchen.«

»Das glaube ich auch«, erwiderte Pantel. Er wies mit der Hand auf den Besucherstuhl. »Setzen Sie sich bitte. Ich werde Ihnen kurz etwas zu unserer Teambesprechung erzählen. Und herzlichen Dank noch einmal.«

Die junge Beamtin hörte dem Bericht mit großen, ernsthaft dreinblickenden Augen zu. Auch entschied sich der Inspector, das Gespräch mit Brown zu erwähnen.

»Sir, der gleich Gedanke kam mir auch«, bemerkte sie sehr sachlich. »Und es ist ja nicht nur das spezielle Wissen des Täters, das mich stutzig macht, sondern auch die Frage, wie jemand den Brief ungesehen auf den Stufen platzieren konnte. Ein Fremder hätte doch auffallen müssen? Gerade bei uns! Der Eingang ist durch mehrere Kameras gesichert. Wenn sich ein Unbekannter vor der Tür herumdrückt, um etwas zu hinterlegen, fällt das auf. Was aber, wenn jemand den Brief beim Betreten des Gebäudes einfach fallen lässt? Hat sich denn einer die Aufnahmen schon angesehen?«

Das Mädchen ist wirklich gut, dachte er erstaunt und ärgerte sich, dass er bei dem Trubel nicht selbst auf die Idee gekommen war. »Constable, würden Sie das bitte übernehmen?« Dann fingerte er nach einer seiner Pastillen, wobei er die junge Frau nicht aus den Augen ließ. »So, wie Sie das sagen, klingt es fast, als hätten Sie die Vermutung, dass einer der Kollegen damit etwas zu tun haben könnte.«

»Nun ja.« Sie senkte den Blick und eine leichte Röte stieg in ihre Wangen.

Pantel ertappte sich dabei, wie er ihr Gesicht mit einem gewissen Wohlgefallen musterte. Sie war hübsch – nicht im landläufigen Sinne. Die Nase war ein wenig zu groß geraten, genau wie der Mund. Aber diese dicht bewimperten, tiefblauen Augen blickten so intelligent und voll Wärme in die Welt, dass er sich kaum von ihnen lösen konnte. *Pantel, jetzt reicht es,* rief er sich selbst zur Ordnung. *Sie könnte deine Tochter sein!*

Ivy Clarks blickte auf.»Auf der Polizeiakademie hat man uns eingetrichtert, dass am Anfang von Ermittlungen der Ermittler jede, wirklich jede Möglichkeit in Betracht ziehen muss. Selbst wenn Bekannte, Freunde, Familienangehörige oder Kollegen plötzlich im Fokus stehen, darf man sich nicht davon leiten lassen, dass diese Personen so etwas nie machen würden. Unser Ausbilder sagte immer, dass man niemandem, selbst Menschen, die einem nahe stehen, hinter die Stirn gucken kann.«

»Sie wissen aber auch, dass das Verdächtigen eines Kollegen allgemein als Nestbeschmutzung gesehen wird und zu unschönen Reaktionen der anderen Kollegen führen kann?«

»Sir, bei allem Respekt!« Die junge Frau, die Pantel bereits in die Kategorie intelligent, aber eindeutig zu wenig selbstbewusst eingeordnet hatte, überraschte ihn jetzt mit einer Leidenschaftlichkeit, die er nie bei ihr vermutet hätte.»Wenn Ihr bester Freund plötzlich in irgendeiner Hinsicht in den Fall verwickelt wäre, was würden Sie unternehmen?«

Sie hat doch tatsächlich die Stirn, mir die Gretchenfrage zu stellen! Pantel wusste nicht, ob er sich darüber amüsieren oder ärgern sollte. Doch dann entschied er sich, ihre Frage ernst zu nehmen.

»Ich würde wahrscheinlich mit ihm sprechen. Doch Sie haben recht. Ich würde mich damit schwertun, ihn auf die Verdächtigenliste zu setzen.«

Zufrieden mit der Antwort lehnte sich Ivy zurück.»Sehen Sie, das würde nämlich fast jeder tun.« Dann umwölkten sich ihre Augen.»Ich stand bereits vor dieser Entscheidung und wäre um ein Haar in diese moralische Falle getappt. Aber ich habe es in

Kauf genommen, die Böse zu sein, die den eigenen Bruder hinter Gitter gebracht hatte. Seit gut einem Jahr will meine Familie nichts mehr mit mir zu tun haben.«

»Das tut mir leid«, antwortete der Inspector schlicht, doch innerlich zog er den Hut vor dieser jungen, mutigen Frau.

»Mir tut es nicht leid. Ich bin nur manchmal sehr traurig über die Reaktion meiner Eltern.«

»Sie hätten ein Zeugnisverweigerungsrecht gehabt.«

»Ich weiß. Die Kollegen hatten mich mehrfach darauf hingewiesen«, antwortete sie mit einer Spur Zynismus. »Doch ein Totschläger gehört hinter Gitter, auch wenn Harry mein Bruder ist, den ich im Übrigen sehr liebe.«

Einen Moment schwiegen beiden. Dann setzte die Beamtin sich gerade auf. »Haben Sie sonst noch etwas für mich zu tun, Sir?«

»Nun …«, er schob sich erneut eine Veilchenpastille in den Mund, »… kümmern Sie sich bitte erst einmal um die Überwachungsbänder

»Dann mache ich mich mal an die Arbeit.« Sie stand auf und ging zur Tür, doch Pantel rief sie noch einmal zurück.

»Clarks, wegen der anderen Sache. Sie können gern Augen und Ohren offenhalten, aber keine aktiven Nachforschungen! Sie berichten ausschließlich mir!«

»Natürlich, Sir, und danke.«

Die Ermittlungsarbeiten gestalteten sich als langwierig und zäh. Einer der ehemaligen Schüler der Cap Cornwall hatte tatsächlich Probleme mit James-Holland gehabt. Ein gewisser Rich war der Exfreund von Evelyne James-Holland. Da Rich, selbst nach Evelyns Hochzeit mit James-Holland, immer wieder Kontakt zu ihr gesucht hatte, hatte der Baulöwe ihn eines Tages verprügelt und danach wegen Stalkings angezeigt. Rich bekam eine saftige Geldstrafe aufgebrummt und Kontaktverbot. Die Körperverletzung durch die Prügel, eine gebrochene Rippe und ein Schädel-Hirn-Trauma, ließ der zuständige Richter komplett unter den Tisch fallen. Das zweite Opfer hatte Rich ebenfalls übel mitgespielt. Wegen der schlechte, nach seiner Meinung ungerechtfertigten Chemienote durfte er das Schuljahr noch einmal wiederholen. Eines jedoch sprach gegen Rich als Mörder: Er war zu der fraglichen Zeit auf Malta und genoss einen dreiwöchigen Urlaub.

2. Juni 2020

09:00 Penzance, Polizeirevier

Charles Pantel und Peter Smith standen vor dem Glasboard in dem Büro, das sie sich notgedrungen teilten, und sahen sich die wenigen darauf befindlichen Bilder und Ermittlungsergebnisse an.

»Zwei Morde und dieses Ding füllt sich einfach nicht!«, stieß Smith ärgerlich aus, doch in seiner Stimme schwang eine nicht zu überhörende Enttäuschung mit. »Ich hasse es, wenn ein Täter so fehlerlos arbeitet!«

Pantel nickte nur, während er gedankenverloren auf die Karte Profi? starrte, die sich in der Mitte des Boards befand.

»Keine Verdächtigen«, sprach der Sergeant weiter. »Wir haben überhaupt keine Anhaltspunkte.«

»Das würde ich so nicht sagen, Sergeant,« Widersprach Pantel. »Wir wissen, dass der Täter organisiert und planvoll vorgeht, auch, dass er keinerlei Skrupel besitzt. Aus seinen Briefen geht hervor, dass er eine egomane Persönlichkeit hat und die Schuld an seinem verkorksten Leben anderen gibt. Er ist also nicht zur Selbstreflexion fähig. Er ist intelligent, zu intelligent, als dass er im Alltagsleben in irgendeiner Form auffällig wäre. Wahrscheinlich ist er ein allseits beliebter Typ, höflich, angepasst und hilfsbereit. Seine Nachbarn und Bekannten würden sicherlich aus allen Wolken fallen, wenn sie sein wahres Ego kennen würden.« Pantel legte seinen Zeigefinger auf die Karte in der Mitte. »Darum müssen wir uns hierauf konzentrieren. Wir suchen jemanden, der über professionelles Wissen im Bereich der Kriminaltechnik verfügt.«

»Was glauben Sie, wie viele es davon bei uns in Cornwall gibt?«
Der leichte Spott, mit dem Smith die Frage stellte, war Pantel nicht
entgangen. »Zweitausend, dreitausend? Und wenn er gar nicht
mehr hier lebt, nur für die einzelnen Morde hierherkommt und
dann wieder verschwindet?«

»Das glaube ich nicht, Smith. Allerdings ist es nur ein Bauchgefühl. Der Täter muss ganz in der Nähe sein. Er will schließlich
verfolgen, wie, nach seiner Auffassung, dämlich sich die Polizei
anstellt. Es ist nicht nur die Rache an bestimmten Personen, sondern auch die Genugtuung, uns im Dunklen tappen zu lassen. Er
ist uns so nah, dass er die Möglichkeit hat, uns zu beobachten ...«.

»... und sich königlich über uns zu amüsieren«, vollendete der
Sergeant verbittert den Satz.

»Ganz genau, Smith. Darum sollten wir uns vielleicht gar nicht
nur auf das Umfeld der Opfer konzentrieren, sondern auch unser
eigenes Umfeld im Auge behalten.«

»Aber Sie glauben nicht, dass es einer von uns sein könnte?«

»Sagen wir mal so: Ich hoffe es nicht!«

»Aber ...«, weiter kam Smith nicht, da ein lautes Klopfen ihn
unterbrach. Ein blonder Schopf mit grüner Strähne erschien in
der Tür.

»Inspector, wenn wir ihn jetzt nicht haben, dann weiß ich auch
nicht!«, rief Taylor aufgeregt. Smith starrte stumm den Constable
an und verdrehte dann theatralisch die Augen.

»Kommen Sie rein, Taylor. Sie haben etwas gefunden?« Pantel
winkte den jungen Mann zu sich und nahm ihm den Papieraus-
druck ab, den dieser ihm erwartungsvoll entgegenstreckte.

»DS Smith bat mich, das Personal in dem Altenheim, in dem
Mrs Pepperton gelebt hat, zu überprüfen. Dabei bin ich auf einen
Peter Potts gestoßen, Sir. Er war nicht nur Schüler unseres Opfers,
sondern auch Pfleger im Benoni Nursing Home. Ihm wurde vor
acht Wochen gekündigt, da die Pepperton behauptete, er habe
ihre goldene Uhr gestohlen. Tatsächlich fand man die Uhr bei
ihm im Anorak. Er hatte den Diebstahl vehement bestritten, doch

die Heimleitung wurde von der alten Frau so unter Druck gesetzt, dass sie nicht anders handeln konnte.«

»Und die Verbindung zu unserem ersten Opfer?«, fragte Smith herausfordernd.

»Das ist ja das Interessante!« Taylor schluckte, wobei sein Adamsapfel nervös hüpfte. »James-Holland hatte Potts vor einem Jahr eine Wohnung in St. Just, in der N Road verkauft. Wenn Sie mich fragen, Sir, reichlich überteuert. Jedenfalls stellten sich nach ein paar Monaten erhebliche Mängel ein, schimmlige Wände und so was. Potts hat geklagt, aber verloren, da der Kauf vertraglich nach ›Wie gesehen‹ erfolgt war. Potts musste alle Kosten des Gerichtsverfahrens und die Renovierung bezahlen. Dazu noch die horrende monatliche Belastung. Und jetzt ist er auch noch wegen der Alten arbeitslos!«

»Sie meinen Mrs Pepperton?«, wandte Pantel korrigierend ein.

»Ja, Sir. `tschuldigung.«

»Gute Arbeit Constable. Motive hätte dieser Potts genug.«

»Danke, Sir!« Ein Strahlen ging über Taylors Gesicht.

»Haben Sie vielleicht noch etwas mehr über diesen Potts erfahren? Ich meine, sonst noch Schwierigkeiten, die er mit anderen Personen hatte? Schließlich hat unser Mörder noch vier weitere Opfer auf seiner Liste.«

»Die Heimleiterin, Ms Mouse, hat ihn vor drei Wochen wegen Stalkings angezeigt. Er muss sie wohl nach der Kündigung massiv belästigt haben.« Taylor war sichtlich stolz, dass er diese Information ebenfalls parat hatte. »Sonst wüsste ich nichts weiter. Aber ich werde den Kerl noch einmal genau durchleuchten!«

»Wirklich hervorragende Arbeit!«, lobte nun auch Smith die Ermittlungen des Constables. Dann wandte er sich eifrig dem Chief zu.

»Ich hole diesen Potts und bringe ihn aufs Revier.«

»Tun Sie das, Sergeant.« Doch bei sich dachte Pantel, dass ein Mann, der sich von einem zwielichtigen Immobilienhai eine Bruchbude andrehen ließ und von einer alten Frau überlistet wurde, unmöglich über die notwendige Intelligenz verfügen konnte, zwei perfekte Morde zu begehen.

11:30 Penzance, Polizeirevier

»Potts ist geflüchtet!« Smith brüllte wütend in das Telefon und Pantel musste den Hörer ein Stück vom Ohr entfernen.

»Beruhigen Sie sich erst einmal, Smith.«

Doch der Sergeant konnte sich nicht beruhigen. »Er muss durchs Fenster entwischt sein, als ich bei ihm geklingelt habe. Sämtliche persönlichen Gegenstände und die Kleidung fehlen. Außer ein paar schäbigen Möbeln und dem üblichen Schnickschnack ist die Wohnung leer!«, polterte der Sergeant weiter. »Das Schwein ist uns entwischt!«

»Gut, ich werde Potts zur Fahndung ausschreiben lassen und schicke Ihnen Brown und seine Leute. Gibt es Nachbarn, die ihn gesehen haben könnten?«

»Heute Morgen hätte er den Müll runtergebracht, hat mir die Frau gesagt, die nebenan wohnt. Sonst habe ich niemanden angetroffen. Ach ja, er fährt einen alten, roten VW-Polo. Kennzeichen wusste die Nachbarin nicht. Der Wagen ist jedenfalls auch nicht mehr da, und hier sieht alles nach einer überstürzten Flucht aus.«

»Smith, Sie warten bitte auf DI Brown. Ich werde alles andere veranlassen. Sollten wir Potts nicht schnappen, müssen wir dieser Ms Mouse Personenschutz geben.«

»Okay, Chief.« Smith beruhigte sich langsam.

»Wenn in der Wohnung etwas Wichtiges zu finden ist, wird Brown es finden.«

»Ja, Sir.«

»Ich schicke Ihnen Sergeant Jenkins und Constable Grant zur weiteren Unterstützung. Die gesamte Nachbarschaft muss befragt werden.«

»Ja, Sir. Danke, Sir.«

Pantel legte nachdenklich den Hörer auf. *Sollte Potts tatsächlich das Format haben, einen Mord perfekt zu planen und durchzuführen?* Er schüttelte leicht den Kopf. *Aber warum ist Potts dann geflohen?* Er nahm den Hörer wieder auf und wählte die Nummer von Constable Hicks. Als dieser sich meldete, erläuterte Pantel ihm kurz die Sachlage und wies ihn an, eine Fahndung nach Potts herauszugeben. »Und setzen Sie Taylor und Miller auf Potts an. Ich will alles über diesen Mann wissen.«

»Geht klar, Sir.«

Ein zaghaftes Klopfen ließ Pantel zur Tür blicken. Ivy Clarks trat zögernd ein. »Darf ich Sie kurz stören, Sir?«

»Natürlich, Constable. Setzen Sie sich doch. Haben Sie etwas Neues?«

»Ja, Sir. Ich habe mir unsere Überwachungsbänder angeschaut. Es hatte um die Zeit gerade geregnet. Leider hatten die Leute, die zu sehen waren, Kapuzen auf oder wurden von aufgespannten Schirmen verdeckt. Aber gestern Morgen, um kurz nach acht, war eine Person mit Schirm zu erkennen, die kurz anhielt, sich zur Eingangstür beugte und dann wieder verschwand.«

»Konnten Sie erkennen, wer es war?«

»Nein, Sir. Es war aber auf alle Fälle ein Mann. Doch er hielt den Schirm so geschickt, dass bis auf die Hose und die Schuhe nichts zu sehen war. Ich vermute, dass er ganz genau wusste, wo die drei Kameras angebracht sind.«

»Das würde zu unserem Täter passen.« Dann stutzte Pantel. «Drei? Ich habe nur zwei gesehen.«

Nun schmunzelte Ivy und nickte wissend. »Das ist ja das Besondere! Die dritte Kamera ist getarnt. Sie hängt ganz oben an der Hausecke und ist in demselben Rot gestrichen wie die Hauswand. Man muss schon genau wissen, wo man suchen muss, sonst sieht man sie einfach nicht. Der Mann mit dem Regenschirm muss von dieser Kamera gewusst haben. Ich kann nicht glauben, dass er nur Glück hatte.«

Der Chief Inspector nickte zustimmend. »Ich schätze ihn so ein, dass er nichts dem Glück überlässt, sondern alles vorher genau recherchiert hat. Und neben seinem profunden Wissen über Kriminaltechnik und schnelles, effektives Töten hat er sicherlich auch alle für ihn wichtige Örtlichkeiten ausgespäht.«

»Ich habe vorhin mitbekommen, dass es einen Verdächtigen gibt. Hat er denn diese Kenntnisse?« Ivy hatte sich ein wenig vorgebeugt, und Pantel stieg der leichte Duft von Sandelholz und Kardamom in die Nase. *Quercus*, dachte er sehnsüchtig. Sophie hatte dieses Parfum geliebt.

»Unser Hauptverdächtiger? Ehrlich gesagt, kann ich mir nicht vorstellen, dass Peter Potts tatsächlich unser Mann ist. Ich kenne ihn zwar nicht, aber nach dem, was ich von ihm gehört habe ...« Pantel ließ den Satz offen. »Er passt einfach nicht in das Täterprofil. Die Fahndung nach ihm läuft, und seine Wohnung wird auf den Kopf gestellt. Vielleicht finden wir bei ihm eindeutige Beweise für die Morde. Ich bin aber nicht zuversichtlich.«

»Peter Potts?« Ivy hatte die Stirn in Falten gelegt und schaute ihren Chef grübelnd an. »Ich kenne ihn. Meine Großmutter wohnte bis zu ihrem Tod ebenfalls im Seniorenheim in St. Just. Sie mochte Peter sehr. Er war hilfsbereit und mitfühlend, hat sogar den alten Leutchen in seiner Freizeit die Zeitung vorgelesen. Als intelligent konnte man ihn allerdings nicht bezeichnen.«

»Dann liege ich mit meiner Meinung über ihn wahrscheinlich gar nicht so falsch.«

14:05 Penzance/Polizeirevier

Peter Smith betrat das gemeinsame Büro. Er sah mitgenommen und immer noch wütend aus.

»Sir, tut mir leid, dass mir der Typ entwischt ist.«

»Nehmen Sie sich erst einmal einen Kaffee und setzen Sie sich.

Sie können nichts dafür, dass Potts sich rechtzeitig aus dem Staub gemacht hatte.«

»Warum bin ich Blödmann auch allein hingefahren?« Smith schlug mit der Hand auf den Tisch. »Zu zweit hätten wir ihn vielleicht noch geschnappt!«

Pantel stutzte. »Sie sind allein zu einem vermeintlichen, zweifachen Mörder gefahren?«, fuhr er Smith ärgerlich an. »Was wollten Sie damit beweisen? Was für ein toller Polizist Sie sind?«

»Nein, Sir«, antwortete der Sergeant überrascht und setzte dann kleinlaut hinzu, dass er einfach nicht darüber nachgedacht hätte.

»Sie sind verpflichtet, bei der Abholung eines Tatverdächtigen mit mindestens zwei Beamten auszurücken.«

»Ich weiß, Sir!«

»Normalerweise würde Ihr Verhalten ein Disziplinarverfahren nach sich ziehen.«

»Ja, Sir!«

Pantel konnte beobachten, wie sich kleine Schweißperlen auf Smiths Stirn bildeten. »Ich drücke noch einmal ein Auge zu, doch sollte sich, egal aus welchen Gründen, solch ein Alleingang wiederholen, werden Sie zur Verantwortung gezogen. Ist das klar?«

»Ja, Sir, Danke.«

»Gut!« Pantel nahm einen Schluck von seinem Kaffee und zählte langsam bis zehn, um sich zu beruhigen. »Haben Sie schon irgendetwas Neues?«

Erleichtert lehnte sich Smith in seinem Stuhl zurück und blätterte in einem kleinen Notizbuch. »Die Befragung der wenigen Nachbarn, die ihn kannten, hat nicht viel gebracht. Er wurde als freundlich beschrieben. Über sein Privatleben wusste niemand etwas. Nur eine Nachbarin deutete an, dass er wohl seit kurzer Zeit eine Freundin gehabt haben muss: Mitte dreißig, schlank, brünett mit einem Piercing in der Nase. Soll einen dunkelgrünen, alten Corsa fahren. Ach ja! Sie soll Betty heißen.«

»Na, das ist ja schon etwas. Setzen Sie jemanden auf diese Betty an. Vielleicht ist er bei ihr untergekrochen. Sonst noch etwas?«

»Ja, Sir.« Smith blätterte eine Seite um. »Eine Nachbarin hatte sich darüber gewundert, dass Potts tagsüber immer die Gardinen zugezogen hatte.«

»Gamer!«, rutschte es Pantel halblaut heraus.

»Wie bitte, Sir?« Verwirrte sah der Sergeant seinen Chef an. »Er ist wahrscheinlich ein Gamer, ein Computerjunkie. Das hat mir mein Neffe erklärt. Echte Spieler achten darauf, dass keinerlei Lichtreflexionen auf dem Bildschirm sind, wenn sie spielen. Also dunkeln sie den Raum tagsüber ab. Darum wird Potts die Gardinen zugezogen haben.«

»Aber es gibt keinen Computer!«

»Dann vielleicht einen Laptop. Doch den wird er sicherlich mitgenommen haben.« Pantel lutschte nachdenklich auf einer Veilchenpastille. »Schade. Der Internetverlauf hätte uns sicherlich etwas darüber sagen können, ob Potts sich für Kriminaltechnik interessiert hatte. Was sagt Brown?«

»Weiß ich nicht, Sir. Brown ist zwar noch nicht ganz fertig gewesen, als ich fuhr, aber die Jungs haben anscheinend nur das Übliche gefunden: DNA, Fingerabdrücke und jede Menge Plunder.«

Ein energisches Klopfen ließ die beiden Männer zur Tür blicken. Henry Bloombottem betrat den Raum, auf seinem Gesicht ein breites Grinsen.

»Sir, ich habe etwas Interessantes gefunden.« Er zog sich einen der Besucherstühle heran und setzte sich so, dass er sowohl seinen Chef als auch Smith ansehen konnte. »Ich habe mir die Jahrbücher der Schule in St. Just von 1992 und 1994 angesehen. 1992 hat ein gewisser Robert Smith seinen Abschluss gemacht und ebendieser Robert ist 1988 von der Truro School geflogen.«

»Warum musste er die Schule verlassen?« Pantel hatte sich vorgebeugt und starrte gebannt den Sergeant aus Truro an.

»Ich habe noch einmal mit der alten Sekretärin Mrs Newton gesprochen, Sir. Der Stipendiat, von dem sie gesprochen hatte, war tatsächlich ein Robert Smith. Sie erinnerte sich plötzlich wieder an seinen Namen. Er musste gehen, weil ein gewisser Joseph James-Holland das so wollte.«

»Hatte Robert auch Schwierigkeiten mit Ms Pepperton?«

»Das will ich meinen, Sir.« Bloombottem reichte Pantel die Fotokopie eines Zeugnisses und ein Foto aus besagtem Jahrbuch. »Ich habe mich mit einer Mrs Spring in Verbindung gesetzt. Sie ist die ehemalige Sekretärin der Schule in St. Just. Sie erzählte, dass sich Robert aufgrund der mittelmäßigen Benotung in Biologie und Chemie, beides Fächer unseres Opfers, sein Stipendium in Oxford abschminken konnte.«

Pantel stieß einen leisen Pfiff aus. »Meine Güte, der Junge hatte ja sonst hervorragende Zensuren! Angenommen, Ms Pepperton hätte ihn absichtlich so schlecht benotet, dann kann ich seine Wut auf die alte Lady durchaus nachvollziehen.«

»Es war Absicht! Die Sekretärin sagte mir, dass sich die Pepperton über Roberts Wunsch, nach Oxford zu gehen, richtiggehend lustig gemacht habe und das in Roberts Gegenwart!«

Pantel stand auf und pinnte Foto und Zeugnis an das Board. Dann schaute er Smith an, der auffällig still dem Gespräch gefolgt war, und zeigte mit dem Finger auf das Bild, das einen sehr jungen, etwas dicklichen Mann mit blondem Strubbelhaar, einem hellen Vollbart und Brille im Halbprofil abbildete. »Kennen Sie zufällig Robert Smith?«

»Ja, meinen Großonkel! Ist vor drei Jahren verstorben.«

»Ich meine jemanden, der vom Alter her passen könnte«, erwiderte der Inspector ungeduldig.

»Was glauben sie eigentlich, wie viele Smiths es in Cornwall gibt?«

Über die Heftigkeit der Antwort überrascht, warfen sich Pantel und Bloombottem einen kurzen Blick zu.

»Nein, ich weiß nicht, wie viele Namensvetter von Ihnen in Cornwall leben, aber die Chance, dass Sie einen passenden Robert kennen, ist ja durchaus gegeben.«

»Ja, Sir. Entschuldigen Sie, aber mir gehen noch so viele andere Dinge durch den Kopf.«

»Schon gut«, lenkte der Inspector ein und wandte sich dann wieder an Bloombottem. »Versuchen Sie, diesen Robert Smith aufzutreiben. Er gehört auf jeden Fall auf unsere Verdächtigenliste.«

»Ja, Sir! Aber ich habe noch um drei einen Termin mit Mrs Susan Richard.«

»Den übernehme ich. Vielleicht wollen Sie mich begleiten, Smith?«

»Ähm, würde ich ja gern, muss aber gleich zum Arzt. Die Magen-Darm-Geschichte. Noch nicht besser.«

»Gut, dann drücke ich Ihnen die Daumen. Wir sehen uns Morgen.«

15:00 St. Just/Carrallack Terrace

Charles Pantel hielt vor einem gepflegten Bungalow am Rande von St. Just. Von der See trug der milde Westwind das Schlagen des Wassers gegen die Klippen von Cap Cornwall herüber. Sophie und er hatten immer von einem Haus geträumt, von dessen Terrasse aus man den Sonnenuntergang über dem Meer betrachten konnte. Unversehens traf ihn der Schmerz, seine Frau so früh verloren zu haben. Neidisch starrte er auf das vor ihm liegende Anwesen und das keine Meile entfernte blau leuchtende Wasser. Der Schrei einer tieffliegenden Möwe riss ihn aus seinen bedrückenden Gedanken. Er trat an das in glänzendem Schwarz gestrichene, schmiedeeiserne Tor und drückte auf den Klingelknopf.

»Ja, bitte?«, tönte eine blecherne, weibliche Stimme aus der Gegensprechanlage.

»Mrs Richard? Detectiv Chief Inspector Pantel. Sergeant Bloombottem hatte einen Termin mit Ihnen vereinbart.«

Anstelle einer Antwort ertönte das Summen des Türöffners. Gleichzeitig schwang ein Flügel der weiß lackierten Haustür auf und eine attraktive Mittvierzigerin trat auf die Schwelle.

»Schön, dass Sie so pünktlich sind«, empfing sie den Inspector mit einem freundlichen Lächeln. Sie reichte ihm ihre schmale, makellos manikürte Hand und bat ihn ins Haus. Pantel betrat eine großzügig geschnittene Diele. Auf dem honigfarbenen Marmor hatten es sich zwei falbfarbene Königspudel bequem gemacht und musterten interessiert den Neuankömmling.

»Das sind Melody und Honey. Ich hoffe, dass Sie keine Angst vor Hunden haben.«

»Nein, ich hatte früher selbst Hunde. Zwei Border Collies.«

»Wilde Gesellen, nicht wahr?«

»Sagen wir einmal, wenn die Hunde klüger als der Besitzer sind, dann ja.«

Sie lachte laut auf und zwinkerte ihm zu. »Dann habe ich ja Glück, dass meine Intelligenz über der meiner beiden Pudel liegt, nicht wahr? Kann ich Ihnen einen Tee oder Kaffee anbieten?«

»Gern einen Kaffee, schwarz mit einem Löffel Zucker.«

»Gehen Sie doch schon einmal durch ins Wohnzimmer und setzen Sie sich.« Sie wies auf einen breiten Durchgang. »Ich komme gleich zu Ihnen.«

Pantel trat ins Wohnzimmer und wurde fast magisch von den bodentiefen Panaromafenstern, die die gesamte Wand des Raums einnahmen, angezogen. Der Blick auf Cap Cornwall, der sich ihm nun bot, war überwältigend. *Ach, Sophie*, dachte er im Stillen, *warum haben wir uns unseren Traum von solch einem Haus nicht erfüllt, als noch Zeit dafür war?*

»Es war dieser Fernblick, warum ich hier unbedingt einziehen wollte.« Mrs Richard war neben Pantel getreten und reichte ihm einen Porzellanbecher, aus dem dünne Dampffäden aufstiegen, sich verwirbelten und auflösten. »Das Haus selbst war sehr renovierungsbedürftig, aber ich habe es mir gar nicht richtig angesehen. Sehr zum Ärgernis meines Mannes«, fügte sie schmunzelnd hinzu. Dann sah sie ihn prüfend von der Seite an. »Warum sind Sie so traurig?«

»Sind Sie Psychologin?« Pantels Antwort begleitete ein harscher Unterton.

»Nein. Ich bin Friseurmeisterin. Allerdings kann man in diesem Beruf nur richtig gut sein, wenn man psychologisches Geschick besitzt, nicht wahr?« Ihre dunklen Augen musterten ihn so eindringlich, dass er fast versucht war, dieser völlig Fremden seinen Kummer zu erzählt. Doch dann rief er sich zur Ordnung, drehte dem Fenster den Rücken zu und sah die Frau auffordernd an.

»Mrs Richard, ich möchte, wie angekündigt, mit Ihnen über Ihre Schulzeit und Mrs Pepperton sprechen.«

»Na gut!« Immer noch lächelnd, bot sie Pantel einen Sessel an und setzte sich ihm gegenüber. »Dann lassen Sie uns über den alten Drachen sprechen.«

»Drachen?«

»Peppertons Spitzname bei Schülern und Lehrern!«

»So schlimm?«

»Schlimmer!« Sie grinste. »Halten Sie mich bitte nicht für gefühllos, aber ihr Tod ist sicherlich für niemanden ein Verlust.«

Pantel stellte die Kaffeetasse vorsichtig auf dem gläsernen Couchtisch ab, zog einen Brief aus seiner Jackentasche und reichte ihn Mrs Richard. »Das ist die Einladung zu einem Klassentreffen, den die Tote bei sich trug. Das Schriftstück trägt Ihre Unterschrift.«

Die Frau nahm überrascht das Blatt entgegen, und während sie las, zeigten sich auf ihrer Stirn immer tiefere Falten. »Das war ich nicht!«, stieß sie entrüstet aus und mit einer schwungvollen Geste reichte sie das Schreiben zurück. »Nie im Leben hätte ich die Pepperton zu einer Feier eingeladen und dann auch noch so herzlich!«

»Es ist also nicht Ihre Unterschrift?«

»Nein, ich gebe Ihnen gern eine Vergleichsprobe.«

»Das wäre sehr nett von Ihnen, obwohl wir schon vermutet haben, dass jemand Ihren Namen missbräuchlich verwendet hat.«

»Aber warum?«

»Das ist die entscheidende Frage.« Pantel nahm erneut den Kaffeebecher zur Hand und lehnte sich in dem weichen, grauen

Lederpolster zurück. »Sicherlich wollte der Täter die Einladung so authentisch wie möglich gestalten. Zum anderen musste er sicherstellen, dass das Opfer nicht mit Ihnen in Kontakt treten konnte. Das heißt, der Täter muss Sie von der Schule her kennen und gewusst haben, dass Sie im Urlaub und damit nicht erreichbar waren.«

In den braunen Augen der Frau schimmerte Angst auf. »Er hat mich also beobachtet. Aber warum hat er gerade mich von den vielen Schülerinnen meines Jahrgangs ausgewählt?«

»Wenn wir das wüssten, würden wir den Täter kennen!« Pantel räusperte sich kurz, bevor er fortfuhr. »Gab es in Ihrer Schulzeit irgendwelche unschönen Ereignisse, die Ihnen der Mann, den wir suchen, heute noch nachtragen könnte?«

Mrs Richard schob eine blonde Strähne, die sich aus dem kunstvoll frisierten Haarknoten gelöst hatte, hinter ihr Ohr. Ihr Blick glitt nach unten, und die Augen folgten einen Moment lang dem komplizierten Muster des grauweißen Teppichs. »Natürlich gab es in meiner Zeit auf der Cap Cornwall School Jungs, denen ich einen Korb gegeben habe. Aber, dass sie nach so langer Zeit noch böse auf mich sein sollten – nein, das glaube ich allerdings nicht.«

»Sie kennen Peter Potts?«

»Peter. Sie verdächtigen doch wohl nicht ihn! Der kann keiner Fliege etwas zuleide tun. Immer freundlich, immer hilfsbereit. Er war zwar nicht die hellste Kerze auf der Torte, aber ich habe mich sehr gut mit ihm verstanden.«

»Kennen Sie auch einen Robert Smith?«

»Robby!« Ihre Stimme nahm nun einen mitleidigen Ton an. »Den hatte ich ganz vergessen. Armer Junge. Ja, der war etwas komplizierter. Er war eine Klasse unter mir und hatte mir ständig aufgelauert. Heute würde man wohl sagen, dass er mich gestalkt hat. Irgendwann bekam ich regelrecht Angst vor ihm. Dann habe ich mich mit ihm verabredet. Als er zum Treffpunkt kam, kamen gleichzeitig auch meine beiden Freundinnen dazu. Wir haben uns in der übelsten Weise über ihn lustig gemacht, ihn beleidigt,

gestoßen, angeschrien – bis er schließlich tränenüberströmt geflüchtet ist. Nicht gerade nett, aber danach hatte ich Ruhe.«
»Also hätte er durchaus einen Grund, Ihnen etwas heimzuzahlen. Zum Beispiel, Sie in den Fokus der Polizei zu bringen?«
»Ja, aber das ist doch krank – nach fünfundzwanzig Jahren!«
»Wir gehen davon aus, der der Täter eine psychische Störung hat.«
Ihre sorgfältig gezupften Augenbrauen schossen in die Höhe.
»Glauben Sie, dass er mir etwas antun will?«
»Nein, ich denke, dass diese gefälschte Einladung seine Form der Abrechnung mit Ihnen war. Trotzdem sollten Sie wachsam sein und, falls Sie irgendetwas Ungewöhnliches bemerken, sich bei mir melden.« Pantel zog eine Visitenkarte aus der Tasche, legte sie auf den Tisch und erhob sich. »Danke für Ihre Zeit und den hervorragenden Kaffee.«
»Ich danke Ihnen, Chief Inspector.«

3. Juni 2020
08:10 Penzance/Polizeirevier

Pantel, Bloombottem, Jenkins und Smith saßen im Besprechungsraum und starrten auf das Ermittlungsboard. Seit gestern hatte sich einiges darauf geändert. Das Foto von Mrs Richard war an den Rand verschoben worden, und unter der Überschrift Täter befanden sich nun zwei Namen und zwei Bilder. Eines davon zeigte Peter Potts in der Arbeitskleidung des Benoni Nursing Homes, das andere das bärtige Gesicht des jugendlichen Robert Smith'.
»Nun, meine Herren, Ma'am, jetzt haben wir zwar zwei Verdächtige, aber beide scheinen wie vom Erdboden verschluckt zu sein. Beide haben nach unserer Kenntnis ausreichend Motive, sich an James-Holland und Edith Pepperton zu rächen. Wir müssen die beiden unbedingt aufspüren. Und sei es nur, um sie von der Verdächtigenliste streichen zu können. Trotzdem sollten wir auch noch in andere Richtungen ermitteln, das heißt, noch weiter nach

Personen suchen, die beide Opfer kannten und Schwierigkeiten mit ihnen hatten.« Die drei Sergeants nickten bestätigend.

»Was ist mit Potts' Freundin?«

»Daran mache ich mich gleich, Sir. Habe gestern den ganzen Nachmittag beim Arzt gesessen«, antwortete Smith.

»Gut! Bloombottem, Sie bleiben weiter an diesem Robert dran.«

»Ja, Sir.«

»Jenkins, Sie werden mit der Leiterin des Seniorenheims, Ms Mouse, sprechen und sie über den geplanten Personenschutz am 6. Juni in Kenntnis setzen. Die Organisation dieser Maßnahme übernehmen Sie ebenfalls. Ach ja, und wenn Sie schon einmal in dem Heim sind, vielleicht weiß ja jemand von Potts' ehemaligen Kollegen etwas über dessen Freundin.«

»Ja, Sir!« Patricia Jenkins räusperte sich leicht. »Gibt es schon Neuigkeiten von Brown bezüglich Potts' Wohnung?«

»Gut, dass Sie das ansprechen. Er hat mich gestern Abend noch angerufen. In der Wohnung war auf den ersten Blick tatsächlich nichts Verwertbares zu erkennen. Ein paar seichte Krimis, aber keine Fachliteratur zur Kriminaltechnik oder Informationen zu Mordmethoden. Aber Brown ist Profi! Zum einen entdeckte er im Mülleimer eine leere Flasche, in der Reste von Theaterblut nachgewiesen werden konnten. Außerdem gab es noch einen weiteren, sehr merkwürdigen Fund: Unter einer Schublade klebte ein Umschlag. Der Inhalt war ein gefälschter Pass mit Potts' Bild, auf den Namen Pedro Dacosta, und außerdem 500 Pfund in kleinen Scheinen. Da stellt sich die Frage, warum Potts diese Sache bei seiner Flucht nicht mitgenommen hat.«

»Vielleicht in der Eile vergessen?«, schlug Smith vor.

»Geld und Pass waren doch sicherlich für eine eventuelle Flucht vorgesehen. Und ausgerechnet diese Dinge vergisst er mitzunehmen?«

»Was ist, wenn er Smith dabei beobachtet hatte, wie er ins Haus geht und schlichtweg keine Möglichkeit mehr sah, die Sachen zu holen?«, überlegte Jenkins.

»Dagegen spricht, dass Potts ja für alles andere Zeit hatte – die Kleidung, Waschzeug, seinen Laptop«, erwiderte Pantel, dessen Finger den Weg in seine Jacketttasche suchten. »Irgendetwas stimmt da nicht, und ich glaube fest daran, dass, wenn wir dieses Rätsel lösen, dem Mörder ein gutes Stück näher gekommen sein werden.« Er schob sich eine Veilchenpastille in den Mund.

»Also glauben Sie immer noch nicht, dass Potts unser Mann ist, Sir?« Bloombottem sah seinen Chef gespannt an.

»Ja. In meinen Augen hat Potts nicht das Format für ein so komplexes Mordkonzept. Mrs Richard sagte zum Beispiel, und da bin ich ihrer Meinung, dass er nicht die hellste Kerze auf der Torte sei.«

»Na, dann bleibt uns wohl nichts anderes übrig, als den nächsten Mord abzuwarten. Es wäre schon ein enormer Zufall, wenn beide Verdächtigen mit dem nächsten Opfer ebenfalls ein Hühnchen zu rupfen gehabt hätten.«

Drei entsetzte Augenpaare richteten sich auf Smith. »Sergeant, ich glaube kaum, dass solch eine Bemerkung angebracht ist«, blaffte Pantel den Beamten an. »Es geht hier nicht nur um das Lösen von Mordfällen, sondern auch um die Verhinderung weiterer Morde.«

Die weiteren Tage verrannen ergebnislos. Trotz groß angelegter Fahndung und intensiven Nachforschungen konnten weder Peter Potts noch Robert Smith von den Beamten aufgespürt werden.

Bloombottem verzweifelte fast, als er feststellen musste, dass ab Ende der Neunziger zu einem in England lebenden Robert Smith, geboren am 15. Februar 1974, in Truro, keinerlei Hinweise mehr zu finden waren. Weder hatte er, laut Auswanderungsbehörde, das Land für immer verlassen, noch gehörte er, laut Sozialbehörden, zu dem Heer der Hilfsbedürftigen. Auch bei der Durchforstung der Vermisstendateien im gesamten Königreich wurde der Sergeant nicht fündig. Robert Smith blieb unauffindbar.

Sergeant Peter Smith hatte mit seiner Fahndung nach Peter

Potts ebenfalls keinen Erfolg. Zwar fand er Potts' Freundin, Betty Wood, aber diese erklärte, dass sie bereits vor einem Monat mit ihm Schluss gemacht hätte. Er hätte, wie sie aussagte, nur noch an seinem Computer gezockt und sie lediglich für Sex gebraucht. Auch verbrachte Smith Stunden damit, das Bildmaterial von staatlichen und privaten Überwachungskameras in St. Just und in einem Umkreis von fünf Meilen zu sichten. Nichts! Entweder hatte Potts ein unglaubliches Glück, dass sein Wagen auf keinem der Bänder auftauchte, oder er kannte ganz genau die Standorte der Überwachungsgeräte.

Charles Pantel, der sich die negativen Berichte der beiden Beamten kommentarlos anhörte, gab irgendwann die Hoffnung auf, den Mörder noch vor dem nächsten angekündigten Mord zu stellen. Wütend starrte er auf seinen Kalender, in dem er den 6. Juni mit einem dicken roten Stift markiert hatte. Am Vorabend des besagten Tages machte er zeitig Schluss und schickte die Beamten des Teams ebenfalls früh nach Hause. Wenn der nächste Tag nämlich das bringen würde, was der Mörder angedroht hatte, dann mussten alle ausgeruht und hellwach sein, um diese Mordserie ein für alle Mal zu beenden.

Und all die seidenen Kissen
Gehörten deinem Mann.
Doch uns schlug kein Gewissen.
Gott weiß, wie redlich untreu.
Man sein kann.
(Ringelnatz, aus »Ferngruß von Bett zu Bett«)

Dritter Mord
Porthcurno/Minack Theatre

Juli 1998
Truro/County Court

Im Gerichtssaal hatte sich nur eine Handvoll Zuschauer eingefunden. Es wurde die Anklage gegen Daniel Moore, 23 Jahre alt, wohnhaft in Porthcurno, wegen fahrlässiger Tötung verhandelt. Ihm wurde zur Last gelegt, in stark betrunkenem Zustand und mit überhöhter Geschwindigkeit mit dem Porsche seines Vaters einen Unfall verursacht zu haben, bei dem die 21-jährige Annabell Crane zu Tode kam. Daniel Moore, Danny, wie er sich selbst gern nannte, unterhielt sich leise mit seinem Anwalt, während auf der gegenüberliegenden Seite Mrs Crane als Nebenklägerin einfach nur vor sich hinstarrte und auf die Worte ihres Anwalts keinerlei Reaktion zeigte.

Der junge Mann hatte sich in die letzte Bank gesetzt. Von dort hatte er den besten Überblick, ohne selbst besonders aufzufallen. Annabell war seine erste große Liebe gewesen. Morgen hätte eigentlich ihre Hochzeit sein sollen. Nun war sie tot. Umgebracht von einem verwöhnten Bürschchen, das trotz seiner Schuld im Augenblick keinerlei Reue zeigte, sondern sich, über die Bemerkung seines Anwalts grinsend, auf seinem Stuhl herumlümmelte. Angeekelt betrachtete der junge Mann den Angeklagten. Goldene Locken, strahlend blaue Augen, braun gebrannt und ein gut gebauter, muskulöser Körper. Anny hätte ihn grinsend als Sahneschnitte bezeichnet.

Am Tag des Unfalls war Annabell mit dem Fahrrad unterwegs gewesen. Sie wollte ihren Bräutigam von der Arbeit abholen, um dann gemeinsam mit ihm ins Kino zu gehen. Er hatte gewartet. Immer wieder hatte er auf die Uhr geschaut und nicht verstanden, warum Anny nicht auftauchte. Sie war doch die Pünktlichkeit in Person. Erst als der Polizeiwagen und kurze Zeit später eine Ambulanz mit jaulenden Sirenen und Blaulicht an ihm vorbeirasten, begann er, sich Sorgen zu machen. Er folgte dem Rettungswagen, erst langsam, doch dann fing er an, zu rennen. Zwei Kreuzungen weiter erreichte er die bereits abgesperrte Unfallstelle. Sein Blick fiel auf das grüne, mit bunten Blumen bemalte Fahrrad, das verbogen mitten auf der Straße lag, dann auf Annabells zusammengekrümmten, blutüberströmten Körper. Dem jungen Mann traten bei dem grausamen Bild, das sich für immer in seinem Hirn festgebrannt hatte, die Tränen in die Augen. Und als der Gerichtsdiener den vorsitzenden Richter meldete und die Anwesenden bat, sich zu erheben, nahm er nur verschwommen die Szenerie um sich herum wahr.

Der Richter verlas noch einmal die Anklage, bevor er das Urteil formulierte: »Schuldig im Sinne der Anklage.« Der junge Mann sendete ein kurzes Stoßgebet des Dankes gen Himmel, doch als der Vorsitzende das Strafmaß verkündete, erstarrte Annabells Bräutigam. Ein halbes Jahr Haft auf Bewährung, eintausend Pfund Strafe und der Entzug der Fahrerlaubnis für ein Jahr ließen ihn kopflos und blind vor Zorn aus dem Gerichtssaal stürmen. Und während er die High Street hinunterrannte, schwor er sich, dass er das Schwein für den Mord an Anny büßen lassen würde.

5. Juni 2020
11:30 Porthcurno/Wind and Wave

»Na, Sportsfreund, noch ein halbes Pint?« Danny Moore, mittlerweile über zwanzig Jahre älter, mit dem Aussehen eines abgehalfterten Playboys, beugte sich jovial ein wenig vor und zwinkerten dem stillen Mann an der Theke zu.

»Gern«, antwortete dieser einsilbig und schob das leere Glas in Richtung des Wirts.

»Habe dich hier noch nie gesehen«, fuhr Danny fort, während er das Gefäß unter den Zapfhahn hielt. »Bist wohl auf der Durchreise?«

»Ja.« Der Mann nahm das neue Pint entgegen und stellte es auf den Tresen vor sich. »Bin aus London. Hatte was in St. Just zu erledigen.«

»Na, deiner Miene nach zu schließen, war es aber nicht so erfolgreich.«

Der Mann wiegte langsam den Kopf. »Kann ich noch nicht sagen. Der Deal ist noch nicht beendet.«

»Na, dann drück ich dir die Daumen.« Dannys Blick ging zur Tür, durch die gerade eine Gruppe Handwerker trat. »Tut mir leid, Sportsfreund, muss mich kümmern. Mittagszeit, da wird's immer etwas hektisch. Wenn du noch was brauchst, heb einfach den Arm.«

Der Mann starrte weiter teilnahmslos in sein Bierglas. In Wirklichkeit aber liefen all seine Sinne auf Hochtouren. Aus den Augenwinkeln beobachtete er den Wirt und hörte genau, was am Tresen gesprochen wurde. Er wollte gerade ein weiteres Pint ordern, als eine junge, blonde Frau, äußerst attraktiv und sich dessen auch bewusst, neben ihn stellte. Sie gab Moore ein unauffälliges Zeichen mit der Hand und deutete mit dem Kopf auf die stille Ecke ganz am Ende der Theke. Danny winkte seine Bedienung, eine kleine Brünette mit Sommersprossen, heran, gab ihr kurz ein paar Anweisungen und ging zu dem neuen Gast hinüber.

Der Mann spürte Aufregung aufsteigen und musste sich zwingen, weiterhin einen unbeteiligten Eindruck zu machen. Er beugte seinen Kopf hinunter und schloss die Augen, um sich auf die leisen Worte, die das Paar miteinander wechselte, konzentrieren zu können.

»Hey, Baby. Schön dich zu sehen!«, hörte er die Stimme des Wirts. Eine Pause entstand, und er spürte den Blick der jungen Frau auf sich ruhen.

»Baby, keine Sorge! Der Typ ist fremd hier. Außerdem hat er genug eigene Probleme«, flüsterte Danny ihr zu.

»Dan, das passt heute nicht. Ich glaube, Steven hat was gemerkt.« Sie sprach leise und eindringlich, mit dem weichen Akzent der Mittlands.

»Quatsch, Jen, du bildest dir da was ein!«

»Doch, Dan, er ist seit letzter Zeit so komisch. Wir sollten uns die nächsten Wochen nicht mehr sehen und vielleicht auch einen neuen Treffpunkt finden.«

»Jen, du spinnst!«, kam die ärgerliche Antwort. »Wenn du meinst, dann lassen wir es. Bei mir brauchst du dann aber auch nicht mehr aufzukreuzen.«

»Dan!«, wisperte sie verzweifelt. »Wenn er das mit uns rauskriegt, schlägt er erst mich windelweich und dann dich.« Der Zuhörer bekam ein abschätziges Schnaufen mit und dann Schritte, die ihm sagten, dass der Wirt die Frau stehen gelassen hatte. Kurze Zeit später klackerten Absätze hinter ihm, die sich schnell entfernten.

Der Mann öffnete wieder die Augen, hob den Kopf und lächelte.

»Na, Kumpel, geht dir anscheinend wieder besser? Willst noch'n Pint?« Danny lächelte ihm auffordernd zu.

»Nein, das reicht. Muss heute noch nach Hause. Aber das Bier ist klasse!« Er erhob sich vom Hocker und zögerte einen Moment. »Sag mal, hab ihr auch Gästezimmer?«

»Klar.«

»Wenn ich das nächste Mal in der Gegend bin, würde ich gern hier übernachten.«

»Freut mich, dass es dir bei uns gefällt. Aber reservier auf jeden Fall.«

Der Mann überlegte kurz, holte sein Smartphone aus der Tasche und reichte es dem Wirt. »Tipp mir doch eben deine Nummer ein.«

Danny nahm das Telefon mit einem Lächeln entgegen, tippte ein paar Zahlen ein und gab es zurück.

»Danke und bis bald.« Beim Hinausgehen warf der Mann einen kurzen Blick auf die Telefonnummer. Als er sah, dass es Moores Handynummer war, zeigte sich auf seinem Gesicht ein boshaftes Grinsen.

6. Juni 2020
09:30 Porthcurno/Wind and Wave

Danny Moore saß in seinem Büro und arbeitete sich durch die Buchführung. Er machte sich Sorgen, große Sorgen sogar. Irgendetwas musste geschehen, sonst würde er bis zum Ende der Saison den Pub nicht halten können. *Aber vielleicht erlebe ich das Ende der Saison ja gar nicht mehr*, schoss es ihm durch den Kopf. Er griff nach dem Glas mit dem großzügig eingeschenkten Scotch und nippte daran. Die Lage war ernst, sowohl die gesundheitliche als auch die finanzielle. Sein Vater würde ihm nicht noch einmal eine Finanzspritze geben. Irgendwie hatte er sich sein Leben anders vorgestellt – aufregender, glamouröser. Aber mit allem, was er bisher angefangen hatte, war er gescheitert. Lediglich mit den Frauen lief es gut. Es gab kaum eine, die er nicht rumkriegen konnte.

Vielleicht sollte ich eine von denen anzapfen, dachte er grübelnd. *Jen wäre sicherlich bereit, für meine Dienste was springen zu lassen. Ihr Alter schwimmt nur so im Geld. Hätte ich die Kleine gestern doch nicht abgekanzelt.*

Ein leises Pling ließ ihn auf sein Handy schauen, und ein breites

Lächeln zeigte sich auf seinem verlebten, aber immer noch attraktiven Gesicht, als er die Nachricht las.

Hey, Dan. *Hab ein neues Prepaid gekauft, also wundere dich nicht wegen der Nummer. Steven musste heute überraschend für zwei Tage nach Oxford. Wir können uns also doch am Abend treffen. Warte um zehn auf dich im Minack Theatre hinter der Kulisse. ILD Jen*

Na, wenn das kein Wink des Schicksals war, freute sich Danny. Er würde es ihr richtig besorgen, vielleicht ein wenig von Ehe reden, und dann würde sie ihm schon alles geben, was er brauche. Er antwortete mit einem Daumen-hoch-Emoji.

22:00 Porthcurno/Minack Theatre

Der Mann saß geduckt hinter der Bühne des beliebten Freilufttheaters in einer Felsspalte. Wie er erwartet hatte, war das Gelände um diese Zeit menschenleer. Selbst wenn Moore schreien sollte, das Tosen der Wellen am Fuße der Klippe, auf der das Theater erbaut war, würde jeden Laut schlucken. Er schob den Ärmel seines weißen Einwegoveralls nach oben und sah auf die Uhr. Zwei Minuten hatte der Kerl noch, doch der Mann konnte sich vorstellen, dass der Typ die Frauen gern zappeln ließ. Also hatte er sich auf eine längere Wartezeit eingerichtet. Zu seiner Überraschung hörte er gleich darauf schnelle Schritte, die die steinerne Treppe hinunterkamen. Die Schritte eilten weiter über den Bühnenbereich und dann tauchte im Blickfeld des Mannes die Silhouette von Danny Moore auf.

»Jen, bist du da?«, flüsterte dieser in das dämmrige Zwielicht, das hinter der Bühne herrschte.

»Hier!«, antwortete der Mann mit wispernder, hoher Stimme. »Hinter den Felsen.«

Moore setzte sich wieder in Bewegung und ging, ohne seinen Beobachter zu bemerken, an der Felsnische vorbei. Der Mann richtete sich leise auf. In der Hand hielt er einen schweren Stein. Als Moore stehen blieb und suchend um einen Felsvorsprung lugte, hieb sein Angreifer mit aller Kraft auf seinen Kopf ein. Daniel Moore ging geräuschlos zu Boden. Der Angreifer legte seinen Finger an den Hals des Opfers. Er konnte einen wenn auch sehr schwachen Puls spüren.

»Danny«, er spuckte den Namen förmlich aus, »tut mir leid Sportsfreund, aber ich muss das hier beenden.« Er hob den Arm erneut und schleuderte den Stein auf den blutüberströmten Schädel. Erst als er sich vergewissert hatte, dass Moore nicht mehr lebte, streifte er sich Überzieher über seine mit Blut bespritzen Schuhe. Ein Stück den Küstenpfad entlang, zog er die verschmutzen Kleidungsstücke aus und warf sie über die Klippen in die Brandung.

7. Juni 2020
07:00 Penzance/Woodstock Guest House

Charles Pantel stand in seinem winzigen Badezimmer und versuchte, sich zu rasieren, ohne dabei seine Ellbogen anzustoßen. Als er sich den letzten Schaum aus dem Gesicht wusch und prüfend in den Spiegel blickte, musste er sich eingestehen, dass ein Friseurbesuch dringend notwendig war. Lächelnd dachte er an den dritten Abend seines Aufenthalts in Penzance zurück, als ihn seine Zimmerwirtin, Mrs Cloud, zu einem Sherry und selbst gemachten Salzmandeln einlud. Er hatte ihr von Sophie erzählt, und die alte, weißhaarige Frau hatte mitfühlend ihre Hand auf seinen Arm gelegt.

»Es tut mir ja so leid, aber wissen Sie, Charles, ich darf Sie doch so nennen? Ich glaube nicht, dass Ihre Frau gewollt hätte, dass Sie Ihren Kummer so lange mit sich herumtragen. Leben Sie!«

Sie lächelte ihm schelmisch zu. »Gehen Sie zum Friseur, lassen Sie sich einen neuen Haarschnitt machen. Das hilft! Ich weiß es aus Erfahrung. Und, seien Sie mir bitte nicht böse, tragen sie nicht länger dieses grässliche Schwarz.« Sie nahm ihr Sherryglas und trank einen kleinen Schluck, bevor sie sanft weiterredete. »In Ihrem Leben hat sich etwas verändert, also müssen Sie sich auch verändern, um mit der neuen Situation fertig zu werden. Und am besten funktioniert das, wenn Sie zunächst mit Ihrem Äußeren beginnen.«

Pantel ging zu seinem Schrank, nahm den Anzug mit den Nadelstreifen, ein cremefarbenes Hemd und die Krawatte, die Ivy Clarks ihm gebracht hatte, heraus und zog sich an. Dann lief er hinunter in die Küche, aus der der verführerische Duft nach gebratenem Speck und Eiern das Treppenhaus erfüllte.

»Guten Morgen, Charles.« Mrs Cloud stand am Herd und beobachtete die dünnen Baconscheiben, die sie in der Pfanne knusprig briet. »Möchten Sie Grilltomaten zum Frühstück? Ich habe heute extra welche gemacht.«

»Sehr gern.«

»Kümmern Sie sich bitte selbst um den Kaffee.« Sie wies mit dem Kopf auf die Kaffeemaschine. »Wir wollen ja nicht, dass sich diese leckeren Dinger hier zu Holzkohle verwandeln. Und setzen Sie sich doch bitte schon. Ich bin gleich fertig.«

»Mrs Cloud, ich habe selten ein so fantastisches, englisches Frühstück wie bei Ihnen bekommen.« Pantel schenkte sich Kaffee in einen mit kleinen Rosen bemalten Porzellanbecher ein und setzte sich an den liebevoll gedeckten Küchentisch.

»Das freut mich, zu hören.« Die alte Dame wandte sich ihm zu, und ein Strahlen ging über ihr faltiges Gesicht. »Endlich gescheite Kleidung. Fehlt nur noch der Friseur.«

»Sie werden es nicht glauben, aber bevor ich ins Büro gehe, wollte ich noch zum Haareschneiden. Können Sie mir einen Salon empfehlen?«

»Fünfzig Yard die Straße hinunter, bei Jimmy. Sagen Sie ihm, dass ich Sie geschickt habe, dann gibt er sich ganz besonders Mühe.«

Als Pantel aus dem Friseursalon in die helle Morgensonne trat, fühlte er sich tatsächlich wie ein neuer Mensch. Er schaute auf sein Handy, doch niemand hatte versucht, ihn zu erreichen oder ihm von einem erneuten Leichenfund zu berichten. Hoffnung keimte in ihm auf, dass der Mörder, aus welchen Gründen auch immer, seinen Plan vielleicht aufgegeben hatte. Für gestern hatte der Täter den Mord angekündigt, und er hatte stets dafür gesorgt, dass die Leichen schnell gefunden wurden. Sollte Potts tatsächlich der Täter sein? Vielleicht war ihm bereits die Flucht aufs Festland gelungen. Dann könnte er keine Morde mehr begehen. Wenn dem so war, müsste Interpol eingeschaltet werden. *Und ich könnte endlich zurück nach Truro,* dachte Charles hoffnungsvoll.

Er ging zu seinem Wagen, setzte sich hinein und erstarrte. Unter dem Scheibenwischer klemmte ein Kuvert. Er kannte diese Sorte Umschläge und wusste im gleichen Augenblick, dass er darin ein Bogen Büttenpapier finden würde. Langsam stieg er aus, streifte ein Paar Handschuhe über, hob das Wischerblatt vorsichtig an und zog den Umschlag hervor. Einen Moment wog er ihn in seiner Hand, unschlüssig, ob er den Inhalt überhaupt wissen wollte. Doch was blieb ihm anderes übrig? Er öffnete die Lasche des an ihn adressierten Briefs und zog das doppelt gefaltete Blatt heraus.

Guten Morgen, Chief Inspector,
heute wird es ein herrlicher Tag, sagt der Wetterbericht. Gut so!
Dann werden Sie wenigstens nicht nass, wenn Sie sich den neuen Tatort anschauen.

Falls Ihre Mitarbeiter noch nicht über den gewaltsamen Tod von Daniel Moore unterrichtet sein sollten, haben Sie jetzt die Chance, sie zu überraschen. Danny, ein Provinzplayboy, verantwortungsloser Säufer und mit sträflich wenig Intelligenz ausgestatteter

Mensch, finden Sie im Minack Theatre in Porthcurno. Ich habe ihn gestern Abend von seinem unwürdigen Leben erlöst.

Und da ich sehe, dass Sie immer noch mit Ihren Ermittlungen im Dunkeln tappen, habe ich die begründete Hoffnung, meinen Plan ungestört weiterverfolgen zu können. Wir hören voneinander! Um genau zu sein, am 12. Juni.

Bis dahin verbleibe ich in tiefer Verbundenheit
Der Mörder

Pantel steckte den Bogen zurück in den Umschlag, setzte sich in den Wagen, fingerte aus dem Handschuhfach einen Beweismittelbeutel und schob den Brief hinein. Dann streifte er die Handschuhe ab und lehnte den Kopf für einen kurzen Moment an das Lenkrad. Er schwankte zwischen Wut und Verzweiflung, beides Gefühle, die in einer professionellen Ermittlung nichts zu suchen hatten. Nein, er würde weder verzweifeln noch sich von seiner Wut überrollen lassen. Er startete den Wagen, legte den Gang so brutal ein, dass das Getriebe mit einem empörten Knirschen antwortete, und raste die enge Morab Road in Richtung Polizeirevier entlang. Mit quietschenden Reifen fuhr er auf den Parkplatz, warf die Wagentür zu und hastete zur Glastür mit dem leuchtend blauen Rahmen. Barnabas Hicks, der wieder einmal Dienst an der Pforte hatte, schaute aus dem Fenster und dachte bei sich, welcher Idiot wohl so rasant in die Parkbox fuhr. Dann erst erkannte er in dem Mann mit dem modernen Anzug und dem akkuraten Haarschnitt seinen Chef, der wie von Furien gehetzt über den Platz lief. Erschrocken hielt er den Türöffner gedrückt, bis Pantel den Dienstbereich hinter dem Tresen erreicht hatte.

Der Chief Inspector warf einen suchenden Blick in den unteren Teil des Reviers, konnte aber weder Bloombottem noch Smith entdecken.

»Sir, die DS sind alle oben«, rief ihm Hicks zu. »Gibt's 'ne neue Leiche?«, setzte er noch nach, aber da war Pantel schon durch die Tür zum Treppenhaus verschwunden. Zwei Stufen auf einmal nehmend, hetzte er nach oben und stürmte in den Raum, in dem die Ermittlungsbeamten arbeiteten.

»Ein neuer Brief!« Pantel schwenkte den Beweismittelbeutel wild in der Luft. Acht Augenpaare starrten ihn an, nicht begreifend, was, oder besser gesagt, wen sie dort in der Tür stehen sahen. »Wir haben wieder eine Leiche, im Minack Theatre! Smith und Clarks, Sie fahren mit mir nach Porthcurno. Bloombottem, informieren Sie das dortige Revier, Gainheart und Brown. Dann suchen Sie nach Verbindungen zwischen einem Daniel Moore und unseren beiden Verdächtigen. Jenkins, ich will alles über diesen Moore wissen. Und suchen Sie auch nach Angehörigen.«

Als die drei Beamten den Parkplatz des Theaters erreichten, stand dort schon ein Streifenwagen der örtlichen Polizei und eine überraschend große Gruppe Schaulustiger, die sich über die Polizeiabsperrung beugten, um das, was gerade fünfzehn Yard tiefer passierte, zu erkennen. PC Cook versuchte energisch, die Menschenmenge zu verscheuchen, doch ohne rechten Erfolg. Als er aufblickte und nach einigem Zögern Pantel und die Kollegen aus Penzance erkannte, nickte er diesen erleichtert zu und hob das Absperrband hoch, um die drei Polizisten durchzulassen.

»Morgen, Cook. Wie sieht es aus?«

»Nicht gut, Chief. Der Mann liegt hinter der Bühne. PC O'Brain hat unten die Sicherung übernommen.«

»Danke, Cook. Und wenn Sie hier Verstärkung benötigen ...«, Pantel warf einen bösen Blick in die Runde der Gaffer, »... unterstützt Sie PC Clarks so lange. Ich schicke Ihnen dann O'Brain hoch, bis die anderen kommen.«

»Danke, Sir. Hier werden heute mehrere Busladungen Touris erwartet. Da können zwei, drei Leute mehr nichts schaden.« Cook wirkte erleichtert.

»Clarks, wenn das hier oben einigermaßen geregelt ist, kommen Sie bitte runter zu mir.«

Die junge Beamtin nickte lächelnd ihrem Chef zu.

Pantel drehte sich mit dem Rücken zu den Schaulustigen und beugte sich vertraulich zu Smith hinüber.

»Sergeant, Sie machen bitte unauffällig einige Fotos von den Leuten hier. Rechts hinten, ganz am Rand der Gruppe, ist ein langer, blonder Typ, der mir nicht gefällt. Den hätte ich gern mehrmals.«

»Okay, Chief.« Doch Smith schien nicht glücklich mit seiner Aufgabe zu sein. »Wenn ich fertig bin, soll ich dann auch hinunterkommen?«

»Ja, aber ich möchte wirklich jeden, der hier herumlungert, auf einem Foto haben.« Ohne ein weiteres Wort ging er zur breiten Haupttreppe des Amphitheaters und begann langsam mit dem Abstieg. Der Blick auf die leicht bewegte, türkisblaue See war atemberaubend. Er blieb einen Moment stehen und genoss die sanfte Brise. Dann ließ er seine Augen über den Bühnenbereich wandern. Neben der Bühne versperrte ein weiteres blau-weißes Trassierband einen Torbogen. Davor stand ein Officer, O'Brain, wie Pantel vermutete, und starrte zu ihm hinauf. Pantel hob zum Gruß leicht die Hand und eilte dann die letzten Stufen hinunter zum Bühnenbereich.

»PCI Pantel. Guten Morgen. Sie sind sicherlich PC O'Brain?«

»Ja, Sir.« Der junge Beamte wirkte ein wenig blass um die Nase. In der Hand hielt er ein zerknülltes Papiertaschentuch.

»Ihre erste Leiche?«

»Ja, Sir.«

Der Inspector klopfte ihm mitfühlend auf die Schulter. »Sie können Cook oben helfen, ich komme allein klar. Und danke, dass Sie hier alles so umsichtig geregelt haben.«

Mit einem kurzen Tippen an die Mütze drückte sich O'Brain an Pantel vorbei und hastete die Treppe hinauf.

Der Inspector lächelte leicht, denn er konnte sich noch genau an den Moment erinnern, als er das erste Mal ein Mordopfer gesehen hatte. Dann öffnete er einen Plastikbeutel, den er aus dem Auto mitgenommen hatte, und zog einen Overall, Schuhüberzieher und Handschuhe heraus. Schnell schlüpfte er in die Kleidungsstücke, hob das Absperrband hoch und betrat einen schmalen, dämmrigen Gang, der hinter die Bühne führte. Etwa fünfzehn Yard voraus konnte er das Meer durch eine breite Felsspalte sehen. Davor zeichnete sich die groteske Silhouette eines toten Körpers ab, auf dessen Rücken eine große Möwe saß. Mit schnellen Schritten und laut klatschend lief Pantel auf das Tier zu. Der Vogel schaute ihm entgegen, schlug drohend mit den Flügeln und stieß einen heiseren Schrei aus. Doch als er merkte, dass der Mensch, der ihn gerade bei seinem Festmahl gestört hatte, sich völlig unbeeindruckt weiter näherte, sprang er vom Leichnam, stolzierte auf die Felsspalte zu und verschwand.

»Hau ab, du Mistvieh! Such dir ein anderes Frühstück«, rief Pantel ihm hinterher, bevor er sich der Leiche zuwandte.

Daniel Moore lag auf dem Bauch, die Arme gespreizt, die Beine geschlossen, wie ein Priester bei seiner Ordination. Goldene Locken kringelten sich um seinen blutüberströmten Kopf. Der Inspector hockte sich neben den Toten, darauf achtend, nicht in die bereits geronnene Blutlache zu treten. Seine Augen wanderten langsam über den leblosen Körper. Außer den massiven Kopfverletzungen schien das Opfer unversehrt zu sein. Pantel erhob sich und schaute sich suchend um. Ein Felsstein von der Größe einer Kokosnuss lag ein Stück weiter den Gang hinunter. In dem Halbdunkel konnte der Inspector daran dunkle Spuren erkennen. Er stellte sich zu Füßen des Opfers und ließ seinen Blick erneut über das Szenario schweifen. Rechts neben sich entdeckte er eine Felsspalte, gerade so groß, um einem erwachsenen Mann ein Versteck zu bieten. Er wollte nach einer seiner Veilchenpastillen greifen, merkte aber rechtzeitig, dass der Overall dies nicht zuließ.

»Der Täter hat Moore hierhergelockt. In der Felsnische versteckt, hat er auf sein Opfer gewartet«, überlegte er laut. »Als dieser dann ahnungslos an dem Versteck vorbeiging, ist er in den Gang getreten und hat ihm mit dem Stein einen Schlag auf den Hinterkopf gegeben. Moore fällt nach vorn. Wahrscheinlich lebt er noch, ist aber bewusstlos, zumindest bewegungsunfähig. Der Mörder zielt erneut auf den Kopf und wirft den Stein mit aller Kraft auf sein Opfer.« Pantel hatte die Arme, einen imaginären Stein in den Händen haltend, so weit nach oben gestreckt, wie die niedrige Decke des Gangs es zuließ. »Dieses Mal ...«

»Auf frischer Tat ertappt, Kollege«, dröhnte eine tiefe Stimme hinter ihm. Erschrocken wirbelte er herum und sah in das grinsende Gesicht DI Browns. »Wollen Sie mich arbeitslos machen, Pantel?«

»Brown, haben Sie mir einen Schrecken eingejagt!«, kam die etwas atemlose Antwort. »Ich habe mir nur ein erstes Bild gemacht. Sie können direkt anfangen. Ach ja, der Tote heißt Daniel Moore.«

»Danny!«, rief der Chef der Forensik ungläubig aus.

»Sie kennen ihn?«

»Klar, wer kennt Danny nicht, den Wirt vom Wind and Wave?« Brown blies die Backen auf und ließ dann langsam die Luft entweichen. »Musste ja irgendwann mal so kommen.« Als er den interessierten Blick des Inspectors bemerkte, fügte er erklärend hinzu: »Danny war ein Weiberheld. Hatte den Männern in der Umgebung reihenweise Hörner aufgesetzt und danach die dazugehörigen Ehefrauen abserviert. Dass jemand genug von seinen üblen Spielen hatte, kann ich mir gut vorstellen.«

»Also eine Beziehungstat?«

»Darauf verwette ich meinen roten Bart!«, gab Brown grinsend zurück.

»Er könnte sich also heute Nacht hier herumgetrieben haben, weil er ein Stelldichein hatte?«

»Sähe ihm ähnlich.«

Pantel schob langsam die Kapuze seines Overalls nach hinten. »Ich schau mich mal draußen ein wenig um. Komme ich durch die Festspalte dort hinten auch aufs Gelände?«

»Klar. Sie gelangen von dort über eine Treppe direkt auf den Küstenpfad.«

»Wo führt der hin?«

»Einmal rund um Cornwall.« Brown brach in schallendes Gelächter aus, das dumpf von den Wänden widerhallte. »War ein Scherz, Chief. Wenn Sie nach Osten gehen, ist es ungefähr eine Viertelmeile bis Porthcurno, nach Westen ist es eine knappe Meile, dann sind Sie am Porthchapel Beach. Ziemlich einsam dort. Es gibt nur eine Handvoll Häuser, private Feriencottages, selten bewohnt.«

»Warum kennen Sie sich hier so gut aus?«

»Bin gleich um die Ecke in Treen groß geworden.« Mit Stolz fügte er hinzu: »Ich kenne hier jeden Stein und jedes schmutzige Geheimnis!«

Pantel trat durch die Felsspalte nach draußen und stand nun auf einem Felsvorsprung, der von einer massiven Balustrade gesichert wurde. Am Ende dieses steinernen Geländers, dort, wo eine steile Treppe zu einem drei Yard tiefer liegenden Pfad führte, saß die Möwe und beobachtete ihn kritisch, als er seine Schutzkleidung ablegte.

»Na, du Mistvieh, hoffst wohl immer noch auf ein Leckerchen?«

Ein heißeres Krächzen war die Antwort, bevor der Vogel die Flügel spannte und sich in die Tiefe fallen ließ. Pantel sah der Möwe nach, wie sie hinab auf das tief unter ihr liegende, tosende Wasser stieß und sich dann elegant auf einer Welle niederließ. Er stieg die engen, in den Fels gehauenen Stufen hinunter zum Wanderweg. Unten angekommen, zögerte er einen Moment. Schließlich entschied er sich, dem Pfad in westlicher Richtung zu folgen. Der schmale Steig, umsäumt von Leimkraut, Grasnelken, Heidelbeerkraut und vereinzelten Ginsterbüschen, schlängelte sich malerisch am Rand der Klippen entlang. Pantel genoss den sanften Wind vom Meer. Er blieb stehen und schaute sich um. Bis auf die Gruppe der Gaffer, weit über ihm am Eingang zum Theaters, war keine Menschenseele zu sehen. Falls der Mörder tatsächlich diesen Weg gewählt hatte, konnte er sicher sein, dass ihn gestern Abend weder unliebsame Zeugen noch Überwachungskameras beobachten konnten. *Der Kerl muss sich hier verdammt gut auskennen,* überlegte er im Stillen. Zügig schritt er weiter den Weg entlang. Schließlich breitete sich vor ihm die Bucht von Porthchapel aus. Tief unter ihm, tobte ein schwarzer Labrador an der Wasserlinie durch die Wellen. Dessen Herrchen, der einzige Mensch weit und breit, sprach wild gestikulierend in sein Smartphone. Am Ende der Bucht entdeckte Pantel fünf Cottages, die sich zwischen von Strandhafer dicht bewachsenen Dünen duckten. Die Häuschen waren weiß getüncht und mit ihren tief nach unten gezogenen Strohdächern vor Wind und Wetter gut geschützt. Pantel sah, dass an allen Häusern die Fensterläden fest verschlossen waren. Brown hatte recht mit der Vermutung, dass sie im Moment unbewohnt waren. Unentschlossen, ob er den steilen Weg zu den Cottages hinuntergehen sollte, schaute er erneut dem Hund bei seinem Spiel zu. *Wie sehr hatte sich Sophie einen Labrador gewünscht! Schwarz sollte er sein, genauso wie der da unten.* Und dann sah er es. Einen kleinen, blau aufleuchtenden Fetzen, der sich an einem Heidelbeerzweig verfangen hatte. Automatisch zog Pantel aus seiner linken Jackentasche einen Latexhandschuh und aus der rechten einen Beweismittelbeutel. Vorsichtig zupfte er den Schnipsel aus dem Kraut und betrachtete ihn. An irgendetwas erinnerte ihn die Farbe, doch es wollte ihm nicht einfallen. Mit einem letzten suchenden Blick über das Gelände entschied Pantel, sich den Abstieg zu den Häusern zu sparen und später mit dem Wagen dorthin zu fahren.

Zurück am Minack Theatre eilte er die Stufen hinauf und griff nach seiner Schutzkleidung, die er auf dem Felsenbalkon zurückgelassen hatte. Rasch schlüpfte er in den Overall. Doch als er die Schuhüberzieher in die Hand nahm, stutzte er. Eilig kramte er in seinem Jackett nach dem Beweismittelbeutel. Kein Zweifel: das gleiche Material. Der Täter hatte anscheinend auch dieses Mal wieder Schutzkleidung getragen. Pantel trat durch die Felsspalte zurück in den mittlerweile von Scheinwerfern in gleisendes Licht getauchten Gang. Brown beugte sich über den Leichnam und gab dem Polizeifotografen genau Anweisungen zu Blickwinkeln, von denen er ein Bild haben wollte. Dann hob er den Kopf.

»Chief! Na, erfolgreich gewesen?« Der Angesprochene wedelte mit dem Asservatenbeutel und grinste. »Habe ich auf dem Küstenpfad kurz vor Porthchapel gefunden. Ich wette, dass das ein Stück eines Schuhüberziehers ist.« Brown nahm den Beutel entgegen und hielt ihn dicht an den Scheinwerfer. »Ich glaube, die Wette gewinnen Sie – Polyethylen. Mache aber trotzdem eine genaue Analyse, dann kann ich die Marke zuordnen. Also hat der Kerl wohl den Küstenweg benutzt und den Wagen irgendwo bei Porthchapel geparkt. So hat er die Überwachungskameras umgangen. Ganz schön clever!«

»Vielleicht haben wir Glück, und der Täter hat dort in der Nähe Reifenspuren hinterlassen. Oder eines der Häuschen hat eine private Kamera, die ihn aufgenommen hat. Ich mache mich mal dorthin auf den Weg, außer, Sie haben noch etwas Neues für mich.«

»Wir haben das Mobiltelefon von Danny gefunden. Scheint, als wäre er von einer Frau namens Jen hergelockt worden.« Brown reichte Pantel den durchsichtigen Spurensicherungsbeutel mit dem Gerät. »Sie wollte sich mit ihm hier um 22:00 treffen.«

Der Inspector nahm den Beutel entgegen. »Dann gibt es ja nur zwei Möglichkeiten: Entweder ist Moore nach seinem Stelldichein erschlagen worden, dann muss der Täter von dem Treffen gewusst haben. Oder er hat sich als diese Jen ausgegeben.«

Zuversichtlich legte der Hüne seine Pranke auf Pantels Schulter. »Das werden Sie schon herausfinden, Chief. Ansonsten habe ich noch nichts Neues für Sie, aber wir haben hier auch noch ein Weilchen zu tun. Ach ja, und wenn Sie bei den Ferienhäusern etwas finden – bitte nichts anfassen!«

»Geht in Ordnung!« Pantel zwinkerte dem großen Mann grinsend zu. »Übrigens, schauen Sie doch mal, ob es wieder irgendwelche Spuren zu einem fingierten Tatort gibt.«

»Wenn ja, werden WIR sie dieses Mal finden!«

Lächelnd streckte Pantel den Daumen in die Höhe und machte sich dann Richtung Ausgang auf den Weg. Während er sich seiner Schutzkleidung entledigte und alles in einen bereitstehenden blauen Plastiksack stopfte, kam Smith auf ihn zu. »Gut, dass Sie da sind, Smith. Ich möchte Sie bitten, die Leitung hier zu übernehmen. Ich schaue mich mal kurz in Porthchapel um. Könnte sein, dass der Täter dort seinen Wagen abgestellt hatte. Ach, und besorgen Sie sich die Aufnahmen der Überwachungskameras des Theaters, und kontrollieren Sie die Funkzelle nach eingeloggten Telefonen. Ich fahre dann weiter zum Wind and Wave. Eine gewisse Jen wollte sich übrigens gestern Abend hier mit Moore treffen. Mal sehen, ob die im Pub wissen, wer das ist.«

»Ja, Sir! Doc Gainheart ist gerade eingetroffen.« Der Sergeant nickte zur Treppe hinauf, und Pantel entdeckte die rundliche Gestalt des Pathologen, die sich vorsichtig von Stufe zu Stufe nach unten arbeitete. »Der Gute leidet unter Höhenangst«, flüsterte Smith ihm vertraulich zu.

»Hm, nicht gerade hilfreich in seinem Job.« Der Inspector schaute einen Moment den unbeholfenen Bewegungen des Doktors zu. »Clarks ist noch oben?«

»Ja, aber die Menge verläuft sich nach und nach. Ich habe die Zufahrt sperren lassen, damit nicht noch mehr neue Touristen hier auftauchen.«

»Gute Idee, Sergeant. Wir sehen uns dann nachher auf dem Revier.«

Zwei Stufen auf einmal nehmend, eilte der Inspector die Treppe hinauf, begrüßte den Pathologen und fragte höflich, ob er beim Abstieg behilflich sein könne. Doch Gainheart winkte energisch ab. Er solle sich lieber um Wichtigeres kümmern, als einem alten Mann die Treppe hinunterzuhelfen. Grinsend lief Pantel weiter, bis er die drei Officer am Theatereingang erreichte. »Clarks, Sie kommen mit mir. Sonst alles in Ordnung, Cook?«

»Ja, Sir. Ist kaum noch was los. Liam und ich werden mit den wenigen Schaulustigen jetzt auch allein fertig. Übrigens, ein großes Kompliment an die junge Dame. Freundlich, aber bestimmt – hat man selten bei so jungen Kollegen.«

Pantel schaute Ivy Clarkes an und stellte mit Belustigung fest, dass sich eine tiefe Röte auf ihrem Gesicht zeigte.

Auf dem Weg zum Wagen brachte der Chief Inspector die junge Beamtin auf den aktuellen Stand. Beide stiegen in den über dreißig Jahre alten Spider, und Pantel ließ den Motor an.

»Wir schauen uns erst einmal in Porthchapel um und fahren dann in den Pub, den Moore betrieben hat. Ich hoffe, dass die dort wissen, wer diese Jen ist.«

»Cook hat mir gesagt, dass unser Opfer in ganz Cornwall unter dem Namen Danny wie ein bunter Hund bekannt war. Doch sie spricht ihn mit Dan an. Es scheint, dass sie einen ganz persönlichen Spitznamen für ihn hatte. Angenommen, nicht sie hätte die SMS an ihn geschickt, sondern unser Täter. Woher hätte er dann diese spezielle Anrede wissen könnten?«

»Das schätze ich so an Ihnen, Clarks. Ihnen fallen sofort ungewöhnliche Aspekte ins Auge. Also glauben Sie, dass die Nachricht von ihr sein muss?«

»Eigentlich nicht. Das wäre für unseren Täter untypisch. Er verlässt sich nicht einfach darauf, dass jemand anderes etwas tut. Dazu ist seine Planung viel zu perfekt. Bis jetzt hat schließlich immer er die Opfer irgendwohin gelockt.«

»Vielleicht hat er mitbekommen, wie Danny und Jen sich verabredet haben?« Vorsichtig steuerte Pantel den Spider in den engen Hohlweg, der zu den Ferien-Cottages führte.

»Aber dann hätte diese Frau doch nicht noch eine SMS schicken müssen«, kam prompte das Gegenargument. »Ich glaube, dass Jen von der SMS und dem Treffen gar nichts wusste. Unser Täter hat die Nachricht geschrieben. Merkwürdig ist auch ganz zu Anfang der Hinweis auf die neue Telefonnummer. Ich könnte mir vorstellen, dass der Mörder die beiden belauscht und mitbekommen hat, wie sie sich anreden.«

»Dann bestünde ja die Möglichkeit, dass die Frau den Täter gesehen hat.« »Sie hatten die leerstehenden Ferienhäuser erreicht. Pantel hielt am Straßenrand und stellte den Motor ab.

»Das heißt, wir müssen diese Dame schnellstmöglich finden«, folgerte Clarks.

»Genau! Aber jetzt schauen wir uns erst einmal diese Geistersiedlung an.«

Die Beiden gingen langsam die Straße hinunter. Die Cottages dienten früher den Fischern als Unterkunft. Nun waren sie mit viel Liebe und natürlich dem nötigen Kleingeld zu kleinen Schmuckstücken renoviert worden. Das mittlere Haus, mit dem gemütvollen Namen Cosiness, hatte eine Kamera über der Eingangstür installiert. Ivy nahm ihren Notizblock und trug die Bezeichnung des Häuschens ein, damit sie später im Revier den Eigentümer ermitteln konnte.

Hinter dem letzten der fünf Anwesen endete die Straße abrupt und ging in einen unbefestigten, durch tiefe Traktorspuren gezeichneten Feldweg über, der sich Richtung Strand schlängelte. Clarks und Pantel blieben stehen und schauten in die Runde.

»Constable, wo würden Sie hier einen Wagen unauffällig abstellen?«

Ivy blickte die Straße entlang. »Auf jeden Fall so weit die Straße hinauf, dass mich die Kamera vor dem mittleren Cottage nicht aufnimmt.«

»Und das hat unser perfekt planender Täter sicherlich auch getan.«

»Der würde nie in eine Kamerafalle tappen, Sir!«

Pantel schob sich eine seiner Pastillen in den Mund, besann sich dann und bot Clarks die etwas zerknitterte Bonbontüte an.

»Veilchenpastillen?« Die Polizistin sagte das, als hätte Pantel ihr eine Tüte voll gebratener Heuschrecken gereicht.

»Wenn Sie nicht mögen, dann brauchen Sie auch keine zu nehmen«, reagierte er ein wenig verschnupft.

»Tut mir leid, Chief«, bemühte sie sich, einzulenken. »Aber ich habe als Kind wirklich schlimme Erfahrungen damit gemacht. Seitdem kann ich das Veilchenaroma nicht mehr ertragen.«

»Ich biete Ihnen dann auch nie wieder welche an, versprochen.« Nochmals ließ Pantel den Blick über das Sträßchen wandern. »Die Chance, dass sich am Abend hierhin noch ein Wanderer verirrt, ist ziemlich gering. Trotzdem würde ein am Straßenrand abgestellter Wagen zu augenfällig sein. Darum würde ich die Auffahrt eines der oberen beiden Häuser benutzen. Sollte doch jemand vorbeikommen, glaubt dieser, dass die Eigentümer da sind.«

Ivy Clarkes nickte zustimmend.

»Dann schauen wir uns die beiden Einfahrten doch mal etwas genauer an.« Pantel setzte sich in Bewegung. »Sie nehmen das erste Haus und ich die Nummer zwei. Aber bloß nichts anfassen oder verändern. Brown würde uns umbringen«, fügte er grinsend hinzu.

Pantel teilte den mit Natursteinen gepflasterten Stellplatz gedanklich in ein Raster und ließ seine Augen dann inchweise durch die einzelnen Quadrate laufen. Er merkte jedoch bald, dass hier erst vor Kurzem jemand gründlich gefegt hatte. Fast befürchtete er, dass es der Täter gewesen sein könnte.

»Sir!« Clarks aufgeregte Stimme riss ihn aus seinen Gedanken. »Ich habe etwas gefunden!«

Mit wenigen Schritten war er bei der Beamtin, die auf eine Stelle am rechten Rand der ebenfalls gepflasterten Auffahrt deutete. Ein blaues Stückchen Kunststoff, nicht größer als ein halber Daumennagel, leuchtete ihm entgegen.

»Wenn Sie genau hinschauen, Sir, können Sie einen kleinen braunen Fleck darauf erkennen. Vielleicht Moores Blut?«

»Rufen Sie sofort Brown an, und dann runter vom Grundstück. Sie warten hier, bis seine Jungs da sind. Ich mache mich auf den Weg zum Pub. Spätestens in einer Stunde hole ich Sie wieder ab.«

Der Pub, den Daniel Moore betrieben hatte, war ein niedriges, aus grob behauenen, gräulich gelben Feldsteinen gemauertes Gebäude. Ein wulstiges Strohdach zog sich bis tief hinunter, sodass sich Pantel hätte bücken müssen, um durch das gewölbte Glas der weißen Sprossenfenster in das Wirtshaus zu schauen. An nur jedem denkbaren Platz waren Blumenampeln angebracht. Ein angenehmer Duft entströmte den in allen Farben leuchtenden Blütenkelchen.

Pantel legte den Kopf in den Nacken und schaute hinauf zum Dachfirst, auf dem sich eine Wetterfahne in Form einer sich brechenden Welle munter im Wind drehte. Das Gebäude war ein wahres Schmuckstück, ein Häuschen, fast wie auf einer Postkarte. Das hatte er Moore gar nicht zugetraut. Vielmehr hatte er mit einer schicken Bar mit viel Chrom, Glas und Surfbrettern an den Wänden gerechnet.

Er schlenderte über den Vorplatz, auf dem die für Pubs typischen Picknickbänke auf die Mittagsgäste warteten. Alles war gepflegt und sauber. Pantel öffnete die Eichentür mit den schweren Eisenbeschlägen und musste seinen Kopf ein wenig einziehen, damit er ihn sich nicht am Türsturz anschlug. Überrascht hielt er inne. In dieser Wirtschaft hätte man ohne große Veränderungen einen mittelalterlichen Mantel- und Degenfilm drehen können, wäre nicht die chromblitzende Zapfanlage mit acht Hähnen gewesen. Pantel schaute sich um. Nur ein Tisch war besetzt. Fünf Handwerker genossen sichtlich ihre Burger und Pints mit Best Bitter. Ein älterer Mann saß auf einem der hölzernen Barhocker und unterhielt sich mit einer attraktiven Brünetten in mittleren Jahren, die ihm einen Scotch einschenkte. Pantel trat an den Tresen und grüßte die beiden freundlich.

Die Frau wandte sich ihm zu und schenkte ihm ein herzliches Lächeln. »Was kann ich für Sie tun, Sir?«

»Oh, ein Best Bitter, aber nur ein Half-Pint.«

»Gern.« Bevor Sie an den Zapfhahn trat, schob sie ihm eine laminierte Lunchkarte zu. »Möchten Sie vielleicht auch etwas essen?«

»Später vielleicht. Zunächst würde ich mich gern ungestört mit Ihnen unterhalten.«

»Sie Schlawiner, Sie!«, feixte der Alte. »Pass bloß auf, Britt!«

»Keine Angst, Ken!«, gab sie lachend zurück. »Ich weiß mich zu wehren!« Dann drehte sie sich wieder Pantel zu und zwinkerte. »Sie haben es gehört? Ken wird mich ab jetzt keine Minute aus den Augen lassen. Darf ich wissen, wer Sie sind?«

Pantel holte seinen Polizeiausweis aus der Jackentasche und schob ihn ihr wortlos über die blankpolierte Theke. Sie warf einen Blick darauf, dann drehte sie sich um und ging zu einer Pendeltür.

»Lissy, kannst du mich bitte kurz ablösen?«, rief sie in den dahinterliegenden Raum. Ein schmächtiges, rothaariges Mädchen in einer viel zu großen Küchenschürze erschien. »Ist gerade sowieso nicht viel los. Ich bin mit dem Herrn hinten in der Kaminecke. Und nimm die Schürze ab.« Das Mädchen nickte kurz und tat, wie ihr aufgetragen.

»So, dann kommen Sie mal mit. Dort hinten sind wir ungestört.«

Die Kaminecke bestand aus zwei, mit dicken Kissen dekorierten Sitzbänken, einem niedrigen Tischchen aus altem Eichenholz und einem mannshohen Kamin, in dem ein munteres Gasfeuer brannte. Sie setzte sich, schlug die Beine übereinander und wies mit der Hand auf die gegenüberliegende Bank. Pantel nahm das Angebot an und stellte sein Glas vorsichtig ab, bevor er sich entspannt zurücklehnte.

»Was möchte denn die Polizei von mir? Und dann gleich noch ein Chief Inspector?«

»Mrs …?« Pantel sah die Frau fragend an.

»Braband, Britt Braband.«

»Sie sind hier angestellt?«

»Wie Sie sehen.«

»In welcher Position?«

»Servierkraft, Barkeeper, Mädchen für alles – suchen Sie sich etwas aus.«

»Es geht um Daniel Moore.«

»Na, was hat er wieder ausgefressen?« Ihre hübschen Gesichtszüge mit den lustigen Sommersprossen verhärteten sich augenblicklich.

»Nichts. Allerdings haben wir ihn im Minack Theatre aufgefunden. Ich muss Ihnen leider mitteilen, dass er tot ist.«

Ungläubig sah sie ihn an, und dann konnte Pantel eine Verwandlung beobachten, die ihn erschreckte – blanker Hass zeigte sich auf ihrem hübschen Gesicht.

»Hat es den Mistkerl endlich erwischt!« Sie beugte sich ein wenig vor. »Das Einzige, was mich betroffen macht, ist, dass ich dann wohl meinen Job los bin.«

»Wie meinen Sie das, Mrs Braband?«

»Sie kennen Danny halt nicht! Was ist denn mit ihm passiert?«

»Er wurde erschlagen.«

»Ach, umgebracht worden ist er! Ich dachte schon, besoffen die Klippen abgestürzt.« Sie schob eine vorwitzige Haarsträhne hinter das Ohr. »Ich hoffe, dass ich jetzt nicht verdächtig bin, bloß weil ich Genugtuung über seinen Tod verspüre.«

»Wo waren Sie gestern Abend zwischen zehn und zwölf Uhr?«

»Na, hier. Danny hat sich um kurz vor zehn ohne ein Wort aus dem Staub gemacht. Die Hütte war voll, Inspector! Ist alles an mir hängen geblieben. War erst gegen drei im Bett.«

»Ich nehme an, dass es Zeugen gibt?«

»Reichlich. Lissy ist noch so lange freiwillig geblieben, bis alles aufgeräumt und sauber war. Das muss so gegen zwei Uhr gewesen sein. Ich habe das arme Mädchen dann nach Hause gebracht.«

»Danke, Mrs Braband. Ich müsste dann gleich noch mit Lissy sprechen.« Pantel zog aus der Jackentasche den Beweisbeutel mit Moores Mobiltelefon. »Ihr Chef hatte eine SMS bekommen, aufgrund derer er anscheinend in das Theater gefahren ist.« Er hielt Britt das Display so hin, dass sie den Text lesen konnte. »Können Sie mir sagen, wer diese Jen ist?«

»Seine neueste Liebschaft, ich hatte jedoch das Gefühl, dass er schon genug von ihr hatte. So ein Schickimicki-Püppchen. Jennifer Pollock, Gattin von Steven Pollock.« Britt spuckte die Namen förmlich aus.

»Wissen Sie, wo ich Mrs Pollock erreichen kann?«

»Lamorna. Die haben ein Haus auf den Klippen, mit Swimmingpool und allem Drum und Dran. Er verdient sich eine goldene Nase mit Unternehmensberatungen in ganz England. Madamchen ist dann ständig allein und sucht sich natürlich Abwechslung, wenn Sie wissen, was ich meine.«

»Sie sucht Männerbekanntschaften?«

»Bingo!« Britt reckte den rechten Daumen in die Höhe. »Und dass, obwohl ihr Mann die personifizierte Eifersucht ist. Und so mancher Lover von ihr hatte schon eine kräftige Tracht Prügel von Steven bezogen.«

»Fällt Ihnen sonst noch jemand ein, der wütend genug auf Moore war, um ihn umzubringen?«

»Na, da ist Pollock doch der Verdächtige Nummer eins! Andererseits gab es in der Vergangenheit eine Reihe von Typen, die Danny gern windelweich geschlagen hätten. Erst vor kurzem gab es Krach, weil er sich bei einem Kredithai Geld geliehen hatte, das er nicht zurückzahlen konnte.«

»Wissen Sie, wer ihm den Kredit gegeben hat?«

»Nein. Ich wusste bis dahin gar nicht, dass es finanziell so schlecht um den Pub stand.«

»Sagen Ihnen zufällig die Namen Robert Smith oder Paul Potts etwas?«

Die Frau dachte einen Moment nach, bevor sie bedauernd den Kopf schüttelte. Doch dann schien sie sich an etwas zu erinnern. »Es gab mal einen Paul, der regelmäßig auf ein Bierchen kam. War Pfleger in einem Altenheim oder Krankenhaus. Den Nachnamen weiß ich nicht, aber als er eine Zeitlang mit seiner neuen Freundin hier auftauchte, so einer hübschen Rothaarigen mit grünen Augen und langen Beinen, gab es Ärger. Danny konnte nicht die Finger von dem Schätzchen lassen und hat sie Paul weggeschnappt. Irgendwann kam Paul vorbei und hat Danny zur Rede gestellt. Es endete damit, dass Danny dem armen Kerl ein blaues Auge schlug, ihm die Nase brach, und Hausverbot gab es auch.«

»Mrs Pollock hat Moore in der SMS Dan genannt. War das ebenfalls ein Spitzname von ihm?«

»Nein, nur sie durfte ihn so nennen. Sie ist halt ein wenig spleenig.«

»Wer wusste davon, dass sie zu ihm Dan sagte?«

»Ich. Sonst wüsste ich niemanden. Sie ist aber auch nie im Pub aufgetaucht. Das heißt, vor drei Tagen war sie hier. Schien, als ob die Turteltäubchen ein wenig Stress miteinander hatten.«

»Es könnte also sein, dass jemand mitbekommen hat, dass sie Dan zu ihm sagte?«

»Hm, keine Ahnung. Ich habe gesehen, dass die Alten, die immer an dem runden Tisch neben der Theke sitzen, die Ohren gespitzt hatten. Kann sein, dass sie den Namen mitbekommen haben.«

»War sonst noch jemand in der Nähe, der das Gespräch gehört haben könnte?«

Britt Braband überlegte wieder einen Moment. Dann erhellte sich ihre Miene. »Klar, da war noch ein Fremder. Hat später auch mit Danny geredet. Danny hat ihm dann sogar seine Mobilnummer gegeben.«

»Können Sie den Mann beschreiben?« Pantel hatte Mühe, sich seine plötzliche Anspannung nicht anmerken zu lassen.

»Der Typ hat eine ganze Weile an der Theke gesessen und in sein Pint gestarrt. Ich hatte den Eindruck, dass er ziemlich niedergeschlagen war. Er sah wie ein erfolgloser Vertreter aus. Dunkler, zerknitterter Anzug, Hornbrille, schlanke Figur, nicht besonders groß für einen Mann und ziemlich blass um die Nase. Seine Haare waren blond und standen ihm wirr vom Kopf ab, wobei – ich vermute, dass das Haar nicht echt war. Ich dachte nämlich noch, dass das so ein Kerl ist, der Probleme mit seiner Glatze hatte. Ach ja, er trug einen ungepflegten, rötlichblonden Vollbart.«

»Sonst noch irgendeine Besonderheit?«

»Nein. Der gehört zu den Menschen, die nicht auffallen und die man normalerweise sofort wieder vergisst.«

»Danke, Mrs Braband. Sie haben mir sehr weitergeholfen.« Pantel lächelte ihr zu. »Können Sie mir sagen, warum Sie solch einen Zorn auf Moore haben?«

Britt Braband sah ihn prüfend an. Dann schüttelte sie den Kopf. »Das wollen Sie nicht wirklich wissen«, erwiderte sie trübsinnig.

Pantel nickte, erhob sich und reichte ihr die Hand. »Moores Wohnung ist hier über dem Pub?« Sie bejahte stumm. »Ich schicke nachher die Kriminaltechnik vorbei. Werden Sie hier sein?«

»Klar.«

»Ach, und noch etwas. Gibt es nächste Angehörige?«

»Eine Schwester, aber Danny hatte schon seit Jahren keinen Kontakt mehr zu ihr. Sie heißt, glaube ich, Pam und wohnt irgendwo im Norden.«

Pantel stieg nachdenklich in seinen Spider und fuhr langsam zurück nach Porthchapel. Potts war nun erneut auf Platz eins der Verdächtigenliste, obwohl der Inspector ihn sich immer noch nicht als Täter vorstellen konnte. Doch was Pantel am meisten beschäftigte, war die Tatsache, dass wieder jemand, der weitaus mehr Feinde als Freunde hatte, das Opfer war. Wie sollte man da nur einen Täter finden? Er hieb mit der Hand auf das Lenkrad und dachte missmutig an die zwei Hauptverdächtigen, die unauffindbar waren, ein Heer wütender, betrogener Ehemänner und zu allem Überfluss auch noch ein Geldeintreiber! Er drückte die Kurzwahltaste von Bloombottems Diensttelefon.

»Hallo, Chief«, meldete sich der Sergeant gleich beim ersten Klingeln.

»Bloombottem, ich brauche alles über einen gewissen Steven Pollock, Unternehmensberater aus Lamorna, und Informationen über einen Kredithai, aber einen von der üblen Sorte, dem Moore Geld schuldete. Den Namen weiß ich nicht.«

»Warum sollte ein Wucherer seine Milchkuh schlachten?«

»Da haben Sie recht, aber vielleicht war es ein Einschüchterungsversuch, der aus dem Ruder gelaufen ist. Ich werde gleich einen Happen essen gehen und komme danach ins Revier. Es gibt so viele neue Fakten, dass wir die nachher gemeinsam erst einmal sortieren müssen, bevor wir unser weiteres Vorgehen planen.«

»Ja, Sir! Jenkins und ich haben nämlich auch so einiges recherchieren können, was uns vielleicht weiterhilft.«

»Prima! Wir sehen uns.«

»Ach, Sir, Ihr neuer Look …«, Bloombottem zögerte eine Sekunde »… sieht gut aus. Im Augenblick sind Sie hier Gesprächsthema Nummer eins.« Dann war die Leitung tot.

Das Team der Spurentechnik suchte bereits in Porthchapel akribisch die Einfahrt vor dem Cottage nach Hinweisen ab. Pantel stieg aus und gesellte sich zu Brown und Clarks, die die Suche beobachteten.

»Wenn Sie hier fertig sind – die Wohnung des Opfers wartet ebenfalls auf Sie. Moore hat über dem Pub gewohnt. Eine Britt Braband weiß, dass Sie kommen und wird Sie reinlassen.«

»Gut«, brummte Brown, »aber Ergebnisse gibt es erst morgen. Berücksichtigen Sie das, falls Sie für heute noch eine Besprechung planen.«

»Alles in Ordnung?« Irritiert blickte Pantel zu Brown hoch.

»Fragen Sie mal Ihren Sergeant!« Damit drehte er sich um und stapfte zu seinen Mitarbeitern.

»Was ist denn mit dem los?«

»Smith hat ihm wohl gesagt, wie er seine Arbeit zu machen hätte«, antwortete Ivy Clarks grinsend.

»Autsch! Unser Smith? Der höfliche, mitdenkende und aufmerksame Smith?«

»Ja, Sir. Wobei …«, Ivy zögerte einen Moment. »… Smith verhält sich schon seit einigen Tagen so merkwürdig. Ungeduldig, fahrig, manchmal fast aggressiv. So kenne ich ihn gar nicht. Vielleicht hat er privat Probleme?«

»Oder es nervt ihn, dass wir nicht vorankommen. Schließlich ist der Erfolg in dieser Mordserie auch Kriterium für seine Beförderung«, antwortete der Inspector nachdenklich. »Ich denke, ich sollte einmal in Ruhe mit ihm sprechen. Wir beide machen uns jetzt auf den Weg nach Penzance. Ich muss unbedingt meine Gedanken ein wenig sortieren und unser weiteres Vorgehen überdenken. Doch zuerst muss ich etwas essen. Kommen Sie, ich lade Sie ein. Kennen Sie einen guten Pub in der Nähe?«

»Auf dem Weg liegt St. Buyran. Da gibt es einen hübschen Tearoom mit einer kleinen Lunchkarte, Sir.«

»Das hört sich perfekt an.«

14:30 Penzance/Polizeirevier

Als Charles Pantel das Revier in Penzance betrat, kam ihm Patricia Jenkins entgegen. »Sir, hier ist das Profil von Daniel Moore.« Sie reichte ihm zwei Computerausdrucke. »Mit Ruhm hatte er sich nicht gerade bekleckert. Bloombottem hat aber noch etwas ausgegraben. Er muss dazu noch ein Telefonat mit den Eltern eines Unfallopfers führen.«

»Danke, Sergeant. Haben Sie Angehörige gefunden?«

»Eine Schwester, Pamela Parr. Sie wohnt in South Shields.«

»Ist sie schon informiert?«

»Nein, Sir, ich wollte warten, bis Sie wieder zurück sind.«

»Gut, dann setzen Sie sich bitte mit den Kollegen in Newcastle in Verbindung. Sie sollen jemanden zu Mrs Parr schicken. Ach ja, Teambesprechung um vier. Sagen Sie bitte allen Bescheid.«

Genau in dem Moment, in dem sich Pantel an seinen Schreibtisch setzte, klingelte das Telefon.

»Bloombottem, was gibt es?«

»Chief, ich habe die Verbindung zu Robert Smith gefunden. Moore hatte dessen Braut, einen Monat vor der Hochzeit, im betrunkenen Zustand überfahren und getötet. Da sein Vater Grafschaft-Rat war, ist vermutlich die Strafe eher mild ausgefallen: sechs Monate auf Bewährung, tausend Pfund und ein Jahr Fahrverbot.«

»Na, wenn das kein Motiv ist! Jetzt müssen wir nur noch diesen Smith finden. Gut gemacht, Sarge!«

»Danke, Sir.«

»Und haben Sie auch eine Verbindung zu Potts gefunden?«

»Da hatte ich leider kein Glück, Sir.«

»Dafür habe ich etwas erfahren. Paul Potts ist vermutlich die Person, die nicht nur von Moore ein blaues Auge, einen Nasenbeinbruch und ein Hausverbot verpasst bekam, sondern auch einer der vielen Männer, denen Moore die Freundin ausspannet.«

»Auch ein gutes Motiv, Sir.«

»Ich stelle gerade fest, wie klein Cornwall doch eigentlich ist. Hier scheint jeder jeden zu kennen.«

Der Sergeant lachte laut auf. »Tja, Cornwall ist ein Dorf. Übrigens bin ich gerade an Pollock dran. Vielleicht hatte er auch schlechte Erfahrungen mit James-Holland oder der Pepperton gemacht.«

16:00 Penzance/Polizeirevier

Das Besprechungszimmer war bis auf den letzten Platz besetzt. Charles Pantel stand mit dem Rücken zum mittlerweile gut gefüllten Ermittlungsboard und wartete geduldig, bis im Raum endlich Ruhe eintrat.

»Liebe Kollegen, lassen Sie mich kurz die wichtigsten Dinge dieses Tages zusammenfassen. Leider haben wir noch nicht die Ergebnisse der Pathologie und der Kriminaltechnik, trotzdem konnten wir im jetzigen Fall schon einiges an Fakten sammeln.«

Er räusperte sich und schaute kurz auf die Konzeptkarten, die er für die Sitzung vorbereitet hatte. »Das Opfer, Daniel Moore, genannt Danny, 43 Jahre alt, wurde von mir, nach einem Hinweis des Täters, heute Morgen hinter der Bühne des Minack Theatres aufgefunden. Die Todesursache ist wahrscheinlich mehrere Schläge auf den Hinterkopf des Opfers.« Er räusperte sich erneut und schob sich unauffällig eine der lila Pastillen in den Mund. Dann beschrieb er den Tatort, den vermutlichen Tathergang, seinen Fund an den Klippen und das Auftauchen eines weiteren Fetzens eines Schuhüberziehers in Porthchapel. Er schloss mit der Wiedergabe des Gesprächs mit Britt Braband, der Beschreibung des fremden Mannes an der Bar sowie der Vermutung, dass Paul Potts auch im Fall Moore ein Motiv haben könnte. Im Anschluss daran forderte er Bloombottem auf, die Ergebnisse seiner Ermittlungsarbeit vorzutragen. Als den Anwesenden klar wurde, dass Robert Smith ebenfalls ein stichhaltiges Motiv gehabt hatte, den Wirt zu töten, ging ein unwilliges Murren durch die Reihen.

»Kollegen, mir geht es genauso wie Ihnen«, schritt Pantel ein. »Unsere Recherche hat uns nicht weitergebracht, was die Identität des Täters betrifft. Vielmehr sind die Hinweise noch komplexer geworden. Potts und Robert Smith sind beide im Rennen und immer noch unauffindbar.«

»Darf ich etwas dazu sagen, Sir?«, unterbrach Bloombottem seinen Chef. Dieser nickte, und der Sergeant ging hinüber zum Board und wies mit der Hand auf das Foto von Smith. »Smith verschwand Ende der Neunziger spurlos. Da er offiziell nicht ausgewandert oder gestorben ist, bleiben nur zwei Möglichkeiten: Erstens, er lebt hier in Cornwall, allerdings unter einem neuen Namen. Zweitens, er ist verstorben, ohne dass ihn jemand vermisste oder seine Leiche gefunden wurde. Dann kann er allerdings auch nicht unser Mörder sein«, fügte er mit einem schiefen Grinsen hinzu.

»Also eine tote Spur?« Peter Smith, der bis jetzt still am Sitzungsprotokoll geschrieben hatte, schaute Pantel herausfordernd an. »Von tot würde ich nicht unbedingt sprechen, Sergeant. Einigen wir uns doch auf eine Phantomspur«, entgegnete der Inspector schroffer, als er eigentlich vorhatte.

»Vielleicht hat er ja geheiratet und den Namen seiner Frau angenommen«, brachte Tom Taylor, dessen einstiger grüner Pony neuerdings in einem kräftigen Lila leuchtete, in die Diskussion ein.

»Wenn dem so sein sollte, dann aber nicht an einem Standesamt in England«, erwiderte Bloombottem. »Das habe ich bereits überprüft.«

»Das heißt, dass wir ihn dann gar nicht aufspüren können, wenn er zum Beispiel in Irland oder vielleicht sogar auf dem Kontinent geheiratet hat?« Patricia Jenkins schien ein wenig verwirrt über diese besondere Möglichkeit des Untertauchens.

»Nein«, hielt Pantel dagegen, »es ist dann nur die sprichwörtliche Nadel im Heuhaufen. Falls er im Ausland eine dortige Staatsangehörige geheiratet und deren Namen angenommen hat, müssten wir uns mit sämtlichen Standesämtern in Verbindung setzen. Außerdem gibt es Länder, in denen die kirchliche Trauung rechtsgültig ist, aber nicht, wie bei uns in einem zentralen Register gespeichert wird. Folglich müssten wir sämtliche Kirchen oder Glaubensgemeinschaften kontaktieren. Sollte er jetzt wieder in England sein … Sie kennen alle die Probleme, die wir aufgrund der fehlenden Meldepflicht bei uns auf der Insel haben.«

»Also ein absoluter Glücksfall, wenn wir ihn tatsächlich aufspüren sollten, Sir?«

»Ganz genau, Sergeant.« Eine nachdenkliche Stille breitete sich im Raum aus. Pantel spürte, dass das Team an einem Scheideweg stand, was die Motivation betraf. Er musste Zuversicht schaffen, die Polizisten neu antreiben. »Smith, würden Sie uns bitte die Bilder der Schaulustigen zeigen, die sich am Tatort aufgehalten haben?«

Der Sergeant ging wortlos zum Laptop und stöpselte sein Smartphone ein. In kurzer Abfolge ließ er die Bilder über die Leinwand laufen. Als ein besonders scharfes Foto des Mannes, der Pantel am Morgen aufgefallen war, erschien, gab der Inspector ein Zeichen, zu stoppen.

»Der blonde Mann im Hintergrund ist mir durch sein Verhalten besonders aufgefallen. Kennt ihn jemand zufällig?«

»Klar!«, rief Hicks in den Raum, während sein Walrossschnäuzer leicht zitterte. »Das ist Steven Pollock.«

»Sind Sie sicher?«

»Absolut«, antwortete der Constable. »Diesen langen Lulatsch würde ich überall erkennen. Hat sich in seine Yuppie-Villa in Lamorna sogar extra hohe Türen einbauen lassen. Unangenehmer Kerl, wird sofort aggressiv, wenn ihm was nicht passt.«

»Könnte Pollock eventuell Robert Smith sein?« Die sanfte Stimme von Ivy Clarks ließ alle anderen verstummen, und Pantel konnte beobachten, wie plötzlich ein Ruck durch die Anwesenden ging. Eine neue Spur, genau das, was dieses Team jetzt brauchte. Er schob sich erneut eine Pastille in den Mund.

»Haben Sie schon etwas über diesen Mann herausfinden können?« Er wandte sich nun an Bloombottem.

»Also eine Verbindung zu den ersten Opfern habe ich noch nicht gefunden. Aber falls er Smith sein sollte, hat er ja auch keine, jedenfalls nicht als Steven Pollock. Ich mache mich gleich an die Arbeit, Pollocks Lebenslauf genau zu überprüfen. Wenn der getürkt ist, finde ich das heraus, Sir.«

»Gut! Jenkins, Sie bleiben an Potts dran. Irgendwo muss der Kerl ja stecken. Smith, es wird Zeit, den Pollocks einen Besuch abzustatten. Wir beiden fahren nach Lamorna.«

Erschrocken zuckte der Angesprochene zusammen und blickte von seinem Protokoll auf. »Ähm, Sir, tut mir leid, aber ich muss mir noch die Filme aus den Überwachungskameras des Theaters anschauen. Ich dachte, dass ich mir auch noch die Bänder der beiden letzten Wochen besorgen werde. Falls Pollock irgendetwas damit zu tun hat, musste er den Tatort ausgekundschaftet haben. Und so auffällig, wie er ist, sollte ich ihn erkennen.«

Der Inspector überlegte kurz, dann nickte er. »Eine gute Idee, Smith. Und versuchen Sie, diesen merkwürdigen Typen, der sich im Pub herumgedrückt hat, zu finden. Fragen Sie dort auch nach

Überwachungskameras. Clarks, dann werden Sie mich begleiten.«

»Ich habe auch noch eine Information für Sie, Chief Inspector.« Bei der Aufregung um die neue Entwicklung des Falls hatte niemand Dr. Gainheart bemerkt, der mit seinem Köfferchen zu seinen Füßen am Türrahmen lehnte. Der Pathologe trat einen Schritt in den Raum hinein und räusperte sich kurz. »Es geht um den Todeszeitpunkt. Pantel. Ich vermute, dass der Tod zwischen halb zehn und elf eingetreten ist. Das würde auch zu der Nachricht auf dem Telefon passen. Den Rest morgen früh bei der Obduktion um neun.« Gainheart tippte sich leicht an die Stirn, drehte sich um und verschwand.

17:00 Lamorna/Well Lane

Der Chief Inspector stellte seinen Spider am Seitenstreifen ab. Die Well Lane endete hier und ging in ein großzügiges Grundstück über, das direkt an den Klippen lag und durch ein großes, schmiedeeisernes Tor von der Außenwelt abgeschottet wurde. Er beugte sich etwas vor und betrachtete die moderne, von Glasfronten dominierte Villa der Pollocks durch die Windschutzscheibe.

»Mit einem Polizistengehalt kann man sich so etwas sicherlich nicht leisten.«

»Da haben Sie wohl recht, Sir«, erwiderte Clarks, die mit großen Augen das Gebäude anstarrte. »Wer putzt denn die ganzen Glasscheiben?«

»Wer sich solch ein Anwesen leisten kann, kann auch Fensterputzer bezahlen, Constable.« Pantel öffnete die Wagentür und stieg aus. »Dann wollen wir uns mal die Menschen ansehen, die in solch einem Prachtbau leben. Ich frage mich nur, wie Pollock hier eine Baugenehmigung bekommen hat. Bestimmt nicht auf ehrliche Weise.«

»Spricht da aus Ihnen etwa Neid, Sir?« Ivys Stimme hatte einen ironischen Ton angenommen.

»Natürlich, denn Bewunderung kann es ganz gewiss nicht sein«, gab er flapsig zurück.

Die beiden Beamten näherten sich langsam der beeindruckenden Pforte, und Pantel stellte mit Belustigung fest, dass eine Kamera, die auf dem rechten Torpfosten angebracht war, ihnen folgte.

»Da hat uns schon jemand bemerkt«, raunte er Ivy Clarks zu und wies mit einem leichten Kopfnicken auf die Überwachungsapparatur. Noch bevor er den Klingelknopf in Form eines Türklopfers mit Löwenkopf betätigen konnte, schnarrte eine Männerstimme durch die Sprechanlage. »Was wollen Sie? Wir kaufen nichts!«

Pantel zog seinen Polizeiausweis hervor und hielt ihn wortlos in Richtung Kamera. Ein leises Klicken ertönte und einer der Torflügel schwang lautlos auf.

»Das ist etwas, was ich an meinem Job ganz besonders liebe: diesen kleinen Sesam-öffne-Dich!« Der Inspector wedelte grinsend mit seiner Polizeimarke.

An der Haustür wurden die beiden Beamten schon von einem etwa sechseinhalb Fuß großen, schlaksigen Mann erwartet, der ihnen aus stahlblauen Augen grimmig entgegensah.

»DCI Pantel und das ist PC Clarks. Guten Tag, Sir. Sie sind Steven Pollock?«

»Ja, warum wollen Sie das wissen?« Der Mann machte keinerlei Anstalten, die Beamten ins Haus zu bitten.

»Mr Pollock, wir würden gern mit Ihrer Frau sprechen.«

»Jenny, hier ist die Polizei für dich!«, rief er über seine Schulter ins Haus hinein, versperrte aber weiterhin den Eingang.

Schweigend warteten die drei, bis sich eine zierliche Blondine in einem hellblauen, sich weit bauschenden Seidenkleid an Pollock vorbeischob.

»Ja, bitte?« Jennifer Pollock war eine überaus attraktive Frau um die vierzig. Pantel fragte sich im Stillen, was dieses fast elfenhafte

Wesen mit dem weichen Akzent der West Midlands an Männern wie Moore oder Pollock wohl gefunden haben mochte.

»Mrs Jennifer Pollock? Wir würden uns gern mit Ihnen unterhalten.«

»Um was geht es denn?« Verwundert blickte die Frau auf den Dienstausweis, den Pantel ihr zeigte.

»Das würden wir gern mit Ihnen allein besprechen.« Der Inspector schaute demonstrativ zum Ehemann, der immer noch, mittlerweile mit vor der Brust verschränkten Armen, die Tür blockierte.

»Meine Frau hat keine Geheimnisse vor mir«, blaffte dieser zurück.

»Das ist schön für Sie, aber wenn wir hier keine Möglichkeit für ein privates Gespräch bekommen sollten, nehmen wir Ihre Frau mit nach Penzance.«

»Hören Sie mal …!« Doch Jennifer legte ihrem Mann beruhigend die Hand auf den Arm. »Gern, Chief Inspector. Wir können uns in den Wintergarten setzen. Sanft schob sie Pollock zur Seite und bat die Beamten hinein. Sie durchquerten die mit silbrig scheinendem Marmor ausgelegte Diele, gingen durch ein Wohnzimmer mit einem spektakulären Blick auf die Bucht und betraten einen gläsernen Anbau. Dann bat sie Pantel und Clarks, es sich auf einer edlen Rattan-Garnitur gemütlich zu machen. »Ich sage Francesca nur Bescheid, dass sie uns Tee bringen soll.« Damit verschwand sie in den hinteren Teil des Hauses. Steven Pollock hatte sich auf ein Ledersofa im Wohnzimmer gesetzt und beobachtete unverhohlen neugierig die Gäste durch die gläserne Wand.

»Ich würde mir fast wünschen, dass er unser Mann ist!«, flüsterte Ivy Clarks ihrem Chef zu. »So ein arroganter Wicht. Kommt sicher von ganz unten. Ich glaube, dass ich Cockney herausgehört habe.«

»Ich schließe mich Ihnen voll und ganz an, auch wenn das nicht gerade professionell ist«, raunte Pantel zurück.

Jennifer Pollock betrat den Wintergarten, gefolgt von einer jungen Südländerin, die in einer bilderbuchmäßigen Dienstmädchenuniform ein Tablett mit Tee, Gebäck und Porzellan trug. »Francesca, bitte stellen Sie es hier ab. Ich bediene selbst. Und bitte, schließen Sie die Tür hinter sich.« Mit einem Kopfnicken verabschiedete sich die junge Frau. Pantel schaute zu Ivy und schmunzelte. Deren Gedanken, die sicherlich nichts mit Neid oder Bewunderung für diese besondere Art des Snobismus, sondern eher mit Bestürzung zu tun hatten, waren ihr förmlich ins Gesicht geschrieben. Mrs Pollock schenkte den Tee ein und schob den beiden Beamten Zucker, Sahne und Kekse in Griffnähe. Dann setzte sie sich, nahm ihre Tasse und schaute Pantel erwartungsvoll an.

»Mrs Pollock, Sie kennen Daniel Moore?«

Die Erwartung in den Augen der Frau wich blankem Entsetzen. Während sie ihre Tasse vorsichtig zurück auf den Tisch stellte, schielte sie aus den Augenwinkeln zu ihrem Mann.

»Bitte, Chief Inspector, mein Mann weiß nichts davon! Das muss auf alle Fälle unter uns bleiben, sonst schlägt er Dan tot!«

»Wo waren Sie gestern Abend?«

»Warum?« Verwirrt schaute sie ihn an.

»Würden Sie bitte meine Frage beantworten!« Pantel hatte sich für die harte Tour entschieden, obwohl ihm die Frau insgeheim leidtat.

»Ich hatte für acht Uhr das Dinner vorbereitet, weil Steven ausnahmsweise pünktlich zu Hause sein wollte. Gegen halb acht rief er an und sagte, dass er mit der Bildungsreferentin der Grafschaft-Verwaltung essen ginge und es spät werden würde. Ich habe es mir dann vor dem Fernseher gemütlich gemacht und bin gegen elf zu Bett gegangen. Bis Steven schließlich um halb zwölf auftauchte, habe ich gelesen.«

Pantel holte Moores Smartphone aus der Tasche, rief die entsprechende SMS auf und drehte das Gerät so, dass die Hausherrin den Text lesen konnte. Jennifer Pollock erbleichte, dann schnappte sie hörbar nach Luft. »Das habe ich nicht geschrieben! Und woher haben Sie überhaupt Dans Telefon?«

»Sie haben diese Nachricht also nicht verfasst?«

»Nein!«, schrie sie auf, senkte aber, mit einem kurzen Blick auf ihren Mann, sofort die Stimme. »Ich hatte unsere Verabredung absagen müssen, da Steven doch nicht, wie geplant, an einem Seminar teilnahm. Was ist hier eigentlich los?«

»Diese Absage machten Sie, als Sie vor drei Tagen im Wind and Wave waren?«

»Woher wissen Sie das? Was ist passiert?«

»In dem Pub, ist Ihnen da ein Mann an der Theke aufgefallen?«

»Ja, da saß so ein komischer Typ. Dan meinte noch, dass ich ruhig offen reden können, da der Mann genug eigene Probleme habe und uns sicherlich nicht belausche.«

»Könne Sie den Mann beschreiben?«

»Billiger Anzug, billige Perücke und eine Brille, Krankenkassenmodell. Hat in sein Glas gestiert. An das Gesicht kann ich mich gar nicht erinnern. Der war so ein Mr Unauffällig. Ich weiß aber noch, dass ich mich über seine ungesunde Blässe wunderte.«

»Mrs Pollock, mithilfe der Nachricht, die ich Ihnen gerade gezeigt habe, ist Daniel Moore ins Minack Theatre gelockt worden. Danach hat, so nehmen wir an, der Verfasser dieses Textes ihn getötet.«

»Oh, mein Gott!«, heulte Jennifer Pollock auf. »Ich war das nicht!«, schrie sie verzweifelt. Dann brach sie in Tränen aus. Im gleichen Moment, in dem Ivy sich erhob und zu der erschütterten Frau ging, sprang Pollock aus dem Sofa, stürmte zum Wintergarten und riss die Glastür auf. »Verdammt, was machen Sie mit Jenny?«

Pantel war ebenfalls aufgestanden und stellte sich dem aufgebrachten Mann entgegen.

»Beruhigen Sie sich bitte, Sir. PC Clarks wird sich um Ihre Frau kümmern, und wir beide werden uns in Ruhe unterhalten.«

»Sind Sie verrückt, Mann? Sie lassen mich jetzt sofort zu Jenny und verlassen auf der Stelle mein Haus!« Er wollte den Inspector grob zur Seite schieben, doch Pantel war schneller. Er packte Pollock am Oberarm und drückte ihm seine freie Hand gegen den

Brustkorb. Der überraschte Mann sah ihn mit wutverzerrtem Gesicht an.

»Mr Pollock, wir werden jetzt hinausgehen und miteinander reden.« Pantels Stimme war schneidend, duldete keinen Widerspruch. »Falls Sie nicht dazu bereit sind, fordere ich einen Streifenwagen an, der Sie zum Revier bringt. Haben Sie mich verstanden?« Er merkte, dass der Widerstand des Mannes nachließ, und lockerte den Griff.

»Ich werde mich über Ihr Vorgehen beschweren!«

»Das können Sie gern tun, aber erst, nachdem wir beide miteinander gesprochen haben.«

Mit einem letzten Blick auf seine Frau drehte sich Pollock um, ging zurück ins Wohnzimmer und nahm wieder auf dem Sofa Platz. Pantel wählte einen Sessel ihm direkt gegenüber.

»Mr Pollock, ist Ihnen Danny Moore bekannt?«

»Sie meinen diesen großen Haufen Scheiße aus Porthcurno?«

Schau an! dachte Pantel überrascht. *Man kann zwar einen Jungen aus der Gosse holen, aber nicht die Gosse aus dem Jungen. Clarks hat ein feines Gehör!*

»Nun, wenn Sie damit Moore meinen, bewerte ich das mal als ein Ja. Warum bezeichnen Sie Moore als einen Haufen Scheiße?«

»Weil er sich an Jenny rangemacht hat, der Dreckskerl.«

»Sie wussten also von der Affäre?«

»Halten Sie mich für blöde oder was? Ich weiß von all ihren Affären.«

»Und Sie haben den betreffenden Herren dann immer eine Lektion verpasst? Das hat man mir jedenfalls so berichtet.«

»Warum? Hat er mal wieder eins auf die Fresse bekommen? Ich war das jedenfalls nicht, auch wenn er das behaupten sollte. Denn wenn ich das gewesen wäre, wäre er jetzt tot!«

»Er ist tot«, entgegnete Pantel gelassen, lehnte sich zurück und schlug entspannt die Beine übereinander. Dabei ließ er sein Gegenüber keine Sekunde aus den Augen und genoss es, zu sehen, wie die Gesichtszüge des Mannes entgleisten. »Er wurde erschlagen.«

»Erschlagen? Ich war das nicht!« Zorn flackerte in Pollocks Augen auf. »Sie kommen hierher und beschuldigen meine Frau und mich, diesen Abschaum ermordet zu haben? Raus hier, aber sofort!«

»Mr Pollock, Sie haben gerade selbst gesagt, dass Sie Moore töten würden. Warum waren Sie heute Morgen am Minack Theatre?«

Es schien, als würde Pollock plötzlich die gefährliche Lage, in der er sich befand, erkennen. »Zufall. Hatte noch Zeit bis zu einem Termin und wollte dort im Café schnell etwas trinken«, antwortete er, nun wesentlich ruhiger.

»Wo haben Sie sich gestern Abend zwischen neun und elf Uhr aufgehalten?«

»Fragen Sie die Bildungsbeauftragte des Countys Margorie Ruff. Ich war den ganzen Abend mit ihr zusammen.« Der Lulatsch, wie Hicks ihn bezeichnet hatte, schien tatsächlich einzulenken.

»Wann waren Sie wieder zu Hause?«

»Das muss nach elf gewesen sein.«

»Danke, Sir. Das war es zunächst. Sollte es bei Ihrem Alibi irgendwelche Ungereimtheiten geben, dann werden wir uns bei Ihnen melden. Das heißt auch, dass Sie zunächst nicht das Land verlassen dürfen.« Pantel erhob sich, schaute hinüber zum Wintergarten und gab Clarks ein Zeichen, dass sie hier fertig waren.

8. Juni 2020
06:00 Penzance/Polizeirevier

Pantel hatte die Nacht unruhig geschlafen. Als er um sechs auf den Wecker sah, entschied er sich, aufzustehen. Der alten Gewohnheit folgend, zog er wieder den schwarzen Anzug und den anthrazitfarbenen Rollkragenpullover an. Erst als er im Hausflur am Garderobenspiegel vorbeikam, erkannte er seinen Fehler. Doch er war nicht in der Stimmung, noch einmal zurück in sein Zimmer zu gehen und sich umzuziehen.

Auf dem Parkplatz des Reviers traf er Patricia Jenkins. Sie sah übermüdet aus und klammerte sich an einen Pappbecher, aus dem ein leichter Duft nach Kaffee stieg.

»Guten Morgen, Sergeant.«

»Guten Morgen, Sir.« Sie musterte ihn kurz aus ihren fast schwarzen Augen. »Sir, auch wenn ich jetzt übergriffig werde, aber der Anzug gestern stand Ihnen wesentlich besser.«

»Macht der Gewohnheit und meiner Müdigkeit geschuldet«, erwiderte er mit einem schiefen Lächeln.

»Wissen Sie, wenn Sie so angezogen sind, wirken Sie ein wenig unheimlich, fast so wie …«

»Sagen Sie es bitte nicht!« Pantel hielt ihr die Tür auf, grüßte Hicks, den wachhabenden Officer, und beide betraten das Gebäude.

»Entschuldigung, Sir.«

»Kein Problem, Jenkins.« Gemeinsam gingen Sie die Treppe zu den Büros und dem Besprechungsraum hinauf. »Sergeant, würden Sie bitte Pollocks Alibi überprüfen? Er sagt, dass er den Abend mit der Bildungsreferentin Margorie Ruff zusammen war. Ich schätze ein Arbeitsessen. Könnten Sie das übernehmen?«

»Arbeitsessen? Aber doch nicht Margorie!« Ihre Stimme troff vor Ironie.

»Sie kennen die Dame?«

»Ja, leider. Wenn Sie mich fragen, Sir, halte ich Sie für das weibliche Gegenstück von Danny Moore.« Sie zwinkerte Pantel zu. »Wenn Sie wissen, was ich meine.«

»Tja«, gab er grinsend zurück, »dann würde ich sagen, Sie kitzeln alles aus der Frau raus, was über Pollock wissenswert ist.«

»Mache ich doch gern, Chief.«

Dankbar darüber, dass Smith noch nicht im Büro war, setzte er sich an seinen Schreibtisch und genoss in Ruhe seinen ersten Kaffee. Er überflog die Notizzettel, die ihm Bloombottem und Clarks auf den Tisch gelegt hatten. Der Sergeant hatte den Lebenslauf von Pollock überprüft und ihn als authentisch bewertet. Also ging die Suche nach Robert Smith weiter. Ivy Clarks hatte den Besitzer des Häuschens in Porthchapel kontaktiert. Er hatte ihr bereits die Bilder der Überwachungskamera zugesandt. Wie schon vermutet, brachte das Bildmaterial der letzten zwei Wochen keinerlei Hinweise auf den Täter. Bis auf einen Mann mit einem schwarzen Labrador, der immer zu gleichen Zeiten, nämlich morgens um sieben sowie mittags und abends um halb neun, an dem Cottage vorbeigelaufen war, gab es keinerlei Bewegungen in dem Gässchen.

Pantel griff zum Telefon. »Clarks, stöbern Sie bitte den Mann mit dem Labrador auf. Vielleicht hat er etwas beobachtet.«

»Er hat, Sir! Ich wollte Sie gerade anrufen.«

»Und?«

»Am Abend des Mordes stand ein Wagen vor dem ersten Cottage. Ein silberner Astra, K-Modell, 1,2 Liter Turbo.«

»Sollte unser genialer Mörder tatsächlich einen so dummen Fehler gemacht haben?« Aufgeregt schob sich Pantel eine Veilchenpastillen in den Mund.

»Naja, das Merkwürdige war, dass der Wagen keinerlei Kennzeichen hatte. Mister Granger, der Mann mit dem Hund, dachte sofort an Einbrecher und ist um das Haus gegangen. Aber da war alles in Ordnung.«

»Verdammt! Trotzdem, Potts wird wohl kaum das Geld haben, seinen uralten Polo gegen einen neuen Vauxhall einzutauschen.«

»Das sehe ich auch so, Sir. Aber er könnte sich den Wagen natürlich auch von irgendjemandem geliehen haben.«

»Entweder das oder er ist tatsächlich nicht unser Mörder. Gute Arbeit, Clarks!«

»Danke, Sir!«

Nachdenklich legte Pantel den Hörer auf. Wie viele Astras des beschriebenen Modells gab es wohl in Cornwall? Taylor war sicherlich der richtige Mann, um das zu überprüfen. Er wollte gerade erneut nach dem Hörer greifen, als das Telefon klingelte. Auf dem Display erschien die Nummer der Forensik.

»Brown hier, Chief«, polterte es Pantel entgegen.

»Guten Morgen, DI Brown. Gibt es etwas Neues?«

»Nun, wie man es nimmt. Fangen wir mal mit Ihren Fundstücken an. Die blauen Fetzen sind eindeutig von Schuhüberziehern, und der braune Fleck auf dem einen Stückchen ist tatsächlich das Blut von Moore. In der Felsnische hat sich, wie Sie vermuten, der Täter aufgehalten. Wir haben auf den rauen Steinen helle Fasern gefunden, die ohne Zweifel von einem Schutzoverall stammen. Beide, sowohl die Überzieher als auch der Overall, sind von der Marke, bei der wir ebenfalls bestellen. Jetzt die schlechte Nachricht: Beides können auch Privatpersonen ohne Probleme im Internet ordern. Mal sehen, ob wir den Versender aufstöbern können und dieser die Kundendaten rausrückt.«

»Na gut. Sonst noch etwas?«

»Spuren zu einem fingierten Tatort konnten wir nicht finden.«

»Gibt es denn keine guten Nachrichten?«

»Die habe ich mir für den Schluss aufgehoben!« Brown lachte dröhnend auf. »Leider bedeutet diese Nachricht für Sie aber auch, die Nadel im Heuhaufen zu suchen.« Erneut lachte der Forensiker laut auf. »Und das im wahrsten Sinne des Wortes. Es geht nämlich um Fichtennadeln. Die Fichte, auch Rottanne genannt, ist bei uns auf der Insel ein sehr seltener Baum, darum müssen wir sie auch zu Weihnachten aus Dänemark oder Deutschland importieren. Auf der Einfahrt in Porthchapel haben wir eine frische Fichtennadel gefunden, aber dort gibt es im ganzen Umkreis keinen einzigen dieser Bäume. Wir vermuten, dass sich die Nadel im Profil der Reifen festgesetzt hatte und sich dann löste. Sie müssen also nach einem Auto suchen, das in der Nähe von Fichten gestanden hat.«

»Und wo genau gibt es diese Bäume?«

»Tja, die zu finden, ist Ihre Aufgabe, Chief. Vielleicht können Ihnen Gärtnereien weiterhelfen. Tut mir wirklich leid, dass ich nichts Einfacheres für Sie habe.«

»Danke, Brown, besonders für Ihr Mitgefühl.«

»Gern doch!« Immer noch lachend legte der Chef der Spurensicherung auf.

Pantel sah auf die Uhr. Es wurde Zeit, ins West Cornwall Hospital zu fahren. Doc Gainheart war dafür bekannt, pünktlich auf die Minute mit seinen Obduktionen zu beginnen. Pantel hatte nicht vor, bei der Öffnung des Leichnams dabei zu sein. Einen Toten am Tatort zu betrachten oder auch zu berühren, egal, in welchem Zustand er sich befand, war eine Sache. Hingegen die Öffnung und Untersuchung eines toten Körpers auf einem Stahltisch zu beobachten, die Luft schwanger von Formaldehyd und Verwesung, war etwas ganz anderes. Darum ging er, wenn möglich, nur zur äußeren Begutachtung einer Leiche und spätestens, wenn der Pathologe das Skalpell für den Y-Schnitt ansetzte, verschwand er wieder.

Pantel schnappte sich seine Jacke und ging hinüber in den Raum, in der die Sonderermittler saßen. Ein violetter Farbklecks wies ihm den Weg. Taylor saß vor seinem Computer und betrachtete konzentriert eine Folge schnell wechselnder Zahlenkolonnen.

»Guten Morgen, Constable.« Taylor zuckte ein wenig zusammen und hob dann seinen Blick.

»Guten Morgen, Sir!« Ein Lächeln zeigte sich auf seinem Gesicht. »Ich sehe mir gerade die eingeloggten Geräte im Mobilfunknetz rund um das Minack Theatre an. Hätte nicht gedacht, wie viele Menschen sich dort außerhalb der Vorführungen aufhalten.«

»Haben Sie schon bekannte Rufnummern gefunden?«

»Leider nein«, gab der junge Beamte zu.

»Wenn Sie damit fertig sind, würden Sie sich bitte darum kümmern?« Pantel legte den Zettel mit den Daten zu dem beobachteten Astra auf den Schreibtisch. »Überprüfen Sie alle Zulassungen dieses Modells hier in Cornwall. Wir haben leider kein Kennzeichen dazu.«

»Oh, Mann, das wird aber ein Weilchen dauern!« Taylor schob

mit einer schnellen Bewegung seinen bunten Pony zur Seite.»Das müssen Hunderte sein. Allein hier im Revier sind es schon zwei Kollegen! Ist eine beliebte Karre.«

»Schauen Sie, was Sie machen können. Ich habe aber noch etwas. Versuchen Sie doch einmal, herauszubekommen, wo hier in Cornwall Fichten zu finden sind. Man nennt diese Bäume auch Rottannen.«

»Fragen Sie doch mal Constable Hicks. Der liebt Gartenarbeit. Ist sogar in einem Gartenverein.«

»Danke, Taylor. Das werde ich machen. Und Sie kümmern sich um den Wagen.«

Pantel ging hinunter zum Eingang. Hicks lächelte, als er seinen Chef kommen sah. *Was für ein Unterschied zu dem Empfang, den der Constable mir vor nicht einmal zwei Wochen bereitet hatte,* ging es Pantel durch den Kopf, und es freute ihn, dass er so schnell das Vertrauen der Mannschaft von Penzance gewinnen konnte. Der Einzige, zu dem er keinen wirklichen Zugang finden konnte, war Smith. Auf der anderen Seite war und blieb er immer der Konkurrent, der dem Sergeant die Stelle weggeschnappt hatte.

»Guten Morgen, Hicks.« Der Inspector lehnte sich über den Tresen und sah den Constable freundlich an.»Taylor hat mir erzählt, dass Sie ein Gartenliebhaber sind?«

»Jepp, Sir.« Hicks Augen begannen, zu leuchten, und sein Schnauzbart vibrierte leicht.»Habe, bevor ich in diesen Verein kam, Gartenbau gelernt. Aber meine Eltern hatten kein Verständnis für diesen Schnickschnack, sondern wollten mich als Beamter mit sicherem Auskommen sehen. Sie wissen vielleicht, wie das ist?«

Pantel wusste ganz genau, wie das war. Sein Vater, Rechtsanwalt mit eigener Praxis, hatte alles versucht, seinem Sohn Jura schmackhaft zu machen. Doch Pantel hatte sich, im Gegensatz zu Hicks, erfolgreich gewehrt und seinen Traumberuf Polizist ergriffen. Er erinnerte sich noch ganz genau an die Diskussionen mit seinen Eltern, die meistens mit Geschrei und knallenden Türen geendet hatten.

»Aber Gärtnern ist weiterhin Ihre Leidenschaft geblieben?«

»Ja! Meine Frau und ich haben ein Haus mit einem riesigen Garten gekauft und nach dem Dienst bis zum Dunkelwerden werkele ich darin herum.« Ein Strahlen huschte über Hicks Gesicht.

»Dann kennen Sie sich sicher auch mit Nadelhölzern, speziell Fichten aus?«

»Picea abies, auch als Rottanne oder Rotfichte bezeichnet. Bei uns eher ein seltener Gast. Warum? Wollen Sie eine Weihnachtsbaumplantage aufmachen?«

»Nein«, Pantel schüttelte schmunzelnd den Kopf. »Wir haben in Porthchapel, dort, wo das vermeintliche Täterfahrzeug abgestellt war, eine frische Fichtennadel gefunden. Und nun ist die Frage, wo sich der Wagen wohl vorher befunden haben kann?«

»Na, hier!« Pantel schaute den Officer verblüfft an. »Das war ein Scherz, Sir. Es gibt diese Bäume in der Tat sehr selten bei uns, aber schauen Sie mal, dort an der Ecke vom Parkplatz, das ist eine Fichte! Und dazu noch ein außergewöhnlich schönes Exemplar.«

»Würden denn Nadeln davon bis Porthchapel an einem Autoreifen haften bleiben?«

»Fichten sind äußerst harzige Bäume. Wenn der Reifen neu ist und noch ein tiefes Profil hat, warum nicht.«

Pantel schob sich eine Veilchenpastillen in den Mund und dachte einen Moment nach. »Gibt es eine Möglichkeit, herauszufinden, wo solche Bäume in einem Umkreis von, sagen wir einmal, zehn Meilen stehen?«

»Es gibt einen Verein, der sich um die Verbreitung der Fichte in England bemüht. Ich kann dort gern nachfragen, ob die einen Bestandsplan haben.«

»Machen Sie das, Hicks. Ich fahre jetzt zu Doc Gainheart, bin aber spätestens in zwei Stunden wieder hier.«

»Na, dann viel Spaß!«, grinste der Constable wissend und kniff seinem Chef ein Auge zu.

Pantel fuhr auf den Parkplatz der Polizeistation. Er stellte den Motor ab und lehnte sich in dem mit schwarzem Leder bezogenen Fahrersitz zurück. Die äußere Begutachtung von Moores Leichnam hatte zu keinen neuen Erkenntnissen geführt, lediglich Pantels Vermutungen bestätigt. Der erste Schlag hatte dazu gedient, den Pub-Besitzer bewusstlos zu machen. Der zweite, tödliche Schlag, den der Pathologe als sehr heftig beschrieb, landete in Moores Genick und zertrümmerte drei Halswirbel. Dr. Gainheart grenzte den Todeszeitpunkt auf 21:30 bis 22:30 Uhr ein. Pantel stieg seufzend aus seinem Spider und ging langsam über den Platz zum Eingang. Sein Blick fiel auf die Fichte, die majestätisch über den Parkplatz ragte. *Was, wenn der Täter hier gewesen war, im parkenden Wagen nahe der Fichte gelauert hatte, um das Revier und uns zu beobachten?* Seine Hand glitt in die Jackentasche und fingerte nach den Veilchenpastillen. Enttäuscht musste er feststellen, dass die kleine Tüte mit den speziellen Süßigkeiten leer war. Er seufzte erneut, bevor er das Gebäude betrat. Hicks sah ihn erwartungsvoll an. »Und, wie war es, Sir?«

»Keine neuen Erkenntnisse, leider. Sagen Sie mal, Hicks, die Fichte dort draußen, wird sie von den Überwachungskameras erfasst?«

»Ja, ich glaube schon. Warum?«

»Ein Beamter soll sich die Aufnahmen von Donnerstag und Freitag anschauen. Ich möchte wissen, ob in der Nähe des Baums vielleicht ein Wagen längere Zeit geparkt hatte. Vorzugsweise ein silberner Astra.«

»Ich setze Miller darauf an, Sir.«

»Und dann sollte jemand den Parkplatz und die Straße in regelmäßigen Abständen kontrollieren. Ich habe das Gefühl, dass unser Mörder hier immer mal wieder herumlungert.«

»Grant wird sich darum kümmern, und ich werde auch ein Auge darauf haben.«

»Danke, Hicks.« Pantel wandte sich zum Gehen, kam aber noch einmal an den Tresen zurück. »Ach, Hicks, haben Sie schon Kontakt mit diesem Fichtenverein aufgenommen?«

»Ja, Sir. Der Vorsitzende hat Aufzeichnungen zu den Bäumen, die der Verein gepflanzt hat, aber auch zu besonders schönen oder großen Exemplaren. Er stellt uns die Datei zur Verfügung.«

Der Chief Inspector betrat sein Büro. Smith saß immer noch nicht an seinem Schreibtisch, also machte sich Pantel auf den Weg zum Raum der Sonderkommission.

Jenkins lächelte ihm freundlich entgegen »Sir, ich habe mit Margorie gesprochen.«

»Und, hat Pollock ein Alibi?« Interessiert trat Pantel an den Schreibtisch des Sergeants.

»Ja. Er war zum Zeitpunkt des Mordes bei ihr.« Ein Grinsen zeigte sich auf dem Gesicht der Beamtin. »Wie ich vermutet hatte, waren die beiden nicht bei einem Arbeitsessen, sondern in ihrer Wohnung. Pollock und Ruff haben seit sechs Monaten eine Affäre.«

»Würde sie für ihn lügen?«

»Auf gar keinen Fall. Dafür ist sie viel zu ichbezogen und unterlässt alles, was ihrer Karriere schaden könnte. Bei einer Falschaussage könnte sie ihre Sache packen.«

»Gut, dann nehmen wir Pollock von der Liste der Verdächtigen. Haben Sie Smith gesehen?«

»Nein, aber er hat vor ungefähr einer Stunde angerufen. Er muss noch einmal zum Arzt. Diese Magen- und Darmgeschichte scheint doch mehr zu sein als ein läppischer Virus. Heute kommt er auf keinen Fall mehr ins Revier.«

»Na, hoffentlich nichts Schlimmes«, bemerkte Pantel ohne großes Mitgefühl. »Hat er vielleicht noch etwas zu den Überwachungsfilmen des Minack Theatres gesagt?«

»Gut, dass Sie fragen, Sir.« Sie suchte kurz auf dem Schreibtisch und zog einen handgeschriebenen Zettel aus einem Stapel Papiere. »Er hat sich die Bänder zweimal angesehen, aber niemanden entdecken können, der wie Pollock oder Potts ausgesehen hätte. Auch war ihm sonst niemand aufgefallen, der die Anlage ausgekundschaftet hat.«

»Das habe ich mir fast gedacht. Unser Täter ist einfach zu clever. Haben Sie noch eine Idee, die uns weiterhelfen könnte?«

»Leider nein, Sir.« Jenkins zuckte mit den Schultern. »Im Augenblick unterstütze ich Taylor bei der Suche nach dem Wagen. Eine Sisyphusarbeit. Dieser Typ in der Farbe Silber ist bis heute fast sechshundert Mal in Cornwall zugelassen worden. Selbst Smith und Doc Gainheart fahren solch ein Auto.«

»Dieses Fahrzeug ist bis jetzt unsere konkreteste Spur. Also bleiben Sie bitte dran. Gibt es Neues zu Potts' Aufenthaltsort?«

»Nein, er scheint wie vom Erdboden verschwunden zu sein«, gab die Beamtin bedauernd zu. »Die Fahndung läuft in ganz Cornwall auf Hochtouren.«

Pantel ging zum Nachbartisch, an dem Henry Bloombottem vor einem Stapel Aktenordner saß und sich, so schien es, seine Haare raufte. »Na, Sergeant, was macht Robert Smith?«

»Ich habe das Gefühl, dass ich irgendetwas übersehen habe, Chief.« Bloombottems rechte Hand fuhr erneut durch die roten Locken. »Das macht mich wahnsinnig!«

»Vielleicht sollten Sie sich zur Abwechslung mal mit etwas anderem beschäftigen«, schlug Pantel dem Sergeant vor. »Ablenkung kann manchmal den Blick für das Wesentliche öffnen.«

»Wenn Sie meinen, Sir«, kam die nicht gerade begeisterte Antwort. »Übrigens hat Superintendent Thomson schon zweimal versucht, Sie zu erreichen. Er klang wie eine tickende Zeitbombe.«

Pantel blies seine Backen auf und ließ die Luft langsam entweichen. »Der fehlt mir gerade noch. Er will mir sicher wieder eine Truppe vom Yard rüberschicken. Ich rufe ihn am besten gleich zurück.«

Wieder an seinem Schreibtisch wollte Pantel gerade die Nummer des Superintendents wählen, als ein Anruf einging. Doktor

Gainheart meldete sich. »Pantel, ich bin zwar noch nicht fertig mit Moore, aber da gibt es etwas, was ich Ihnen vorab mitteilen möchte. Moore hatte Leberkrebs, muss auch schon einige Zeit in Behandlung gewesen sein. Meiner Meinung nach hatte er höchstens noch ein halbes Jahr. Den ganzen Bericht haben Sie morgen früh auf dem Schreibtisch.«

»Danke, Doc!« Doch der Pathologe hatte bereits aufgelegt. Pantel warf dem leeren Schreibtisch von Peter Smith einen ärgerlichen Blick zu. Er hatte das dringende Bedürfnis, sich mit jemandem über die neuesten Erkenntnisse auszutauschen. Smith wäre jetzt ein guter Gesprächspartner gewesen, da Bloombottem im Augenblick den Kopf nicht frei hatte und Jenkins bei dem Aufspüren des silbernen Astras gebraucht wurde. Smith hatte sich für Pantels Geschmack in die Ermittlungen nicht so eingebracht, wie er es von einem Beamten, der die Position eines Inspectors anstrebte, erwartet hätte. Dann fiel ihm der Superintendent wieder ein. Mit Widerstreben griff er erneut zum Hörer und wählte langsam die Nummer. Blodwen, die Sekretärin Thomsons, meldete sich.

»Blodwen, hier ist Charles Pantel. Man hat mir gesagt, dass der Chef mich sprechen will.«

»Gut, dass Sie anrufen, Charles.« Ihre Stimme floss wie Musik aus dem Hörer. Pantel liebte dieses vom walisischen Singsang überlagerte Englisch. »Der Chef ist heute ein wenig nervös!«

»Ist er das nicht immer?«, frage Pantel mit einem leisen Schmunzeln in der Stimme.

»Charles! Heute keine dummen Witze, bitte. Ich hoffe für Sie, dass Sie ein paar gute Neuigkeiten für den Superintendent haben.«

»Na ja, wie man es nimmt«, gestand Pantel ein. »Es gibt weitere Erkenntnisse, aber ob uns die bei der Lösung des Falls weiterhelfen, kann ich noch nicht sagen.«

»Yna pob lwc!«

»Wie?«

»Dann viel Glück, Chief Inspector!«

Das Telefonat mit Superintendent Thomson war genau so unangenehm, wie Pantel es befürchtet hatte. Weder die Beobachtung des vermeintlichen Täterwagens noch der Hinweis auf die vorgefundene Fichtennadel konnten den aufgebrachten Mann beruhigen. Mehrmals machte dieser Pantel klar, dass sowohl die Presse als auch die Grafschaft-Verwaltung langsam nervös würden und auf eine Klärung der Serienmorde drängten. Damit wäre die Anforderung von Hilfe aus London noch nicht vom Tisch. Pantels Beiträge zu diesem Gespräch reduzierten sich schließlich auf ein ›Ja, Sir!‹ oder ›Nein, Sir!‹, und er war heilfroh, als sein Vorgesetzter endlich den Hörer grußlos auf die Gabel knallte.

Eigentlich hatte er vorgehabt, Thomson über die Unzulänglichkeiten von Sergeant Smith zu informieren, doch eine warnende Stimme in seinem Hinterkopf riet ihm, damit so lange zu warten, bis sich die von Thomson eingeforderten Erfolge eingestellt hätten. Lustlos griff er nach den Moderationskarten, auf denen er am Abend zuvor alle neuen Fakten notiert hatte und stellte sich vor das gläserne Ermittlungsboard. Eine Weile starrte er auf die Fotos der an den Morden Beteiligten, doch ihm fehlte die Lust, die aktuellen Karten anzupinnen. Mit einem Seufzer setzte er sich zurück an seinen Schreibtisch. Sein Magen meldete sich mit einem fordernden Knurren. Pantel schaute auf die Uhr und stellte fest, dass sich die Mittagszeit langsam ihrem Ende zuneigte. Er schnappte seine Jacke und ging zur Tür. *Eine Pizza Tonno mit extra Anchovis wäre jetzt genau das Richtige!* Er betätigte die Klinke und fuhr erschrocken zurück. Ivy Clarks, die Hand zum Klopfen erhoben, schaute ihn entgeistert an.

»Clarks, gut, dass ich Sie treffe. Waren Sie schon beim Lunch?« Die junge Beamtin schüttelte wortlos den Kopf, die Hand immer noch in Höhe von Pantels Mund haltend. »Gut, dann kommen Sie jetzt mit mir. Wir gehen in die Pizzeria gegenüber, und danach helfen Sie mir, die Fakten zu sortieren. Ach ja, Ihre Hand können sie herunternehmen, außer, Sie wollen mir eins auf den Mund geben.«

Rasch senkte die Frau den Arm und ihre Wangen röteten sich.

»Gern, Sir.«

Die Pizzeria war eine Mischung aus Restaurant und Stehimbiss. Der Eigentümer, ein echter Neapolitaner, hatte den kleinen Raum in Weiß und Türkis eingerichtet. Selbst der mit Holz befeuerte Pizzaofen war mit weißen und türkisfarbenen Mosaiksteinchen gekachelt. Totti, Inhaber, Pizzabäcker und Servierkraft in einer Person, erkundigte sich herzlich lächelnd nach den Wünschen der beiden Beamten. Pantel ließ Clarks den Vortritt und stieß ein erstauntes ›Das gibt es ja gar nicht!‹ aus, als sie eine Tonno mit extra Anchovis bestellte.

»Commissario, du haben Mitarbeiter gut in Griff, wenn die schon haben gleichen Geschmack wie du, eh!«

Nun war es an Ivy, erstaunt dreinzublicken. Totti zwinkerte ihr zu. »Dein Chef immer bestellt das Gleiche: Tonno mit Anchovis! Setzt euch drüben an Fenster, und ich werde zaubern Pizza für zwei!«

Pantel und Ivy Clarks setzten sich an den zugewiesenen Tisch und sahen sich ein wenig verlegen an. Dann lachte sie laut auf. »Ich dachte, dass nur ich so einen kruden Geschmack hätte.«

Pantel betrachtete sie fasziniert. Ihm gefiel, was er sah: kecke Grübchen, die das Lachen auf ihr Gesicht gezaubert hatte, blonde Locken, die ein Pferdeschwanz zu bändigen versuchte, und ein Rudel von Sommersprossen, das sich auf ihrem Nasenrücken tummelte. Aber ganz besonders zogen ihn ihre intelligent in die Welt blickenden Augen an, die in einem tiefen Blau leuchteten. Er räusperte sich, peinlich berührt von dem unangemessenen Interesse, das sich bei ihm für die junge Frau regte.

»Das war die Lieblingspizza meiner verstorbenen Frau Sophie.«

»Und in Erinnerung an sie wurde es auch Ihre Lieblingspizza?«

Pantel war erneut überrascht, mit welcher Klarheit Clarks ihre Umwelt und die Menschen darin wahrnahm. Sie war eine verdammt gute Polizistin und mit Sicherheit für höhere Dienstgrade geeignet. Auf jeden Fall besser geeignet als der Dampfplauderer Smith. *Vielleicht kann ich sie nach Truro abwerben!*

»Sie haben recht«, antwortete er schlicht. »Und es ist nicht das Einzige, das ich mir in Memoriam angewöhnt habe.«

»Sie vermissen sie sehr!« Es war eine Feststellung und keine Frage, und so nickte Pantel stumm.

Zurück im Büro stellten sich Pantel und Clarks gemeinsam vor das Board und sortierten die neuen Karten ein, beziehungsweise vorhandene Karten und einige Fotos um. Als Ivy Clarks das Bild von Jennifer Pollock in der Hand hielt, zögerte sie einen Moment. »Sir, Steven Pollock hat ja nun ein Alibi, aber was ist mit seiner Frau? Kann sie tatsächlich von der Verdächtigenliste gestrichen werden? Schließlich hat sie ein Motiv, kein Alibi und auf dem Grundstück habe ich eine Fichte gesehen.«

»Jennifer Pollock?« Pantel schüttelte den Kopf. »Sie haben sie doch kennengelernt. Sie ist so klein und zart. Wie hätte sie zum Beispiel einen Mann wie James-Holland überwältigen und dann durch den Lochstein ziehen können?« Ivy legte den Kopf schräg. »Clarks, glauben Sie mir, wir suchen einen Mann.« Ohne weiter auf die zweifelnde Miene der Constable einzugehen, wechselte er das Thema. »Dann gibt es noch eine Vorabinformation von Doc Gainheart. Er sagt, dass Moore höchstens noch ein halbes Jahr zu leben hatte. Er muss in Behandlung gewesen sein.«

»Davon dürfte der Mörder aber nichts gewusst haben, Sir.«

»Wie kommen Sie darauf?«

»Wenn ich mich an einer Person rächen wollte, die todkrank ist und noch eine wirklich schwere Leidenszeit vor sich hat, dann erlöse ich sie doch nicht von dem Leiden, indem ich sie töte!«

Pantel griff in seine Jackentasche, doch ohne Erfolg, hatte er doch vergessen, seinen Vorrat an Pastillen aufzufüllen. Er nickte, und sein Blick wanderte zu Moores Foto. »Setzen Sie sich mit Britt Braband in Verbindung, und fragen Sie sie, ob die Erkrankung bekannt war.«

Die drei Tage bis zum nächsten angekündigten Mord vergingen wie im Flug. Die intensiven Ermittlungen förderten immer neue Erkenntnisse zutage, aber trotzdem kamen die Beamten nicht weiter. Es fehlte jede Spur von Peter Potts und Robert Smith, obwohl die Suche nach den beiden über die Grenzen Cornwalls hinaus ausgeweitet wurde. Hicks und Taylor verglichen tagelang erfolglos die Adressen der zugelassenen Astras mit den Daten des Vereins zur Verbreitung der Fichte. So ging Pantel letztlich doch von der Annahme aus, dass der Mörder vor dem Polizeirevier unter der Fichte geparkt haben könnte, obwohl weder die Überwachungskameras noch die Beobachtung durch Constable Grant dies bestätigten. Die erneute Befragung von Britt Braband ergab, dass selbst sie von Moores Krankheit keine Ahnung hatte.

Einen Tag, bevor die Frist des Mörders ablief, erschien Peter Smith wieder im Büro. Er war blass, hatte dunkle Ränder unter den Augen und seine Hände zitterten, als er einen Becher mit Tee zum Mund führte. Er war in einem sehr schlechten Allgemeinzustand, dass selbst Pantel so etwas wie Mitgefühl empfand. Die gute Nachricht war, dass es sich lediglich um eine wenn auch schwere Virusinfektion handelte. Aber es gab ebenfalls eine schlechte Neuigkeit: Smith konnte in diesem Zustand unmöglich arbeiten. So schickte Pantel ihn, trotz dessen heftigen Protests, wieder nach Hause. Das Einzige, was er Smith noch zugestand, war eine Stunde, in der er ihn auf den neuesten Stand der Ermittlungen brachte.

Und ein Schmerz nach dem anderen kommt
In das schwebende Brüstchen hinein.
Bis das Brüstchen sich senkt …
(Ringelnatz, aus Doch ihre Sterne kannst du nicht verschieben)

Vierter Mord
Gurnard's Head/Chapel Jane

12. Juni 2020
8:15 Penzance/Polizeirevier

Pantel stand am Ermittlungsboard und sortierte erneut Karten und Fotos. Die Nachforschungen nach dem Baum hatten keine neuen Anhaltspunkte erbracht. Zwar hatten Hicks und Taylor zwei Halter identifiziert, die sowohl eine Fichte als auch ein silberner Astra ihr eigen nannten, aber bei der ersten Adresse trafen die ermittelnden Beamten auf eine 80-jährige Frau mit einer gravierenden Gehbehinderung an. Der zweite Astra, der regelmäßig unter einer Fichte geparkt wurde, gehörte einer jungen Familie. Zum Zeitpunkt des zweiten Mordes lag die Frau im Kreißsaal und brachte, im Beisein des werdenden Vaters, ein gesundes Zwillingspärchen zur Welt.

Egal, in welchen Konstellationen Pantel die vorliegenden Fakten betrachtete, es lief immer wieder auf Robert Smith oder Paul Potts als Täter hinaus. Sie müssten die Suche nach den beiden Männern auf jeden Fall intensivieren. Er schaute sich die Bilder der beiden, die einträchtig nebeneinander in der Mitte des Boards ihren

Platz gefunden hatten, genauer an. Sie sind nicht ein und dieselbe Person, aber was, wenn die beiden zusammenarbeiten, sich gegenseitig decken, Informationen austauschen, eventuell sogar abwechselnd die Morde begingen? Pantel griff zum Telefonhörer, um Bloombottem herzubitten, als sich die Tür öffnete und ein immer noch blasser, aber mittlerweile wieder lebhaft aussehender Smith das Büro betrat.

»Guten Morgen, Sir.«

»Guten Morgen, Smith. Geht es Ihnen wieder besser?«

»Ja, Sir. Es sieht alles sehr gut aus. Doch ich muss heute Nachmittag zur Abschlussuntersuchung. Ab morgen kann ich mich wieder voll einbringen.«

»Das hört sich gut an, Sergeant.«

Smith ließ sich auf seinen Bürostuhl fallen und schaltete den Computer an. »Und, gibt es Neues zu unserem Täter?«

Pantel setzte sich ebenfalls hinter seinen Schreibtisch und nahm einen Schluck von seinem bereits erkalteten Kaffee. »Nein, aber wir warten hier alle auf den Anruf, dass erneut eine Leiche gefunden wurde.«

Smith lehnte sich bequem in seinem Stuhl zurück. »Ich denke, Sir, dass dieser Anruf erst morgen kommen wird. Der Täter hat immer in der Dämmerung zugeschlagen. Und stets an Orten, an denen sich um diese Zeit kein Mensch mehr blicken lässt.« Er schaute auf seinen Bildschirm und gab etwas über die Tastatur ein. Dann kehrte sein Blick zurück zu seinem Chef.

»Bis auf den Mord in der alten Zinnmine«, wandte Pantel ein.

»Ja, aber in dem Fall hatte der Mörder ja ganz bewusst für das rasche Auffinden der Leiche gesorgt.«

»Sagen Sie, Smith, mir kam gerade der Gedanke, dass Robert Smith und Peter Potts eventuell gemeinsame Sache machen.«

Der Sergeant setzte sich gerade auf und faltete seine Hände über seinem flachen Bauch. »Glauben Sie wirklich, Sir, dass ein so heller Kopf wie dieser Smith sich mit einem Loser wie Potts abgeben würde?«

»Warum glauben Sie, dass Robert Smith nicht auch ein Loser ist?« Pantel sah seinen Mitarbeiter kritisch an. »Ich sehe diesen Mann wahrscheinlich etwas anders als Sie. Er ist intelligent, und das Schicksal hat ihm sicherlich übel mitgespielt, zumindest, was wir bis jetzt über ihn in Erfahrung bringen konnten. Falls er jedoch der Täter sein sollte, dann scheint es, als würde er für sein verkorkstes Leben andere verantwortlich machen. Er wälzt sich in Selbstmitleid und kann die Vergangenheit nicht ruhen lassen. Damit wird er ebenso zu einem Loser wie Potts.«

Pantel konnte beobachten, wie sich sein Gegenüber versteifte und die Hände so fest zusammenpresste, dass die Knöchel weiß hervortraten. *Na, Bürschchen, mit einer anderen Meinung kannst du aber sehr schlecht umgehen. Daran wirst du wohl noch arbeiten müssen, bevor du Führungskraft wirst,* dachte der Inspector mit einer gewissen Genugtuung. Er stand auf, ging zum Board und zeigte auf die beiden Verdächtigen. »Zwei Loser treffen sich zufällig und stellen fest, dass sie die gleichen Menschen hassen. Loser eins«, Pantel zeigte auf das Jugendfoto von Smith, »ist intelligent. Er merkt sofort, dass Loser zwei über Stärken verfügt, die er selbst nicht besitzt. Dafür weist Potts Defizite auf, die Smith ohne Probleme ausgleichen kann. Jeder für sich ist ein armes Würstchen, aber gemeinsam sind sie ein geniales Team. Robert Smith wird zum Kopf und Potts sein Handlanger.«

»Und das würde auch erklären, warum wir Potts nicht finden können!« Patricia Jenkins lehnte am Türrahmen, den Blick auf das Board geheftet. »Potts ist vielleicht in der Wohnung von Robert Smith, oder wie er heute auch immer heißen mag, untergekommen. Seinen Wagen haben die beiden irgendwo sicher versteckt. Smith kann sich ohne Probleme in der Öffentlichkeit bewegen, die Tatorte und Opfer ausbaldowern und die Morde bis ins kleinste Detail planen. Potts, dessen Gesicht wir kennen, wird erst im Schutz der Dämmerung aktiv. Er fährt mit Smiths Auto in die Nähe der Tatorte. Dann führt er den Mord aus und kriecht wieder bei seinem Kumpan unter.«

»Das hätte ich nicht besser zusammenfassen können, Jenkins.«
»Danke, Sir!«
»Na, wenn Sie beide sich einig sind, ist ja alles gut. Ich hoffe für Sie, dass Sie sich da mal nicht irren!«, meldete sich Peter Smith zu Wort, stand auf und rauschte an seiner Kollegin vorbei die Treppe hinunter.
»Was hat er denn?« Die Beamtin schaute ihm erstaunt hinterher. Pantel zuckte mit den Schultern. »Lediglich eine andere Meinung.«

April 2005
Plymouth/University Hospital

Auf dem Flur der Kinderstation des University Hospitals in Plymouth herrschte an diesem Nachmittag reges Treiben. Doch der Mann, der auf einem der bunten Plastikstühle im Warteraum saß, die Ellbogen auf seine Knie gestützt und den Kopf in seine Hände vergraben, war so tief in seinen Gedanken versunken, dass er die Menschen um sich herum nicht wahrnahm. Selbst seine Frau, Nathalia, die leise vor sich hin weinend immer wieder versuchte, seine Hand zu fassen, hatte er vollständig ausgeblendet. Seine Gedanken waren einzig und allein bei Stellario, seinem süßen kleinen Stellario. Dem schwarz gelockten Racker, der mit seiner Herzenswärme und Fröhlichkeit sein Leben bereichert und ihm das Gefühl gegeben hatte, endlich angekommen zu sein. Nie wieder würde er das helle Kinderlachen seines Sohnes hören, nie wieder die verstreuten Spielsachen zurück an ihren Platz legen und nie wieder würden er und Nathalia Hand in Hand auf dem Sofa sitzen und das muntere Treiben des Kleinen beobachten. Vor seinem inneren Auge formte sich ein Bild: Stellario, sein kleiner Körper von Bakterien überschwemmt, wand sich in schmerzhaften Krämpfen. Stellario, das Gesichtchen von Angst und Leid zu einer Grimasse verzerrt und in höchster

Not nach seinen Eltern rufend. Der Mann spürte, wie sich ein Schrei den Weg in seine Kehle bahnte, und nur mit Mühe gelang es ihm, sein Bedürfnis, laut aufzuheulen, zu unterdrücken. Eine sanfte, weibliche Stimme und die von Schluchzern unterbrochenen Antworten Nathalias holten ihn langsam wieder zurück in die Wirklichkeit. Er hob den Kopf. Eine zierliche, junge Frau in Schwesterntracht hatte sich neben Nathalia gesetzt und strich tröstend über deren rechten Arm.

»Ma'am, Sir, Ihr Verlust tut mir schrecklich leid. Ich habe Ihnen die Sachen Ihres kleinen Schatzes zusammengepackt.« Die Schwester legte vorsichtig einen hellblauen Beutel auf Nathalias Schoß. »Wir müssen noch einige Formalitäten klären. Wenn Sie bitte das Anmeldebüro aufsuchen würden. Es liegt direkt neben dem Empfang.«

Der Mann nickte, nicht in der Lage, zu antworten, während Nathalia erneut zu weinen begann.

»Ich danke Ihnen und wünsche Ihnen viel Kraft für die nächsten Tage.« Die Frau erhob sich, strich ihren Rock glatt und wandte sich der gläsernen Tür zu, die den Wartebereich vom hektischen Flur trennte. Doch dann zögerte sie, ging zurück zu den trauernden Eltern und senkte die Stimme. »Ich dürfte es Ihnen eigentlich nicht sagen, und ich muss Sie bitten, niemandem zu erzählen, dass Sie diese Information von mir haben. Ansonsten würde ich meinen Job verlieren.« Aufmerksam beobachtete sie das Paar. »Dr. Hathaway hat alles getan, um das Leben des kleinen Stellarios zu retten. Leider hatte er zunächst eine falsche Diagnose gestellt. Dass es sich um eine Meningokokkensepsis handelte, erkannte er erst, als eine Rettung nicht mehr möglich war.« Ohne eine Reaktion der beiden Menschen abzuwarten, die um ihren kleinen Sohn trauerten, eilte sie hinaus auf den Flur.

Später, vor dem Krankenhaus, trennten sich die Wege des Ehepaars. Während der Mann vor Wut über die Unfähigkeit des behandelnden Arztes kochte und entschlossen das nächste Polizeirevier aufsuchte, um Anzeige wegen fahrlässiger Tötung zu erstatten, strahlte die Frau eine ungewöhnliche Gelassenheit aus und strebte in Richtung des Ortes, an dem sie Heilung für ihr tiefverletztes Herz erhoffte. Als sie endlich die Boniface Lane erreichte und in das futuristische Kirchengebäude der St. Peters Gemeinde eintrat, brach sie weinend zusammen.

In den Wochen, in denen das fachliche Verhalten des Stationsarztes Hathaway geprüft wurde, herrschte in dem Haus in der Cross Park Avenue, in dem der kleine Stellario einst übermütig herumgetollt hatte, eine ungute Atmosphäre. Die Eheleute gingen sich aus dem Weg, soweit es möglich war. Nathalia versuchte immer wieder, ihren Mann davon zu überzeugen, dass die Rachegedanken, die er für den Arzt hegte, ihn vergiften würden. Doch alle Bemühungen seiner Frau prallten an ihm ab. Ungeduldig wartete er auf das Ergebnis der Untersuchung über den Tod seines Sohns und den anschließenden Prozess. Als endlich, nach sechs Wochen, sein Anwalt anrief und ihn über den Eingang des medizinischen Gutachtens informierte, stieß er einen freudigen Schrei aus, wirbelte seine Frau durch die Luft und eilte in die Kanzlei. Doch der Inhalt des Briefs, den der bereits ergraute Anwalt ihm vorlas, war niederschmetternd. Dr. Hathaway hatte nach bestem Wissen und Gewissen gehandelt, so das Urteil der Gutachter. Der Tod von Stellario war das Ergebnis einer Verkettung unglücklicher Umstände. Eine Anklage des Arztes wurde als nicht begründet abgelehnt.

Der Mann erlitt einen Nervenzusammenbruch. Als er weitestgehend genesen war, schloss er sich im Schlafzimmer ein, nahm die Bibel seiner Frau zur Hand und schwor darauf, dass der Tag kommen würde, an dem er Hathaway der gerechten Strafe zuführen würde.

12. Juni 2020
22:00 Gurnard's Head/Chapel Jane

Der Mann saß, von kniehohem Blaubeerkraut vor neugierigen Blicken geschützt, in einer künstlich angelegten und von grob behauenen Steinen eingefassten Mulde. Langsam zog die Abenddämmerung herauf, und er konnte die Person, die an der Spitze der Landzunge stand, nur noch als einen dunklen Schatten wahrnehmen. Welch ein glücklicher Zufall *für den* Mann, dass sich Simon Hathaway ausgerechnet diesen Ort, zu dieser Zeit, als Urlaubsziel ausgesucht hat. Geduldig beobachtete er den Arzt, der sich nun in Bewegung setzte und den Küstenpfad zurückwanderte. Zwei Tage hatte er Hathaway ausspioniert. Stets war der Arzt gegen neun zum Gurnard's Head aufgebrochen, hatte dort eine Weile auf das Meer geschaut und ging dann zurück zu seinem Ferienhaus, dem Cove Cottage. Sein Weg führte jedes Mal an den Überresten der Chapel Jane vorbei, dem Ort, an dem sein Beobachter, mit hochgeschlossenem Overall, tief ins Gesicht gezogener Mütze, leichten Baumwoll-handschuhen, unter denen er noch ein weiteres Paar aus Latex trug, und profillosen Gummistiefeln auf ihn lauerte. Für einen kurzen Moment verlor der Mann sein Opfer aus den Augen, doch er wusste, dass der Wanderweg dort in einer Senke verschwand. Gleich würde Hathaways Kopf keine zwanzig Yard von ihm entfernt erneut erscheinen. Eilig setzte er sich auf die steinerne Bank am Nordende der winzigen Ruine, betupfte sein Gesicht mit Wasser, fasste sich mit der rechten Hand an die Brust und schloss die Augen. Nicht lange, und er hörte Schritte auf dem unbefestigten Pfad, die rasch schneller wurden.

»Sir, hallo, können Sie mich hören?« Der Mann spürte, wie Hathaway ihn an der Schulter fasste. »Sir, geht es Ihnen nicht gut? Mein Gott, was haben Sie sich bei diesem Wetter nur so warm angezogen? Ich bin Arzt. Ich kann Ihnen helfen.«

So, wie du meinem Sohn geholfen hast, dachte der Mann boshaft. Er gab einen gutturalen Laut von sich, hielt die Augen aber immer noch geschlossen.

»Warten Sie, ich informiere den Rettungsdienst, und dann helfe ich Ihnen aus Ihren dicken Klamotten.« Seine Funktionsjacke raschelte leise, als er sein Smartphone aus der Tasche zog. »Verdammt, kein Netz!«, murmelte er verärgert.

Nun lächelte der Mann und öffnete die Augen. Hier, in den Ruinen der kleinen Kirche, die bereits im achten Jahrhundert als Andachtsraum für die ansässigen Fischer gedient hatte, gab es keinen Empfang. Ein Kriterium, das die Wahl des Tatortes wesentlich beeinflusst hatte. Der Arzt stand mit dem Rücken zu ihm und hielt sein Telefon suchend in die Luft. Das war der Moment, auf den der Mann seit fünfzehn Jahren gewartet hatte. Er griff nach dem Messer, das unter der Bank verborgen wartete und stand auf. Dann hob er den Arm und stieß die tödliche Waffe mehrmals in den Rücken seines ahnungslosen Opfers. Er wusste, dass er gleich mit dem ersten Stich das Herz getroffen hatte. Doch der Hass, den er seit dem Tod seines Sohns mit sich herumtrug, ließ ihn immer und immer wieder auf den am Boden liegenden Körper einstechen. Atemlos richtete er sich nach einer Weile auf und beobachtete im schwindenden Abendlicht fasziniert das Blut, das langsam in der einstmals heilige Erde der Kapelle versickerte. *Was hast du nur für ein Blutbad angerichtet, du Trottel!* Ärgerlich über seine Unbeherrschtheit ließ er genau in dem Augenblick seine Augen über die Klippen wandern, als im Cove Cottage ein Licht aufflammte. *Verflixt, war dieser Mistkerl doch nicht allein angereist?* Sein Gehirn arbeitete auf Hochtouren. Die Leiche sollte auf keinen Fall vor morgen früh gefunden werden. Falls jedoch jemand auf Hathaway wartete, würde dieser sich sicherlich bald auf die Suche nach ihm machen. Er schaute sich in der Ruine um. Kurz entschlossen, schob er den Leichnam in eine dunkle Nische unter einem Felsvorsprung, schnitt mit dem Messer Zweige vom Blaubeerkraut ab und bedeckte den Körper damit. Das Telefon, das dem Opfer bei dem Angriff aus der Hand gefallen war, hob er auf und warf es in das unter ihm anbrandende Meer. Dann machte er sich auf dem Küstenpfad in Richtung Süden auf den Weg. Obwohl er mit der Landschaft vertraut war, bewegte er sich sehr vorsichtig durch die zunehmende Dunkelheit. Er wusste, dass ein falscher Schritt so nah an den steilen Klippen den Tod bedeuten konnte. Er wollte jedoch auf keinen Fall durch den Lichtkegel einer Taschenlampe Aufmerksamkeit erregen.

Nach etwa einer halben Meile hatte er sein erstes Ziel erreicht. Zwischen den schroffen Felsen neben dem Pfad hatte er gestern Abend einen Rucksack mit frischer Kleidung, Schuhen und einer alten Abblendlaterne versteckt. Im Schutz der hohen Steine zog er sich rasch um. Dann zündete er die Laterne an und schob das Abblendhütchen so weit nach unten, dass nur ein schmaler Lichtstreifen den Boden vor ihm beleuchtete. Er stopfte die blutgetränkten Sachen in den Rucksack, legte noch einen Felsstein dazu und warf alles in hohem Bogen über den Klippenrand. Erst danach entledigte er sich seiner Latexhandschuhe. Um die würde er sich zu Hause kümmern. Er griff nach der Laterne und leuchtete noch einmal akribisch den Bereich zwischen den Felsen aus. Nein, er hatte nichts vergessen. Sein Weg führte ihn weiter zur Porthmeor Cove, hier wandte er sich nach links und folgte einem quirligen Bachlauf bis zur B3306. Dort stand, hinter einer dichten Hecke vor neugierigen Blicken geschützt, sein Wagen – ein silberner Astra.

13. Juni 2020
05:00 Penzance/Woodstock Guest House

Pantel sah den Mann mit erhobenem Messer auf sich zueilen. Er griff nach seinem Holster, aber vergeblich, hatte er seine Dienstwaffe doch im Büro gelassen. Der Angreifer war nun so nah, dass er den blanken Hass in dessen blutunterlaufenen Augen sehen konnte. Noch drei Schritte, und der tödliche Angriff würde ihn treffen. Da erklang zwischen den Felsnadeln, die den schmalen Pfad säumten, eine vertraute Melodie. Der Mann mit dem Messer blieb abrupt stehen und starrte suchend in die dunklen Schatten der aufragenden Steine. Pantel tat es ihm gleich und erkannte, keine zwei Yard von ihm entfernt, das bläuliche Licht seines Telefondisplays. Er musste zu dem Smartphone gelangen, dann wäre er gerettet. Seine Chancen abschätzend, warf er dem Mann mit der Waffe einen Blick zu. Mit Verwunderung stellte er fest, dass dieser verschwunden war. Nur das Messer war noch da, hingeworfen auf den staubigen Boden. Seine Klinge schimmernd im fahlen Mondschein.

Mit klopfendem Herzen fuhr Pantel in seinem Bett hoch. *Ein Traum, nur ein Traum! Beruhige dich*, ermahnte er sich und strich mit der Hand über sein schweißnasses Gesicht. Doch die Melodie drang noch immer an sein Ohr. Orientierungslos schaute er sich in dem kleinen Pensionszimmer um, bis ihm klar wurde, dass es tatsächlich sein Telefon war, das leise das Lied Song for Sophie spielte. Er griff nach dem Gerät und meldete sich.

Henry Bloombottem wartete bereits auf dem Parkplatz vor dem Revier. Als er sich in Pantels Auto hineingeschoben und angeschnallt hatte, drückte der Inspector ihm den Beutel mit dem Brief in die Hand. »Nehmen Sie sich Handschuhe aus dem Konsolenfach, und öffnen Sie bitte den Brief. Ich hatte nicht genug Zeit, ihn zu lesen. Wurde wahrscheinlich gestern Nacht in den Briefkasten meiner Pension gesteckt. Mal sehen, was der Mistkerl dieses Mal von sich gibt.«

Bloombottem begann, laut zu lesen:

Guten Morgen Chief Inspector,
heute wird es ein herrlicher Tag, sagt der Wetterbericht. Gut so!
Dann werden Sie wenigstens nicht nass, wenn Sie sich den neuen
Tatort anschauen. Dort kann es bei Wind und Regen nämlich ganz
schön ungemütlich werden.

Simon Hathaway, ein hochgelobter Kinderarzt, der nicht in der Lage ist, eine richtige Diagnose zu stellen. Die Folgen: Tod für die kleinen Patienten. Ich habe mich ein wenig umgehört, und siehe da, nicht nur meine Familie hat schlechte Erfahrungen mit diesem Kurpfuscher gemacht. Ein Dutzend Kinder musste sterben, weil die erste Diagnose dieses Quacksalbers falsch war. Und, wie reagierte die Ärzteaufsicht: ›Der Tod trat aufgrund einer Verkettung unglücklicher Umstände ein. Dr. Hathaway hat alles getan, um das Leben des kleinen Patienten zu retten.‹ Pah, dass ich nicht lache!

So habe ich also wieder der Menschheit einen guten Dienst erwiesen. Falls Sie mich schnappen, die Betonung liegt auf ›falls‹, hoffe ich, einen Richter zu finden, der mir auch eine Verkettung unglücklicher Umstände bescheinigt und mich freispricht.

In diesem Sinne verbleibe ich in tiefer Verbundenheit
Der Mörder

P.S.: Wir hören am 17. Juni wieder voneinander!

6:00 Gurnard's Head/Chapel Jane

Bloombottem lotste seinen Chef über einen unbefestigten Fahrweg bis kurz vor die Ruine einer ehemaligen Zinnmine. »Mit Ihrem Wagen kommen wir leider nicht näher an den Tatort heran, Chief. Da braucht es schon einen SUV. Von hier sind ist keine halbe Meile den Süd-West-Pfad entlang.«

Pantel parkte den Wagen neben einem Polizeifahrzeug. Der Polizist, der an dem Fahrzeug lehnte und Haltung annahm, als er den Chief Inspector erkannte, war Liam O'Brain, der kleine Ire, wie Bloombottem ihn tituliert hatte.

»Guten Morgen, Sir. Wir haben alles abgesperrt. PC Cook finden Sie unten am Tatort.«

»Danke, Constable. Ist sonst schon jemand da?«

»Nein, Sir.«

»Haben Sie zufällig Schutzkleidung dabei?«

»Ja, Sir.« Der junge Officer öffnete den Kofferraum, zog zwei luftdicht versiegelte Packungen heraus und reichte sie den beiden höheren Beamten.

Mit einem knappen ›Danke, O'Brain‹ betraten die beiden Männer den Küstenpfad und wandten sich nach Süden. Eine frische Brise zog über die Klippen, aber die aufgehende Sonne legte bereits ihre warmen Strahlen über die traumhafte Landschaft. Das Meer, in Lila und Blau leuchtend, brach sich mit lautem Tosen und Zischen am Fuße der Steilküste.

»Das wird heute ein herrlicher Tag, Sir«, unterbrach der Sergeant das einträchtige Schweigen. Dann stockte er beschämt, da er die gleiche Formulierung wie der Täter in dem Brief verwandt hatte.

»Wenn Sie das Wetter meinen, Sarge, dann stimme ich Ihnen zu«, ging Pantel über die unbeabsichtigte Peinlichkeit mit einem schiefen Grinsen hinweg. »Wir werden heute bloß nicht viel davon haben.«

»Da haben Sie wohl recht, Sir.«

Schließlich erreichten sie den Tatort. Cook hatte den Bereich sorgfältig abgesperrt und sich davor postiert.

»Guten Morgen, Cook«, begrüßte Pantel den Constable freundlich. »Wie schlimm ist es?«

»Nichts für einen empfindlichen Magen, Sir. Darum habe ich O'Brain dieses Mal lieber oben beim Wagen gelassen.« Er zwinkerte seinem Vorgesetzten zu.

»Sinnvolle Entscheidung, Cook. Wer hat den Toten gefunden?«

»Ein Fotograf der National Geographic, Jasper Blackwell, Sir. Wollte hier Aufnahmen vom Sonnenaufgang machen.«

»Und wo steckt er jetzt?«

Cook wies mit dem Arm Richtung Gurnard's Head. »Da drüben. Sagte, er würde schon nicht weglaufen, aber das Licht wäre gerade perfekt zum Fotografieren. Das war doch in Ordnung, Sir?«

»Kein Problem, Cook. Wir kümmern uns später um ihn. Zunächst schauen wir uns Dr. Hathaway an oder besser das, was von ihm noch übrig ist.«

»Sie wissen, wer das ist?« Der Constable sah den Chief Inspector aus großen Augen an.

»Der Täter hat mir einen entsprechenden Brief geschrieben.«

»Da dachte ich, ich könnte Sie mit dem Namen des Opfers überraschen!«

»Ist Ihnen denn der Mann bekannt?«

»Nein, Sir.« Etwas umständlich zog der Constable ein Notizbuch aus seiner Uniformtasche. »Gestern Abend gegen elf rief eine gewisse Anne Matell im Revier an und wollte ihren Freund Simon Hathaway als vermisst melden. Ich hatte den Anruf angenommen. Allerdings habe ich mir nur eine Notiz gemacht und die Frau vertröstet. Ist ja schließlich ein erwachsener Mann, dieser Hathaway. Hätte ich doch nur die Kavallerie losgeschickt!«

»Cook, machen Sie sich bitte keine Gedanken. Sie haben alles richtig gemacht. Ich gehe nämlich davon aus, dass Hathaway zu diesem Zeitpunkt bereits tot war«, beruhigte Pantel den Beamten. »Wo können wir die Frau finden?«

»Dort unten im Cove Cottage. Das ist ein Ferienhaus, Sir.«

»Danke, Cook!« Mit einer raschen Bewegung öffnete Pantel den Beutel und zog die Schutzkleidung heraus. »Dann wollen wir uns mal ein Bild von dem ganzen Schlamassel machen, Bloombottem.«

Geübt zogen die beiden Polizisten den Overall über, legten die Handschuhe und die Schuhüberzieher an, tauchten unter dem Absperrband hindurch und gingen die Stufen zu der kleinen Ruine hinunter. Das erste, was den beiden Beamten auffiel, war über den Boden verstreutes, blutiges Blaubeerkraut. Dann sahen sie den zusammengekrümmten Körper eines Mannes unter einem Felsvorsprung.

»Cook!«, rief Pantel nach oben. »Hat dieser Jasper irgendetwas angefasst?«

»Ja, Sir. Er sagte, dass ihn für die Fotos das Kraut gestört hätte. Er habe es aus der Nische gezerrt und dabei die Leiche entdeckt.«

»Na, da wird Brown sich aber freuen!«, kommentierte Henry

Bloombottem die Situation und fügte augenzwinkernd hinzu: »Aber so haben wir wenigstens die Möglichkeit, die Leiche besser zu sehen.«

Pantel ließ seinen Blick durch die Mulde, in der die Kapelle einst gebaut wurde, und dann weiter über die Klippen schweifen, bis hinunter zu dem weiß getünchten Ferienhaus, das sich wie ein Möwennest an die Felsen schmiegte. Er glaubte, eine Silhouette hinter einem der Fenster entdeckt zu haben.

»Cook!«, rief er erneut zum Klippenrand hinauf. »Ich glaube, dass Ms Mattel uns bemerkt hat. Gehen Sie bitte zu O'Brain und unterstütze Sie ihn, falls die Frau aus dem Cottage kommen sollte. Bringen Sie sie auf jeden Fall zurück zum Haus und bleiben Sie bei ihr, bis ich komme. Ich möchte ihr diesen Anblick ersparen.«

»Ja, Sir.«

»Ach ja, und kein Wort, verstanden. Ich werde sie selbst über den Tod ihres Freundes informieren.«

»Ja, Sir.«

Pantel ging vor dem Felsvorsprung in die Hocke und betrachtete den Leichnam, der mit dem Rücken zu ihm in embryonaler Haltung in der Nische lag.

»Mindestens acht Stichverletzungen in den Rücken. Sonst ist unser Mörder doch immer so beherrscht vorgegangen. Warum jetzt solch ein Blutbad?«

»Nach dem Brief zu urteilen, tippe ich darauf, dass der Täter Hathaway für den Tod seines Kindes verantwortlich macht. Wahrscheinlich hasste er diesen Mann mehr als alle anderen Opfer«, überlegte Henry Bloombottem.

Pantel wollte nach seinen Veilchenpastillen greifen und merkte verärgert, dass ihn der Overall daran hinderte. Er richtete sich wieder auf, ohne die Augen vom Toten zu wenden. »Oder«, begann er zögerlich, »an der Theorie, dass Potts und Smith gemeinsame Sache machen, ist etwas dran. Die ersten drei Morde gehen auf das Konto von Robert Smith – kühl, durchdacht, distanziert.

Potts ist für die letzten drei zuständig und hat seine Emotionen nicht im Griff. Wir müssen herausfinden, welche Verbindung zwischen den beiden und Hathaway bestand.«

»Ja, Sir, es gibt nur ein Problem. Falls der Tod des Kindes nach der Jahrtausendwende war, hat Robert Smith aller Wahrscheinlichkeit nach, eine neue Identität. Und Potts hatte definitiv keine Kinder.«

»Hm, dafür haben wir aber jetzt vielleicht die Chance, den neuen Namen von Robert Smith herauszubekommen. Wenn wir im Revier sind, machen Sie sich bitte gleich an die Arbeit, Sarge. Es geht um alle Todesfälle, die bei der Behandlung durch Hathaway aufgetreten sind.«

»Ja, Sir.«

»Na, trampeln Sie mir wieder durch die Rabatten?«, dröhnte die Stimme von Brown durch die frische Morgenluft.

»Guten Morgen, Brown!« Pantel schaute in Richtung der Stufen, die der Hüne vorsichtig herunterkam, dicht gefolgt von Peter Smith. »Das Chaos hier ist nicht von uns. Jasper Blackwell, der die Leiche gefunden hat, ist dafür verantwortlich.«

»Blackwell? Der Starfotograf der National Geographic?« Brown sah Pantel überrascht an. »Der Typ ist einfach klasse. Irgendwie gelingt es ihm immer wieder, dass ich einen ganz neuen Blick auf unsere schöne Insel bekomme. Ist er noch hier?«

»Drüben, am Ende der Landzunge. Aber da er den Sonnenaufgang fotografieren wollte, wird er wohl bald wieder zurück sein, Sir«, mischte sich Bloombottem in die Unterhaltung ein.

»Dann soll er unbedingt bei mir vorbeikommen. Ich benötige seine DNA und Fingerabdrücke. Sehen die Leute eigentlich keine Krimis? Da zerstören die Zeugen ja auch nicht den Tatort.« Missbilligend schüttelte der riesige Mann den Kopf. »Und Sie, Smith, verschwinden sofort wieder nach oben, oder wollen Sie Ihre DNA auch noch hier verteilen?«

»Gut, dann lassen wir Sie mal Ihre Arbeit machen.« Pantel wandte sich zum Gehen, fügte dann aber mit einem Grinsen hinzu: »Ehrlich, wir haben nur geguckt!«

Oben auf dem Küstenpfad entledigte sich Pantel der Schutzkleidung und stopfte sie in einen bereitstehenden Müllsack. Dann begrüßte er Smith.

»Unser Toter ist Simon Hathaway, Kinderarzt. Wurde erstochen. Ziemlich unappetitlich. Ich wollte jetzt zum Cove Cottage gehen und die Freundin des Opfers befragen. Bloombottem wird den Fotografen, der die Leiche gefunden und den Tatort so verwüstet hat, einfangen und seine Aussage aufnehmen.«

Kritisch beäugte Bloombottem die Entfernung zur Spitze der Landzunge. »Ganz schön weit draußen, Sir.«

»Haben Sie ein Problem damit?«, erwiderte der Chief Inspector etwas schärfer als gewollt.

»Nein, Sir.«

»Dann ist ja gut. Sie können meinetwegen Smith mitnehmen, dann haben Sie auf dem Weg dorthin etwas Unterhaltung.«

»Sir«, meldete sich nun Smith zu Wort. »Ich dachte, ich laufe den Pfad ein Stück Richtung Süden ab. Vielleicht hat der Täter etwas verloren oder es finden sich irgendwo Reifenspuren.«

»Warum nach Süden und nicht nach Norden?«

»Weil Richtung Norden der Pub und das Dorf sind, Sir. Der Typ wird sicherlich nicht riskiert haben, von einem Pub-Besucher oder jemandem, der mit dem Hund Gassi geht, gesehen zu werde.«

»Gut, dann versuchen Sie Ihr Glück.«

»Wird Brown aber nicht gefallen«, warnte Bloombottem. »Schließlich ist das die Aufgabe seines Teams.«

»Ist das denn nicht egal, wer was findet?« Pantel schaute den Sergeant erstaunt an. »Die Hauptsache ist doch, dass es gefunden wird.«

»Eigentlich schon«, Bloombottem wiegte bedächtig den Kopf. »Aber Hector Brown ist da ein wenig eigen.«

»Unsinn. Sie, Smith, gehen den Pfad entlang und Sie, Bloombottem, kümmern sich um diesen Fotografen.«

Pantel genoss die Wanderung über den Küstenpfad in vollen

Zügen. Immer wieder blieb er stehen und betrachtete die nun kobaltblau schimmernden Wellen, die gegen die Klippen rollten. In Gedanken sah er Sophie, das blonde Haar vom Wind zerzaust und mit einem sehnsüchtigen Blick zum Horizont. Dann kniff er die Augen zusammen. Er hatte sich nicht getäuscht. Drei Delphine sprangen in hohen Bögen durch das Wasser. *Ach, Sophie,* dachte er wehmütig, *wie gern hätte ich dir diesen wunderbaren Fleck Erde gezeigt.*

Nach gut einer viertel Stunde erreichte er das Ferienhäuschen, das, von einem üppig blühenden Terrassengarten umgeben, eine atemberaubende Aussicht auf die Küste und das Meer bot. Er betätigte den Türklopfer in Form eines Ankers. Fast augenblicklich wurde die Tür aufgerissen und eine dunkelhaarige Frau in mittleren Jahren stand mit angstgeweiteten Augen vor ihm.

»Was ist mit Simon? Ich habe die Polizei an der Ruine gesehen. Ist er tot? Dieser Dickkopf von Officer wollte mir nichts sagen!«

»Police Chief Inspector Charles Pantel, Ma'am. Sie sind Anne Mattel?«

»Wer soll ich denn sonst sein!«, rief sie aufgebracht. »Was ist hier los?«

»Darf ich zunächst vielleicht hereinkommen, Ma'am?«

Ohne auf die Frage zu antworten, drehte sie sich um und verschwand im Inneren des Hauses. Langsam folgte Pantel und gelangte durch einen schmalen, dunklen Flur in ein lichtdurchflutetes Wohnzimmer. Cook saß, einen Becher Tee vor sich, unglücklich dreinschauend auf einem hellen Sofa.

»PC Cook, Sie können jetzt gehen. Zwei Dinge noch: Laufen Sie bitte den Küstenpfad bis Chapel Jane ab, und schauen Sie, ob Sie irgendetwas Ungewöhnliches entdecken. Und falls PC Clarks schon eingetroffen ist, sagen Sie ihr, dass ich sie hier benötige.«

Eilig stand der Polizist auf. »Ja, Sir!« Dann ging er hinaus, sichtlich erleichtert, entfliehen zu könnte.

Anne Mattel hatte sich vor eines der bodentiefen Fenster gestellt und starrte nach draußen. Pantel räusperte sich. »Sollen wir uns vielleicht setzen, Ms Mattel?«

»Ich stehe lieber«, antwortete sie trotzig.

»Gut. Heute Morgen wurde in der Ruine der alten Kapelle eine männliche Leiche gefunden. Ich befürchte, dass es sich bei dem Toten um Ihren vermissten Freund handelt.« Als keinerlei Reaktion von der Frau kam, stellte sich Pantel neben sie und wartete ab. Nach einiger Zeit wandte sie sich um und sah ihn stumm, mit schmerzerfüllten Augen an. *Sie liebt ihn aus tiefstem Herzen,* ging es Pantel durch den Kopf.

»Wie ist er gestorben?«

»Durch Fremdeinwirkung.« Pantel brachte es nicht über das Herz, das Wort ›ermordet‹ zu verwenden. »Ms Mattel, es tut mir sehr leid, aber ich muss Ihnen einige Fragen stellen, damit wir den gestrigen Abend rekonstruieren können.«

Anne Mattel nickte nur, ging hinüber zu einem bequemen Sessel und setzte sich. Pantel wählte den Platz, auf dem Cook vor ein paar Minuten gesessen hatte.

»Wann hat Ihr Freund gestern das Haus verlassen?«

»Kurz vor neun Uhr, wie jeden Tag.« Die Frau sprach so leise, dass Pantel sie kaum verstehen konnte.

»Was heißt, wie jeden Tag?«

»Er verbringt hier seit zehn Jahren immer zur gleichen Zeit seinen Urlaub. Simon liebte die Sonnenuntergänge, also machte er sich jeden Tag gegen neun Uhr auf den Weg zum Gurnard's Head und war stets um circa halb elf wieder zurück.« Sichtlich erschöpft ließ sich die Frau tiefer in die weichen Polster sinken.

»Und wer wusste von diesen täglichen Spaziergängen?«

»Jeder, der hier in der Gegend wohnt.« Sie strich mit der linken Hand über ihre Stirn und schloss für einen Moment die Augen. »Aber Simon hat auch jedem, den er auf dem Küstenweg traf, davon erzählt. Es war seine Art, der Liebe zu dieser Landschaft Ausdruck zu geben.«

»Wissen Sie, ob Ihr Freund Feinde hatte oder bedroht wurde?«

Anne Mattel überlegte kurz. »Eigentlich war er sehr beliebt. Aber es gab immer wieder Eltern, die in ihrer Trauer und ihrem Schmerz Simon bezichtigten, für den Tod ihrer Kinder verantwortlich zu sein. An konkrete Drohungen kann ich mich nicht erinnern.« Sie richtete sich ein wenig auf. »Er hatte mir aber von einem besonderen Vorfall erzählt. Simon hatte eine falsche Diagnose gestellt, die er heute noch zutiefst bedauert, und der kleine Junge starb. Der Vater des Jungen stalkte Simon danach über zwei Jahre. Als Simon sich dann endlich durchringen konnte, zur Polizei zu gehen, hörten die Nachstellungen auf.«

»Wissen Sie vielleicht den Namen des Vaters?«

»Nein, tut mir leid. Simon hatet nie Namen genannt.«

»Ms Mattel, gibt es jemanden, den wir für Sie benachrichtigen sollen?«

»Danke, Chief Inspector, aber es gibt niemanden. »Simon hatte keine Familie mehr.«

»Dann …«, weiter kam Pantel nicht, da ihn das Pochen des Türklopfers unterbrach. Anne Mattel wollte sich erheben, wurde von Pantel aber gebeten, sitzen zu bleiben.

»Das wird meine Kollegin sein. Ich werde ihr öffnen.« An der Tür begrüßte er Ivy Clarkes und raunte ihr vertraulich zu, dass sie Ms Mattel behutsam auf die persönliche Identifizierung ihres Freundes vorbereiten soll. Gemeinsam betraten sie das Wohnzimmer.

»Das ist Police Constable Ivy Clarks, Ma'am. Sie wird Ihnen alles Weitere erläutern und, wenn Sie wunschen, noch eine Weile bei Ihnen bleiben. Falls Ihnen noch etwas einfällt, können Sie dies meiner Kollegin gern mitteilen. Ich verabschiede mich zunächst.«

»Danke!« Ungewöhnlich gefasst, erhob sich die Frau, schüttelte Pantel die Hand und wandte sich anschließend Ivy zu: »Dann will ich für uns beide erst einmal einen starken Tee kochen.«

Pantel ging über den Klippenpfad zurück zum Tatort. Die Forensiker hatten bereits den Leichnam unter der Nische hervorgezogen, und Doktor Gainheart kniete neben dem leblosen Körper.

»Hallo, Doktor, na, können Sie mir schon etwas sagen?« Pantel wusste genau, dass sich der Arzt zu diesem Zeitpunkt der Untersuchung zu keinen Spekulationen herablassen würde. Das Spielchen zwischen Ermittlern und Pathologen hatte schließlich eine lange Tradition. So war Pantel sichtlich überrascht, als Gainheart sich erhob und ihm, ohne die übliche Ziererei, mitteilte, dass der Tod vor Mitternacht eingetreten war.

»Todesursache ist ein Stich ins Herz. Ich vermute, dass es gleich der erste Stich war, der ihn tötete. Aber das wird die Obduktion zeigen. Warum starren Sie mich so an, Pantel?«

»Weil ich Sie anders in Erinnerung habe.« Nun grinste der Inspector. »Sie sind sonst doch immer so zurückhaltend mit ersten Vermutungen.«

»Tja, Pantel, wollte unserem kleinen Spiel mal neuen Schwung geben, was!«

»Ich traue mich ja kaum, zu fragen, ob es sonst noch etwas von Interesse gibt.«

»Doch, ich habe noch etwas für Sie. Es gibt keinerlei Abwehrverletzungen. Das Opfer muss ahnungslos in die Falle getappt sein.«

Brown war zu den beiden Männern getreten und hörte aufmerksam zu.

»Was glauben Sie, was hier passiert ist?«, wandte sich der Chief Inspector nun an Brown.

Der Doktor schaute zu Brown. »Was meinen Sie, Hector, ob unser Chief jetzt endlich doch noch unsere Arbeit und unser Wissen zu schätzen weiß?«

Der Leiter der Kriminaltechnik zuckte mit den Schultern. »Vielleicht. Aber vielleicht hat er auch gerade keine Lust, selbst Schlussfolgerungen zu ziehen.«

Zwei Augenpaare richteten sich auf den verwirrt dreinblickenden Pantel. Dieser holte kurz Luft, um etwas zu erwidern, doch er wurde sofort vom dröhnenden Bass des Forensikers unterbrochen. »Wir wollen keine Rechtfertigung von Ihnen hören, Pantel. Wir wollen nur, dass Sie sich in Zukunft aus unseren Aufgabenbereichen raushalten. Sie sehen zu wenige Krimis, Chief! Sonst wüssten Sie, dass die Ermittler erst nach der Spurensicherung und dem Pathologen am Tatort aufkreuzen und dann dankbar den Fachleuten zuhören.« Er brach in sein typisches, polterndes Lachen aus und schlug mit seiner Pranke auf die Schulter des Inspectors. »Nichts für ungut, Chief, doch ich hoffe, dass Sie verstanden haben, was uns gehörig auf die Nerven geht.«

Pantel schaute verdattert von einem zum anderen. Dann nickte er. »Meine Herren, es tut mir leid. Nun habe ich es aber kapiert und gelobe Besserung.« Er schob schnell eine seiner Pastillen in den Mund, besann sich dann und bot den beiden ebenfalls welche an. Überraschenderweise bedienten sich beide Männer an der ungewöhnlichen Süßigkeit. »Gut, dann ein neuer Versuch.« Er schob die kleine Tüte wieder zurück in seine Jackentasche. »Haben Sie schon etwas gefunden, was den Tathergang erklären könnte?«

»Max, wollen Sie anfangen?«

»Nein. Alles, was ich sagen wollte, habe ich schon berichtet. Für alles andere brauche ich die Leiche erst einmal auf meinem Tisch. Fangen Sie an, Hector.«

Der Hüne räusperte sich kurz und ging hinüber zur steinernen Bank. »Auf der Sitzfläche haben wir blaue Fasern gefunden. Vor der Bank sind verwischte Fußspuren, aber ich könnte mir vorstellen, dass sie von Gummistiefeln mit kaum Profil stammen. Unter der Bank hatte etwas gelegen. Es gibt leichte Wischspuren, das heißt, dass der Täter den Gegenstand hervorgezogen hat.« Dann trat Brown neben den Blutfleck auf dem Boden. »Hier ist definitiv der Tatort. Nach dem Angriff hat der Mörder das Opfer in die Nische geschoben und mit dem Blaubeerkraut bedeckt.«

»Warum hat unser Mann dieses Mal versucht, die Leiche zu verstecken?«, grübelte Pantel.

»Um zu verhindern, dass sie zu früh gefunden wird?«, schlug Gainheart vor.

»Aber von wem? Ich weiß nicht – das hier ist schließlich kein

Weg, auf dem, vor allem im Dunklen, viele Menschen unterwegs sind.« Pantel fingerte erneut nach einem Veilchenbonbon. »Das Opfer unter einen Felsvorsprung zu zerren und mit ein paar Zweige zu überdecken passt nicht zu unserem Täter. Er ist bis jetzt immer planvoll vorgegangen. Das hier sieht mir eher nach einer Spontanhandlung aus.«

»Vielleicht wusste er nicht, dass es eine Freundin gibt, die auf Hathaway wartet und ihn eventuell suchen wird!« Smith kam die Stufen herunter und stellte sich neben Brown.

»Und dann sah er, wie im Cottage das Licht anging!«, ergänzte Gainheart den Gedanken des Sergeants. Die Männer schauten hinüber zum Ferienhaus. Tatsächlich konnten sie ein kleines Fenster in der Ostwand erkennen.

»Vielleicht ein Abstellraum oder Bad, in dem vorher kein Licht brannte?«, sinnierte Brown weiter.

»Moment!« Pantel holte sein Smartphone, tippte Clarks Nummer ein und musste feststellen, dass es keinen Empfang gab. Er eilte die Stufen zum Pfad hinauf und wählte erneut. Kurz unterhielt er sich mit der Beamtin, wartete einen Augenblick, bis sich ein zufriedenes Lächeln auf seinem Gesicht zeigte. »Ms Mattel ist gegen halb elf in die Vorratskammer gegangen, um für sich und ihren Freund eine Flasche Wein zu holen«, informierte er die Umstehenden.

»Dann hatte der Täter sich dieses Mal aber sehr schlampig vorbereitet, wenn ihm entgangen ist, dass da jemand auf Hathaway wartet«, kommentierte Smith die Situation.

»Und vielleicht noch weitere Fehler gemacht«, fügte Gainheart hinzu.

»Okay«, Pantel spürte, wie in ihm die Hoffnung wuchs, dem Täter endlich näher zu kommen. »Nehmen wir einmal an, dass der Täter erfahren hat, dass unser Opfer hier regelmäßig Urlaub macht und jeden Abend zur Landzunge wandert. Er glaubt, warum auch immer, dass der Arzt allein die Ferien im Cove Cottage verbringt. Er legt sich hier auf die Lauer und wartet, bis sich

Hathaway auf den Rückweg macht. Dieses Mal trägt er keinen Schutzanzug, sondern …?«

»… einen blauen Arbeitsoverall«, schlug Brown vor. »Hathaway kommt vorbei«, spann Pantel den Faden weiter. »Die Dämmerung gibt noch genug Licht, um den Mann, der wahrscheinlich hier auf der Bank sitzt, zu sehen. Irgendwie schafft es der Täter, dass Hathaway hier hinunterkommt. Als das Opfer sich umdreht, um wieder auf den Pfad zu gelangen, greift der Täter es hinterrücks an. Danach sieht er, wie im Vorratsraum das Licht angeht. Da er vielleicht nicht eingeplant hatte, dass die Leiche noch in der Nacht gefunden würde, versteckt er sie notdürftig und macht sich dann auf den Weg zu seinem Wagen. Doch zunächst zieht er sich irgendwo um und entsorgt die blutbesudelte Kleidung und die Mordwaffe.«

»Also, ich würde alles über die Klippen in die Brandung werfen«, mischte sich Gainheart ein.

»Und ich würde in südliche Richtung gehen. Nördlich von hier müsste ich am Pub vorbei. Viel zu riskant!«, fügte Brown nachdenklich ein. »Ich schicke gleich ein paar von meinen Jungs auf den südlichen Küstenpfad.«

»Den bin ich gerade abgelaufen, da war nichts«, wandte Smith ein.

»Die Spurensuche überlassen Sie mal lieber den Profis, Sergeant«, blaffte der Forensiker den erstaunten Polizisten an. »Ob da was ist oder nicht, entscheiden immer noch WIR.« Er drehte sich um und lief in einem Tempo, das man dem massigen Mann gar nicht zugetraut hätte, die Stufen zum Pfad hinauf.

»Dann mache ich mich ebenfalls auf den Weg.« Gainheart zeigte nach oben zu den Bestattern, die bereits eingetroffen waren. »Es gibt noch einiges vorzubereiten. Obduktion heute Nachmittag um fünf.« Vorsichtig erklomm er die schmalen Tritte und gab den Männern in den schwarzen Anzügen genaue Anweisungen.

»Was ist denn mit den beiden los, Sir?«

»Erzähle ich Ihnen später auf dem Revier. Wo ist eigentlich Bloombottem?«

»Der hat mit dem Fotografen gesprochen und ist dann zurück nach Penzance.«

»Dann fahren Sie am besten auch zurück und sprechen mit ihm. Er wird Sie über alles informieren. Mit etwas Glück decken wir nämlich vielleicht die wahre Identität von Robert Smith auf.«

»Sie glauben, dass wir …« Doch Pantel unterbrach den erstaunten Sergeant:»Später, Smith, später. Jenkins soll überprüfen, ob Mobiltelefone zwischen halb zehn und halb elf nachts eingeloggt waren. Und Sie recherchieren bitte, ob es eine Verbindung zwischen Potts und unserem Opfer gibt. Ich gehe zum Cottage und hole PC Clarks ab.«

Als Pantel den Türklopfer mit dem Anker erneut betätigte, wurde die Tür von Clarks, eine große Reisetasche in der Hand, geöffnet. Im Flur konnte er weitere Gepäckstücke sehen. Fragend hob er die Augenbrauen.

»Nach der Identifizierung will sie sofort nach Hause fahren«, flüsterte die Beamtin ihm zu, rollte genervt mit den Augen, schob sich an ihm vorbei und ging zum geöffneten Kofferraum eines schneeweißen Range Rovers. Im selben Moment kam Anne Mattel an die Tür.

»Ah, Chief Inspector, Sie können mir sicher helfen.« Ohne eine Antwort abzuwarten, drückte sie ihm zwei Kleidersäcke in den Arm und verschwand wieder im Inneren des Hauses. Als sie erneut heraustrat, dieses Mal mit einem Bordkoffer und einem Beauty Case bepackt, stoppte Pantel ihren eiligen Aufbruch. »Ma'am, vor drei Uhr werden Sie Ihren Freund sicherlich nicht sehen können. Ich werde Ihnen in einer Stunde PC Cook herunterschicken, der Sie zu unserem Pathologen bringen wird.«

»Ich brauche keinen Babysitter!« Ihre Stimme überschlug sich, und Tränen schossen ihr in die Augen. »Und schon gar nicht solch einen Dorftrampel.« Am ganzen Leib zitternd, stellte Sie das Gepäck auf den Boden. »Ich bleibe hier keine Minute länger als nötig!«, schrie sie, bevor sie weinend auf der Türschwelle zusammenbrach.

»Nach der Aufregung brauche ich erst einmal etwas Vernünftiges zu essen. Ich hatte heute nur eine Tasse Tee.« Mit Schwung fuhr Pantel auf den Parkplatz des Head Pubs. »Ich lade Sie ein, Clarks.«

»Aber ...!«

»Keine Widerrede. Das ist ein Befehl.«

»Wenn Sie meinen, Sir. Aber wundern Sie sich nicht!« Pantel beäugte das schlichte, currygelbe Gebäude. »Worüber?«

»Über das, was uns innen erwartet.« Sie grinste ihren Chef an. »Die beiden Jungs, die den Pub betreiben, haben Ambitionen auf einen Michelin-Stern.« Als sie seine überraschte Miene sah, fügte sie noch hinzu: »Und sie haben hervorragende Aussichten, ihn auch zu bekommen.«

»Na, nur gut, dass ich heute meine Kreditkarte eingesteckt habe.« Mit einem breiten Grinsen hielt er Ivy die Tür auf.

Sie betraten eine edel eingerichtete Eingangshalle. Die Tür war noch nicht wieder ins Schloss gefallen, als aus dem Restaurantbereich eine hübsche Frau in weißer Bluse und schwarzer Bistroschürze auf sie zukam.

»Ma'am, Sir! Herzlich willkommen! Sie haben reserviert?«

Pantel sah an ihr vorbei in das Restaurant, doch bis auf ein Dutzend aufwendig eingedeckter Tische war der Raum leer.

»Nein, aber ist sicher auch nicht notwendig.« Er hatte die Bemerkung nicht als Frage, eher als Feststellung formuliert, was ihm ein säuerliches Lächeln der jungen Kellnerin einbrachte. »Meine Kollegin und ich wollten nur eine Kleinigkeit im Pub zu uns nehmen. Stimmt's, Clarks?«

»Ja, Sir«, erwiderte die Polizistin, die sichtlich Mühe hatte, nicht zu kichern.

»Den Pub-Bereich finden Sie rechts durch die Eichentür.«

»Herzlichen Dank, Ms ...«, er beugte sich etwas vor, um das Namensschild zu lesen, »... Fiona.«

Der Pub war überraschenderweise traditionell und gemütlich eingerichtet, aber auch hier war lediglich ein Tisch besetzt. Pantel griff nach einer laminierten Lunchkarte, die auf einem der alten, blank gescheuerten Bohlentische lag, warf einen Blick darauf und reichte sie an Clarks weiter.

»Wenn Sie das billigste Gericht oder einen Salat wählen, schicke ich Sie sofort zurück zum Wagen«, drohte er mit spielerisch erhobenem Zeigefinger.

»Was nehmen Sie denn, Sir?«

»Ploughman's Pie und ein Gingerale.«

»Dann nehme ich das Gleiche, Sir. Aber ich hätte gern dazu eine Schorle.«

»Gut. Sie suchen uns einen netten Tisch am Fenster, und ich gebe unsere Bestellung auf.«

Pantel kam mit den Getränken zurück, setzte sich und sah sich um. »Der Pub ist ja wirklich sehr ansprechend. Es wundert mich, dass hier so wenig los ist.«

»Tja, so ein angestrebter Stern hat auch seine Nachteile. Die Einheimischen gehen jetzt lieber woanders hin, seit sie wissen, dass hier bald ein Gourmettempel entsteht.«

»Und wie sieht es abends aus?«

Ivy trank einen Schluck von ihrer kalten Schorle. »Na ja, ein wenig mehr ist schon los. Schade ist es allemal. Wie sagte meine Großmutter immer: Wenn du auf Neuigkeiten aus bist, geh zum Metzger oder in den Pub.«

Pantel, der gerade sein Glas an die Lippen hob, stutzte. »Moment mal!« Er stand auf und ging zum Tresen. Dann wechselte er einige Worte mit dem Barkeeper und kam zufrieden lächelnd an den Tisch zurück. »Der Mann hinter der Theke erinnert sich an einen fremden Gast, der letzten Montag hier einige Zeit, wie er sagt, herumgelungert hätte. Schlechtsitzender Anzug, blondes, wirres Haar, das nach einer Perücke aussah, ungepflegter Vollbart, Brille, Mitte vierzig, circa eins fünfundsiebzig groß und schlank. Der Typ hätte sich nach dem Cove Cottage erkundigt und einige der anderen Gäste haben dann gleich vom komischen Vogel Hathaway erzählt, der im Moment seinen Urlaub dort verbringt.«

»Na, da schau her!«, stieß Ivy Clarks überrascht aus. »Wurde denn wohl auch von seiner Freundin gesprochen?«

»Der Barkeeper ist sich sicher, dass nur Simon Gesprächsthema war. Er war sogar überrascht, dass Simon dieses Mal nicht allein dort gewohnt haben soll. Mit unserer Vermutung, warum der Täter das Opfer so notdürftig versteckt hat, könnten wir also recht haben.«

Die Beamtin knabberte an ihrer Unterlippe. »Dann stellt sich aber die Frage, warum er nicht wollte, dass der Tote noch am selben Abend gefunden wird. Er hat, was für ihn ungewöhnlich ist, doch wohl spontan gehandelt.«

Eine ältere Frau brachte die beiden Pasteten an den Tisch und wünschte einen guten Appetit. Pantel griff zu Messer und Gabel und schnitt kreuzweise in den Teigdeckel des herzhaften Gerichts. Eine kleine Dampfwolke entwich und verbreitete den Duft nach Schinken, Kartoffeln und Zwiebeln. Vorsichtig schob er sich ein Stück der heißen Füllung in den Mund und kaut genüsslich.

»Vielleicht wegen eines vorbereiteten Alibis?«

»Er kann doch nicht annehmen, dass ein Pathologe zu blöd ist, den richtigen Todeszeitpunkt festzustellen, Sir.« Ivy Clarks schnitt nun ebenfalls ihren Pie auf.

»Sicherheit werden wir erst haben, wenn er es uns erzählt.«

»Dazu müssen wir ihn aber leider erst einmal schnappen, Sir!«

15:00 Penzance/Polizeirevier

Pantel und Clarks betraten den Raum, der für die Sonderkommission eingerichtet worden war. Die Luft sirrte förmlich vor geschäftigem Treiben. Während die junge Beamtin zu ihrem Platz ging, trat Pantel an den Schreibtisch von Patricia Jenkins. Sie blickte von ihrem Bildschirm auf und lächelte ihrem Vorgesetzten zu.

»Guten Tag, Sir!«

»Guten Tag, Jenkins! Auch wenn ich bezweifle, dass es ein guter Tag ist.« Pantel lächelte zurück. »Ist Smith schon da?«

»Ich glaube nicht, Sir. Auf jeden Fall habe ich ihn hier noch nicht gesehen.«

»Hm.« Überrascht zog Pantel die Augenbrauen in die Höhe. »Er hat sich auch nicht gemeldet?«

»Nein, Sir.«

»Gut, dann übernehmen Sie jetzt seine Aufgaben.« Pantel registrierte, dass sich auf ihrem Gesicht ein feines, ironisches Lächeln zeigte. *Sieh an, sie scheint auch kein Fan von unserem Supersergeant zu sein,* dachte er erstaunt. »Ich möchte eine intensive Überprüfung aller öffentlichen Kameras und Radarfallen von Gurnard's Head sowie im Umkreis von fünf Meilen. Von Interesse ist der letzte Montag und gestern, später Nachmittag sowie der Abend. Versuchen Sie auch, Aufnahmen von privaten Kameras zu bekommen. Auf jeden Fall sollten Sie sich die Kamera auf dem Parkplatz von The Head genauer ansehen. Achten Sie auf einen silberfarbenen Astra, aber auch auf einen Typen in schlechtsitzendem Anzug mit blonder Perücke. Er war am Montag in dem Pub. Außerdem brauchen wir eine Aufstellung aller eingeloggten Mobiltelefone für den gleichen Zeitraum am Gurnard's Head«.

»Wird erledigt, Sir.«

»Fahren Sie raus zum Tatort, sehen Sie sich um, sprechen Sie mit Wanderern, Hundehaltern und Pub-Besuchern. Irgendwer hat vielleicht den Täter gesehen.«

Patricia notierte sich die Anweisungen ihres Vorgesetzten. »Und was ist mit der Suche nach Potts?«

»Die übernimmt ab jetzt Smith«, antwortete Pantel knapp und fügte mit einem Augenrollen hinzu: »Wenn der Herr endlich einmal auftauchen sollte.«

Dann ging er hinüber zum Ermittlungsboard und stellte mit Freude fest, dass die Mitarbeiter für die Besprechung bereits alles vorbereitet hatten. Ein zweites, noch leeres Board und ein Flipchart waren ebenfalls besorgt worden. Stifte und Moderationsmaterial lagen bereit, und Pantel fand sogar einen kleinen Stapel der neuesten Ermittlungsberichte sowie die Fotos von Simon Hathaway und Anne Mattel. Er klatschte kurz in die Hände und bat die Anwesenden um Aufmerksamkeit. Dann schilderte er die Sachlage und bat Bloombottem das Gesspräch mit dem Fotografen zusammenzufassen, welches jedoch ermittlungstechnisch nicht besonders relevant erschien.

»Unsere vorrangige Aufgabe ist es nun, all die ausfindig zu machen, deren Kinder Patienten von Hathaway waren und gestorben sind. In seinem Brief beklagt der Täter die mangelnde Kompetenz des Kinderarztes. Also müssen wir davon ausgehen, dass er durch Hathaway ein leibliches oder ein ihm sehr nahestehendes Kind verloren hat. Das heißt, dass wir die Männer aus allen betroffenen Familien überprüfen müssen. Zum einen, ob Robert Smith oder Paul Potts dabei sind, aber auch, ob einer der Männer Robert Smith, mit einer neuen Identität, sein könnte. Schließlich müssen wir überprüfen, ob eventuell einer der Männer ebenfalls in einer schwierigen Beziehung zu unseren anderen Opfern stand. Vielleicht finden wir einen ganz neuen Verdächtigen, der uns bis jetzt nicht aufgefallen ist. Es wartet also eine Menge Arbeit auf uns! DS Bloombottem wird die Koordination der Ermittlungen leiten. DS Jenkins und PC Taylor kümmern sich um die Auswertung der Überwachungskameras in der Nähe des Tatorts, die Mobiltelefondaten sowie mögliche Zeugen. Ich mache mich jetzt auf den Weg zu Gainheart. Gibt es sonst noch Fragen oder Hinweise von Ihrer Seite?« Pantel schaute in die Runde, sah aber nur Kopfschütteln. »Gut, dann wünsche ich uns Glück! Morgen früh, wie gewohnt, Teambesprechung.«

14. Juni 2020
7:30 Penzance/Polizeirevier

Pantel saß in seinem Büro und schaute auf die Uhr. Er hatte noch eine Stunde, bis das Team sich traf und gemeinsam alle neuen Fakten bewerten und einordnen würde. Die Obduktion von Hathaways Leichnam hatte keine zusätzlichen Erkenntnisse gebracht. Der Arzt war kerngesund. In seinem Blut fanden sich keinerlei Drogen oder ungewöhnliche Substanzen. Es gab keine Abwehrspuren. Der erste Stich, mit einem wahrscheinlich handelsüblichen Messer mit langer, schmaler Klinge ausgeführt, hatte das Herz getroffen und zum sofortigen Tod geführt. Alle anderen Verletzungen wurden ihm post mortem beigebracht.

Was für einen Hass musste der Mörder auf das Opfer gehabt haben, ging es Pantel durch den Kopf. Nachdenklich schob er sich eine Pastille in den Mund. Browns Bericht war noch nicht eingetroffen. Der Forensiker hatte aber zugesagt, sich bis zur Besprechung zu melden.

Als das Telefon läutete, griff Pantel nach dem Hörer, in der Annahme, Brown am anderen Ende der Leitung zu hören. Als jedoch die schnarrende Stimme von Superintendent Thomson durch die Leitung schallte, zuckte Pantel unwillkürlich zusammen. Das, was er von seinem Vorgesetzten zu hören bekam, hätte er mittlerweile auswendig mitsprechen können. Als Thomson erneut mit der Einschaltung des Yards drohte, zeigte sich ein Grinsen auf Pantels Gesicht. Hatte er doch von einem Kollegen aus London gehört, dass Thomson mit seinem Wunsch nach Verstärkung aus der Hauptstadt beim Yard abgeblitzt war. Entspannt lehnte sich Pantel zurück und ließ die Tirade gelassen über sich ergehen. Ab und an steuerte er dem Gespräch, oder besser gesagt Monolog, ein ›Ja, Sir!‹ oder ›Nein, Sir!‹ bei und atmete tief durch, als Thomson endlich den Hörer auf die Gabel knallte. Im selben Augenblick meldete sich Pantels Smartphone.

»Guten Morgen, Chief!« Browns brummiger Bass sprühte nur so vor Energie. »Ich hoffe, Sie hatten eine gute Nacht!«

»Guten Morgen, Brown. Leider nicht. Habe kaum geschlafen.«

»Das ist nicht gesund, Chief!« Polternd lachte der Forensiker. »Vielleicht können meine Neuigkeiten Sie ja etwas munter machen. DS Smith ist sicherlich ein guter Polizist, aber zum Kriminaltechniker nicht geeignet! Der Täter hat nämlich auf dem Küstenpfad und entlang eines kleinen Wasserlaufs sehr wohl Spuren hinterlassen!« Brown gab Pantel einen Moment, um die Nachricht sacken zu lassen. »Ich habe in der Dämmerung Leute mit Infrarotlicht losgeschickt. Und, was soll ich sagen: Auf dem Pfad finden sich immer wieder kleinere Bluttropfen bis Porthmeor Cove. Dort haben wir dann, zwischen den Felsen, einen etwas größeren Blutfleck gefunden. Das Blut stammt eindeutig von Hathaway. Anscheinend hat unser Täter dort seine Kleidung gewechselt und die blutverschmierten Klamotten über die Klippen im Meer entsorgt. Da die Klippen an dieser Stelle nicht besonders steil sind, dachte ich mir, dass sich vielleicht etwas auf dem Weg ins Wasser verfangen haben könnte. Also habe ich heute früh einen Klippenkletterer hingeschickt.«

»Und?« Pantel richtete sich auf und suchte verzweifelt in seiner Jackentasche nach der Tüte mit Veilchenpastillen.

»Was meinen Sie wohl?« Anscheinend machte es Brown Spaß, Pantel auf die Folter zu spannen. »Wir haben einen Rucksack gefunden!«

»Brown, Sie sind unglaublich!« Endlich hatte Pantel die Pastillen gefunden. »Was war drin?«

»Tja, leider hat er die Nacht unterhalb der Tidelinie verbracht, und die Brandung hat ihn zu allem Unglück auch noch aufgerissen. Übrig geblieben ist nur ein rechter Gummistiefel. Die im Labor arbeiten seit einer Stunde daran, trotz des Salzwassers noch DNA oder Fingerabdrücke des Täters zu finden. Die Chance ist jedoch verschwindend gering.«

»Sind die Tragegurte des Rucksacks noch intakt?«

»Ja, warum?« Pantel glaubte, weniger Erstaunen als eher etwas Lauerndes in Browns Stimme zu hören.

»Anhand der Einstellung der Gurte können wir vielleicht die Größe und Statur unseres Täters eingrenzen, und mit dem Gummistiefel hätten wir die Schuhgröße.«

»Respekt, Pantel! Ich habe nämlich mit den Kollegen gewettet, ob Ihre graue Masse im Kopf tatsächlich so fix arbeitet, dass Sie selbst darauf kommen und ich Sie nicht darauf bringen muss.«

»Und?«

»Ich habe natürlich gewonnen.«

»Also halten Sie mich für fähiger, als Ihre Mitarbeiter das tun?« Pantel wusste nicht, ob er ärgerlich oder amüsiert sein sollte.

»Mal ehrlich. Kann man es ihnen verdenken? Vier Morde und kein Durchbruch. Aber keine Bange, diese Wette wird Ihnen ein ganz neues Ansehen in meiner Abteilung verschaffen!« Wieder lachte der Chef der Forensik laut auf. Nachdem er sich ein wenig beruhigt hatte, ging er in die Details. »Also, die Tragegurte weisen auf eine Person hin, die um die eins fünfundsiebzig groß ist. Bauch- und Brustgurt lassen auf eine eher schlanke Figur schließen.«

»Der Typ, der im The Head und im Wind and Wave war, wurde genauso beschrieben«, fügte Pantel ein.

»Na, dann wissen wir ja, wie unser Mörder aussieht!«

»Leider haben beide Pub-Mitarbeiter ausgesagt, dass sie sich nicht mehr an das Gesicht erinnern könnten, da es schlichtweg zu nichtssagend war.«

»Schitt«, flutschte es Brown heraus. »Na dann! Die Gummistiefel waren Größe 45. Da aber die meisten Menschen diese Art der Fußbekleidung eine Nummer größer kaufen, tippe ich, dass unser Mann normalerweise 44 trägt. Sowohl die Stiefel als auch der Rucksack sind gewöhnliche Massenprodukte.«

»Hatte der Tote eigentlich sein Smartphone dabei? Die Freundin sagte, dass er es auf seinem Spaziergang mitgenommen hatte.«

»Tut mir leid. Entweder hat der Täter es mitgenommen, aber für so blöd halte ich ihn nicht, oder es ruht bei den Fischen.«

»Wie auch immer, ein Bewegungsprofil könnte nicht schaden.«

»Denke ich auch. Aber ich habe noch ein Bonbon für Sie.«

Pantel konnte förmlich das Grinsen auf Browns Gesicht sehen.

»Von Porthmeor Cove aus führt ein Trampelpfad circa eine halbe Meile bis zur B3306 an einem Wasserlauf entlang. Wir haben uns dort umgesehen und in einer dicht bewachsenen Feldeinfahrt eine frische Reifenspur gefunden. Wir konnten davon sogar einen Abdruck machen. Die Reifen sind für einen Astra eher ungewöhnlich – Micheline Sport. 250 Pfund das Stück!«

Pantel stieß einen leisen Pfiff aus. »Dann müssen wir die Werkstätten abklappern. Solche Reifen sind nicht gerade alltäglich.«

»Außer, der Typ hat sie im Internet bestellt und selbst aufgezogen, dann wird es schwierig«, gab Brown zu bedenken.

»Trotzdem, verdammt gute Arbeit, Brown. Sagen Sie das bitte auch Ihren Mitarbeitern!«

»Werde ich machen, Chief. Und falls wir Spuren an den Stiefeln finden sollten, melde ich mich sofort.«

Pantel legte nachdenklich den Hörer zurück auf die Gabel. Dieses Mal hatte der Täter tatsächlich brauchbare Spuren hinterlassen. *Entweder fühlt er sich mittlerweile so sicher, dass er nachlässiger wird, oder er ist nervös,* sinnierte Pantel. Er blickte auf die Uhr. Es war Zeit für die Teambesprechung. Rasch suchte er seine Notizen zusammen und machte sich auf den Weg in den Besprechungsraum.

Dort herrschte geschäftiges Treiben, darum fiel ihm auch sofort die Person ins Auge, die lässig an die Wand gelehnt an einem Kaffee nippte – DS Peter Smith. Pantel merkte, wie Ärger in ihm aufstieg. Entschlossen ging er auf den Sergeant zu. »Smith, schön, Sie zu sehen. Eigentlich hatte ich Sie gestern zur ersten Fallbesprechung erwartet. Wo waren Sie?«

Smith stieß sich von der Wand ab und schaute seinen Chef herausfordernd an. »Sie haben gesagt, dass ich mich um Potts kümmern soll. Also habe ich ein paar Nachforschungen angestellt. Da blieb mir leider keine Zeit für unsere gemeinsame Fallerörterung.«

»Und, haben Ihre Nachforschungen zu einem Ergebnis geführt?« Nur mit Mühe gelang es Pantel seiner Stimme, einen gelassenen, interessierten Ton zu geben.

»In der Tat, Sir!« Smith trat einen Schritt zur Seite, um etwas mehr Distanz zwischen sich, der Wand und dem Chief Inspector zu schaffen. »Potts hat zwar keine Kinder, dafür hat er aber eine Weile in dem Krankenhaus gearbeitet, in dem Hathaway als Assistenzarzt arbeitete. Die Oberschwester der Kinderstation hat mir gesteckt, dass Potts und unser Opfer nicht gut miteinander auskamen. Als Hathaway dann Stationsarzt wurde, hat er dafür gesorgt, dass Potts gekündigt wurde.«

Überrascht sah Pantel den Sergeant an, und sein Ärger verrauchte augenblicklich. »Dann hätte Potts auch in diesem Fall ein Motiv.«

»Genau! Und wir sollten jetzt alles daransetzen, den Typen aufzutreiben und nicht dem Phantom Robert Smith nachzujagen.« Der Sergeant hatte sich zu seiner vollen Größe aufgerichtet, musste aber trotzdem den Kopf leicht heben, um Pantel in die Augen schauen zu können.

»Wir hören uns erst einmal an, was die Kollegen herausgefunden haben. Erst danach entscheiden wir über unser weiteres Vorgehen.« Pantel musste zugeben, dass Smith tatsächlich exzellente Arbeit geleistet hatte, trotzdem konnte er mit ihm nicht warm werden. Er wusste, dass er als Vorgesetzter drüberstehen sollte, aber sein Bauchgefühl sträubte sich vehement dagegen. Er drehte sich zu den anderen um und klatschte kurz in die Hände.

»Liebe Kollegen, ich kann Ihnen heute Morgen etwas sehr Erfreuliches mitteilen. Es lässt mich hoffen, dem Täter endlich ein wenig näher gekommen zu sein.« Pantel hielt einen Moment inne und blickte in die erwartungsvollen Gesichter der Anwesenden. Er begann mit den Ergebnissen der Pathologie und schilderte dann das Gespräch mit Hector Brown.

»Der Mörder hat dieses Mal zwei Fehler gemacht. Mag sein, dass er aus Nervosität sein sonst so umsichtiges Verhalten vernachlässigt hat. Es kann aber auch sein, dass er sich mittlerweile für unangreifbar hält und darum seine Sicherheit leichtfertig aufs Spiel setzt. Was auch immer der Grund ist, wir werden davon profitieren!«

»Vielleicht geht dem Typen auch einfach nur die Puste aus!«, warf PC Taylor, dessen Pony diesen Morgen in einem kräftigen Blau leuchtete, grinsend in den Raum.

»Ach, halt doch die Klappe«, raunzte ihn Hicks an, wobei sein Walrossschnäuzer gefährlich zitterte.

»Bitte, meine Herren!« Pantel hob beschwichtigend die Hände. »Wir haben noch eine Menge Recherchearbeit vor uns, aber ich habe zum ersten Mal das gute Gefühl, dass wir den Fall lösen werden. PS Smith hat mir gerade mitgeteilt, dass Peter Potts auf Betreiben von Hathaway seinen Job im University Hospital in Plymouth verloren hatte. Also hat Potts ebenfalls ein Motiv, um sich an unserem jüngsten Opfer zu rächen. Das Auffinden von Potts wird unsere vorrangige Aufgabe darstellen. Smith übernimmt ab jetzt die Leitung dieses Ermittlungsbereichs von PS Jenkins.« Er wandte sich der Kollegin aus Penzance zu. »PS Jenkins, Sie werden sich ab heute, in enger Zusammenarbeit mit der Forensik, um die Auswertung des Bildmaterials, der Beweismittel und der Zeugenaussagen kümmern. Constable Taylor wird Sie unterstützen.«

Pantel sah zu Jenkins und Smith. Der Gedanke, die Aufgaben offiziell umzuverteilen, war ihm in dem Moment gekommen, als er in das süffisant lächelnde Gesicht von Smith geschaut hatte. Zu sehr hatte er sich über die oberflächliche Ermittlungsarbeit des Sergeants geärgert. Jetzt, wo wichtige Beweismittel aufgetaucht waren, wollte er ihm auf keinen Fall die Verantwortung für diese sensiblen Recherchen überlassen. »Jenkins, konnten Sie schon Bilder der Überwachungssysteme sichten?«

Patricia stand lächelnd auf und steckte einen USB-Stick in den Computer. Das pixelige, leicht unscharfe Bild, das einer sicherlich schon älteren Überwachungskamera entstammte, erschien auf der Leinwand.

»Bisher habe ich nur Aufzeichnungen der Kameras vom Pub. Ich werde nachher mit PC Grand nach Gurnard's Head fahren. Er wohnt in Zennor und kennt jede Kamera im Umkreis von fünf Meilen.« Sie räusperte sich, bevor sie fortfuhr: »Dies ist die Aufnahme der Kamera, die auf dem Parkplatz des The Heads installiert ist.« Sie drückte auf den Presenter, und das Video lief ab. »Am 7. Juni, kurz vor sechs Uhr abends, erscheint zu Fuß ein Mann, auf den die Aussagen des Barkeepers und Britt Brabands zutreffen.«

Auf der Leinwand sah man einen Mann, der den Parkplatz überquerte und zügig zum Eingang des Pubs schritt.

»Auffällig ist, dass er den Kopf sehr tief gesenkt hält. Anscheinend weiß er von der Kamera. Außerdem, wenn Sie genau hinschauen, können Sie erkennen, dass er das linke Bein ein wenig nachzieht.«

»Wenn er von der Kamera weiß, kann das Hinken auch ein Bluff sein«, bemerkte Smith mit einer Spur Herablassung in der Stimme.

»Genau, davon gehe ich auch aus«, antwortete Jenkins betont sachlich. Sie spulte die Aufnahme vor, und es erschien derselbe Mann beim Verlassen des Pubs. Dieses Mal zog er jedoch das rechte Bein nach. Allgemeines Gelächter brach aus.

»Gut gemacht, Jenkins!« Pantel nickte ihr freundlich zu. »Und wieder ein Beweis dafür, dass unser Täter, warum auch immer, nicht recht bei der Sache zu sein scheint.«

»Es kommt aber noch besser!« Die Beamtin konnte sich ein breites Grinsen nicht verkneifen. »Unser Mann hat bei seinem Aufenthalt im Pub die Toilette besucht. Dass im Flur ebenfalls eine Kamera angebracht war, muss ihm wohl entgangen sein.«

Auf der Leinwand zeigte sich ein schlecht beleuchteter Gang, von dem rechts und links mehrere Türen abgingen. Der Mann erschien mit dem Rücken zum Aufnahmegerät. Dann wandte er sich nach links und öffnete eine Tür. Für einen kurzen Moment konnten die Beamten das Profil des mutmaßlichen Täters erkennen. Jenkins schaltete auf Standbild und zoomte das Gesicht heran.

»Brown sagt, dass der Gesichtsausschnitt zu klein ist, um ihn durch ein Gesichtserkennungs-programm laufen zu lassen. Auch handelt es sich um ein eher alltägliches Profil, ohne besondere Merkmale oder Ausprägungen. Das bestätigen ja auch die Aussagen der Pub-Angestellten.«

Dann blendete sie ein neues Bild ein, ebenfalls die Profilaufnahme eines Mannes. »Hier sehen wir Peter Potts.« Sie schob das Profilbild aus dem Pub darüber, und es war klar zu erkennen, dass es sich nicht um dieselbe Person handelte.

Pantel klopfte sich innerlich auf die Schulter, dass er die Aufgabenverteilung geändert hatte. Hatte er die Fähigkeiten der Kollegin aus Plymouth doch eindeutig unterschätzt. Er würde Sie später, unter vier Augen, bitten, sämtliche Aufnahmen, die Smith in der Vergangenheit gesichtet hatte, noch einmal zu überprüfen. Er traute Smith plötzlich nicht mehr. Hatte dieser eventuell sogar Hinweise absichtlich vorenthalten, damit Pantel als leitender Ermittler scheitern sollten?

»Somit komme ich zu dem Schluss, dass Potts nicht unser Mann ist«, führte die Beamtin weiter aus. »Außer, dass die Vermutung von Ihnen, Sir, dass Potts mit Robert Smith gemeinsam die Morde begeht, richtig ist.«

»Diese Theorie sollten wir auf jeden Fall weiterverfolgen. Trotzdem müssen auf jeden Fall alle Familien, die während der Behandlung durch Hathaway ein Kind verloren haben, durchleuchtet werden. Zum einen in Hinblick auf Robert Smith, der wahrscheinlich einen neuen Namen angenommen hat. Zum anderen in Hinblick darauf, dass einer der Väter, Großväter oder wer auch immer, ebenfalls Probleme mit unseren anderen drei Opfern hatte. Bloombottem, sind Sie in diesem Bereich schon weitergekommen?«

»Noch nicht, Sir. Ich habe gleich einen Termin mit der Krankenhausleitung. Die Dame, Mrs White, hat aber unmissverständlich klar gemacht, dass ich nur mit einem richterlichen Beschluss Daten aus den Patientendateien bekommen werden.«

»Das dürfte kein Problem sein. Ich werde mich gleich mit Richter McPherson in Verbindung setzen«, versicherte Pantel. »Nehmen Sie PC Clarks mit. Sie können diese Mrs White dann auch zum Vorfall der Kündigung von Potts befragen.«

»Entschuldigung, Sir«, mischte sich Smith in das Gespräch. »Mrs White arbeitet erst seit einem guten Jahr in der Klinik. Sie hat höchstens Informationen vom Hörensagen. Ich treffe mich gleich mit der ehemaligen Pflegedienstleiterin, die die Vorfälle zwischen Potts und Hathaway miterlebt hatte. Darum wird eine Befragung von Mrs White nicht nötig sein. Außerdem, bei allem Respekt, Sir, Potts ist meine Baustelle.«

»Entschuldigung, Sie haben recht, Smith. Also keine Befragung von Mrs White zu dem Punkt.«

Bloombottem nickte die neuerliche Anweisung irritiert ab. Irgendetwas ging zwischen den beiden vor. Vielleicht wollte der liebe Kollege ja die Ermittlungen torpedieren, um den Chief im schlechten Licht dastehen zu lassen. Er nahm sich vor, in Zukunft ein Auge auf Smith zu haben.

15. Juni 2020
15:00 Penzance/Polizeirevier

Charles Pantel las den Bericht der Forensik. Sowohl an den Gummistiefeln als auch an dem Rucksack hatte das Meerwasser ganze Arbeit geleistet. Es gab keinerlei Spuren an den beiden Gegenständen. *Immerhin haben wir die Schuhgröße*, dachte er zynisch. *Und den Abdruck dieser Sportreifen*, fügte er etwas versöhnlicher hinzu. Die Befragung der Werkstätten in Cornwall war bis jetzt erfolglos geblieben, und er erwog, die Suche auf Devon auszuweiten.

Er blickte hinüber zu Smiths Schreibtisch. Der Sergeant glänzte wieder einmal durch Abwesenheit. Angeblich hatte er einen alten Kollegen von Potts ausfindig gemacht, den er befragen wollte. Dass man dazu fünf Stunden benötigte, wollte Pantel nicht so recht glauben. Er hatte erst gestern mit Smith über seine häufige Abwesenheit gesprochen, ihn darauf hingewiesen, welch negatives Signal es für die anderen Kollegen sei. Der Sergeant hatte Verständnis gezeigt, aber anscheinend doch nicht verstanden, dass diese Unterhaltung auch eine Warnung an ihn bedeutete. *Wenn das hier ausgestanden ist, werde ich mit dem Superintendent ein ernstes Gespräch über dich hochgelobten Beamten führen müssen,* überlegte Pantel verärgert.

Es klopfte an der Tür, und es erschien der rote Schopf von Bloombottem. »Sir, haben Sie einen Moment? Ich glaube, dass wir etwas gefunden haben.«

»Natürlich! Kommen Sie rein.«

Hinter dem Sergeant erschien die schmale Gestalt von Ivy Clarks, und Pantel registrierte überrascht, wie sehr er sich freute, sie zu sehen.

»Kommen Sie. Setzen Sie sich.« Er war aufgestanden und wies mit der Hand auf die beiden Besucherstühle. Als er jedoch den irritierten Blick von Bloombottem auffing, setzte er sich schnell wieder in seinen Schreibtischsessel und spürte, zu seiner Beunruhigung, dass er rot wurde. Henry Bloombottems Irritation wich einer Ahnung, warum sich sein Chef so komisch verhielt, und ein leichtes Lächeln umspielte seine Lippen. Dann räusperte er sich. »Chief, wir haben die Unterlagen des University Hospitals durchgearbeitet und sind auf drei Männer gestoßen, die für uns interessant sein könnten. PC Clarks, würden Sie etwas darüber berichten?«

Ivy Clarks sah erschrocken auf, hatte sie doch mit Bloombottem etwas ganz anderes besprochen. »Ähm, ja«, kam die unsichere Antwort. Sie ordnete mit gesenktem Kopf kurz die mitgebrachten Papiere, bevor sie sich aufrecht hinsetzte. »Genau, es sind drei Väter von verstorbenen Kindern, die uns aufgefallen sind. Zum einen haben wir Dustin Heartgrove.« Sie schob ein Foto, das sie von Facebook heruntergeladen hatte, über den Schreibtisch. Pantel nahm es auf und blickte in ein durch mehrere Narben verunstaltetes Gesicht. »Dustin Heartgrove war 2001 in Afghanistan stationiert. Er gehört zum SAS. Nach einem Bombenanschlag der Taliban wurde er so schwer verletzt, dass er den Dienst quittieren musste. Zwei Jahre später heiratete er die Krankenschwester Elizabeth Bakes. Sein erstes und einziges Kind, Sean, kam 2004 zur Welt und starb 2005 an einer septischen Meningitis. Der behandelnde Arzt war Simon Hathaway, der angeblich zu spät die richtige Diagnose gestellt hatte. Heartgrove stammt gebürtig aus St. Just und hatte 2004 einen Gerichtsprozess gegen James-Holland verloren. Eine Verbindung zu Danny Moore können wir im Moment noch nicht nachweisen.«

»Was fährt er für einen Wagen?« Pantel hatte sich interessiert vorgebeugt.

»Ab 2007, nachdem seine Frau ihn verlassen hatte, wurde er mehrfach volltrunken hinter dem Steuer aufgegriffen. Ein Jahr später verlor er seine Fahrerlaubnis.« Clarks schaute in ihre Unterlagen. »Lebenslänglich! Wir haben kein Auto gefunden, das auf ihn zugelassen ist.«

Bloombottem beobachtete schmunzelnd, wie sein Chef wieder einmal eine seiner Pastillen in den Mund schob, bedächtig daran herumlutschte und sie dann zerkaute.

»Schaffen Sie mir diesen Heartgrove hierher. Könnte als Täter infrage kommen. Die Pepperton kannte er mit Sicherheit ebenfalls, wenn er in St. Just groß geworden ist. Besonders interessant finde ich seine spezielle Ausbildung bei der Air Force.«

»Ja, Sir.« Clarks räusperte sicherneut. »Unser zweiter Mann ist Lionel Branch, Vater der verstorbenen, damals dreijährigen Heather. Die Kleine ist an einer normalen Sepsis gestorben, die von Hathaway angeblich nicht rechtzeitig erkannt wurde. Branch hatte dem Arzt daraufhin heftig zugesetzt. Irgendwann wurde ihm Hausverbot im Krankenhaus erteilt. Er ist ebenfalls in St. Just groß geworden. Ein eher erfolgloser Immobilienmakler. Ob er mit James-Holland etwas zu tun hatte, konnten wir noch nicht herausbekommen. War vor zwei Jahren in eine Schlägerei verwickelt. Und raten Sie mal, mit wem?«

»Moore?«

»Ganz genau! Hatte den Wirt vom Wind and Wave ganz schön zugerichtet. Da er die Geldstrafe nicht zahlen konnte, saß er für sechs Monate ein. Seitdem ist er nicht mehr auf die Beine gekommen, lebt vom Sozialamt. Einen Wagen könnte er sich im Moment beim besten Willen nicht leisten. Wir haben auch keine Zulassung auf ihn gefunden.«

»Hm«, Pantel fuhr sich über sein Kinn und überlegte kurz. »Treiben Sie Branch ebenfalls auf.«

»Wird gemacht, Sir.« Dann blickte die junge Beamtin auf und schaute ihren Chef mit einem leichten Lächeln an. »Und das Beste kommt zum Schluss!«

»Wir haben Robert Smith gefunden!«, platzte es ungeduldig aus Bloombottem heraus.

»Sie haben was?« Pantel konnte es nicht fassen. »Dann ist Smith also doch kein Phantom.«

»Nein. Es geht um Pedro Dacosta. Sein Sohn starb 2005. Todesursache: septische Meningitis. Und wieder war der behandelnde Arzt Hathaway. Scheint, als hätte unser Opfer kein gutes Händchen bei dieser Krankheit gehabt«, flocht Bloombottem ein. »Dacosta war der Typ, der Hathaway nach dem Tod des Kindes monatelang gestalkt hatte.«

»Pedro Dacosta?« Pantel legte die Stirn in Falten. »Irgendwoher kenne ich den Namen.«

Clarks schnappte nach Luft. »Klar, der Reisepass!«, rief sie aus.

»Welcher Reisepass?« Bloombottem schaute die junge Frau irritiert an.

»Der gefälschte Reisepass von Peter Potts«, fiel es Pantel nun auch wieder ein.

»Das ist ja ein Ding!« Der Sergeant kratzte sich am Kopf. »Das kann unmöglich ein Zufall sein.«

»Das glaube ich auch nicht. Aber Potts kann auf keinen Fall Pedro Dacosta sein. Dazu ist er eindeutig zu jung.« Rasch verschwand erneut eine Pastille in Pantels Mund.

»Aber Potts muss Dacosta kennen! Wie sollte er sonst an den Pass von ihm gelangen?«, mischte sich nun Clarks ein. »Also scheint Ihre Theorie, dass Potts und Robert Smith gemeinsame Sache machen, richtig zu sein.«

»Und wie kommen Sie darauf, dass Dacosta Robert Smith sein könnte?« Pantel spürte ein leichtes Kribbeln im Nacken.

»Wir haben mit der Oberschwester gesprochen. Sie war damals Lernschwester und konnte sich gut an das Ehepaar Dacosta erinnern. Sie fand es nämlich merkwürdig, dass Dacosta so gar nicht nach einem Portugiesen aussah und dazu noch ein perfektes Englisch sprach. Er erzählte ihr, dass er britischer Abstammung sei und seit 1999 in Portugal gelebt hätte. Dort habe er dann die Portugiesin Nathalia Dacosta da Santa Maria geheiratete. Nur wenige Monate vor der Erkrankung des Kindes war er mit seiner Familie nach England zurückgekehrt.«

Clarks meldete sich zu Wort. »Wir haben versucht, Pedro Dacosta ausfindig zu machen. In ganz England gibt es keine Person dieses Namens. Also haben wir nach seiner Frau geforscht und sie gefunden. Sie hat sich 2007 von ihrem Mann scheiden lassen und lebt nun wieder in Portugal. Ich habe sie angerufen und unter anderem gefragt, wie ihr Mann früher geheißen hätte und sie antwortete …«, Clarks legte eine Kunstpause ein, »… Robert Smith!«

»Und darum war dieser Kerl auch wie vom Erdboden verschluckt!«, polterte Bloombottem los. »Die Zeit in Portugal, die Namensänderung, ich hatte gar keine Chance, Smith zu finden.«

In Pantels Kopf rasten die Gedanken. Endlich hatten sie die Spur, die sie so dringend benötigten. »Weiß sie, wo sich ihr Ex-Mann zurzeit aufhält?«

»Nein, Sir. Nachdem die Scheidung durch war, hatte sie keinen

Kontakt mehr zu ihm.« Ivy Clarks zuckte mit den Schultern. »Interessant ist, dass Smith, alias Dacosta, bei der Banco de Portugal als Security Officer gearbeitet hatte. Das Ehepaar zog dann nach Plymouth, weil er bei der Bank of England eine Stelle als Sicherheitsmitarbeiter bekam.«

»Wir haben bereits Kontakt mit der Bank aufgenommen. Die zuständige Mitarbeiterin, eine Mrs Oaks, wollte mir nur Informationen geben, wenn ein richterlicher Beschluss vorliegt. Ich habe sie dann aber doch dazu bewegen können, uns zu erzählen, dass Dacosta 2007 auf eigenen Wunsch das Unternehmen wieder verlassen habe.« Der Sergeant war sichtlich stolz auf seine Überredungskünste.

»Wir benötigen unbedingt die Personalakte. Sicher wird darin auch ein aktuelleres Foto zu finden sein als das Bild von dem jugendlichen, pickeligen Smith. Ich werde mich gleich mit Richter McPherson in Verbindung setzen.« Pantel überlegte kurz. »Hat Mrs Dacosta vielleicht ein neueres Foto von ihrem Mann?«

»Leider nein, Sir.« Clarks zuckte erneut mit den Schultern. »Sie erzählte, dass sie ihren Mann überstürzt verlassen und dabei selbst das Hochzeitsfoto vergessen hatte.«

»Na, dann hoffen wir mal auf die Personalakte. Haben Sie schon jemanden von Ihrer Recherche erzählt?«

Als Pantel sah, dass beide Beamten den Kopf schüttelten, wies er sie an, die neuen Entdeckungen erst einmal für sich zu behalten. »Sie beide machen sich auf die Suche nach Dacosta alias Smith. PC Grant soll sich um Heartgrove und Branch kümmern. Und ich werde unseren Superintendent anrufen und ihm die frohe Botschaft berichten. Mal schauen, ob ich ihm ein wenig Freundlichkeit damit entlocken kann.«

»Wenn Sie mich fragen, Sir, glaube ich nicht, dass der Alte überhaupt zu Freundlichkeit fähig ist.«

Das Gespräch mit Thomson lief tatsächlich so wie immer ab. Polternd wies der Superintendent Pantel an, nun endlich mal ›in die

Puschen‹ zu kommen. Dann fügte er noch hinzu, dass er sich schon überlegt habe, Peter Smith als leitenden Ermittler einzusetzen und legte den Hörer knallend auf. Pantel blickte den Telefonhörer einen Moment lang staunend an, bevor er kopfschüttelnd die Nummer des zuständigen Richters wählte.

16. Juni 2020
13:30 Penzance/Polizeirevier

Pantel hatte den gesamten Vormittag im Verhörraum verbracht. Erschöpft betrat er sein Büro. Es wunderte ihn nicht, dass Peter Smith nicht an seinem Platz saß. Auch ärgerte er sich nicht mehr über dessen ständige Abwesenheit. Ihm war es sogar ganz recht, dass der Sergeant nur ab und an auftauchte. So hatte er das Büro wenigstens für sich allein.

Gestern war Smith überraschenderweise bei der Teambesprechung aufgetaucht. Doch die Ergebnisse seiner Fahndung nach Potts waren negativ. Er würde aber dranbleiben, hatte er beteuert. Als Bloombottem ihm den Tipp gab, mit der Oberschwester der Kinderstation des Hospitals in Plymouth zu sprechen, bedankte er sich artig und notierte Name und Durchwahl der Frau. Sollte er doch weiterhin nach Potts graben, dachte Pantel. Die wichtigen Recherchen lagen schließlich in den Händen der Beamten, denen Pantel vertraute: Bloombottem, Jenkins und nicht zuletzt Clarks. Interessant war allerdings Smiths Reaktion, als er von den Fortschritten bezüglich Robert Smith hörte. Pantel hatte für einen Augenblick Wut in den Augen des Sergeants gesehen. *Tja, Pech gehabt, Superbulle,* dachte er mit einer gewissen Schadenfreude. *Hast wohl aufs falsche Pferd gesetzt. Nun werden deine Kollegen die Anerkennung für die Lösung des Falls einheimsen.*

Mit einem Seufzer ließ sich Pantel in seinen Bürosessel fallen und schloss kurz die Augen. Die Verhöre heute Morgen waren nicht besonders ergiebig verlaufen. Bei Dustin Heartgrove, ein

Mann Mitte vierzig, Designeranzug, selbstbewusst, hatte Pantel schon beim Händeschütteln die Schnapsfahne gerochen. Zwar hatte der Alkohol-missbrauch bei ihm noch keine gravierenden Auswirkungen auf sein Äußeres gezeigt, er war alles in allem eine gepflegte Erscheinung, doch das leichte Zittern der rechten Hand und die geröteten Augen sprachen für sich. Je länger die Befragung dauerte, umso fahriger wurde Heartgroves Gestik, und auf seiner Stirn hatte sich ein leichter Schweißfilm gebildet. Außer für den Mord an Edith Pepperton hatte er Alibis. Diese mussten zwar noch geprüft werden, aber Pantel war sich jetzt schon sicher, dass Heartgrove nichts mit den Morden zu tun hatte.

Als schließlich Lionel Branch eine viertel Stunde zu spät erschien, ebenfalls Mitte vierzig, nachlässig gekleidet, fettige Haare und von einem säuerlichen Geruch umgeben, erinnerte Pantel sich an Clarks' Aussage, dass dieser Mann ganz unten angekommen war. Mit nervös zuckenden Augen starrte Branch den Chief Inspector an und rieb seine verschwitzten Hände unablässig an seiner fleckigen Hose. Mehrfach musste Pantel seine Fragen wiederholen, da sich sein Gegenüber anscheinend nicht auf den Inhalt des Gesprächs konzentrieren konnte. Die Antworten kamen entsprechend zögerlich, so, als müsse sich Branch zwingen, überhaupt den Mund aufzumachen. Auch konnte er sich nicht mehr erinnern, was er an den Tagen der einzelnen Morde gemacht hatte. Doch Pantel war klar, dass dieser Mensch nicht in der Lage war, einen Mord perfekt zu planen und durchzuführen. Vielmehr vermutete er ein Belastungstrauma, unter dem Branch litt.

Pantel öffnete seine Augen und setzte sich gerade auf. »Ein Alkoholiker und ein Traumatiker«, murmelte er müde vor sich hin. »Nicht gerade das, was wir suchen.« Lustlos schob er einige Papiere auf seinem Schreibtisch hin und her. Als das Telefon läutete, empfand er dieses Geräusch als Erlösung.

»Jenkins, Sir. Ich habe auf einem der älteren Überwachungsfilme etwas Interessantes entdeckt.« Atemlos kam die Stimme durch den Hörer. »Das müssen Sie sich anschauen, Chief!«

Patricia Jenkins saß an ihrem Schreibtisch und hatte den Monitor ihres Computers so gedreht, dass keiner der Kollegen zufällig einen Blick darauf werfen konnten. Pantel stellte sich hinter sie und erkannte eine leere Landstraße, die im Dämmerlicht der untergehenden Sonne lag. Die Datumsanzeige zeigte den *1. Juni 2020, 21:15*. Er forderte die Beamtin mit gesenkter Stimme auf, den Abspielbutton zu drücken. Nach drei Sekunden erschien ein alter Polo auf dem Bildschirm. Jenkins drückte die Standbildtaste und zoomte das Kennzeichen heran. Es war eindeutig der Wagen von Potts. Dann ging sie zurück auf die normale Ansicht, ließ das Auto noch ein paar Yard näherkommen, bevor sie erneut zoomte; dieses Mal den Innenraum des Fahrzeugs. Pantel stieß einen leisen Pfiff aus. Im Wagen befand sich eine männliche Person; blondes, strubbliges Haar, eine dicke Hornbrille, ein ungepflegter Vollbart und ein schlecht-sitzendes Jackett. Der Mann war eindeutig der Besucher aus The Head.

»Informieren Sie Bloombottem und Clarks«, raunte Pantel Patricia zu. »Und dann kommen Sie drei in mein Büro.«

Eine Viertelstunde später erschienen die Polizisten an Pantels Schreibtisch.

»Danke, dass Sie gekommen sind«, begrüßte Pantel die drei Beamten. »Sie haben alle den Film der Überwachungskamera gesehen?« Einmütiges Nicken war die Antwort. »Gut. Die Tatsache, dass wahrscheinlich Robert Smith, alias Pedro Dacosta, dieses Auto fährt, wirft verschiedene Fragen auf: Warum fährt er Potts' Wagen? Wohin will er damit? Wo ist Potts?«

»Sir, entschuldigen Sie bitte, aber ich finde, dass auch die Frage beantwortet werden muss, ob Sergeant Smith diese Aufnahme tatsächlich übersehen oder uns vorsätzlich nicht informiert hatte? Wenn Letzteres zutreffen sollte: Warum hat er das getan?« Jenkins hatte sich ein wenig vorgebeugt und sah Pantel eindringlich an.

»Das Problem ist, dass wir ihm den Vorsatz nicht beweisen können!« Bloombottem fuhr sich durch die Haare.»Und zugeben wird er es sicherlich nicht von selbst!«

»Darf ich vielleicht etwas dazu sagen?« Schüchtern schaute Clarks in die Runde.»Ich möchte gern etwas über DS Smith loswerden.« Dann wandte sie sich direkt Pantel zu.»Sir, als Sie hier in Penzance ankamen, waren tatsächlich alle Kollegen wütend auf Sie, aber nicht, weil unser armer Smith …«, sie spuckte die beiden letzten Worte förmlich aus,»… nicht befördert wurde, sondern weil Sie diese Stelle in Truro bekommen haben und wir Smith darum nicht loswurden. Smith ist ein Ehrgeizling und Manipulator. Seine Erfolge, von denen Superintendent Thomson Ihnen sicherlich berichtet hat, waren ausschließlich die Erfolge der hiesigen Kollegen. Er selbst hatte sich, was das Arbeiten betraf, sehr zurückgehalten. Wenn es aber um die Festnahme der Täter ging, war er immer sofort dabei und hatte das Ganze dann als seinen alleinigen Verdienst dargestellt.«

Bloombottem, Jenkins und Pantel sahen Clarks wie vom Donner gerührt an.

»Mädel, warum hast du das denn nicht schon früher erzählt?«, polterte Bloombottem los, doch Pantel hob beschwichtigend die Hand, und der Sergeant verstummte.

»Vor zwei Wochen, als Sie mir über ihre Vermutungen berichteten, ging es also auch darum?«

Clarks nickte.

»Haben Sie irgendwelche Beweise gefunden?«

»Nicht, was die Morde betrifft. Aber ich habe zufällig mitgehört, als Smith am Telefon jemanden nach Ihnen ausfragte.«

»Und ich dachte, dass die Kollegen hier im Revier fest hinter dem erfolgreichen Sunnyboy stünden.« Pantel lächelte die junge Beamtin an und schob sich rasch eine Pastille in den Mund.»Was ich aber nicht verstehe: Warum hat Smith Thomson gebeten, ausgerechnet aus Truro Verstärkung anzufordern? Ihm muss doch klar gewesen sein, dass ich ihm dann vor die Nase gesetzt werde.«

»Weil er sicherlich hoffte, dass er Sie, Sir, durch manipulierte

Fakten in einem schlechten Licht dastehen lassen kann.«Jenkins lehnte sich auf ihrem Stuhl entspannt zurück.»Das beantwortet auch meine Frage. Er hat vorsätzlich wichtige Informationen verschwiegen, damit nicht Sie, Sir, sondern er den Mörder als Erster schnappen kann.«

»Der Typ ist doch nicht ganz richtig im Kopf!«, stellte Bloombottem überzeugt klar.»Wer weiß, was er uns sonst noch alles vorenthalten hat. Darum ist er auch nie hier, weil er seine eigenen Ermittlungen anstellt und nur hierherkommt, um neue Informationen abzugreifen.«

»Henry, wir kennen jetzt den Feind.« Patricia Jenkins legte ihre Hand beruhigend auf den Arm des Sergeants.»Wir werden alles, was er bis jetzt ermittelt hat, noch einmal überprüfen, und die Informationen, die er von uns erhält, werden vorab gefiltert.«

»Vielleicht können wir ihm ja auch falsche Spuren unterjubeln«, ergänzte der Sergeant hoffnungsvoll.

Pantels Augenbrauen schnellten in die Höhe.»Stopp, Sarge! Ihn zu überprüfen und ihm etwas vorzuenthalten, ist eine Sache, der ich übrigens zustimme, aber ihn anzulügen, eine ganz andere. Auch möchte ich zum jetzigen Zeitpunkt keine Unruhe im Team. Ich knöpfe mir Smith vor, wenn wir die Mordserie gelöst haben, und werde Thomson einen entsprechenden Bericht zukommen lassen. Haben wir uns verstanden?«

»Ja, Sir«, kam die kleinlaute Antwort.

»Und für Sie beide gilt das Gleiche!«, wies er die beiden Frauen an.»Und jetzt sollten wir uns den drei inhaltlichen Fragen zuwenden.«

»Vielleicht hatte unser Verdächtiger Potts in ein Versteck gebracht und wollte danach den Wagen verschwinden lassen«, schlug Clarks zaghaft vor.

»Also, die Aufnahme stammt aus der Nähe des Drift Reservoirs. Die Straße ist ein beliebter Schleichweg von St. Just nach Penzance oder Mousehole.« Patricia Jenkins erhob sich und ging zu einer Landkarte von Cornwall. Mit ihren schmalen Fingern fuhr sie die Strecke von Potts' Wohnung zum Reservoir ab. Entweder ist er danach auf die A30 abgebogen, oder er folgte der Straße, bis er die B3315 erreichte. Aber am ganzen Küstenabschnitt sind bis Porthcurno die Klippen flach abfallend. Hier gibt es also keine Möglichkeit, ein Auto beispielsweise im Meer zu versenken. Er muss es folglich an Land versteckt haben. Ich werde alle Aufnahmen der Verkehrsüberwachung in dieser Gegend überprüfen.«

»Also müsste Potts irgendwo zwischen St. Just und hier in einem Versteck sitzen.« Bloombottem fuhr sich erneut durch die roten Locken.

»Nicht unbedingt«, warf Clarks in die Runde. »Potts ist unserem Superpolizisten am späten Vormittag entwischt. Bis zur Aufnahme des Polos am Reservoir sind fast zehn Stunden vergangen. Unser Mann hätte Potts in dieser Zeit bis nach Southampton bringen können und wäre dann immer noch rechtzeitig am Reservoir gewesen. Was natürlich Unsinn wäre«, lenkte sie mit einem schiefen Grinsen ein. »Da die beiden Verdächtigen ja offensichtlich zusammenarbeiten, gehe ich davon aus, dass Potts sich hier irgendwo in der Nähe aufhält. Vielleicht hat DS Smith Potts schon aufgestöbert und wartet nur noch ab, bis Robert Smith bei diesem auftaucht?«

Betroffen sahen sich die Anwesenden an.

»Dann wäre er der Superheld, und ich könnte meine Sachen packen.« Mit einer Gelassenheit, die er keineswegs empfand, lehnte sich Pantel in seinem Sessel zurück.

Was wir haben, was wir halten,

Was wir…

Eines Morgens ist alles fort.

(Ringelnatz, Zitat)

Fünfter Mord

Lizard Point/Housel Bay

November 2007

London/Fortune Green

»Wo willst du hin?« Der Mann hatte seine Frau am Oberarm gepackt und zwang sie, sich zu ihm umzudrehen.

»Ich werde dich verlassen, Pedro!«, antwortete sie ruhig und sah ihm fest in die Augen. »Die Scheidungspapiere liegen unten auf dem Küchentisch. Wenn du sie bitte unterschreibst, dann kann ich sie morgen meinem Anwalt übergeben.«

Sie löste sanft die Hand ihres unglaubig dreinblickenden Ehemannes von ihrem Arm und fuhr gleichmütig fort, Kleidungsstücke in einen großen Reisekoffer zu packen.

»Ich werde gar nichts unterschreiben, Nathalia!« Seine Stimme hatte an Lautstärke und Verärgerung zugenommen. Er funkelte sie böse an. »Du wirst hier bei mir bleiben! Du wirst mich nicht verlassen! Hast du das verstanden?«

Sie sah traurig zu ihm hoch. Sie hatte schon lange keine Angst mehr vor ihm. Alles, was sie für Pedro empfand, war Mitleid.

»Pedro, du warst es, der mich schon vor Monaten verlassen hat.

Seit dem Tod von Stellario lebst du nur noch für deine Trauer, deinen Hass und deine Rachsucht. Für mich ist in deinem Leben kein Platz mehr.« Langsam ging sie zum Kleiderschrank hinüber und nahm einen Stapel Pullover heraus. »Ich kann das nicht mehr ertragen. Nicht nur du hast ein Kind verloren! Ich auch! Aber das hat dich bis zum heutigen Tag nicht interessiert.« Sie ordnete die Pullover im Koffer, schloss den Deckel und ließ die Verschlüsse zuschnappen.

Pedro starrte seine Ehefrau fassungslos an. Dann kochte erneut Wut in ihm hoch. »Da steckt doch ein anderer Mann dahinter! Wer ist es?«

»Ach, Pedro, ich brauche keinen anderen Mann, um zu wissen, dass ich, wenn ich bei dir bleibe, auf dem falschen Weg bin.« Sie hob die Hand und streichelte behutsam über die Wange ihres erzürnten Mannes. »Ich bete für dich, dass auch du Frieden finden wirst, minha querida«, flüsterte sie sanft.

Draußen ertönte eine Hupe. »Mein Taxi ist da.« Nathalia griff nach dem Koffer und stieg die schmale, steile Treppe hinunter ins Erdgeschoss. Pedro folgte ihr bis zum oberen Treppenabsatz und schaute ihr zu, wie sie sich ihren Schal umband und den weichen, scharlachroten Mantel überzog. Sie sah noch einmal zu ihm hinauf. »Wenn du die Papiere jetzt nicht unterschreiben willst, werden wir automatisch in einem Jahr geschieden. Ich habe bereits alles veranlasst.« Sie öffnete die Haustür und verschwand in die einsetzende Dämmerung.

Pedro starrte die Tür an, unfähig, einen klaren Gedanken zu fassen. Dann rannte er die Treppe hinunter, griff nach dem Autoschlüssel und eilte nach draußen. Er konnte gerade noch erkennen, dass das Taxi nach rechts Richtung Finchley Road abbog. Er sprang in seinen Wagen und raste dem verschwindenden Fahrzeug hinterher. Bei Sainsbury's hatte er das Taxi fast eingeholt und sah, wie es nach links in die College Cres einbogen. *Was will Nathalia denn in Belsize Park?*, dachte er kopfschüttelnd. Als das Taxi schließlich an der St. Peter's Church nach rechts in die Lambolle Road einbog, ging er vom Gas. In dieser Wohnstraße, in der kaum Verkehr herrschte, musste er vorsichtig sein, um nicht entdeckt zu werden. Das Taxi verlangsamte ebenfalls die Fahrt und hielt schließlich vor einer viktorianischen Villa. Glücklicherweise fand Pedro eine Parklücke, von der aus er Nathalia, die aus dem Wagen stieg, beobachten konnte. Der Taxifahrer nahm ihr Gepäck aus dem Kofferraum und stellte es auf dem Gehweg ab. Im selben Moment öffnete sich die Eingangstür, und ein warmer Lichtschein ergoss sich auf die Treppe Ein Mann erschien und ging Nathalia entgegen. Er nahm sie in die Arme und hielt sie einen Moment fest. Dann gab er ihr einen Kuss auf die Wange. Pedro nahm sein Fernglas vom Beifahrersitz und richtete den Blick auf den Mann. Was er sah, brachte ihn fast zum Lachen. Der Mann war klein, hatte einen Bierbauch, eine Halbglatze und trug karierte Filzpantoffeln. *Filzpantoffeln, was ist das denn für ein Clown?* dachte Pedro spöttisch. Doch als er sah, dass sich Nathalia bei dem Mann eingehakt hatte, schlug sein Spott in Boshaftigkeit um. Wütend hieb er mit der Faust auf das Lenkrad. »Das werdet ihr mir büßen!«, stieß er hasserfüllt aus.

Nachdem das Paar im Haus verschwunden war, stieg Pedro aus, überquerte die Straße und schlenderte bis zu der Stelle, an der vor wenigen Minuten Nathalia gestanden hatte. Er warf einen raschen Blick auf das Namensschild über dem Klingelknopf: Ethelbert Wilson. Grinsend ging er zu seinem Wagen zurück. *Na, dann viel Spaß mit deinem Pantoffel-Ethelbert, du blöde Kuh!*

16. Juni 2020
16.45 Lizard Point/Housel Bay Hotel

Der Mann stand auf der Terrasse des Hotels und suchte die Klippen der Housel Bay mit dem Fernglas ab. Schließlich fanden seine Augen die kleine, in den Fels gehauene Grotte, davor ein Felsvorsprung, der, wie die Brüstung eines Balkons, von Felsnadeln umgeben war. In dem tiefen Schatten, der sich auf die Klippenwand gelegt hatte, konnte er ein kleines, helles Oval ausmachen – das Gesicht von Ethelbert Wilson.

Der Mann hörte Schritte und drehte sich um. Die Besitzerin des Hotels trat mit einem Tablett durch die Terrassentür und kam auf ihn zu. »Wo möchten Sie gern sitzen, Sir?«

»Stellen Sie bitte alles hier ab.« Er wies mit der Hand auf einen Holztisch, der ihm am nächsten stand. Die Frau nickte und begann, den Tisch mit Geschirr, einer großen Kanne Tee, Scones, Clotted Cream und selbst gemachter Marmelade einzudecken.

»Entschuldigen Sie bitte, aber ich habe gerade einen Unterstand in der Klippenwand entdeckt. Ist es wohl möglich, diesen zu nutzen?«

Die Frau sah überrascht von ihrer Arbeit auf. »Sind Sie auch Vogelbeobachter?«

»Ja.«

»Nun, dieser Beobachtungsposten wurde vom heimischen Ornithologen-Verband eingerichtet. Im Moment ist er von Sonnenaufgang bis Sonnenuntergang besetzt. Es ist Hochsaison der Eierdiebe, aber das wissen Sie ja sicherlich. Wir haben hier eine kleine Kolonie Papageientaucher, und die stehen besonders hoch im Kurs. Darum glaube ich nicht, dass Sie den Unterstand nutzen können.« Die Wirtin stellte das Zuckerdöschen auf den Tisch und wollte gehen, hielt dann aber doch inne. »Im Augenblick hält Mr Wilson Wache. Seine Schicht müsste gleich zu Ende sein. Meistens kommt er danach hierher und bestellt einen Cream Tea. Wenn Sie mögen, mache ich Sie gern mit ihm bekannt.«

»Das wäre sehr nett von Ihnen«, bedankte sich der Mann mit einem freundlichen Lächeln. Dann setzte er sich, genoss den heißen Tee und das noch warme Gebäck, ohne die Klippen aus den Augen zu lassen. Nach einer Viertelstunde sah er eine Frau, die sich den Klippen näherte und, anscheinend über Stufen, zu dem etwa drei Yard unter dem Klippenrand liegenden Beobachtungsposten kletterte. Kurz darauf erschien ein Mann, klein, rundlich mit Halbglatze, der mit zügigen Schritten über den Küstenpfad dem Hotel zustrebte – Wilson. Mit einem Nicken grüßte dieser den blonden, unscheinbaren Gast mit der unvorteilhaften Hornbrille und dem schäbigen Anzug und verschwand durch die Terrassentür in das Innere des Hotels.

Gleich habe ich dich, dachte der Mann amüsiert, schob sich den letzten Bissen seines Scones in den Mund und fühlte sich ein wenig wie die Spinne im Netz. Er musste nicht lange warten, bis Wilson zurück auf die Terrasse kam und an seinen Tisch trat.

»Guten Tag. Hetty sagte mir, dass Sie sich für unseren Beobachtungsposten interessieren.« Er streckte dem Fremden die Hand entgegen. »Ich bin Ethelbert Wilson, Vorsitzender unseres kleinen Ornithologen-Verbandes.«

Der Mann erhob sich und schenkte Wilson ein sympathisches Lächeln. »Das ist ja schön, dass ich die Gelegenheit bekomme, mit Ihnen zu sprechen. Ich bin Robert Smith.« Die beiden Männer schüttelten sich die Hände. »Möchten Sie sich vielleicht zu mir setzen? Ich habe da eine Bitte an Sie, Mr Wilson.«

»Gern, aber nennen Sie mich bitte Bert.«

»Na, wenn das kein Zufall ist. Mich nennen auch alle Bert!«

»Na dann, Bert«, sprach Wilson lachend zu ihm, »was kann ich für Sie tun?«

Smith lehnte sich in dem bequemen Holzsessel zurück und schenkte seinem Gegenüber einen freundlichen Blick. »Ich bin hier in Cornwall geboren. Leider sind meine Eltern, als ich zehn war, mit mir nach Northumbria gezogen.«

»Oh, ein großer Unterschied, nicht wahr?«

»Weniger für mich, aber meine Mutter hat sehr an Heimweh gelitten. Und wenn ich mir das hier anschaue«, Smith machte eine ausholende Bewegung mit dem Arm, »dann kann ich sie jetzt verstehen.«

Hetty erschien und deckte alles für Wilsons Cream Tea ein.

»Danke, Hetty!«, bedankte sich dieser. »Weißt du was, unser Freund hier heißt auch Bert, ist das nicht ein lustiger Zufall?« Er lachte laut auf, als hätte er einen guten Witz gemacht.

Smith lachte mit, doch innerlich verdrehte er die Augen. *Was für ein Einfaltspinsel,* dachte er verächtlich. *Wie konnte Nathalia nur auf so einen Idioten hereinfallen?*

»Und Sie leben immer noch im Norden?«, fragte Wilson interessiert, während er den duftenden Tee in seine Tasse goss.

»Ja, in Newcastle. Ich bin Police Constable bei der Northumbria Police. Dort im hohen Norden habe ich die Liebe zur Vogelbeobachtung entdeckt, und nun will ich alles über die Vögel hier an der Südküste erfahren.« Er schenkte Wilson erneut ein freundliches Lächeln. »Ich würde mir gern einmal unsere gefiederten Freunde von Ihrem Unterstand aus ansehen. Leider muss ich schon morgen Nachmittag wieder abreisen.«

»Na, wenn das heute für Sie kein Glückstag ist, Bert!« Wilson schob sich ein Stück von seinem Scone in den Mund und kaute genüsslich. »Ich bin morgen früh ab vier Uhr mit meiner Schicht dran. Wenn Sie möchten, können Sie mich gern begleiten.«

»Mensch, Bert, das ist ja hervorragend!« Smith zeigte überschwängliche Begeisterung. »Dann bin ich morgen pünktlich drüben bei den Klippen.«

17. Juni 2020
3:55 Lizard Point/Housel Bay

Robert Smith bewegte sich in der Finsternis langsam über die schmalen Stufen zu dem Vogelbeobachtungsposten hinunter. Suchend schwenkte er das Licht seiner Taschenlampe über die steinerne Treppe. Auf der sechsten Stufe hielt er inne und leuchtete in den Abgrund, der sich neben ihm auftat. Steil fielen die Klippenwände zwanzig Yard in die Tiefe, bis sie unten den mit Felsen übersäten Strand erreichten. Der Mann machte kehrt. Zurück am Klippenrand sah er die Scheinwerfer eines ankommenden Wagens auf dem Parkplatz des Hotels. Er löschte seine Lampe und verharrte bewegungslos auf der weichen Grasnarbe, die den Abgrund markierte. Dabei ließ er den Wagen nicht aus den Augen. Die Scheinwerfer erloschen, und die Innenbeleuchtung sprang an. Die Silhouette eines kleinen, dicklichen Mannes zeichnete sich ab. Smith hörte leise das Zuschlagen der Autotür. Das Licht einer Taschenlampe flammte auf und bewegte sich hüpfend in Richtung Klippenpfad. Er schaltete nun ebenfalls seine Lampe ein. *Ich will den Armen doch nicht schon vorher zu Tode erschrecken,* dachte er hämisch und konnte beobachten, wie sich Wilson jetzt etwas schneller auf ihn zubewegte.

»Das ist ja schön, dass Sie so pünktlich sind, Bert«, rief der Ornithologe erfreut aus, als der Schein seiner Taschenlampe Smith erfasste. Er streckte dem Mann die Hand entgegen und musterte sein Gegenüber kurz. »Interessantes Outfit, Bert.«

»Ich mag halt nicht diese Outdoorklamotten aus Kunststoff. Ein Arbeitsoverall trägt sich viel angenehmer und hat ebenfalls ausreichend Taschen für all die Kleinigkeiten, die man benötigt.«

»Keine schlechte Idee«, gab Wilson zögernd zu und schaute nach Osten. »Wir haben noch fünf Minuten, bis die Dämmerung einsetzt. Wir sollten uns beeilen. Sobald das erste Licht unsere Papageientaucher trifft, werden die kleinen Kerle aktiv. Das sollten wir auf keinen Fall verpassen.«

»Das wäre auch wirklich zu schade.« Smith hatte Mühe, die Ironie aus seiner Stimme zu bannen.

»Dann mal los!« Wilson, einen vollgepackten Wanderrucksack geschultert, wandte sich der steilen Treppe zu. »Und passen Sie gut auf. Der Weg hinunter ist äußerst gefährlich!«

»Alles klar! Ich werde dicht hinter Ihnen bleiben!« Smith gönnte sich ein teuflisches Grinsen, als Wilson ihm den Rücken zudrehte.

Die Männer begannen vorsichtig mit dem Abstieg. *Eins, zwei, drei, vier, fünf, sechs,* zählte Smith lautlos mit. Dann trat er schnell vor, legte seine Hand an Wilsons linke Schulter und schob ihn mit aller Kraft nach rechts zum Abgrund. Der Angriff kam für den Mann vor ihm so überraschend, dass diesem kein Laut über die

Lippe kam. Erst kurz vor dem dumpfen Aufschlag des Körpers auf dem Strand, entrang sich Wilsons Kehle ein gutturaler Schrei. Robert Smith leuchtete in die Tiefe. Unter ihm konnte er den unnatürlich verdrehten Körper des verhassten Opfers sehen. *Das hast du nun davon, mir Nathalia gestohlen zu haben!* Erfüllt von Genugtuung, erklomm er die wenigen Stufen nach oben. Im Osten sah er am Horizont einen schmalen, hellen Streifen. In wenigen Minuten wäre es hier hell genug, dass er einem zufälligen Beobachter auffallen könnte. So lief er rasch den Pfad Richtung Norden und bog dann in einen von Hecken geschützten Feldweg ein.

7:40 Penzance/Polizeirevier

Charles Pantel betrat das Gebäude und sah Hicks in der Pförtnerloge mit einer für ihn ungewöhnlich finsteren Miene telefonieren. Als dieser Pantel erkannte, drückte er den Öffner der Schleusentür und winkte dem Chief Inspector aufgeregt zu.

Pantel sank das Herz. Dieses Verhalten konnte nur eines bedeuten: eine weitere Leiche. Mit Ungeduld wartete er, bis der Officer den Hörer aufgelegt hatte.

»Sir, eine männliche Leiche wurde gerade in der Housel Bay gefunden«, teilte er betroffen mit.

»Informieren Sie Brown und Gainheart. Wo ist diese Housel Bay?«

»In der Nähe von Lizard Point, Sir.«

»Was, so weit entfernt?« Pantel griff automatisch zu seinen Pastillen. »Sind schon Kollegen aus Helston dort?«

»Ja, Sir. Sie haben gerade angerufen und um Unterstützung gebeten. Den Bereich haben sie auch schon abgesperrt.«

»Na, Gott sei Dank. Wer ist schon im Haus?«

»Bloombottem, Jenkins und Clarks, Sir. Sie sind oben.«

Zwei Stufen gleichzeitig nehmend, hastete Pantel die Treppe hinauf und riss die Tür zum Besprechungsraum auf.

»Guten Morgen, zusammen. Wir haben unsere fünfte Leiche! Bloombottem, Clarks, Sie kommen mit mir. Jenkins, Sie übernehmen hier alles Weitere. Hicks informiert gerade die Forensik und unseren Doc.« Dann eilte er zurück ins Erdgeschoss. »Hicks, ich brauche einen der Dienstwagen.«

Der Constable griff hinter sich und nahm einen Autoschlüssel vom Bord. »Nummer vier, Sir.«

»Danke. Sagen Sie Bloombottem und Clarks, dass ich auf dem oberen Parkplatz auf sie warte.«

8:35 Lizard Point/Housel Bay

Aufgrund des einsetzenden Berufsverkehrs und einer Baustelle bei Helston kamen sie nur schleppend voran und benötigten fast eine Stunde, bis sie den Parkplatz des Housel Bay Hotels erreichten. Bereits von der Terrasse aus konnten sie Schaulustige am Rand der Klippen erkennen.

»Verflixt, wo kommen die denn alle her?«, schimpfte Pantel. »Die müssen da oben verschwinden. Bloombottem, übernehmen Sie das. Und wir beiden gehen runter zum Strand«, forderte er die Beamtin auf.

Am Fuß der Klippen hatten sich ebenfalls Gaffer eingefunden. Ein noch sehr junger Officer bemühte sich nach Kräften, die Menge aufzulösen, jedoch mit wenig Erfolg.

Pantel und Clarks umrundeten die Menschenmenge und schlüpften mit gezückten Ausweisen unter dem Absperrband hindurch. Pantel baute sich vor einem vierschrötigen Mann auf, der mit seinem Smartphone unablässig Bilder schoss.

»Wenn Sie Ihr Telefon nicht sofort wegstecken und von hier verschwinden, lasse ich Sie wegen Behinderung der Polizei festnehmen. Und für alle anderen gilt das Gleiche!« Böse sah er in die enttäuschten Gesichter der Umstehenden. Zwei Frauen in der ersten Reihe starrten ihn ungläubig an, drängten sich dann schnell nach hinten und verschwanden. Ein halbherziges Murren erhob sich beim Rest der Anwesenden, doch nach und nach trotteten alle hinauf in Richtung Küstenpfad. Pantel grinste innerlich. *Manchmal ist mein finsteres Aussehen doch ganz brauchbar!*

»Danke, Sir. PC Stone vom Revier Helston«, meldete der Constable seufzend und wischte sich mit einem roten Taschentuch über die Stirn. »Wusste gar nicht, wie aggressiv diese Schaulustigen sein können.«

»DCI Pantel. Sie müssen den Leuten klar machen, dass sie hier nichts zu suchen haben und dass, wenn sie nicht verschwinden, es empfindliche Strafen nach sich ziehen kann.« Er klopfte dem Constable auf die Schulter. »Das werden Sie noch lernen. Nur eines dürfen Sie nicht: in irgendeiner Form Angst zeigen. PC Ivy Clarks wird Sie hier ein Weilchen unterstützen und Ihnen zeigen, wie Sie Respekt einflößen können.« Dann schaute er hinunter zum Strand, wo ein einsamer Polizist vor einem weiteren Absperrband stand.

»Was erwartet mich dort gleich?«

»Ähm, eine männliche Leiche, Sir. Muss wohl von dort oben abgestürzt sein. Da gibt es eine Treppe, die in die Felswand führt.« Der junge Mann zeigte hinauf zum Klippenrand, an dem Bloombottem gerade eine Traube Gaffer vertrieb.

»Na, toll!«, stöhnte Pantel auf. »Brown bekommt die Krise, wenn ihm dort oben die Leute durch den Absturzort gelaufen sind. Wie heißt Ihr Kollege dort hinten?«

»Kollegin, Sir. PC Ginger Labra.«

Pantel stapfte durch den Sand auf die Beamtin zu. Kein Wunder, dass er sie nicht gleich als Frau erkannt hatte. Sie war gut zwei Inch größer als er selbst und sicherlich zwanzig Kilo schwerer. Breitbeinig und mit den Händen auf dem Rücken stand sie unerschütterlich wie ein Fels vor der Absperrung. Pantel stellte sich vor und reichte ihr die Hand. Sie ergriff diese und drückte so fest zu, dass Pantel fast in die Knie gegangen wäre. *Na, wenn das nicht das weibliche Pendant zu Brown ist,* dachte er amüsiert und rieb sich die schmerzenden Finger.

»Wissen Sie schon, wer der Tote ist, Constable?«

»Ja, Sir. Ethelbert Wilson, 65, emeritierter Professor für Biologie aus London, lebt jetzt in Mullion und ist der Vorsitzende des hiesigen Ornithologen-Verbandes.«

»Wer hat ihn gefunden?«

»Hetty«, kam die knappe Antwort.

»Und wer ist Hetty?«

»Henriette Josephs, Eigentümerin des Housel Bay Hotels. Sie war doch sehr mitgenommen, darum habe ich sie zurück zum Hotel gebracht.«

Und dabei wahrscheinlich alle Gäste informiert, die dann sofort hierhergekommen sind, ergänzte Pantel im Stillen. Er schaute erneut zur Klippenkante hinauf. »Ist er abgestürzt?«

»Sieht so aus, Sir.«

»Könnte es ein Unfall gewesen sein?«

»Ich gehe davon aus. Wilson sei nicht der Typ für einen Selbstmord, sagt Hetty, Sir.«

»Und Mord?«

Die Beamtin schaute ihn verwirrt an. »Wer sollte den armen Kerl wohl ermorden wollen?«

»Wir müssen zunächst alle Möglichkeiten in Betracht ziehen, Constable. Ich werde mir jetzt die Leiche anschauen.«

Pantel streifte die Schutzkleidung über, die er im Polizeiwagen gefunden hatte, und tauchte unter der Absperrung hindurch. Der Sand unter seinen Füßen war trocken und locker. Außer den typischen Windverwehungen gab es noch zwei frische menschliche Spuren in Richtung einer großen Felsnadel und wieder zurück. Hinter dem Felsen lugte ein auf der Fersenkappe stehender Wanderschuh heraus. Pantel ließ seinen Blick die Steilwand hinaufgleiten. Oben am Rand stand Blooombotten und hob leicht die Hand zum Gruß. Pantel atmete tief durch und wappnete sich für das,

215

was er sehen würde. Absturzopfer waren selten ein erfreulicher Anblick. Entschlossen umrundete er den Felsen. Das Erste, was er wahrnahm, waren zwei weit aufgerissene Augen, die blicklos einen Punkt in der Ferne zu fixieren schienen. Die Schädeldecke des Toten ruhte auf dem Sand, während das Kinn, durch eine anomale Überstreckung des Halses, gen Himmel zeigte. Überragt wurde das Gesicht vom Brustkorb, der sich wie aufgebläht nach oben wölbte. Pantel stellte sich längs des Leichnams und begriff den Grund für die merkwürdige Lagerung des Körpers. Der Tote lag auf dem Rücken und hatte einen riesigen, vollgepackten Wanderrucksack umgeschnallt. Das Opfer war nicht besonders groß gewesen, eindeutig zu übergewichtig, und mit der Glatze sah er wesentlich älter als 65 aus. Pantel blickte erneut zur Klippenkante. Zwanzig Yard, vielleicht etwas weniger, schätzte er die Entfernung. Womöglich war das Opfer gestolpert und wurde dann von seinem schweren Rucksack rittlings in die Tiefe gezogen? *Also doch ein Unfall*, grübelte er. Er betrachtete den Toten, der keine äußeren Verletzungen aufwies. Lediglich eine tiefe Schramme an der rechten Wange, wahrscheinlich die Folge eines Kontakts mit der Felswand beim Absturz, konnte er erkennen. Wenn es etwas gab, was auf einen gewaltsamen Tod hindeutete, würden Brown und Gainheart es finden.

Außerdem gibt es heute sicherlich noch Post vom Mörder, meldete sich eine spöttische Stimme in Pantels Hinterkopf.

»Chief Inspector, wir hatten eine Vereinbarung!« Browns Stimme dröhnte zwischen den Felsen bedrohlich laut.

»Ihnen auch einen schönen guten Morgen, Brown!« Pantel grinste den Forensiker an. »Der Tote gehört Ihnen ganz allein, das habe ich begriffen. Sie können mir aber nicht zum Vorwurf machen, dass mein Auto schneller gefahren ist als Ihres.«

»Morgen, Chief.« Der Hüne grinste jetzt ebenfalls. »Unfall?«

»Das ist Ihr Job, das rauszufinden. Mein Job ist es, nach dem Warum zu suchen.«

»Setzen! Eins!«, feixte Brown weiter. »Sagen Sie mal«, er senkte seine Stimme zu einem Flüstern und beugte sich verschwörerisch vor, »Constable Labra scheint ein wenig, naja, speziell zu sein.«

»Brown, als ich diese Frau sah, war mein erster Gedanke, dass sie genau zu Ihnen passen würde«, wagte Pantel einen kleinen Scherz und hätte fast laut aufgelacht, als er das verdatterte Gesicht seines Gegenübers sah. Doch Brown erholte sich schnell von seiner Fassungslosigkeit. »Wenn Sie nicht sofort von hier verschwinden, Chief, hole ich die Polizei. Vorzugsweise Constable Labra!«

Immer noch grinsend, machte sich Pantel auf den Weg hinauf zu Bloombottem. Dieser hatte erfolgreich die Schaulustigen vertrieben und es sich auf einem mit Moos bewachsenen Stein gemütlich gemacht. Als er seinen Chef auf sich zukommen sah, sprang er auf und nahm Haltung an.

»Wie sieht es aus, Sarge?«

»Von hier führen Stufen hinab zu einem circa drei Yard tiefer gelegenen Felsvorsprung. Ist aber recht gefährlich, darauf herunterzulaufen, Sir.«

»Also könnte es doch ein Unfall sein?«

»Tja, wenn Sie mich fragen. Ja!« Bloombottem fuhr sich durch die Locken. »Andererseits, wenn es unser Täter gewesen sein sollte, dann hatte er verdammt leichtes Spiel.«

Pantel schaute sich die abenteuerlichen, in den Felsen gearbeiteten Stufen von oben an und kaute nachdenklich auf einer Veilchenpastille. »Wilson, unser Opfer, trug einen schweren, vollbepackten Rucksack. Ich tippe mal, dass er vier bis fünf Stunden tot ist. Was wollte er hier mitten in der Nacht? Und wenn es Mord war, wie hat unser Täter ihn hierhergelockt?«

Der Sergeant zuckte mit den Schultern. »Es scheint, als ob sich hinter dem Felsvorsprung so etwas wie eine Grotte befindet. Vielleicht ist das eine Art Aussichts- oder Beobachtungspunkt.«

»Wofür?«

Bloombottem antwortete erneut mit einem Schulterzucken.

»Sie bleiben so lange hier, bis Brown sein Team hochschickt. Ich will nicht, dass noch mehr Leute hier durchlaufen.« Dann schälte sich der Inspector aus dem Schutzanzug und reichte ihn Bloombottem. »Und Sie ziehen schleunigst das hier an. Wir wollen nicht, dass Brown explodiert, wenn er Sie in Straßenkleidung sieht. Ich werde in der Zwischenzeit mit der Besitzerin des Hotels sprechen. Sie hat nicht nur den Toten gefunden, sondern sie kannte ihn auch.«

Pantel ging langsam den Küstenpfad zurück, umgeben von einem Meer aus Grasnelken, deren pinkfarbene Köpfe lustig in der sanften Brise wippten. Einen Moment lang war er versucht, sich einfach in das Blütenfeld sinken zu lassen und die Aussicht zu genießen. Sophie, spontan und auf die üblichen Konventionen pfeifend, hätte es getan. *Wie hatte sie es mit mir diszipliniertem Langweiler nur ausgehalten,* fragte er sich nicht zum ersten Mal. Unglücklich blieb er stehen und schaute hinaus auf das Meer. *Weil sie dich über alle Maßen geliebt hat, du Trottel,* schalte er sich selbst. Seufzend wandte er sich von der berauschenden Aussicht ab.

Kurz vor der Treppe hinab zur Bucht entdeckte er Ivy Clarks die Stufen hinaufkommen. Er wartete, bis sie ihn erreicht hatte.

»Und, wie geht es Stone?«

»Ich habe ihm ein paar Tipps gegeben, Sir.« Sie lächelte verschmitzt. »Der Arme ist erst seit einer Woche mit der Ausbildung fertig – und dann gleich eine Leiche. Das hat ihn mitgenommen.« Sie drehte sich um und schaute zurück in die Bucht. »Und PC Labra war sicherlich keine Hilfe für ihn. Sie scheint mir, als gäbe es in ihrer Ahnenreihe den einen oder anderen Drachen.«

»Können ja nicht alle so einen netten Vorgesetzten wie mich haben.« *Was habe ich da eben gesagt? Clarks muss mich ja für total abgedreht halten!* Pantel merkte zu seiner Bestürzung, dass ihm das Blut in die Wangen schoss.

Doch Clarks schien seine Verlegenheit nicht wahrzunehmen. »Wenn man Bloombottem glaubt, Sir, dann sind Sie der Beste«, entgegnete sie unbefangen.

»Na, wenn der Sarge das sagt …« Pantel versuchte es mit einem kleinen Lächeln. »Ich wollte in das Hotel hinübergehen und die Zeugin, die Wilson gefunden hat, befragen. Ich würde mich freuen, wenn Sie mich begleiten.« *Ich würde mich freuen, wenn Sie mich begleiten,* äffte eine Stimme in seinem Kopf ihn spöttisch nach. *Als würdest du sie nach einem Date fragen. Du bist ihr Vorgesetzter, du Vollidiot.* »Ähm, ich meine, wenn Sie mitkommen, dann können Sie auch gleich die Aussage der Frau aufnehmen.«

»Natürlich, Sir!«, kam die neutrale Antwort, doch Pantel erkannte an Clarks blitzenden Augen, dass sie genau wusste, was für einen Unsinn er gerade von sich gegeben hatte. Schnell schob er sich eine Veilchenpastille in den Mund, räusperte sich und setzte sich in Bewegung.

»Die Frau heißt Henriette Josephs und ist die Besitzerin des Housel Bay Hotels. Sie kennt unser Opfer.« Die Aufzählung der Fakten entspannte Pantel. »Er heißt Ethelbert Wilson, war Professor für Biologie und lebte seit seinem Ruhestand in Mullion.«

»Angehörige?«

»Ich hoffe, dass uns Mrs Josephs gleich etwas dazu sagen kann.«

Sie erreichten das viktorianische, aus graubraunem Granit erbaute Hotel, das wie eine Festung über die Bucht wachte. Durch eine schwere Eichentür traten sie in einen düsteren Flur, der mit dunklen, wuchtigen Möbeln aus Mahagoni vollgestellt war. Die Wände waren von Fotos und Gemälden, die das Hotel und die Umgebung zeigten, übersät. Ein schwacher Lichtschein kam aus einer Nische, die sich beim Näherkommen als unbesetzte Rezeption entpuppte. Pantel schlug mit der flachen Hand auf die altmodische Tischglocke, und ihr Schellen hallte merkwürdig laut durch das stille Gebäude.

Während Pantel am Tresen gelehnt ungeduldig wartete, schlenderte Clarks an der Wand entlang und betrachtete die vielen Bilder. Zwei Fotos fielen ihr besonders ins Auge.

»Chief, ich habe hier etwas gefunden.«

Pantel stieß sich vom Rezeptionstisch ab und stellte sich neben sie. »Hier, Sir.« Sie wies mit dem Finger auf ein Bild. »Dieses Foto wurde wahrscheinlich irgendwo in der Klippenwand gemacht.« Es waren drei Personen darauf zu sehen, die auf Schaufel und Spitzhacken gestützt in die Kamera lächelten. Darunter standen, in dunkelblauer Kalligrafie, die Namen der beiden blonden Männer und der schwarzhaarigen, südländisch wirkenden Frau: Ethelbert, Nathalia, Simon 2009.

Pantel nahm das gerahmte Foto vorsichtig von der Wand. »Hieß die Frau von Dacosta nicht Nathalia?«

»Genau, Sir.« Dann wies sie auf ein weiteres Foto, das Wilson und Nathalia als Brautpaar zeigte.

»Wilson und Nathalia waren verheiratet? Wenn das tatsächlich Nathalia Dacosta ist, dann hätten wir unser Motiv für den Mord!«

»Kann ich Ihnen irgendwie helfen?« Die beiden Beamten drehten sich um und sahen eine junge Frau in Kochjacke mit schwarzweiß karierten Hose auf sich zukommen, die kastanienroten Locken nachlässig unter ein schwarzes Bandana geschoben.

»DCI Pantel, und das ist meine Kollegin PC Clarks, Mrs …?

»Miss Kathy Josephs. Sagen Sie einfach Kathy zu mir«, antwortete sie ohne ein Lächeln, ihre großen, dunkelblauen Augen traurig auf Pantel gerichtet.

»Kathy, wir würden gern mit Henriette Josephs sprechen.«

»Mum hat sich ein wenig hingelegt. Können Sie nicht später noch einmal vorbeikommen?«

»Das würden wir gern, aber je weniger Zeit vergangen ist, umso genauer sind die Erinnerungen. Darum die Eile.« Pantel setzte ein gewinnendes Lächeln auf.

»Gut, ich werde Mum holen. Setzen Sie sich doch bitte nebenan in den Pub. Kann ich Ihnen etwas anbieten? Tee, Kaffee, Wasser?«

»Danke, nein. Nett von Ihnen.«

Während die junge Frau Richtung Treppenhaus verschwand, gingen Pantel und Ivy durch eine Pendeltür in den Schankraum. Der Pub war sehr traditionell eingerichtet, dunkle, schwere Möbel, ein Teppichboden in blaugrünem Tartan und eine glänzende Mahagonitheke, auf der silberne Schalen mit Knabbereien auf dunkelgrünen Thekenauflagen arrangiert waren.

Pantel ließ sich in einen der bequemen Chesterfield-Ledersessel fallen und schaute sich interessiert um. Ihm gefiel, was er sah. »Wenn das Essen hier genauso geschmackvoll ist wie die Einrichtung, könnte ich mir vorstellen, einmal zum Essen zu kommen.«

»Das Essen ist hervorragend! Die Küche hat sich auf heimische Gerichte mit regionalen Zutaten spezialisiert. Hier gibt es im Winter weder Radieschen noch Erdbeeren. Alles ist saisonal abgestimmt«, antwortete Ivy begeistert.

»Darf ich Sie für Samstag hierhin einladen?« Als Pantel das entgeisterte Gesicht seiner jungen Kollegin sah, fügte er schmunzelnd hinzu: »Ich möchte gern etwas mit Ihnen besprechen. Natürlich rein beruflich.«

»Natürlich, Sir«, erwiderte sie immer noch verwirrt. Dabei wanderte ihr Blick interessierter zur Tür. Pantel wandte den Kopf, um den Grund ihrer plötzlichen Aufmerksamkeit zu erfahren. An den Rahmen gelehnt, stand eine Frau in mittleren Jahren. Ihre kastanienbraunen Locken verrieten Pantel, dass es sich bei ihr um die Mutter von Kathy handeln musste, Henriette Josephs. Die Frau straffte sich und kam zur Sitzgruppe herüber, in der die beiden Beamten saßen.

»Sie wollten mich sprechen?« Ihre Stimme zitterte ein wenig, und ihre Augen waren gerötet.

Pantel erhob sich und reichte ihr die Hand. »Detektiv Chief Inspector Pantel, Police Constable Clarks. Guten Tag, Mrs Josephs. Möchten Sie sich vielleicht setzen?« Er wies mit der Hand auf einen freien Sessel. Die Frau nickte und setzte sich. Sie bemerkte das gerahmte Foto auf dem Beistelltisch, holte ein Taschentuch aus ihrer Rocktasche und fuhr sich damit über die Augen.

»Wir sind gekommen, um Ihnen einige Fragen zu stellen. Sie kannten Ethelbert Wilson, Ma'am?«

»Ja, er war einer unserer treuesten Gäste, seit der ansässige Ornithologen-Verband in unserer Bucht einen Beobachtungsposten eingerichtet hat.«

»Die Grotte in den Klippen dient also zur Vogelbeobachtung?«

»Ja.«

Pantel nahm das Bild zur Hand und hielt es so, dass Henriette es anschauen konnte. »Ist das ein Foto aus der Zeit, als dieser Posten hier gebaut worden ist?«

»Ja. Bert, seine Frau Nathalia und Simon Vrane, der letztes Jahr verstorben ist, waren federführend, was den Ausbau des Postens betraf.«

»Wissen Sie, wo wir Nathalia Wilson finden können, beziehungsweise, gibt es noch weitere Angehörige?«

»Nun, Nathalia ist schon vor einigen Jahren zurück in ihre Heimat Portugal gegangen.« Clarks und Pantel warfen sich einen kurzen, bestätigenden Blick zu. »Soweit ich weiß, hat sie sich aber nie von Bert scheiden lassen. Andere Angehörige gibt es meines Wissens nicht.«

»Können Sie uns sagen, wie Nathalia mit Mädchennamen hieß?«

»Natürlich! Die beiden haben doch bei uns ihre Hochzeit gefeiert. Ich war sogar Trauzeugin. Dacosta da Santa Maria.« Sie wischte sich erneut über die tränengefüllten Augen.

»Haben Sie vielleicht auch den Exmann von Nathalia kennengelernt?«

»Nein, sie hat nie viel über ihre erste Ehe gesprochen. Doch ich weiß, dass in der Ehe mit Pedro viele schlimme Dinge passiert waren. So auch der Tod ihres kleinen Sohnes, Stellario. Moment, woher wissen Sie, dass Nathalia schon einmal verheiratet war?«

Pantel legte das Bild vorsichtig zurück auf den Tisch. »Weil sie im Rahmen von Ermittlungen zu einer Mordserie schon als Zeugin von uns befragt wurde. Mrs Josephs, ist Ihnen in den letzten Tagen irgendetwas merkwürdig vorgekommen, oder hat irgendwer ein besonderes Interesse an Mr Wilson gezeigt?«

»Eigentlich war alles so wie immer.« Sie überlegte kurz. »Ich weiß nicht, ob das wichtig ist, aber gestern tauchte ein Mann auf, der gern den Beobachtungsposten nutzen wollte. Bert hatte mit ihm gesprochen und sich für heute früh mit ihm verabredet. Doch dieser Mann rief heute gegen sieben Uhr im Hotel an und bat mich, ihn bei Bert zu entschuldigen, da er sofort zurück nach Newcastle müsse. Und als ich Bert Bescheid geben wollte, habe ich ihn unten am Strand gefunden.« Sie fing an, zu weinen.

Pantel wartete einen Moment, bis Henriette Joseph sich wieder beruhigt hatte. »Dieser Mann, können Sie ihn beschreiben?«

»Er war nicht besonders groß. Blond, aber ich glaube, dass er eine Perücke trug. Das Gesicht – so ein Allerweltsgesicht. Nichts Markantes, nur diese riesige Hornbrille und ein eher ungepflegter Bart. Sein Anzug, na ja, hatte sicherlich schon bessere Zeiten gesehen. Darum habe ich ihm auch sofort geglaubt, als er sich für einen Vogelbeobachter ausgab. Die sehen alle so ein wenig nachlässig aus, wenn Sie wissen, was ich meine.« Pantel nickte verstehend. »Bert sagte«, fuhr sie fort, »dass der Mann auch Bert heißen würde, allerdings ein Kürzel von Robert, Robert Smith. Ach ja, er ist ein Kollege von Ihnen, Police Constable bei der Polizei in Newcastle. Aber es war doch ein Unfall oder nicht? Bert hätte seinem Leben nie selbst ein Ende gesetzt, dazu war er viel zu gläubig.«

Pantel und Clarks tauschten erneut einen schnellen Blick. »Wir müssen erst alle Spuren auswerten, dann wissen wir mehr«, antwortete Pantel behutsam und erhob sich. »Auf jeden Fall haben Sie uns sehr weitergeholfen, Mrs Josephs.«

»Soll ich Nathalia Bescheid geben? Bert hatte ja sonst niemanden.« Henriette Josephs Stimme zitterte ein wenig und erneut füllten Tränen ihre Augen.

»Danke, Mrs Josephs, aber das übernehmen wir.« Er streckte ihr die Hand hin und lächelte ihr aufmunternd zu. »Ich hätte noch eine private Bitte. Könnte ich wohl am Samstagabend einen Tisch für zwei Personen bei Ihnen reservieren?«

»Natürlich, gern. Ist Ihnen sieben Uhr recht, Chief Inspector?«
Dankbar für die Ablenkung lächelte sie nun ebenfalls.

»Das wäre sehr nett. Herzlichen Dank und bis Samstag, Mrs Josephs.« Pantel wandte sich zum Gehen, hielt dann aber inne. »Sagen Sie, hat Ethelbert Wilson je über einen Mann namens Peter Potts gesprochen?«

»Nein, nicht das ich mich erinnere.«

»Potts war Pfleger in einem Seniorenheim in St. Just.«

Henriette schüttelte den Kopf. »Tut mir leid, das sagt mir gar nichts.«

»Falls Ihnen noch etwas einfallen sollte, melden Sie sich bitte bei mir.« Er reichte der Frau seine Karte und verließ gemeinsam mit Clarks das Hotel.

Als sie in den hellen Sonnenschein hinaustraten, bemerkte Pantel den Land Rover des Pathologen auf dem Hotelparkplatz.

»Dr. Gainheart ist angekommen. Lassen Sie uns noch einmal hinunter in die Bucht gehen. Vielleicht hat er schon Neuigkeiten für uns.«

Clarks nickte und lief neben ihrem Chef über den Küstenpfad hinunter zu den Steinstufen, die zum Strand führten. »Nach dem, was uns Mrs Josephs erzählt hat, müssen wir doch von einem Mord ausgehen, Sir?«

»Alles andere wäre mehr als ein merkwürdiger Zufall. Ich hoffe trotzdem, dass unser Doc einen eindeutigen Beweis für einen Mord findet. Prüfen Sie mal, ob es einen Robert Smith bei der Polizei in Northumberland gibt. Ich glaube es zwar nicht, aber wir brauchen einen Nachweis. Und wenn wir zurück im Revier sind, setzen Sie sich bitte mit Wilsons Exfrau in Verbindung.«

»Ja, Sir.« Clarks holte ihr Mobiltelefon aus der Brusttasche, zögerte dann einen Moment. »Glauben Sie, dass unser Täter eventuell doch zur Truppe gehört? Unter anderem Namen vielleicht?«

Pantel blieb stehen und schaute über das Meer. »Diese Frage habe ich mir in den letzten Tagen schon oft gestellt. Zum einen ja. Es würde erklären, warum er so viel über polizeiliche Abläufe weiß. Zum anderen nein. Es könnte ein Trick des Täters sein, sich als Polizist auszugeben, weil das beim Opfer natürlich Vertrauen schafft. Nehmen wir einmal Wilson. Warum hat er sich unbedarft mit einem Fremden in der Dunkelheit an solch einer gefährlichen Stelle verabredet? Wäre James-Holland einfach so, weil sich ein Fremder mit ihm am Mên-an-Tol treffen wollte, dort hingefahren?«

»Sicherlich nicht«, gab die junge Beamtin zu. »Die Masche mit dem Polizeibeamten könnte also eine Strategie sein, um die Opfer in Sicherheit zu wiegen.« Pantel schob sich eine Pastille in den Mund. »Was natürlich nicht ausschließt, dass der Mann tatsächlich bei der Polizei arbeitet oder gearbeitet hat. Und bedenken Sie, Smith alias Dacosta war bei einem Sicherheitsdienst beschäftigt. Das kommt unserer Berufsgruppe doch schon sehr nah.«

Sie nickte. »Dann setze ich mich mal mit den Kollegen in Newcastle in Verbindung. In der Bucht gibt es sicherlich kein Netz.«

Pantel begann mit dem Abstieg. Die breiten Stufen waren in Beton gegossen und ermöglichten ein gefahrloses Begehen. *Ganz anders als drüben in der Klippenwand*, sinnierte er. Er blieb stehen und schaute hinauf zu der vermeintlichen Absturzstelle. Bloombottems roter Schopf leuchtete in der Morgensonne. *Unser Mann kennt sich hier in Cornwall aus. Er muss von hier sein.* Pantel griff nach seinem Telefon. Noch hatte er Empfang.

»Jenkins, überprüfen Sie bitte alle Sicherheits-dienste hier in Cornwall. Vielleicht arbeitet Smith immer noch in seinem alten Beruf nur unter einem anderen Namen. Und dann benötige ich einen Bericht über unser neues Opfer, Professor Ethelbert Wilson.«

»Mache ich, Sir. Glauben Sie denn, dass es auch dieses Mal Smith war?«

»Ich glaube es nicht, ich weiß es. Die Frau, die unser Opfer gefunden hat, gab an, dass ein Robert Smith sich für heute früh mit Wilson verabredet hatte.«

»Dann ist der Typ ja bald mit seiner Liste durch, Sir.«

»Da haben Sie wohl leider recht, Sarge. Apropos, wo ist eigentlich unser Smith?«

»Keine Ahnung, Sir.« Ihre Stimme nahm einen ironischen Ton an. »Wahrscheinlich wieder auf der Jagd nach Potts.«

Pantel fand den Doktor im Gespräch mit Brown. »Guten Morgen, Doc. Und, haben Sie etwas Neues für mich?«

»Er nun wieder!« Gainheart zwinkerte dem Forensiker zu. »Die personifizierte Ungeduld. Guten Morgen, Chief. Todeszeitpunkt gegen vier, plus minus eine halbe Stunde. Eindeutig Genickbruch. Ob es Fremdverschulden war, werde ich bei der Obduktion feststellen oder auch nicht.«

»Es ist Fremdverschulden«, stellte Pantel fest, und als er die ungläubigen Mienen der beiden Männer sah, fügte er erläuternd hinzu: »Die Besitzerin des Hotels hat ausgesagt, dass sich ein Robert Smith mit unserem Opfer für heute früh verabredet hatte.«

»Teufel auch!«, polterte Brown los. »Wenn ich diesen Kerl zu fassen bekomme ...«

»... nehmen Sie ihn fest und bringen ihn zu mir«, ergänzte Pantel schmunzelnd.

»Na klar«, ging der DI auf den lockeren Ton ein. »Aber erst einmal werde ich mit ihm ein paar Takte reden.«

»Sagen Sie Bescheid, wenn Sie ihn haben«, mischte sich nun auch Gainheart ein. »Ich habe mit dem Burschen auch noch ein Hühnchen zu rupfen. Ständig muss ich seinetwegen auf Treppen und Klippen herumkraxeln. Kann er denn die Leute nicht einfach in ihren Betten umbringen?«

Pantel hatte Mühe, nicht zu grinsen. Er wusste, dass sowohl Pathologen als auch Leute wie Brown oft Schwierigkeiten hatten, mit ihrem Job klarzukommen. Er kannte einige, die deshalb zu Alkoholikern geworden waren oder komplett durchdrehten. Aber diese beiden Männer hatten ihre ganz eigene Schutzstrategie entwickelt: schrägen Humor.

»Und bei Ihnen, Brown? Irgendwelche Spuren?«

»Hier unten nicht. Vielleicht oben. Habe zwei meiner Jungs zu dieser elendigen Treppe geschickt. Die anderen suchen nach der Stelle, an der der Täter eventuell seinen Wagen abgestellt haben könnte. Er wird sicherlich nicht oben beim Hotel geparkt haben.«

»Das glaube ich auch nicht. Ich werde jetzt wieder zurück nach Penzance fahren. Falls noch irgendetwas sein sollte, erreichen Sie mich über mein Mobiltelefon.«

Eine halbe Stunde später standen Pantel, Clarks und Bloombottem erneut im Stau bei Helston. Genervt sah Pantel auf die Uhr. Ivy hatte die Kollegen in Newcastle angerufen. Wie erwartet, gab es dort keinen Polizisten namens Robert Smith und auch keinen Beamten, der der Beschreibung des mutmaßlichen Täters entsprach. Dafür konnte Bloombottem berichten, dass das Team von der Spurensicherung zwei frische, unterschiedliche Fußabdrücke am Klippenrand gefunden hatte.

Endlich hatten sie das Ende der Baustelle erreicht, und nun ging es über die A394 etwas flotter voran. Als schließlich St. Michael's Mount in Sicht kam, atmete Pantel erleichtert auf. Er schaute erneut auf die Uhr. Die erste Fallbesprechung mit dem Team würde pünktlich um drei beginnen können. Sie passierten gerade den ersten Kreisverkehr, der in die Stadtmitte führte, als sein Telefon klingelte.

»Jenkins, Sir. Wir haben ein Problem«, tönte es ein wenig verzerrt durch die Freisprechanlage. Alle drei Insassen des Polizeifahrzeugs starrten gebannt auf den Lautsprecher. »DS Smith hat sich gerade gemeldet. Er hat Potts gefunden.«

»Und wo ist das Problem?«, fragte Bloombottem vom Rücksitz überrascht.

»Potts ist tot.«

»Ach du Schei…!«, rutschte es dem Sergeant heraus.

»Wo ist Smith jetzt?« Pantel zwang sich zu einem professionellen Ton.

»Am Penleen Quarry. Ein Steinbruch etwa vier Meilen südlich von Penzance, Sir.«

»Ich weiß, wo das ist«, erneut meldete sich die Stimme Bloombottems von hinten.

»Sie können direkt von der Cliff Road durch das Osttor auf das Betriebsgelände fahren. Das Tor ist geöffnet, Sir.«

»Danke, Jenkins. Wir sind gerade in Penzance angekommen, fahren jetzt aber direkt durch. Setzen Sie sich mit Brown und Gainheart in Verbindung. Sie sollen, sobald sie in der Housel Bay fertig sind, zu diesem Quarry kommen.« Pantel legte auf und schaltete das Blaulicht sowie die Sirenen ein.

»Was ist das für ein Steinbruch?«

»Im Quarry wurde Schotter für Eisenbahnstrecken abgebaut, ist aber seit den Sechzigern stillgelegt, Sir«, antwortete Ivy. »Es hat sich dort über die Jahre ein Grundwassersee gebildet. Da das Ganze recht malerisch liegt und nur durch eine Straße vom Meer getrennt wird, existieren Pläne, diesen See mit dem Meer zu verbinden und dort einen Yachthafen mit entsprechenden Luxushäusern anzulegen.«

14:05 Mousehole/Penleen Quarry

Schließlich erreichten sie das Betriebsgelände der früheren Penleen Quarry Railways. Sie fuhren durch das geöffnete Tor über eine geteerte Zufahrt, die auf einem Schotterplatz endete. Drei heruntergekommene Baracken mit rostigen Wellblechdächern, zerborstenen Fensterscheiben und Holztüren, die schräg in den Angeln hingen, duckten sich unter einer rostrot leuchtenden Felswand. Davor parkten ein meerblauer Wagen mit der Aufschrift Global Marine Development und DS Smiths silberner Astra – doch von den Fahrern keine Spur. Die drei Beamten stiegen aus und gingen zum Steilufer des grünlich schimmernden Sees. Clarks entdeckte als Erste die Männer am gegenüberliegenden

Ufer. Einige Yards von diesen entfernt stand ein Fahrzeug der Feuerwehr, an dessen Seilwinde ein roter Kleinwagen hing. Ein Taucher ließ sich langsam von einem aufblasbaren Motorboot in den See gleiten und verschwand in der Tiefe. Einer der Männer am Ufer hatte Pantel und die beiden Officer bemerkt und winkte. Dann machte er eine Bewegung, als hielte er ein Steuer in der Hand und zeigte im weiten Bogen am Ufer entlang.

»Dort drüben ist Peter Smith.« Ivy zeigte mit der Hand über das Wasser. »Scheint, als möchte er, dass wir mit dem Wagen um den See fahren, Sir.«

»Brown bekommt die Krise, wenn er erfährt, wie viele Leute durch seinen Tatort trampeln«, brummte Bloombottem. »Hat Smith eigentlich noch alle beisammen?«

»Vielleicht glaubt er ja, dass er den leitenden Ermittler spielen darf«, bemerkte Ivy ironisch.

»Dann sollten wir jetzt retten, was noch zu retten ist. Also los!«, drängte Pantel und stieg in den Wagen. Über eine schmale Schotterpiste gelangten sie zum anderen Ufer.

»Sir, endlich mal ein richtiger Erfolg!«, rief der Sergeant schon von Weitem und kam den drei Neuankömmlingen strahlend entgegen.

»Wüsste nicht, was an einem toten Verdächtigen ein Erfolg sein soll«, grummelte Bloombottem erneut, bekam von Ivy Clarks aber einen kräftigen Stoß in die Rippen und verstummte.

»Dann meinen herzlichen Glückwunsch, Sergeant!« Pantel reichte Smith die Hand und lächelte. »Wenn Sie sicher sind, dass es sich um Potts handelt, haben Sie Ihre Aufgabe gelöst und können sich wieder dem Team anschließen.«

»Ja, Sir«, erwiderte Smith fröhlich, gerade so, als hätte er den letzten Satz seines Chefs gar nicht gehört. »Zwar lag der Tote wohl schon einige Zeit im Wasser, aber man kann ihn eindeutig erkennen. Außerdem ist das sein Wagen.«

»Was macht der Taucher da unten?« Zwar lächelte Pantel weiterhin, doch seine Stimme hörte sich nicht mehr ganz so freundschaftlich an. Smith jedoch schien es in seiner Euphorie nicht zu bemerken.

»Das ist jemand von der Feuerwehr. Ich habe ihm gesagt, dass er den Grund um die Fundstelle des Wagens herum absuchen soll.«

»Haben Sie das mit Brown abgestimmt, Sergeant?« Pantels Stimme gewann langsam an Schärfe. Endlich stutzte Smith und begriff, dass sein Vorgesetzter mit seinem Handeln nicht zufrieden zu sein schien.

»Nein, Sir. Ich dachte …«, versuchte er eine Erklärung, wurde von Pantel aber harsch unterbrochen. »Solche Maßnahmen werden von DI Brown oder dem leitenden Ermittler angeordnet. Außerdem laufen die Leute hier ohne Schutzkleidung herum. Viel Spaß, wenn Sie die Kontaminierungen nachher dem Chef der Forensik erklären müssen.«

»Ich glaube nicht, dass hier noch irgendwelche Spuren zu finden sind, Sir.« Verärgert funkelte der Sergeant seinen Chef an. »Wir sprechen hier von mindestens zwei Wochen, die der Wagen und die Leiche im Wasser lagen.«

»Damit kommt Potts als Täter nicht mehr infrage«, schlussfolgerte Ivy Clarks, ein Versuch, die beiden Männer von ihrer offen zutage getretenen Feindseligkeit abzulenken. »Potts ist doch sicherlich nicht aus Versehen in den See gestürzt. Das wäre schon ein sehr außergewöhnlicher Zufall.«

Smith drehte sich zu Clarks um und musterte sie abschätzend. »Nein, er ist ohne Zweifel ermordet worden. Man hat ihm eine Plastiktüte über den Kopf gezogen.«

»Und wie konnten Sie dann Potts identifizieren?«, blaffte Pantel den DS an.

»Indem ich die Tüte aufgeschnitten habe«, antwortete der Sergeant unwirsch.

Bloombottem, der sah, dass sich die Gesichtsfarbe seines Chefs in ein dunkles Rot färbte, wusste, dass er etwas unternehmen musste, damit die aufgeheizte Stimmung abkühlte. »Dann hat unser Täter Potts, warum auch immer, hier entsorgt?«, fragte er wie beiläufig.

»Genau!«, pflichtete ihm Clarks eilig bei. »Vielleicht wollte Robert Smith sich des einzigen Mitwissers entledigen.« Doch dann stockte sie. Eine irrwitzige Idee formte sich in ihrem Kopf. »Aber vielleicht ist Peter Potts gar kein Mitwisser.«

Sofort hatte sie die ungeteilte Aufmerksamkeit der drei Männer. Sie stellte mit Genugtuung fest, dass der Zorn der beiden Kampfhähne augenblicklich verraucht war.

»Sondern?«, fragte Pantel.

»Was wäre, wenn der Täter den Verdacht ganz bewusst auf Potts gelenkt hat. Potts war Teil seines Plans, um von sich selbst abzulenken. Als wir Potts dann schließlich im Visier hatten, musste er ihn verschwinden lassen. Er konnte nicht riskieren, dass wir Potts schnappen und verhören. Also hat er ihn getötet und seine Wohnung für uns so präpariert, dass wir von Potts' Flucht und damit seiner Schuld überzeugt sein mussten.«

»Was der Täter aber nicht einkalkuliert hatte, war, dass Sie, Sir, weiter an Robert Smith als Verdächtigem festhielten«, spann Smith den Faden weiter.

»Und, er hatte ebenfalls nicht einkalkuliert, dass wir Potts' Leiche so schnell finden würden«, fügte die Beamtin hinzu und schaute Pantel, der nachdenklich auf einer Veilchenpastille kaute, erwartungsvoll an.

»Diese Theorie würde einige unserer Fragen beantworten. Nicht wahr, Sir?«, mischte sich Bloombottem nun ebenfalls in das Gespräch.

Pantel nickte leicht. »Wir müssen diese Überlegung nachher in der Teambesprechung eingehend diskutieren. Guter Gedanke, Clarks.« Dann wandte er sich erneut Smith zu. »Wer hat die Leiche gefunden, Sergeant?«

»Ein gewisser Jack Hillman, Sir. Er ist zuständig für die Sicherheit der verschiedenen Objekte, die der GM Development gehören.« Smith zeigte zu einem älteren Mann in einer meerblauen Weste, auf der das Logo des Unternehmens zu sehen war.

Pantel ging hinüber zu Hillmann und stellte sich vor. »Sie haben das Opfer gefunden, Sir?«

»Ja, Chief Inspector. Ich komme alle vier Wochen vorbei, um nachzusehen, ob hier alles in Ordnung ist. Es gibt immer wieder Leute, die den Zaun durchschneiden, um hier Partys zu feiern oder, noch gefährlicher, im See zu schwimmen.«

»Kommt das häufig vor?«

»Na, so fünf bis sechs Mal im Jahr. Ich muss dann dafür sorgen, dass alles wieder repariert wird, und manchmal muss ich auch Müllmann spielen.« Der Mann grinste. »Was ich hier schon alles gefunden habe ...«

»Wann waren Sie das letzte Mal hier, Mr Hillmann?«

»Am 3. Juni«, antwortete er, ohne zu überlegen. »Es war eine Sonderkontrolle, da Nachbarn am Abend zuvor Lichter im Steinbruch gesehen haben wollen. Aber wir konnten nichts finden. Zäune und Tor waren unbeschädigt.«

»Dann wäre Ihnen der Wagen im Wasser sicherlich schon damals aufgefallen?«

»Nun, wissen Sie, wir haben die üblichen Stellen an den Zäunen und das Haupttor geprüft und nur einen Teil des Geländes abgesucht.« Er kratzte sich am Kopf. »Hier hinten waren wir nicht.«

»Also könnte der Wagen schon vor dem dritten Juni versenkt worden sein.«

Hillman nickte stumm.

»Was glauben Sie? Wie ist der Täter mit dem Auto und der Leiche hier unbemerkt auf das Gelände gekommen?«

»Mit einem Wagen hier hereinzukommen, ist im Grunde nicht möglich. Man benötigt einen Zahlencode für das Tor. Aber warten Sie mal.« Hillmann kletterte einen Hang hinauf, ging auf ein hohes, dichtes Gestrüpp zu und verschwand dahinter. Pantel folgte ihm zögernd. Dann hörte er Hillmann ausrufen: »Das gibt es doch nicht!«

Als er den Mann von der GM Development schließlich einholte, stand dieser an einem alten verrosteten Tor und besah das Schloss. »Sehen Sie, Chief Inspector! Jemand hat das Schloss geknackt und dann alles so hergerichtet, als wäre es noch intakt.« Er zeigte auf einen sehr dünnen Draht, der die Torflügel in Höhe des Schlosses zusammenhielt. »Und hier ist erst vor Kurzem jemand durchgefahren«, er wies auf im Schotter vorhandene Schleifspuren der Torflügel. »Dieses Tor ist schon seit Jahren nicht mehr benutzt worden. Es war von Brombeerranken überwuchert und wurde darum von uns auch nicht mehr kontrolliert. Wer immer hier durchgefahren ist, musste erst all die Ranken zurückschneiden.« Zum Beweis griff Hillman nach einem der dornigen Zweige, an dem Schnittspuren zu erkennen waren.

»Wie gelangt man von außen an das Tor?«, fragte Pantel.

»Nur über ein Gewirr von Feldwegen. Selbst ich würde den Weg nicht auf Anhieb finden.«

»Gut. Die Spurensicherung wird sich darum kümmern. Lassen Sie uns wieder nach unten gehen.«

Zurück am Ufer erzählte Hillman vom Auffinden des Autos, dem Einsatz der Feuerwehr und schließlich dem Entdecken der Leiche. Danach zog Pantel seinen Schutzanzug an und ging hinüber zu dem roten Kleinwagen. Das Seitenfenster der Fahrerseite war heruntergekurbelt. Hinter dem Lenkrad saß der leblose Körper eines angeschnallten Mannes. Die Plastiktüte, von der Smith gesprochen hatte, war auf einer Seite aufgeschnitten und so weit auseinandergezogen worden, dass das Gesicht des Toten frei lag. *Verflixter Trottel*, dachte Pantel und merkte, wie die Wut auf Smith erneut in ihm hochkochte. *Brown bringt ihn um!*

Pantel beugte sich ein wenig vor. Der Mann trug einen ausgeleierten, grauen Sweater, Jeans und Turnschuhe. Anhand des Allgemeinzustands des Körpers kam er ebenfalls zu dem Schluss, dass die Leiche seit mindestens zwei Wochen im Wasser gelegen hatte. Er ging zurück zu den anderen und schlüpfte aus der Schutzkleidung.

»Bloombottem, informieren Sie bitte Hicks, dass er zwei Officer zum Sichern des Tatorts herschickt.«

»Mach ich, Chief.«

»Smith, Sie bleiben hier, bis die Officer eintreffen. Danach kommen Sie ins Revier zur Teambesprechung.« Der Sergeant nickte. »Ach ja, und sagen Sie Hillmann, dass er morgen zu uns kommen soll, damit wir seine Aussage protokollieren können.«

»Ja, Sir.«

»Clarks, Bloombottem, wir fahren zurück nach Penzance.«

Als Sie auf die Cliff Road abbogen, wählte Pantel Browns Nummer. Brown meldete sich nach dem ersten Ruf. Als dieser den kurzen Bericht zum neuen Leichenfund hörte, dröhnte sein lauter Bass durch die Freisprechanlage:

»Schöne Scheiße, Chief. Dieser Kerl hat aber auch ein Händchen dafür, uns richtig Arbeit zu machen.«

»Da gebe ich Ihnen recht, Brown. Wo stecken Sie gerade?«

»Im Stau bei Helston. Ich denke, dass wir noch einige Zeit brauchen. Und bei diesem Chaos hier nützt uns das Blaulicht auch nicht viel.«

»Haben Sie an der Housel Bay noch etwas entdeckt?«

»Wir haben oben auf den Klippen Fußabdrücke von zwei verschiedenen Personen gefunden. Der eine ist eindeutig von Wilson und der andere stammt von einem Wanderschuh mit der Größe 45.«

»Auch Wanderschuhe werden, genau wie Gummistiefel, in der Regel immer eine Nummer größer gekauft«, bemerkte Pantel.

»Genau das Gleiche habe ich auch gedacht«, bestätigte der Forensiker. »Jedenfalls haben wir auf der sechsten Stufe Spuren gefunden, die darauf hindeuten, dass Wilson dort abgestürzt ist.«

»Gab es einen Kampf?«

»Glaube ich nicht, Chief. Ich tippe, dass der Mörder hinter Wilson herging und ihm dann einen kurzen Stoß versetzt hat.«

»Konnten Sie herausfinden, wo der Täter seinen Wagen abgestellt hatte?«

»Ja, nicht weit von den Klippen entfernt, hinter einer Hecke. Wir haben zwar nur Fragmente von Reifenspuren gefunden, aber ich bin mir sicher, dass es die gleichen sind wie bei Porthcurno.«

»Danke, Brown. Aber weshalb ich Sie eigentlich anrufe: Einige Yards oberhalb des Fundorts von Potts' Wagens ist ein Gebüsch und dahinter versteckt eine Zufahrt. Können Sie nachprüfen, ob und wann das letzte Mal ein Wagen dort durchgefahren ist?«

»Klar, Chief. Eine unserer einfachsten Aufgaben. Und wie sieht es dort sonst aus?«

»Leider haben sich dort bereits die Feuerwehr und ein Mitarbeiter des Eigentümers aufgehalten. Und DS Smith hat einem Taucher der Feuerwehr gesagt, dass er den Grund des Sees absuchen soll.« Pantel hatte als Antwort auf die Neuigkeit mit einer Tirade von Schimpfworten gerechnet, aber am anderen Ende blieb es unerwartet still. Also fuhr er fort: »Übrigens steckte der Kopf des Opfers in einer Plastiktüte. Leider hat unser Sergeant in seinem Eifer die Tüte aufgeschnitten, um das Gesicht des Toten sehen zu können.« Immer noch Stille.

»Brown, sind Sie noch dran?«

»Ja!« Dann polterte Brown los: »Ist Smith Detective Sergeant oder Polizeianwärter? Sagen Sie ihm, dass ich ihm, wenn er mir über den Weg läuft, nicht nur seine Hammelbeine langziehen werde!«

»Es wird mir ein Vergnügen sein, ihm das auszurichten!« Grinsend kniff Pantel Clarks, die sichtlich Mühe hatte, nicht zu lachen, ein Auge zu.

Kurz vor Penzance fuhr Pantel auf den gekiesten Parkplatz einer Fish-and-Chips-Bude.

»Ich muss unbedingt etwas essen«, erklärte er seinen Mitfahrern. »Wer weiß, wann wir heute wieder die Möglichkeit dazu haben. Kommen Sie, ich lade Sie beide zu einer Runde Fish and Chips ein.« Ohne eine Antwort abzuwarten, stieg er aus.

15:45 Penzance/Polizeirevier
Als die drei endlich die Polizeistation in Penzance betraten, wurden sie von einem ernst dreinblickenden Hicks empfangen.
»Wieder ein Brief, Sir. Taylor hat ihn unter dem Scheibenwischer Ihres Wagens gefunden.« Er reichte Pantel einen Beweismittelbeutel, in dem sich ein Umschlag befand.

Pantel zögerte einen Moment, als wolle Hicks ihm eine Bombe überreichen, griff dann aber beherzt zu. »Mal sehen, was unser Mann heute schreibt. Ich hoffe nur, dass das der letzte Brief dieser Art ist, Hicks.«

»Das hoffe ich auch, Sir!«

Während Bloombottem und Clarks in den umfunktionierten Besprechungsraum gingen, verschwand Pantel in sein Büro. Er setzte sich an seinen Schreibtisch und legte den Umschlag vor sich auf die Unterlage. Eine Weile starrte er das cremefarbene Papier an; er wollte eigentlich gar nicht wissen, was der Schreiber dieses Mal wieder von sich gegeben hatte. Doch Zögern half nicht. Er nahm den Umschlag in die Hand und riss ihn auf. Dann zog er das Büttenpapier heraus und faltete es auseinander.

Sehr geehrter Chief Inspector,
heute mute ich Ihnen ein wenig mehr Arbeit zu. Ich bin richtig stolz, dass meine Planung, Ihnen gleich zwei Opfer präsentieren zu können, tatsächlich so gut gelungen ist. Wobei ich zugeben muss, dass Potts ein Kollateralschaden ist. Sie glauben ja gar nicht, was für einen Spaß es mir bereitet hat, Sie auf seine und damit falsche Spur zu bringen. Doch ich konnte nicht riskieren, dass Sie Potts schnappen, bevor ich in Ruhe mit meiner Arbeit weitermachen konnte. Pech für diese jämmerliche Gestalt.

Haben Sie sich denn schon ein wenig mit dem Opfer Wilson beschäftigen können? Ein wirklich gemeiner Typ und das nicht nur, weil er mir meine Nathalia weggenommen hat. Fragen Sie einmal in der Uni in London nach – er hatte dort keine Freunde, weder unter den Kollegen noch unter den Studenten.

Aber das ist jetzt alles Schnee von gestern. Wir beide befinden uns nämlich auf der Zielgeraden. Am 25. Juni wird es die letzte Leiche geben. Sie wird man aber erst einen Tag später finden. Dafür werde ich Sorge trage.

Eigentlich schade, dass dann alles vorbei sein soll, aber so spielt halt das Leben.

Ich wünsche Ihnen für Ihren zukünftigen Weg alles Gute!

Ihr Mörder, Robert Smith

Pantel schlug voll Wut mit der flachen Hand auf den Schreibtisch. »Was für ein arroganter Mistkerl!«, schimpfte er laut und fuhr erschrocken zusammen, als er ein Räuspern vernahm. Smith lehnte am Türrahmen der offenen Bürotür und musterte seinen Vorgesetzten. Dann stieß er sich ab und schlenderte auf Pantels Schreibtisch zu.

»Hat der Kerl wieder mal seinen ätzenden Sermon abgesondert?« Er beugte sich vor und drehte den Brief so, dass er ihn besser lesen konnte. Dann richtete er sich wieder auf und schnalzte mit der Zunge. »Es wird höchste Zeit, dass wir den Drecksack schnappen, Sir!«

Pantel fixierte Smith. *Und wenn du mit uns zusammenarbeiten würdest, hätten wir ihn wahrscheinlich längst,* dachte er verbittert. »Smith, wir beide müssen uns unterhalten.« Er stand auf. »Ich hole mir nur schnell einen Kaffee. Wollen Sie auch einen?«

»Diese Brühe, nein danke, Chief.«

»Gut. Ich bin gleich zurück.« Pantel verschwand im Flur Richtung Kaffeeautomat. Er brauchte einen Moment Abstand, um sich zu sammeln. So verärgert, wie er war, würde das Gespräch mit Sergeant Smith mit Sicherheit aus dem Ruder laufen. Gebannt beobachtete er, wie das heiße Getränk in den Pappbecher floss, und spürte, wie er sich langsam entspannte. Er atmete zweimal tief durch und kehrte in sein Büro zurück. Smith hatte es sich mittlerweile auf seinem Bürosessel bequem gemacht und den Computer hochgefahren. Pantel setzte sich ebenfalls hinter seinen Schreibtisch und stellte vorsichtig den heißen Becher auf der Tischplatte ab.

»Smith, es gibt da etwas, das ich mit Ihnen klären muss.«

Fast gelangweilt trennte sich der Sergeant vom Bildschirm und ließ sich lässig gegen die Rückenlehne fallen, den Blick nun spöttisch auf seinen Chef gerichtet.

»Potts ist ja nun wieder aufgetaucht.«

»Im wahrsten Sinne des Wortes, Sir«, warf Smith ironisch ein, doch Pantel ließ sich davon nicht aus dem Konzept bringen.

»Leider können wir ihn nicht mehr als Zeugen befragen. Trotzdem, wir haben durch den Brief jetzt Sicherheit, dass er die Morde nicht begangen hat. Sie, Smith, waren mit der Fahndung nach Potts betraut. Dass er schließlich aufgefunden wurde, ist einem Zufall geschuldet und nicht Ihr persönlicher Verdienst.«

Pantel konnte beobachten, wie der gleichmütige Gesichtsausdruck seines Gegenübers verschwand und Anspannung Platz machte. »Sie haben stundenlang allein Ermittlungen angestellt, sind zu unseren Teambesprechungen kaum erschienen. Die Informationen, die Sie uns zukommen ließen, waren keine Erfolgsgeschichten, die uns bei der Ergreifung des wirklichen Mörders weitergeholfen hätten. Es gab sogar Informationen, die sich als falsch herausgestellt haben.«

»Ach, so sieht das aus!« Smith hatte sich nun aufgerichtet, und Wut schoss aus seinen Augen. »Ausbooten wollten Sie mich und den Erfolg allein in Anspruch nehmen.«

»Reden Sie keinen Unsinn, Sergeant!«, unterbrach Pantel ihn mit erhobener Stimme. »Ich weiß, dass sie ein sehr guter Ermittler sind. Aus diesem Grund glaube ich, dass Sie bei Ihrer Recherche viele Dinge herausgefunden haben, die für die Lösung des Falls wichtig wären. Nur leider haben Sie viele der Informationen nicht mit uns geteilt. Und ich glaube ebenfalls, dass Sie, genau wie ich, vermuteten, dass Potts nicht der Mörder sein konnte. Also gehe ich davon aus, dass Sie sich vorgenommen hatten, den Fall im Alleingang zu lösen.« Pantel verstummte und blickte Smith mit hochgezogenen Augenbrauen an.

»Was wollen Sie eigentlich von mir?«, brauste dieser auf.

Für Pantel war klar, dass Smith mit dieser Frage versuchte, Zeit zu schinden, darum verhielt er sich weiterhin ruhig und wartete ab.

»Ich habe nichts getan, was die Lösung des Falls behindert hätte!« Röte breitete sich vom Hals aufwärts über Smiths Gesicht aus. »Ich habe nach bestem Wissen und Gewissen gehandelt. Außerdem, welche falschen Informationen soll ich Ihnen denn gegeben haben?«

»Nun«, Pantel räusperte sich kurz. »Auf den Überwachungsbändern, die Sie angesehen haben, taucht der Wagen von Potts sehr wohl auf. Am Steuer sitzt der Mann, der von den Zeugen und Kameras in dem Pub beobachtet wurde.«

»Sie haben die Bänder noch einmal kontrollieren lassen?« Smiths Stimme überschlug sich fast.

»Ja, durch Sergeant Jenkins. Und ich frage mich, warum Ihnen Potts Wagen nicht aufgefallen ist?«

»Weil ich nach stundenlangem Filmeschauen vielleicht übermüdet war?« Schmollend ließ sich der Beamte wieder zurück in seinen Stuhl fallen.

»Sergeant, Sie wissen ganz genau, dass Sie selbst dafür verantwortlich sind, bei solch wichtigen Recherchen fit zu sein. Mir könnte natürlich auch der Gedanke kommen, dass Sie das Auftauchen des Polos einschließlich des vermeintlichen Täters bewusst verschwiegen haben, um einen Vorsprung zu unseren Ermittlungen zu haben.«

»Das stimmt nicht«, antwortete Smith aufgebracht. Dann jedoch ging eine Veränderung in ihm vor. Die Wut verschwand, und es schien so, als würde er sich ergeben. »Ich war tatsächlich vollkommen übermüdet. Dabei muss mir der Wagen wohl durchgegangen sein«, gab er nach kurzem Zögern zu. »Sir, ich wollte den Kerl unbedingt schnappen, darum habe ich nicht für mich selbst gesorgt. Ein Fehler, der mir sicherlich auch meine Magen-Darm-Geschichte eingebracht hat.«

Pantel musterte Smith aufmerksam und wog ab, inwieweit er ihm Glauben schenken konnte. Smith hielt seinem Blick stand.

»Gut, Sie bekommen von mir noch eine Chance. Voraussetzung ist, dass Sie alles, was Sie sonst noch recherchiert haben, in unsere Teamarbeit einbringen und auf zukünftige Alleingänge verzichten. Ich hoffe, dass Sie mich verstanden haben, Smith. Ich möchte nur ungern mit Thomson über Sie reden müssen. Und noch eines: Wenn wir diesen Fall lösen, so ist es der Erfolg des gesamten Teams und nicht der eines einzelnen Beamten.«

»Ja, Sir! Danke, Sir!«, kam zögernd die kleinlaute Antwort.

Pantel erhob sich und griff nach seinem Kaffeebecher. »Dann wollen wir mal. Die anderen warten sicherlich schon auf uns.«

16:05 Penzance/Polizeirevier

»Nun, wie Sie alle wissen, haben wir heute zwei Leichen gefunden.« Pantel pinnte das Hochzeitsbild von Wilson und Nathalia an das Glasboard unter die Rubrik Opfer. »Ethelbert Wilson, 65 Jahre, emeritierter Professor aus London, lebte zuletzt in Mullion und war Vorsitzender des dortigen Ornithologen-Verbandes. Verheiratet mit Nathalia Dacosta da Santa Maria, Exfrau von Robert Smith alias Pedro Dacosta.«

Ein überraschtes Raunen ging durch den Raum.

»Wir wissen jetzt, ohne Zweifel, dass Robert Smith Wilson ermordet hat«, fuhr Pantel fort und blendete den jüngsten Brief des Täters ein. »In diesem Schreiben teilt uns Robert Smith mit – achten Sie auf die Unterschrift –, dass er sowohl Wilson als auch Potts, unser zweites, heutiges Opfer, getötet hat. Danach ist Ihre Vermutung, PC Clarks, dass Potts die ganze Zeit nur ein Ablenkungsmanöver für uns sein sollte, richtig.« Die Anwesenden schauten zu der errötenden Beamtin hinüber, und einige nickten anerkennend. »Potts ist uns ja allen hinlänglich bekannt.« Pantel nahm Potts' Bild aus dem Bereich der Verdächtigen und pinnte es unter den Begriff Opfer. »Er wurde vom Täter gezielt als Verdächtiger aufgebaut, hatte mit der Mordserie jedoch nichts zu tun. Auch ist das Motiv seiner Tötung ein anderes als bei den übrigen Opfern.«

»Sozusagen ein Begleitschaden, Sir«, bemerkte Hicks.

»Wenn Sie so wollen, Constable.« Pantel nahm das Foto der Überwachungskamera, das den alten Polo von Potts zeigte, zur Hand und pinnte es ebenfalls ans Board. »Wie wir wissen, wurde dieses Bild am 1. Juni gegen neun Uhr abends in der Nähe des Drift Reservoirs aufgenommen. Wir können davon ausgehen, dass die Leiche von Potts bereits im Wagen lag und von Robert Smith zum Quarry gebracht wurde. Laut dem Mitarbeiter der GM Development wurden in derselben Nacht von Nachbarn Lichter im Steinbruch gemeldet. Der Mitarbeiter, ein Mr Hillmann, hatte dann am 3. Juni eine Kontrollrunde gemacht, aber nichts Ungewöhnliches feststellen können. Er hatte sich allerdings lediglich auf das Haupttor und den vorderen Teil des Geländes beschränkt.« Pantel fuhr mit seinem Bericht von Hillmanns Entdeckung am Südtor fort und beschrieb dann den Tatort und die Leiche.

PC Taylor, dieses Mal die Strähne in seinem Haar in Feuerrot gefärbt, meldete sich: »Wenn unser Täter mit Potts' Wagen zum Quarry gefahren ist, wie ist er von dort wieder weggekommen?«

»Gute Frage! Ich denke, dass DI Brown vielleicht etwas finden wird. Ansonsten, Constable, kümmern Sie sich doch um die Kameras im Umkreis des Steinbruchs. Vielleicht entdecken Sie den silbernen Astra oder sonst etwas Ungewöhnliches.«

»Mache ich, Sir«, antwortete Taylor erfreut über seinen neuen Auftrag.

»DS Smith, Sie fahren mit dem neuesten Foto unseres Täters noch einmal nach St. Just und befragen die Nachbarn, ob ihnen dieser Mann aufgefallen ist. Vielleicht können wir dadurch die Zeitabläufe besser eingrenzen.«

»Ja, Sir«, stimmte der Sergeant sofort zu.

Clarks suchte Pantels Blick. *Warum übernimmt Smith so handzahm eine Aufgabe, die normalerweise von einem Constable durchgeführt wird?* Pantel nickte ihr unmerklich zu. *Dann hat der Chief ihm wohl den Kopf gewaschen,* schlussfolgerte sie.

»Kommen wir nun zum Mord an Wilson.« Pantel schob sich schnell eine Pastille in den Mund, bevor er einige der Fotos, die am Tatort gemacht wurden, aufspielte. »Wilson wurde diese Klippe hinuntergestoßen.« Er zeigte mit dem Pointer den Weg vom Klippenrand bis hinunter zum Strand. Dann schilderte er das Gespräch mit der Hotelbesitzerin und hob besonders hervor, wie der Täter sie so geschickt manipuliert hatte, damit sie zu einer von ihm bestimmten Zeit Wilsons Leiche fand.

»Wir haben es hier mit einem hochintelligenten Mann zu tun, und es ist zu befürchten, dass er seine Spuren als Robert Smith alias Pedro Dacosta so geschickt verwischt hat, dass es sehr schwierig sein wird, seine neue Identität aufzudecken.«

»Sir, wie groß ist die Wahrscheinlichkeit, dass Nathalia Dacosta das letzte Opfer sein wird?«, meldete sich Bloombottem zu Wort.

»Lebt die denn nicht in Portugal? Dann müssten wir dort die Kollegen informieren«, warf Hicks ein.

»Das stimmt so nicht, Barnabas.« Alle Augen richteten sich auf Clarks, der, ob der plötzlichen Aufmerksamkeit, eine leichte Röte ins Gesicht stieg. »Am 20. Juni wird Nathalia hier in Cornwall eintreffen. Ich habe vorhin mit ihr telefoniert. Da Wilson keine weiteren Angehörigen hatte, will sie alles für seine Beerdigung organisieren. Auch muss der Nachlass geregelt werden.«

»Dann benötigt sie auf jeden Fall Personenschutz«, reagierte Pantel sofort. »PC Clarks, Sie veranlassen bitte alles Notwendige.«

»Ja, Sir.«

»Ich glaube nicht, dass unser Täter es auf sie abgesehen hat«, warf Peter Smith ein. »Alle Opfer waren unangenehme Personen, die vielen Menschen Schaden zugefügt hatten. Außerdem, wie hätte er planen sollen, dass sie nach England kommt?«

»Weil er sie kannte und wusste, dass sie für Wilson diesen letzten Dienst erweisen würde«, hielt Pantel dagegen. »Sie mögen recht haben, Smith, dass sich unser Täter als eine Art Rächer der Menschheit darstellt und sich auch so fühlt, aber ich würde mich nicht darauf verlassen. Schließlich hat Nathalia ihn in der schweren Zeit nach dem Tod des Kindes nicht unterstützt – im Gegenteil, sie hat ihn allein gelassen und ist zu einem anderen Mann gegangen. Ihn muss das furchtbar verbittert haben. Mrs Dacosta erhält auf jeden Fall Personenschutz.«

Pantel ließ seinen Blick kurz über die Anwesenden wandern. »Hat sonst noch jemand Fragen oder Vorschläge?«

»Sir, Sie hatten mich beauftragt, die Sicherheitsdienste in Cornwall zu überprüfen«, meldete sich Patricia Jenkins. »Leider habe ich kein Unternehmen gefunden, das einen Robert Smith oder Pedro Dacosta beschäftigt. Ich habe diesen Firmen auch Fotos von unserem Verdächtigen geschickt, aber auch hier nur negative Antworten. Soll ich die Suche auf Devon ausweiten?«

»Ja, tun Sie das, Sergeant. Ich habe aber noch etwas für Sie. Beschaffen Sie sich bitte die Aufnahmen der Überwachungskameras in der Umgebung der Housel Bay.«

»Mache ich, Sir.«

»Da die Berichte aus der Pathologie und Forensik noch ausstehen«, fuhr Pantel fort, »treffen wir uns morgen früh wieder. Bis dahin ist unsere vorrangige Aufgabe, die neue Identität von Robert Smith zu ermitteln. Wenn er seinen Namen erneut geandert hat, hatte er vielleicht seine Deed Poll[1] bei Gericht registrieren lassen. Also an die Arbeit!«

»Sir«, meldete sich Clarks erneut. »In dem neuesten Brief be-

---

1 Deed Poll: Ein Dokument, das von einer Person eigenhändig erstellt wird, in dem diese Person mitteilt, dass sie ihren Namen geändert hat. Jeder Engländer ist nach dem Common Law berechtigt, seinen Namen, ohne formelle Anerkennung durch Behörden, zu ändern und diesen dann zu verwenden. Auch die Ausstellung eines Passes auf den neuen Namen ist ein unkomplizierter Akt, außer der neue Name ist rassistisch, irreführend oder anstößig.

hauptet der Täter, das Auffinden von Potts' Leiche geplant zu haben. Wie hat er das gemacht? Diesem Hillmann einen Tipp gegeben?«

Verblüfft schaute Pantel die junge Frau an. »Sie haben recht! Das ist tatsächlich merkwürdig.« Eine Pastille verschwand in seinem Mund. »Bloombottem, wenn Hillmann morgen hier erscheint, fragen Sie ihn danach.«

»Oder Hillmann ist Robert Smith!« Lässig lehnte sich Peter Smith in seinem Stuhl zurück und genoss sichtlich die plötzliche Aufmerksamkeit aller Anwesenden. Kein Mucks war zu hören, bis Pantel die Stille durchbrach. »Clarks, Sie kümmern sich sofort um den Lebenslauf von Hillmann. Sollte irgendetwas faul daran sein, schnappen wir ihn uns.«

Nach dem Meeting bat Pantel Henry Bloombottem um ein kurzes Gespräch in sein Büro.

»Sergeant, ich möchte gern Ihre Meinung zu Ivy Clarks hören.«

Bloombottem beäugte seinen Chef überrascht. Er war unsicher, was diese Frage bedeuten sollte, da er sehr wohl bemerkt hatte, dass der Chief Gefallen an der jungen Polizistin gefunden hatte. Er fuhr sich mit der Hand durch seine roten Locken. »Nun, Sir, Ivy ist eine wirklich gute Polizistin. Ihr fällt jede Ungereimtheit auf, wie wir ja gerade gesehen haben. Ich bin der Meinung, dass sie als einfache Streifenpolizistin eindeutig unterfordert ist.«

Pantel nickte nachdenklich. »Ich denke dasselbe wie Sie, Sarge. Darum habe ich überlegt, ob wir sie nicht nach Truro holen können. Im August geht DC Thounders in Pension. Vielleicht könnte sie seinen Posten übernehmen.«

»Das ist eine gute Idee. Außerdem würde sie bei uns wahrscheinlich schneller befördert werden als hier in der Provinz. Vorausgesetzt, dass sie Penzance überhaupt verlassen will.«

»Soweit ich weiß, hat sie hier sowieso keine Angehörigen. Was sollte sie hier also halten? Und unter DS Smith wird sie versauern. Ich werde mit ihr sprechen.« Ein leichtes Lächeln zeigte sich auf Pantels Gesicht, das Bloombottem nicht entging. *Chief, Chief,* dachte er amüsiert, jedoch auch ein wenig beunruhigt. *Hoffentlich bist du dir klar darüber, was alles passieren kann.* Laut erwiderte er:»Ich würde mich jedenfalls freuen!«

»Danke, Bloombottem. Ach, setzen Sie sich bitte mit der University of London in Verbindung, und überprüfen Sie, ob Wilson tatsächlich ein solch unbeliebter Professor gewesen war. Und hören Sie sich auch im Ornithologen-Verband in Helston um.«

»Geht klar, Chief.«

18. Juni 2020
7:20 Penzance/Polizeirevier

Pantel saß am Schreibtisch und nippte an seinem heißen Kaffee. Vor ihm lagen aufgeschlagen die Obduktionsberichte von Doktor Gainheart.

Wilson starb in Folge einer atlantookzipitalen Dislokation, umgangssprachlich auch als Genickbruch bezeichnet. Interessant waren drei kleine Blutergüsse am linken Oberarm. Anscheinend hatte der Mörder lediglich den Kraftaufwand von drei Fingern benötigt, um Wilson von der Klippentreppe zu stoßen. Das untermauerte die Annahme, dass der Angriff für das Opfer vollkommen überraschend gekommen sein musste. Ansonsten war der frühere Professor ein kerngesunder Mann, der sich sicherlich noch viele Jahre an Cornwalls Vogelwelt erfreut hätte.

Im Gegensatz dazu war der gesundheitliche Zustand des wesentlich jüngeren Potts katastrophal. Die Diagnose reichte von einer chronischen Leberentzündung über Diabetes und einer beginnenden Arteriosklerose bis hin zu einem Tumor, wenn auch gutartig, im Bereich der Lendenwirbel. *Armer Kerl,* dachte Pantel mitfühlend, *du hattest in deinem Leben nicht viel Glück.*

Als Todesursache beschrieb Gainheart Ersticken, hervorgerufen

durch das Überstülpen der vorgefundenen Plastiktüte. Den Todeszeitpunkt vermutete der Arzt um den 31. Mai, und die Liegezeit
im Wasser schätzte er auf circa zwei Wochen. Unter den abgebro-
chenen Fingernägeln des Opfers fanden sich Fasern, die vom Tep-
pich in Potts' Wohnung stammten. Der Todeskampf musste, nach
Gainhearts Einschätzung, mehrere Minuten gedauert haben. Pantel
reagierte, als er die Zeilen las, mit Abscheu ob der Brutalität, mit
der der Mörder vorgegangen war. Verbittert schlug er die Berichte
zu und griff nach dem zweiten Klemmhefter, der die Ergebnisse
der Forensik enthielt. Die Erläuterungen zu Wilsons Tod überflog
er nur, da er die wesentlichen Fakten bereits von Brown münd-
lich erhalten hatte. Potts' Bericht hingegen las er sehr aufmerksam. Die erneute Untersuchung der Wohnung des Opfers, dieses
Mal mit dem Wissen, dass es sich um den Tatort eines Mordes
handelte, brachte Spuren zutage, die den verzweifelten Todeskampf
dokumentierten. Spuren, die der Täter hinterlassen hatte, fanden
sich allerdings nicht. Auch im Wageninneren und an der Leiche
konnten aufgrund der Wassereinwirkung weder DNA noch Fingerabdrücke nachgewiesen werden. Dafür war die Untersuchung
des Torbereichs am Quarry ergiebiger. Aus den Schnittstellen der
Brombeerranken konnte die Verbringung der Leiche in den Steinbruch ebenfalls auf einen Zeitpunkt um den ersten Juni herum bestätigt werden. Außerdem fanden Browns Leute im Gestrüpp einen
kleinen Fetzen eines dunkelblauen Car Coats der Marke Tyrwhitt.
Wer, um Himmels willen, zieht ein solch teures Kleidungsstück an,
um eine Leiche zu entsorgen? Pantel schüttelte verständnislos den
Kopf. Doch dann kam ihm ein Gedanke. Rasch griff er zum Telefon
und wählte die Nummer von PC Taylor.

»Constable, wie weit sind Sie mit den Überwachungsbändern
in der Nähe von Penleen Quarry?«

»Fast durch, Sir, aber ich habe nichts Besonderes gefunden.«

»Wo stehen die Kameras?«

»Eine an einer Bushaltestelle an der Cliff Road und die andere
an der Fore Street.«

»Die Lichter im Steinbruch wurden von den Zeugen gegen 23:30 gesehen. Haben Sie, sagen wir mal zwischen 23:45 und 00:30 ein Taxi bemerkt?«

»Tatsächlich Sir, woher wissen Sie das?«

Pantel musste über die Frage des jungen Mannes schmunzeln. »Schauen Sie sich das Taxi noch einmal an. Vielleicht erkennen Sie etwas vom Fahrgast.«

»Habe ich schon, Sir. War nicht unser Täter, sondern so ein Typ mit Anzug und Mantel. Das Gesicht war leider nicht zu erkennen, nur die dunklen Haare.«

»Finden Sie heraus, welches Taxiunternehmen das war und wer die Fahrt gemacht hat.« Vor lauter Aufregung schob sich Pantel gleich zwei Veilchenpastillen in den Mund und nickte DS Smith zu, der gerade durch die Tür trat. »Kann sein, dass der Taxifahrer der erste Zeuge ist, der den Täter ohne Maskerade gesehen hat!«

Der Sergeant hielt mitten in der Bewegung inne. »Hat der Kerl tatsächlich einen Fehler gemacht?«

»Sieht so aus!« Grinsend legte Pantel auf und erhob sich. »Lassen Sie uns in den Besprechungsraum gehen, damit ich den Rest der Mannschaft über die neuesten Entwicklungen unterrichten kann.«

Die beiden Männer betraten die provisorische Einsatzzentrale und wurden von einer laut debattierenden Gruppe empfangen. Taylor stand eindeutig im Mittelpunkt und sonnte sich in der allgemeinen Aufmerksamkeit. Smith stieß einen kurzen Pfiff aus und augenblicklich herrschte Ruhe.

Pantel stellt sich vor das Board und räusperte sich. »Ich habe für Sie interessante Neuigkeiten, aber ich sehe schon, dass PC Taylor Ihnen bereits etwas davon berichtet hat.« Taylor lief rot an und nuschelte: »Entschuldigung, Sir!«

»Sehen Sie zu, Constable, dass Sie den Taxifahrer ausfindig machen.«

»Ja, Sir!« Taylor griff eilig nach dem Telefon und wählte eine Nummer.

»Für alle anderen zur Information: Potts wurde aller Wahrscheinlichkeit nach am 1. Juni ermordet und noch am selben Tag in dem See versenkt. Der Täter muss sich nach dem Entledigen der Leiche, so gegen halb zwölf, umgezogen, zumindest einen Kurzmantel der Marke Tyrwhitt übergezogen haben. Wir konnten Fasern solch eines sehr teuren Kleidungsstücks sicherstellen. Dann ist er vermutlich mit einem Taxi in Richtung Penzance gefahren. DC Taylor kümmert sich darum, den Taxifahrer zu kontaktieren.«

»Habe ihn schon, Sir!« Taylor strahlte über das ganze Gesicht. »Er heißt Benny Dryfood und wohnt in Mousehole. Er hat gerade Feierabend gemacht und kommt direkt hierher.«

»Gut, Sie kümmern sich um den Mann, Constable! Wir benötigen ein Phantombild!«

»Klar, Sir, ich bereite schon mal alles vor.«

»Tun Sie das. Auch hat DC Clarks diesen Hillmann durchleuchtet. Sein Lebenslauf scheint in Ordnung zu sein. Bloombottem, wenn er nachher hier auftaucht, fühlen sie ihm trotzdem auf den Zahn.«

»Mach ich, Chief.«

»Was Potts betrifft, habe ich ebenfalls noch Informationen«, ergriff Smith das Wort. »Ich habe Potts' Nachbarn zu unserem Foto von Smith alias Dacosta befragt. Niemand konnte sich an solch eine Person erinnern. Eine alte Frau, die im Erdgeschoss wohnt und wahrscheinlich nichts Besseres zu tun hat, als den ganzen Tag die Straße zu beobachten, schwor, dass am 1. Juni kein Fremder, außer den Kollegen und mir, das Haus betreten hätte. Ich habe aber herausgefunden, dass man vom Waschkeller aus ungesehen in das Haus gelangen und es auch wieder verlassen kann. Die Außentür ist dort von sieben Uhr morgens bis halb acht abends unverschlossen. Also könnte der Täter unbemerkt das Haus betreten haben. Er hat Potts ermordet und dann einen günstigen Zeitpunkt abgewartet, um die Leiche nach draußen zu schaffen. Der Einzige, den ich noch nicht befragt habe, ist der Hausmeister. Ich treffe mich mit ihm in einer Stunde in Potts' Wohnung.«

»Ich wundere mich immer wieder aufs Neue, wie gut der Täter informiert ist und wie umsichtig er handelt«, bemerkte Patricia Jenkins. »Deshalb mag ich es kaum glauben, dass er sich ohne Verkleidung in ein Taxi gesetzt haben soll, das er mitten in der Nacht an diesen einsamen Steinbruch bestellt hatte.«

»Vielleicht haben Sie recht, Jenkins«, räumte Pantel ein. »Lassen Sie uns abwarten, was der Taxifahrer zu erzählen hat.« Dann wandte er sich wieder den anderen Beamten zu. »Im Fall Wilson gibt es nichts Neues, außer, dass der Doc Blutergüsse gefunden hat, die darauf hindeuten, dass Wilson gestoßen wurde. Hat von Ihnen noch jemand neue Informationen?«

Patricia Jenkins meldete sich abermals zu Wort. »Sir, ich habe mich mit den Sicherheitsfirmen in Devon in Verbindung gesetzt. Aber auch hier nur negative Antworten.«

»Danke, Sergeant. Ich glaube nicht, dass wir die Suche nach Dorset oder Summerset ausweiten sollten. Was ist mit den Überwachungskameras an der Housel Bay, Jenkins?«

»Leider negativ, Sir.«

Pantel machte einen Schritt zur Tür, drehte sich dann aber noch einmal um.

»Bloombottem, haben Sie schon mit der University of London gesprochen?«

»Ja, Sir. Es ist tatsächlich so, wie es in dem Brief stand. Die Sekretärin des Fachbereichs war wenig zurückhaltend, als Sie über Wilson erzählen sollte. Er hatte wohl eine Reihe von Kollegen wegen Nichtigkeiten immer wieder beim Dekan angeschwärzt, und seine Studenten hatte er vor Prüfungen mit falschen Informationen gefüttert. Er hatte eine Durchfallquote von 75 Prozent! Als er dann endlich emeritierte, sagte die Sekretärin, habe der Dekan eine Flasche Champagner geöffnet und mit den anderen Professoren auf eine neue, herrliche Zeit angestoßen.

Dann habe ich auch mit Heather Gardner gesprochen. Sie ist stellvertretende Vorsitzende des Ornithologen-Verbandes in Helston. Zunächst hat sie die Fachkenntnisse Wilsons über den grünen Klee gelobt, aber schließlich zugegeben, dass er viel zu oft den Professor raushängen ließ und manchmal recht autokratisch gewesen sei. Das habe immer wieder zu Konflikten mit den Mitgliedern geführt. Also war Wilson auch in diesem Bereich kein Mensch zum Liebhaben«, schloss er augenzwinkernd.

11:10 Penzance/Polizeirevier

PC Taylor betrat zögernd das Büro von Pantel. Dieser sah dem jungen Mann sofort an, dass die Befragung des Taxifahrers nicht dem entsprach, worauf er und das Team gehofft hatten.

»Na, Constable, hat Mr Dryfood etwas ausgesagt, das uns weiterhilft?«

Der junge Mann räusperte sich und schob seine rote Strähne hinters Ohr. »DS Jenkins hatte recht, Sir. Der Typ muss sich wohl wieder verkleidet haben, nur dieses Mal halt anders. Der Vogel sieht aus, als würde er zu einer Karnevalsveranstaltung fahren.«

Er schob seinem Chef das Phantombild hin, und Pantel musste unwillkürlich grinsen. Auf der Nase des abgebildeten Mannes prangte eine dicke, braune Warze und die untere Hälfte des Gesichts wurde durch einen dunklen Vollbart bedeckt. Die Augenpartie war unter einer Pilotenbrille, wohl ein Relikt aus den Achtzigern, kaum zu erkennen, und kleine schwarze Locken ringelten sich über der Stirn.

»Er muss sich seiner Sache absolut sicher sein, Taylor, darum traut er sich auch, uns auf solch eine Art und Weise zu foppen.« Pantel legte das Bild zur Seite. »Was hat der Taxifahrer sonst noch ausgesagt?«

Taylor griff nach seinem Notizblock und schlug ihn auf. »Um 23:43 ging die Taxibestellung in der Zentrale ein. Ein Wagen sollte zum White Cottage kommen, einem beliebten B & B an der Cliff Road. Da Mr Dryfood gerade eine Fahrt nach Gwavas gebracht hatte, war er in fünf Minuten am vereinbarten Ort. Der Mann wartete bereits an der Straße. Ich habe mal gegoogelt und gesehen, dass es einen kurzen Trampelpfad vom alten Eingang des Steinbruchs bis zu dem B & B gibt. Keine fünfzig Yard, Sir.«

Der Beamte schlug eine Seite um. »Mr Dryfood sagte auch aus, dass der Mann bester Laune war. Er hatte einen ledernen Weekender dabei, war sehr höflich und freigiebig, was das Trinkgeld betraf und sprach Oxford English. Allerdings hätte der Typ wie verkleidet ausgesehen, sagt Mr Dryfood. Es gibt aber zwei Dinge, die bemerkenswert sind. Erstens: Als der Fahrgast bezahlte, rutschte seine Armbanduhr ein Stück nach unten. Zum Vorschein kam an der Innenseite des rechten Handgelenks ein kleines Tattoo: ein Stern mit Schweif. Der Fahrer war sich absolut sicher, dass das Tattoo vor nicht allzu langer Zeit gestochen wurde. Wissen Sie, Sir, Mr Dryfood sieht nämlich aus wie ein wandelndes Bilderbuch«, schob Taylor grinsend ein. »Die zweite Besonderheit ist die Adresse, die der Fahrgast nannte: Penalvern Place 1.«

Pantel, der gerade von seinem Kaffee getrunken hatte, verschluckte sich. »Er hat ihn hier vor der Polizeistation abgesetzt?«

»Sieht so aus, Sir.«

»Haben Sie schon die Überwachungskameras gecheckt?«

»Ähm, nein, Sir. Kann ich aber gleich machen.«

»Na, dann los! Wir brauchen eine Rückverfolgung des Anrufs beim Taxiunternehmen«, trieb Pantel den Constable an und fingerte nach seinen Veilchenpastillen.

Fünf Minuten später erschien der junge Beamte erneut in Pantels Büro. »Ich habe Ihnen den Filmausschnitt auf Ihren Computer überspielt. Dieser Robert Smith ist echt ein schrager Typ, Sir.«

Pantel öffnete die Datei und starrte ungläubig auf das, was sich vor seinen Augen abspielte. Das Band zeigte die Einfahrt zum Parkplatz der Polizeistation um vier Minuten nach Mitternacht am 2. Juni. Ein Taxi hielt am Bürgersteig. Der Fahrgast, der der Beschreibung des Taxifahrers entsprach, stieg aus und sah dem abfahrenden Taxi hinterher. Dann drehte er sich um, hob den Arm und winkte direkt in die Kamera, bevor er in Richtung St. Clare Street verschwand.

Pantel griff nach dem Telefon. »Jenkins, ich schicke Ihnen einen Filmausschnitt. Bitte vergleichen Sie das Gesicht des Mannes, der zu sehen ist, mit den anderen Bildern, die wir von Robert Smith haben. Ich will wissen, ob es dieselbe Person ist. Und dann habe ich noch einen zweiten Auftrag. Alle Überwachungsbänder im Umkreis einer halben Meile rund um unser Revier müssen nach diesem Mann abgesucht werden. Ich will wissen, wohin er geht. Ich schicke Ihnen Taylor zur Unterstützung.«

Dann beendete er das Gespräch, schickte Taylor zurück in den Besprechungsraum und betätigte erneut eine Kurzwahltaste.

»Was kann ich für Sie tun, Sir?«

»Kommen Sie bitte kurz zu mir, Clarks?« Pantel legte auf und skizzierte einen Schweifstern auf einen Zettel. Als Ivy Clarks an seinen Schreibtisch trat, schob er ihr das Blatt zu.

»Dieses Tattoo hat unser Täter, nach Aussage eines Taxifahrers, auf der Innenseite des rechten Handgelenks. Es ist so klein, dass es von der Armbanduhr verdeckt wird, und es soll erst vor Kurzem gestochen worden sein. Setzen Sie sich mit allen Tattoo-Studios in Cornwall in Verbindung. Vielleicht kann sich jemand an diese Tätowierung erinnern.«

Clarks schaute sich die Zeichnung einen Moment lang grübelnd an. »Stellario. Es ist eine Erinnerung an seinen Sohn, der wie ein Komet verglüht ist«, flüsterte sie traurig.

Pantel musterte die junge Frau aufmerksam. »Ivy«, sprach er sie leise an, »dieser Mann, den wir suchen, ist zu denselben Gefühlen fähig wie Sie und ich, doch etwas unterscheidet ihn von uns: abgrundtiefer Hass. Er hat sechs, bald vielleicht sogar sieben Menschenleben auf dem Gewissen, aber diese Morde werden ihm keinen Frieden geben. Er wird weiter hassen, und wenn etwas passiert, das sein Leben erneut aus der Bahn wirft, wird er auch weiter morden.«

»Trotzdem kann man doch Mitleid mit ihm haben«, antwortete sie fast trotzig.

»Nein«, widersprach Pantel entschieden, »wir sind Polizisten.

Unsere Aufgabe besteht darin, Straftäter der Gerichtsbarkeit zuzuführen. Die Bewertung von Unrecht, Gerechtigkeit, Verhältnismäßigkeit oder der Situation, in der sich der Täter befindet, liegt allein in den Händen der Richter und Geschworenen. Wenn wir als Polizisten es nicht schaffen, das auseinanderzuhalten, zerbrechen wir daran.«

»Ja, Sir, Sie haben wohl recht«, gab Clarks zögernd zu. »Ich muss nur daran denken, dass diesem Robert Smith schon als Junge übel mitgespielt worden ist, und dann musste er auch noch seinen kleinen Sohn beerdigen.«

»Ich denke, dass es viele andere Menschen auf dieser Welt gibt, die von einer Katastrophe in die nächste rutschen und für Smith' Lebenskrisen höchstens ein müdes Lächeln übrig hätten. Aber diese Menschen werden nicht zu Mördern.« Pantel musterte das verschlossene Gesicht seiner Kollegin. »Außerdem sagten Sie, dass Sie Ihren Bruder Harry lieben würden. Warum hatten Sie denn mit ihm kein Mitleid?« Er sah, dass er sie mit dieser Bemerkung getroffen hatte. Ihre Augen blitzten auf und verengten sich. Doch Pantel sah sie nur fragend an und wartete ab. PC Clarks war auf dem Weg, eine hervorragende Polizistin zu werden, doch diese Lektion: Kein Mitleid mit dem Täter!, musste sie lernen, sonst würde sie sich ständig selbst im Weg stehen. Plötzlich hellte sich ihr Gesicht auf. »Danke, Sir! Ich glaube, dass ich es jetzt kapiert habe«, entgegnete sie mit einem schiefen Grinsen. »Mitleid ist wohl so ein Frauending.«

»Ich will Ihnen da nicht widersprechen. Falls sich wieder einmal Mitleid bei Ihnen regen sollte, sprechen Sie mit mir. Ich setze Ihnen den Kopf schon wieder zurecht«, erwiderte er schmunzelnd, dann wurde er erneut ernst. »Versuchen Sie, herauszufinden, wo sich unser Mörder das Tattoo hat stechen lassen. Fragen Sie einen der Jungs, ob er sie unterstützen kann.«

19. Juni 2020
17:45 Penzance/Woodstock Guest House

Charles Pantel stand vor dem Badezimmerspiegel und musterte kritisch sein Aussehen. Er hatte sich für den Abend mit Ivy Clarks für seinen grauen Anzug und ein weißes Hemd ohne Krawatte entschieden. Dann stutzte er. In seinem schwarzen Haarschopf blitzte etwas Helles auf. Vorsichtig griff er danach und stellte zu seinem Entsetzen fest, dass es sich um ein weißes Haar handelte. Entschlossen riss er es aus und wandte den Kopf hin und her, ob sich vielleicht noch weitere Anzeichen des Alters fanden. Doch seine Suche blieb erfolglos. *Sophie würde sich jetzt ausschütten vor Lachen*, dachte er verdrossen. Allzu oft hatte seine Eitelkeit bei ihr zu solchen Heiterkeitsausbrüchen geführt. Sie hatte schon früh zu ergrauen begonnen, aber im Gegensatz zu ihren Freundinnen wäre sie nie auf die Idee gekommen, ihre Haare zu färben. Das Gleiche galt für ihre Fältchen, die sich um ihre Augen herum gebildet hatten. »Zeugen dafür, dass ich gern lache«, hatte sie ihm fröhlich erklärt. Pantel musste schlucken. *Was würde sie wohl dazu sagen, dass ich mich wie ein Pennäler vor dem ersten Date aufführe? Grinsen würde sie mir einen Vogel zeigen!* Pantel zeigte sich nun selbst einen Vogel.

»Siehst Du, geht doch«, meldete sich Sophies Stimme in seinem Kopf.

Er schaute auf die Uhr, griff nach seinen Wagenschlüsseln und verließ die Pension.

Zur gleichen Zeit, Marazion/20 Fore Street
Ivy Clarks stand vor dem Kleiderschrank und ließ ihre Finger langsam über die Bügel gleiten. *Was zieht man bloß zu einem beruflichen Dinner an*, fragte sie sich nicht zum ersten Mal an diesem Tag. Für ein normales Date hätte sie gar nicht erst zu überlegen brauchen, aber ein Essen mit dem Chef?! *Und was will er überhaupt von mir?* Sie nagte an ihrer Unterlippe, während

ihre Hand suchend über die Kleidungsstücke fuhr. Schließlich nahm sie eine orange-schwarz gemusterte Seidenbluse heraus. Diese hatte sie letztes Jahr, in einem Anflug von Wahnsinn, in einer kleinen Boutique im Fenster gesehen und sich gleich darin verliebt. Eine Wochenmiete war dafür draufgegangen. Leider hatte sie bis jetzt keine Gelegenheit gehabt, sie zu tragen. Rasch streifte sie sie über den Kopf und blickte auf die Uhr. Es war höchste Zeit, sich fertig zu machen. Sie wählte einen schwarzen, weich fließenden Rock und schlüpfte in ihre halbhohen Riemchensandalen. Rasch wand sie ihr langes Haar zu einem schlichten Chignon und steckte ihn mit Nadeln, die mit kleinen Perlen verziert waren, fest. Noch etwas Wimperntusche und Lippenstift – fertig. Prüfend begutachtete sie ihr Aussehen. Dann zeigte sie sich einen Vogel.

19:00 Lizard Point/Housel Bay Hotel

Ivy Clarks genoss die Fahrt in dem kleinen schnittigen Sportwagen ihres Chefs. Der Inspector war entspannt und guter Laune. Sie hatten über Gott und die Welt geredet: Über das Wetter, die Landschaft, gemütliche Pubs und natürlich die Touristen, die nach einem, für Cornwall untypisch langem, kaltem Winter endlich wieder die Straßen, Strände und Gärten der Herrenhäuser belebten. Sie erfuhr, dass Charles Pantel vor Jahren mit seiner Frau im Nordteil der cornischen Küste Urlaub gemacht hatte und von dem Moment an von einem Häuschen am Meer geträumt hatte. Auch sprach ihr Chef über den plötzlichen Tod von Sophie. Die junge Polizistin merkte, dass er Mühe hatte, seiner Stimme Distanz zu geben, als er von dem schrecklichsten Tag seines Lebens erzählte.

Pantel tat es weh, über Sophie zu sprechen, doch er spürte mit Erstaunen, das es ihm guttat seiner Kollegin, dem ersten Menschen überhaupt, von seiner verstorbenen Frau zu berichten. Sie hörte ihm zu. Mit ihrer sanften, zurückhaltenden Art stellte sie ihm immer neue Fragen und Pantels Erinnerungen, die ihn monatelang in ein tiefes Selbstmitleid gestoßen hatten, ließen ihn mit der Vergangenheit ausgesöhnt und ruhig werden. Als sie den Parkplatz des Housel Bay Hotels erreichten, tat es ihm fast leid, dass die Fahrt schon zu Ende war.

Sie traten durch die Eichentür in den Hotelflur. An der Rezeption stand ein älteres Paar in Wanderkleidung, das sich von einer Mitarbeiterin Tipps für den Besuch verschiedener Gärten in der Umgebung geben ließ. In einem viktorianischen Ledersessel saß eine extravagant gekleidete Frau, die lustlos in einer Vogue blätterte und immer wieder genervt den breiten Treppenaufgang hinaufsah.

Ivy und Pantel gingen zum Barbereich, in dem sich lediglich ein älterer Herr aufhielt und die Times studierte. Der Barkeeper, ein Baum von einem Mann mit polierter Glatze, nickte ihnen freundlich zu.

»Wir haben einen Tisch im Restaurant bestellt.«

»Moment bitte, Sir.« Der Hüne verließ seinen Platz hinter der Theke und kam kurze Zeit später mit einer jungen Frau in weißer Bluse und bordeauxfarbener Bistroschürze zurück.

»Guten Abend, Ma'am, Sir. Herzlich willkommen im The Terrace. Sie haben einen Tisch reserviert?« Die Kellnerin lächelte die beiden freundlich an.

»Ja, auf Pantel, Charles Pantel.«

»Wenn Sie mir bitte folgen wollen.« Sie drehte sich um und führte die beiden an einen Tisch am Fenster. »Ich bin sofort wieder für Sie da.« Eilig verschwand sie in einem kleinen Nebenraum und kam mit zwei ledergebundenen Speisekarten zurück. »Das Abendmenü finden Sie auf der ersten Seite. Sie können sich aber auch gern eine eigene Menüfolge zusammenstellen. Wenn Sie Fragen haben, melden Sie sich bitte.«

Der Raum, in dem Clarks und Pantel Platz genommen hatten, war ein riesiger Wintergarten, der einen herrlichen Panoramablick über die Housel Bay, den liebevoll angelegten Garten und die Lizard Peninsula bot.

Pantel schlug seine Karte auf. *Unsere Küche bietet Ihnen die Edelsteine Cornwalls,* stand in geschwungenen Lettern über dem empfohlenen Menü, das aus einem kleinen, gemischten Salat Entenbrust mit Fondantkartoffeln, geschmorten Pflaumen und Ingwerjus, einer Käseplatte und zum Abschluss einem Affogato bestand.

»Ivy, ich darf Sie doch heute Abend so nennen? Wenn es Ihnen recht ist, schlage ich vor, dass wir das heutige Abendmenü nehmen. Möchten Sie einen Aperitif?«

»Nein, danke, Sir. Ich vertrage Alkohol nicht besonders. Aber das Menü hört sich wirklich gut an, Sir.«

»Charles! Bei der Arbeit bin ich wieder Chief oder Sir, aber heute Abend bin ich Charles!« Er lächelte Ivy an und zwinkerte ihr zu. »Dann wollen Sie sicherlich auch etwas Nichtalkoholisches zum Essen?«

»Mineralwasser reicht mir vollkommen, S…, Charles!«

»Gut.« Charles lehnte sich in seinem Stuhl zurück und musterte die junge Beamtin. »Sie fragen sich sicherlich, warum ich Sie zum Essen eingeladen habe. Ein Grund mag sein, dass ich nicht gern allein ausgehe. Es gibt aber noch einen anderen, wichtigeren Grund.« Er beobachtete, wie sie sich gerade aufsetzte und ein wenig vorlehnte. »Ich hatte ein Gespräch mit Henry Bloombottem, und wie sich herausstellte, waren wir, was Sie betrifft, einer Meinung.«

Die Bedienung trat an den Tisch und bat, die Bestellung aufzunehmen zu dürfen. Pantel orderte zweimal das Menü, eine große Flasche Wasser mit zwei Gläsern und ein Glas Syrah. Dann wandte er sich wieder Ivy zu. »Es geht um Ihre Zukunft, und sowohl der Sergeant als auch ich sehen für Sie in Penzance absolut keine Zukunft. Speziell auch vor dem Hintergrund, dass der Revierleiter DS Smith ist. Sie sind intelligent, können um die Ecke denken, Fakten miteinander verknüpfen und haben ein sehr angenehmes Wesen. Kompetenzen, die weit über denen liegen, die ein, verzeihen Sie mir den Ausdruck, Streifenhörnchen benötigt.

Bloombottem und ich sehen Sie vielmehr als Detective.« Chalres bemerkte, dass sie unter dem Lob errötete. »Da bei uns in Truro einer der DCs in Ruhestand geht, wollte ich Sie fragen, ob Sie sich vorstellen könnten, diese Stelle zu übernehmen?«

»Sir, ähm, Charles, ich weiß nicht, ob ich für so etwas tatsächlich geeignet bin.«

»Vertrauen Sie mir. Sie sind dafür geeignet. Sie müssten noch ein paar Lehrgänge absolvieren, aber das, was ein Detective benötigt und man nicht lernen kann, ich sage dazu einmal Talent, das besitzen Sie auf jeden Fall.«

Die Kellnerin kam mit den Getränken und schenkte ein. Ivy schaute aus dem Fenster auf das blau schimmernde Meer. So sehr Sie sich auch über das Lob und das Angebot freute, sie war nicht sicher, ob es eine gute Idee war, ausgerechnet nach Truro, mit Pantel als Chef, zu gehen. Natürlich hatte sie bemerkt, dass der Chief sich für sie interessierte. Sie konnte aber nicht einschätzen, ob es sich um rein berufliches Interesse handelte oder ob mehr dahintersteckte. Auch gestand sie sich ein, dass sie Pantel, trotz des großen Altersunterschieds, sehr mochte – und das nicht nur als Vorgesetzten. Was also würde passieren, wenn sie täglich zusammenarbeiten würden? Sie blickte zu Pantel, der sie neugierig musterte.

»Ähm, ich freue mich sehr, dass Sie meine Arbeit so wertschätzen. Und ich habe auch kein Problem damit, nach Truro zu ziehen. Schließlich hält mich hier nichts.« Ivy verstummte.

»Aber?«

»Trotzdem würde ich gern eine Nacht darüber schlafen.«

In Charles' Augen flackerte ein Moment lang Enttäuschung auf. *Was hast du gedacht, du Trottel*, wies er sich innerlich zurecht, *dass sie dir vor lauter Freude um den Hals fällt?* Er räusperte sich, bemüht um Distanz.

»Natürlich, Ivy. Ich möchte nicht, dass Sie sich wegen einer zu schnellen Entscheidung später ärgern. Nehmen Sie sich die Zeit, die Sie benötigen. Aber behalten Sie bitte eines im Hinterkopf:

Henry Bloombottem und ich würden uns über Ihre Unterstützung freuen. Außerdem«, er zwinkerte ihr zu, »schmeckt der Kaffee im Revier von Truro um einiges besser als in Penzance!«

20. Juni 2020
9:00 Penzance/Polizeirevier

Nathalia Dacosta da Santa Maria war eine zierliche Frau mit tiefschwarzem Haar, in das sich bereits einige weiße Strähnen hineingeschummelt hatten. Ihr bronzefarbener Teint und ihre klugen, braunen Augen, die im Augenblick interessiert auf Pantel ruhten, ließen keinen Zweifel an ihrer südländischen Herkunft. Sie saß entspannt mit überschlagenen Beinen auf dem Besucherstuhl und nippte vorsichtig an dem Kaffee, den Pantel ihr angeboten hatte.

»Mrs Dacosta, es gibt einen wichtigen Grund, warum ich Sie hierhergebeten habe. Ihr Exmann, Pedro Dacosta alias Robert Smith, hat nach unseren bisherigen Erkenntnissen in den letzten Wochen sechs Menschen getötet. Fünf der Opfer waren Personen, die aufgrund ihres Verhaltens einen maßgeblichen, negativen Einfluss auf den Lebensentwurf Ihres Mannes hatten. Da Sie, nach der Trennung von Ihrem Mann, ebenfalls zu dieser Personengruppe gehören, hegen wir die Befürchtung, dass Sie das nächste Opfer sein könnten. Darum bieten wir Ihnen Personenschutz an.«

Sanft den Kopf schuttelnd und lachelnd, stellte Nathalia den Kaffeebecher vorsichtig auf dem Schreibtisch ab.

»Chief Inspector, herzlichen Dank für Ihre Fürsorge, aber Pedro wird mir kein Leid zufügen – er liebt mich immer noch von Herzen.«

»Es gibt auch Menschen, die aus Liebe töten«, wandte er lächelnd ein.

»Aber nicht Pedro!«, entgegnete sie entschieden. »Pedros Motiv ist die Gerechtigkeit. Er hatte immer schon Schwierigkeiten damit, die Diskrepanz zwischen Recht, das sich aus den Gesetzen ergibt, und Gerechtigkeit zu akzeptieren. Für ihn ist Gerechtigkeit ein sehr hohes Gut.«

»Aber er muss es doch als ungerecht empfunden haben, als Sie ihn verließen?«

»Anfangs sicherlich, aber später hat er verstanden, dass seine ständigen Rachefantasien, bezogen auf den Arzt Hathaway, mich von ihm weggetrieben haben. Außerdem«, sie griff erneut zur Kaffeetasse, »hat er Menschen getötet, die selbst immer wieder Täter waren. Doch zu dieser Personengruppe zähle ich auf keinen Fall. Romantisiert könnte man ihn als eine Art modernen Rächer der Menschheit bezeichnen.«

Pantel erinnerte sich daran, dass DS Smith genau die gleiche Meinung geäußert hatte. »Also glauben Sie, dass das nächste Opfer oder genauer gesagt das letzte Opfer erneut ein in seinen Augen schlechter Mensch sein wird?«

»Ganz genau!« Nathalia lächelte Pantel freundlich an. »Betrachten wir Hathaway. Er war ein sehr schlechter Diagnostiker, was für einige seiner kleinen Patienten tödlich endete. Trotzdem durfte er als Arzt weiterarbeiten und noch andere Kinder in Gefahr bringen. Oder Ethelbert! Als ich merkte, dass er seinen kleinen Wuchs damit kompensierte, andere intellektuell niederzumachen und ich dann auch noch herausfand, wie hinterlistig er mit seinen Studenten umsprang, habe ich mich von ihm getrennt. Für Pedro war die Ermordung der beiden verbunden mit der Genugtuung, dass sie nie wieder irgendjemandem Schaden zufügen würden. Und ich bin mir ziemlich sicher, dass die anderen Opfer ebenfalls keine Heiligen gewesen waren.«

»Ja, da haben Sie vollkommen recht«, gab Pantel unumwunden zu.

»Und darum benötige ich auch keinen Polizeischutz.« Nathalia stand auf und stellte sich vor das Ermittlungsboard, dass Jenkins vor dem Treffen mit Smiths Exfrau in Pantels Büro geschoben hatte.

»Wer sind die Männer und der Junge hier in der Mitte?«

»Das sind die einzigen Aufnahmen, die wir von Robert Smith besitzen.« Pantel stellte sich neben die Frau. »Mit siebzehn, nach dem Abschluss an der High School.« Er wies mit dem Finger auf das Jugendfoto. »Die beiden anderen Bilder sind von Überwachungskameras.« Nathalia trat näher heran und musterte die Fotos. Dann drehte sie sich schmunzelnd zu Pantel um. »Ergebnisse der Laienspielgruppe.«

»Was für eine Laienspielgruppe?«

»Er hatte in Portugal viele Jahre bei einer Laienspielgruppe mitgewirkt und dort sein Talent für das Maskenbildnern entdeckt. Ich hätte ihn fast nicht erkannt, lediglich an seinen Augen.«

»Spricht er denn so gut Portugiesisch, dass er bei einer Theatertruppe mitmachen konnte?«

»Er hatte eine sehr gute Lehrerin«, antwortete Nathalia verschmitzt. Da sie Pantels sichtliches Erstaunen wahrnahm, fügte sie, nicht ohne Stolz, hinzu, dass sie als Dolmetscherin für Englisch tätig sei und hier in England als Simultanübersetzerin gearbeitet habe.

»Und ich habe mich schon die ganze Zeit gefragt, warum Sie so hervorragend, fast akzentfrei unsere Sprache beherrschen.«

Nathalia nickte leicht und setzte sich wieder auf den Besucherstuhl.

»Mrs Dacosta, hätten Sie vielleicht ein Foto Ihres Exmanns für uns – ohne Maskerade?« Pantel ließ sich ebenfalls in seinen Sessel fallen.

»Tja, leider nein. Als ich ihn damals so überstürzt verlassen hatte, habe ich nicht daran gedacht, Fotoalben mitzunehmen. Das letzte Mal habe ich ihn zu unserem Scheidungstermin 2008 getroffen. Danach war es mir egal, ob ich eine Aufnahme von ihm besaß oder nicht.«

»Aber Sie können ihn doch sicherlich beschreiben?« Hoffnung keimte in Pantel auf, endlich ein aussagekräftiges Fahndungsbild vom Täter zu bekommen.

»Natürlich. Wenn Sie wollen, können wir ein Phantombild erstellen, allerdings Stand 2008«, bot Nathalia an.

»Das wäre hervorragend!« Pantel griff nach dem Telefon und bat PC Taylor, zu kommen. Er hatte den Hörer noch nicht auf die Gabel gelegt, als der sichtlich aufgeregte Constable schon die Tür öffnete.

»Sir?!«, brachte er atemlos hervor.

»Taylor, das ist Mrs Nathalia Dacosta da Santa Maria. Sie will uns helfen, ein Phantombild von Robert Smith zu erstellen. Sie sind mittlerweile darin geübt. Würden Sie das übernehmen?«

»Na klar, Sir!«, rief er hocherfreut aus.

Nathalia stand auf, nahm ihre Tasche und reichte Pantel die Hand. »Und, wie gesagt, ich benötige keinen Polizeischutz. Setzen Sie lieber Ihre Beamten darauf an, meinen Exmann zu finden. Auch wenn Sie vielleicht den Eindruck gewonnen haben, dass mich seine Taten nicht besonders berühren – ich vertraue auf Gott und seine unendliche Weisheit.«

Kurz nachdem Nathalia und Taylor das Büro verlassen hatten, erschien ein gut gelaunter Peter Smith. »Guten Morgen, Sir«, plapperte er sofort los. »Ich war bei Brown und habe mit ihm über die Ermordung von Potts gesprochen. Er und sein Team sind anhand der Spuren zu dem Schluss gekommen, dass der Täter ihn im Wohnungsflur mit der Tüte erstickte, ihn dann im Keller zwischengelagerte und zurück in die Wohnung gegangen ist, um sie so zu manipulieren, wie wir sie vorgefunden haben. Wahrscheinlich bin ich zu genau dieser Zeit dort aufgetaucht, und unser Mann ist durch das Fenster geflüchtet. Später hat er Potts' Wagen bis zur Kellertür gefahren, um die Leiche im Kofferraum verschwinden zu lassen. Der Hof ist so mit Bäumen und Büschen bewachsen, dass Bewohner oder Nachbarn keine Möglichkeit haben, aus ihren Fenstern den Bereich am Kellerausgang einzusehen. Brown geht davon aus, dass Potts, während wir in seiner Wohnung waren, im Keller versteckt gelegen hatte. Das heißt, wäre ich etwas früher dort gewesen, hätte ich den Täter vielleicht auf frischer Tat ertappt.« Seufzend ließ sich der Sergeant in seinen Schreibtischsessel fallen.

»Aber, dass der Täter bei all diesen Aktionen keinerlei Spuren von sich hinterlassen hat ...« Pantel schüttelte unwillig den Kopf.

»Vielleich hatte er wieder einen Overall übergezogen und sich als jemand von der Spurensicherung ausgegeben?«

»Sie sagten doch, dass es eine sehr neugierige Nachbarin gäbe. Der hätte das doch auffallen müssen«, wandte der Inspector ein.

»Nicht, wenn er durch den Kellereingang ins Haus gelangt ist«, erwiderte Smith und startete seinen Computer.

»Na ja, wie auch immer. Wir wissen jetzt zwar mehr, aber das sind leider alles Fakten, die uns bei der Suche nach Robert Smith nicht weiterbringen.« Pantel beobachtete, wie der Sergeant konzentriert auf den Bildschirm seines Computers schaute.

»Ich habe aber etwas Erfreuliches zu berichten. Nathalia Dacosta sitzt gerade mit DC Taylor zusammen und arbeitet an einem Phantombild!«

»Nathalia ist hier?«, stieß Smith aus und blickte erstaunt auf. Dann klingelte sein Telefon, und er nahm das Gespräch an. »Natürlich, Hicks, ich bin gleich unten.« Er steckte sein Smartphone wieder ein. »Ist es in Ordnung, wenn ich nachher mit Mrs Dacosta kurz spreche, Sir? Ich würde sie gern kennenlernen.«

»Machen Sie das, Smith.«

Als Pantel das Büro endlich wieder für sich allein hatte, stellte er sich erneut vor das Ermittlungsboard. Er betrachtete eingehend die Bilder, die von Smith existierten. *Stimmt, die Augenpartie ist immer dieselbe,* dachte er grübelnd, *und der Blick ebenfalls. So schaut nur ein Mensch, der genau weiß, was er will!* Je länger er auf die Fotos starrte, umso sicherer war er, dass er diese Augen und diesen ganz speziellen Blick schon einmal gesehen hatte. Er kramte in seinem Gedächtnis, doch es wollte ihm einfach nicht einfallen. Je intensiver er seine kleinen, grauen Zellen forderte, umso stärker breitete sich das Gefühl in ihm aus, dass er irgendetwas übersehen hatte. Etwas, das direkt vor seiner Nase lag, eine minimale Ungereimtheit. *Es muss etwas sein, das in den letzten Tagen passiert ist.* Er schob sich eine Veilchenpastille in den Mund und kaute nachdenklich, bis sich der intensive, seifige Geschmack auf seiner Zunge ausbreitete. Plötzlich war ihm klar, dass es eine Bemerkung war, die irgendwer gemacht hatte oder, die er gelesen hatte. Rasch ging er zurück an seinen Schreibtisch und griff nach der Fallakte.

Als Taylor mit dem Phantombild in Pantels Büro eintrat, sah er seinen Chef hoch konzentriert die Ermittlungsakten lesen. Er räusperte sich, doch Pantel schien ihn nicht zu hören, so vertieft war dieser in die Lektüre der Unterlagen. Der junge Officer trat dicht an den Schreibtisch und räusperte sich erneut. Pantel zuckte zusammen und schaute auf.

»Taylor! Mensch, haben Sie mich erschreckt.« Er lehnte sich in seinem Stuhl zurück und bat den Constable, sich zu setzen. »Und, waren Sie erfolgreich?«

»Na ja, wie man es nimmt, Sir.« Taylor reichte ihm ein Blatt herüber und schob seinen roten Pony zur Seite.

Pantel nahm das Bild entgegen und studierte das Gesicht des Mannes, der ihm die letzten Wochen so viel Ärger bereitet hatte. Die Augen und der Blick waren genau dieselben, wie auf den Aufnahmen am Board. Die Haare, dunkel, glatt und halblang, waren mit einem exakten Mittelscheitel frisiert. Doch die Teile der Gesichtszüge, die für die Ermittlung von größter Bedeutung waren, wurden von einem dichten, dunklen Vollbart, der sich von den Wangen, über die Mund- und Kinnpartie bis hinunter in den Halsbereich ausbreitete, vollständig verdeckt.

»Sieht fast aus wie die Aufnahme mit der Warze auf der Nase, Sir«, bemerkte Taylor frustriert.

»Leider! Trotzdem gute Arbeit, Taylor.« Pantel stand auf und verglich das Phantombild mit den anderen Bildern am Board. Dann pinnte er es dazu. »Wenn man sich die Augenpartie ansieht, handelt es sich eindeutig um dieselbe Person. Aber wenn auch auf allen Bildern ein Vollbart zu sehen ist, bin ich mir absolut sicher, dass unser Täter im Moment keinen Bart trägt. Vielleicht hat Brown eine Möglichkeit die untere Hälfte des Gesichtes zu rekonstruieren?«

»Nein, Sir. Ich habe mit ihm schon darüber gesprochen. Die aussagekräftigsten Merkmale, wie Lippen, Gesichts- und Kinnform, sind zu stark überdeckt.«

Erstaunt drehte sich Pantel zu dem Officer um und sah ihn an. Nie wäre er auf die Idee gekommen, dass dieser junge Polizist so viel Eigeninitiative besaß. *Wann genau ist mir eigentlich meine Menschenkenntnis verloren gegangen,* fragte er sich beunruhigt. Früher reichte ihm manchmal schon

ein Blick, und er wusste, mit wem er es zu tun hatte. Er musste unbedingt wieder seine alte Form erreichen, sonst stecken ihn nächstens solche Wichte wie Peter Smith noch in die Tasche!

23. Juni 2020
9:30 Penzance/Polizeirevier

Die Zeit verrann, ohne, dass wesentliche Ermittlungserfolge zu verzeichnen waren. Dafür meldete sich Superintendent Thomson täglich, stets mit neuen, zum Teil sehr merkwürdigen Ratschlägen zu den Ermittlungsansätzen. Seine Telefonate beendete er stets mit der Warnung, letztendlich doch noch den Yard hinzuzuziehen.

Pantel legte gerade den Telefonhörer nach einem erneuten, unerfreulichen Gespräch mit dem Super auf, Patricia Jenkins das Büro betrat. Sie hatte die Filmaufnahmen der Überwachungskameras von der Nacht des 2. Juni überprüft. Der Täter tauchte zum letzten Mal am Post Office auf, um dann im dicht bebauten Wohnviertel zwischen der York und der Richmond Street zu verschwinden.

»Die Häuser dort sind Reihenhäuser, die sich die Straßenzüge lückenlos entlangziehen. Die wenigen Straßen sind Sackgassen, die zum Teil von hohen Mauern oder Zäunen begrenzt werden. Selbst Fußwege, auf denen man den Bereich verlassen könnte, existieren nicht. Es gibt nur zwei Ausgänge aus diesem Viertel, aber nirgends taucht unser Mann wieder auf, Sir«, erklärte Jenkins enttäuscht. »Ich glaube allerdings nicht, dass Robert Smith in einem der Häuser lebt. Den Fehler, uns auf den Bereich, in dem er wohnt, hinzuweisen, würde er sicherlich nicht machen, Sir!«

»Trotzdem muss es irgendein Schlupfloch geben«, erwiderte Pantel matt. »Schicken Sie Miller und Grant hin. Sie sollen sich dort einmal umsehen.« Jenkins wandte sich der Tür zu, als Pantel sie noch einmal zurückrief. »Warten Sie, Sergeant! Lassen Sie uns die Bänder noch einmal gemeinsam anschauen.« Er erhob sich und folgte der Beamtin in den Besprechungsraum.

»Gibt es eine Detailkarte des Wohngebiets?«

»Ja, Sir.« Patricia gab ihm den Ausdruck einer Straßenkarte von Google Earth und setzte sich an ihren Computer. Pantel zog sich einen Stuhl heran und beobachtete den Bildschirm, auf dem sich das nächtlich beleuchtete Postamt von Penzance um elf Minuten nach Mitternacht zeigte. Ein dunkel gekleideter Mann mit Reisetasche erschien. Er überquerte die tagsüber stark belebte, nun menschenleere St. Claire Street und verschwand in der York Street.

»Die Straße endet vor einer hohen Mauer, Sir. Ohne Hilfsmittel könnte er sie nicht überwinden«, berichtete Patricia. »Und selbst wenn er darüber gekommen sein sollte, blieb ihm nur der zweite Ausgang aus dem Viertel am Tolver Place.«

Pantel studierte die Karte. Jenkins hatte recht. Smith hätte schon ein Haus betreten und durch dessen Hintertür verschwinden müssen, um aus der Straße ungesehen herauszukommen.

»Lassen Sie uns doch den Film vom zweiten Ausgang mal anschauen«, bat er Patricia.

Der Bildausschnitt änderte sich. Wieder zeigte sich eine schmale Straße im gelblichen Licht einer einsamen Straßenlaterne.

»Die Kamera befindet sich an der Richmond Chapel. Die Gasse mündet in den Tolver Place. Ich starte mal ab zehn nach zwölf, Sir.« Als die eingeblendete Uhr 00:15 zeigte, ließ Pantel das Band stoppen. »Noch einmal zurück, bitte.« Die Beamtin ließ das Band rückwärtslaufen, bis ihr Chef es erneut stoppte. »Und nun ganz langsam vor. Schauen Sie mal auf den unteren Bildausschnitt.« Beide Polizisten starrten gebannt auf den unteren Teil des Bildschirms. »Da!« Pantel zeigte auf einen halbkreisförmigen, schwachen Schatten auf dem Asphalt, der sich langsam nach vorn bewegte. »Da bewegt sich irgendetwas, das von der Kamera nicht erfasst wird!«

»Moment, Sir!« Schnell öffnete die junge Frau Google Earth und öffnete den Street View. Rechts ragte das Gebäude der Kapelle auf, das durch eine Mauer von der Straße getrennt wurde.

»Schauen Sie die Laterne, Sir. Wenn jemand hier entlanggeht, wird sein Schatten schräg links auf die Straße fallen.«

»Und wenn er gebückt läuft, kann die Kamera ihn nicht erfassen, außer den Schatten seines Kopfes«, vollendete Pantel Jenkins' Überlegung.

»Dann wollen wir doch mal schauen, wohin er geht. Nördlich ist die nächste Kamera an der Schule in der Combe Road und südlich an der Kreuzung zur Traveor Road.«

»Erst einmal nach Süden«, entschied Pantel. Und tatsächlich tauchte der verkleidete Robert Smith wenige Minuten später auf. Er überquerte die Straße und bog nach links in die Fußgängerzone ein. Jenkins rief nun den Film einer weiteren Kamera ab, die am Gebäude der Lloyds Bank am Market Place angebracht war. Der Mann tauchte auf und wandte sich nach links. »Das gibt es doch gar nicht!«, rief Patricia Jenkins aus. »Keine 300 Yard, und er ist wieder zurück am Revier.«

Doch so sehr sich Jenkins auch bemühte, nachdem Smith aus dem Blickfeld der Kamera verschwunden war, blieb er wie vom Erdboden verschluckt.

»Verdammt!«, schimpfte sie laut. »Er ist uns irgendwo in dem Gewirr von Gässchen, die von der Alverton Road abgehen, entwischt.«

»Versuchen Sie es weiter. Vielleicht taucht er weiter südlich doch noch einmal auf.« Pantel erhob sich. »Auf jeden Fall wissen wir jetzt, dass sich unser Mann sehr gut in Penzance auskennt. Ich bin mir mittlerweile sogar sicher, dass er hier irgendwo wohnt.«

Zurück im Büro erwartete den Chief Inspector eine Überraschung. Peter Smith saß an seinem Schreibtisch. *Der hat mir gerade noch gefehlt,* dachte Pantel mürrisch.

»Guten Morgen, Smith. Haben Sie vielleicht irgendwelche guten Nachrichten?«

»Guten Morgen, Sir. Leider nein.« Der Sergeant hatte sich in seinem Stuhl zurückgelehnt und wippte leicht vor und zurück. »Ich habe Bloombottem und Clarks bei den Tattoostudios geholfen. Habe zwischen St. Ives und Tintagel alle abgegrast. Allein in Newquay gibt es zwölf davon. Darum war ich gestern auch nicht im Büro. Doch niemand konnte sich an einen Schweifstern erinnern. Wollte gleich noch nach Falmouth und Truro.«

Könnte man sicherlich auch telefonisch machen, schoss es Pantel durch den Kopf. Doch er verspürte im Moment wenig Lust, den Sergeant entsprechend anzuweisen.

»Bei Clarks und Bloombottem sieht es auch nicht besser aus«, fuhr Smith unbekümmert fort. »Hätte nie gedacht, dass es bei uns so viele von diesen Läden gibt. Ist denn hier in der Zwischenzeit etwas Interessantes passiert?«

»Nein, absolute Flaute«, erwiderte Pantel. Die Aufnahmen der Überwachungsbänder verschwieg er bewusst. Es reichte, wenn der DS die neuesten Fakten bei der nächsten Teambesprechung erfuhr.

Ich habe gebangt um dich.
Ich wäre so gern für dich gegangen.
Du hättest im gleichen Bangen
Dann gewartet auf mich.
(Ringelnatz, aus Ich habe gebangt um dich)

Sechster Mord
Mousehole/Penleen Quarry

25. Juni 2020
22:50 Mousehole/Penleen Quarry

Robert Smith alias Pedro Dacosta schlüpfte in seine Schutzkleidung. Gewissenhaft schloss er die Riegel an den Handgelenken und Knöcheln. Dann streifte er die Handschuhe über und zog die Kapuze sorgfältig über sein kurzgeschnittenes Haar. Die Mundmaske würde er erst später über seinem glattrasierten Gesicht tragen. Dieses Mal war es ihm wichtig, dass sein Opfer ihn sofort erkannte. *Heute werde ich meinen Plan endlich zu Ende bringen!* Hochstimmung erfasste ihn. *Und die blöden Bullen tappen immer noch im Dunkeln,* fügte er hämisch hinzu. Allerdings waren ihm zwei kleinere Fehler unterlaufen, doch Gott sei Dank waren Pantel und Konsorten nicht aufmerksam genug gewesen, um darüber zu stolpern. Wäre es ihnen aufgefallen, hätte es für ihn eng werden können. *Was wird es mir ein Genuss sein, Pantel diese Schlampigkeit unter die Nase zu halten!* Smith grinste breit bei der Vorstellung, es Pantel zu erzählen.

Dann lehnte er sich lässig an die Motorhaube seines silbernen Astras, den er mit voller Beleuchtung am Rand des kleinen Sees abgestellt hatte. Im Lichtkegel des Wagens leuchtete das Gold einer Rettungsdecke, die er über einen Baumstamm gelegt hatte. Zufrieden betrachtete er sein Werk. Selbst aus der Nähe sah es so aus, als würde eine Person darunter liegen. Alles sah nach einem richtigen Tatort aus, und derjenige, mit dem er sich hier in der Dunkelheit verabredet hatte, würde ohne jegliches Misstrauen in die Falle stolpern. Er sah auf die Uhr. *Wie lange braucht denn der Kerl für die paar Kilometer?* fragte er sich ungeduldig. *Hoffentlich hat der Trottel sich nicht verfahren!* Er stieß sich vom Wagen ab und schlenderte zur Böschung. Unter ihm lag der See, tiefschwarz und bedrohlich. Was wäre, wenn er das letzte Opfer auf Nimmerwiedersehen samt Auto ebenfalls versenken würde? An dieser Stelle war das Gewässer immerhin dreißig Meter tief. Smith schüttelte den Kopf. *Nein, alle sollen sehen, dass der Typ tot ist,* entschied er. Eigentlich hätte Potts ebenfalls für immer verschwinden sollen, aber Robert Smith hatte übersehen, dass dort, wo er den kleinen, roten Wagen in den See gerollt hatte, ein breiter Felsvorsprung in zwei Metern Tiefe das Absinken verhindert hatte. *Blöde Nachlässigkeit bei der Planung,* dachte er, sich selbst tadelnd.

Robert schaute voll Ungeduld erneut auf die Uhr. Er hatte sich auf den heutigen Abend schon seit Tagen vorbereitet. Vor dem Spiegel hatte er sogar seine Mimik und Gestik einstudiert, um den Worten, die er für sein Opfer geplant hatte, die entsprechende Dramatik zu verleihen. Doch wo blieb der Bursche? Hatte er vielleicht, seinem Instinkt folgend, die Falle gewittert? Würde er noch eine zweite Person zu seiner Unterstützung mitbringen? Oder vielleicht gleich mit der Polizei erscheinen?

Roberts Hochstimmung war verflogen und machte einer herannahenden Panik Platz. So nah am Ziel wollte er auf keinen Fall scheitern. Der Typ hatte den Tod verdient, wie all die anderen vor ihm. Smith griff in die Tasche seines Overalls und fühlte das kühle Metall seiner schussbereiten Pistole. *Wenn, dann müssen alle sterben, die den Kerl begleiten,* sprach er sich selbst Mut zu. *Auf einen mehr oder weniger kommt es nun auch nicht mehr an.*

Im selben Moment nahm er das Motorengeräusch eines sich nähernden Wagens wahr, und am Rand der steilen Steinbruchwände erschien der Lichtkegel von Scheinwerfern. Robert entspannte sich. Das Warten hatte endlich ein Ende. Er starrte zu der Stelle hinauf, an der das Auto gleich erscheinen würde. Dann stellte er sich in den Lichtkreis seines Wagens, neben den verdeckten Baumstamm, fuhr erneut in die Tasche des Overalls und umfasste den Pistolengriff.

22:25 Penzance/Woodstock Guest House

Charles Pantel schlug die Bettdecke zurück. Er freute sich auf ein wenig Schlaf. Morgen würde es wieder einen anstrengenden Tag mit einer neuen Leiche geben. Er setzte sich auf sein Bett und griff nach seinem Smartphone, um die Weckfunktion einzustellen. Erschrocken zuckte er zusammen, als es im selben Moment zu klingeln begann.

»Pantel!«

»DS Smith, Sir. Es gibt eine neue Leiche!«, ertönte rauschend die Stimme des Sergeants.

»Heute schon?«, erwiderte Pantel matt. »Sie sollte doch erst morgen entdeckt werden.«

»Tja, selbst auf Mörder ist heutzutage kein Verlass mehr, Sir!«, antwortete Smith ironisch. »Ich bin jetzt am Penleen Quarry. Brown und Gainheart sind bereits informiert und Verstärkung ist auch angefordert. Hillmann, der Mitarbeiter von der Betreibergesellschaft, hat den Toten gefunden. Der steht jetzt so unter Schock, dass er die Technik zur Öffnung des Haupttors zerschossen hat.

Also, wenn Sie kommen wollen, müssen Sie das alte, südliche Tor nehmen. Ich habe es schon geöffnet.«

Pantel versuchte, mit dem Hörer am Ohr seinen Pyjama auszuziehen. »Wie komme ich dahin?«

»Sie fahren die B3315. Hinter Gwavas nehmen Sie den ersten Abzweig Richtung Trungle. Nach etwa 400 Metern fahren Sie links ab in die Gwavas Lane. Dort kommen Sie auf einen Schotterweg, der Sie direkt bis an das Tor des Steinbruchs bringt, Sir.«

»Danke, Smith. Ich bin in einer Viertelstunde bei Ihnen!« Pantel legte auf und streifte seine Jeans über. Dann griff er hastig nach seinem Hemd und dem Lederblouson. Dabei warf er den Stuhl um, auf dem die Sachen gehangen hatten. Fluchend richtete er ihn wieder auf, schlüpfte in die Sneaker und band sie zu. Handy und Dienstmarke landeten in seiner Jackentasche. Wo war nur der verdammte Autoschlüssel? Hektisch flog sein Blick durch das Zimmer. *Anzughose,* schoss es ihm durch den Kopf.

Am Fuß der Treppe erwartete ihn bereits seine Vermieterin.

»Tut mir leid, wenn ich Sie geweckt habe, Mrs Cloud«, entschuldigte er sich mit einem leichten Lächeln.

»Aber, Charles, kein Problem. Wieder eine neue Leiche?« Die Augen der alten Dame blitzten neugierig auf.

»Im Penleen Quarry. Vor morgen Abend werden wir uns sicherlich nicht mehr sehen.«

»Dann nehmen Sie das mal mit. Ein paar Sandwiches und Mineralwasser.« Sie reichte ihm einen kleinen Beutel. »Ein leerer Bauch kann nicht denken«, fügte sie schmunzelnd hinzu. »Und viel Glück!«

»Danke, Mrs Cloud, Sie sind ein Schatz!« Schnell drückte er ihr einen Kuss auf die faltige Wange und eilte nach draußen zu seinem Spider.

Als er die Morrab Road hinunterjagte, wählte er das Revier an. Ein verschlafener Sergeant Hicks meldete sich.

»Hicks, ich mache mich jetzt auch auf dem Weg zum …!« Die

Verbindung wurde mit dem Geräusch, das das Ende der Akku-energie anzeigte, unterbrochen. »Verdammtes Mistding«, fluchte Pantel lautstark. Doch es hatte wenig Sinn, zurückzufahren und das Ladekabel zu holen. Also gab er Gas und bog auf die Küstenstraße ein. Schon von Weitem sah er gelbe Warnlichter blinken. Ein Schwertransporter blockierte die Straße. Mit quietschenden Reifen wendete Pantel den Wagen, fuhr zurück in die Morrab Road und bog die erste Straße links ab, in der Hoffnung, den Schwertransporter umfahren zu können. Um die Geschwindigkeitsbeschränkung, die in dieser Straße geboten war, kümmerte er sich nicht. Schließlich entdeckte er ein Schild nach Gwavas.

22:15 Penzance/Admiral Benbow Pub

Henry Bloombottem kam mit zwei Pints Stout zurück an den Tisch, an dem sein Vater saß. Einmal im Monat trafen sich die beiden Männer zu Bier und saftigem Steak im Admiral Benbow, einem kultigen Pub in der Nähe des Hafens, auf dessen Dach ein schießwütiger Holzpirat lauerte und dessen enger Schankraum von unterschiedlichsten Galionsfiguren bevölkert wurde.

»Auf dein Wohl, mein Junge«, prostete Gerald Bloombottem seinem Sohn zu. Nachdem er sich den Schaum mit einer schnellen Handbewegung von der Oberlippe gewischt hatte, sah er ihn prüfend an. »Du sieht überarbeitet aus.«

»Ach, Dad, du kennst das doch.« Henry stellte sein Glas zurück auf den Tisch. »Seit einem Monat versuchen wir, diesen durchgeknallten Typen zu schnappen. Wir wissen sogar, wer er ist, aber wir können ihn nicht aufstöbern.«

»Wie heißt er denn?«

»Du weißt genau, dass ich dir nichts erzählen darf.« Henry Bloombottem schaute über die Schulter in den Schankraum, beugte sich dann etwas vor und senkte die Stimme. »Weil du es bist. Robert Smith.«

»Robert Smith?« Gerald, der nun ebenfalls flüsterte, grinste. »Schätze mal, dass es allein in Cornwall fünfzig davon gibt. Sicher, dass das sein richtiger Name ist?«

»Ja, aber ich habe herausgefunden, dass er sich nach der Heirat mit einer Portugiesin einen neuen Namen zugelegt hatte. Leider muss er seinen Namen erneut geändert haben, nachdem seine Frau ihn verlassen hatte, als der Sohn gestorben war. Was hast du Dad?«

Geralds Gesicht zeigte blankes Entsetzen. »Du meinst doch nicht Pedro Dacosta?«

»Du kennst ihn?« Henry, der gerade sein Glas greifen wollte, zuckte zurück, als hätte er sich verbrannt.

»Du kennst ihn ebenfalls, Junge!« Traurig sah er seinen Sohn an. »Was für eine schreckliche Sache.«

»Nein, ich kenne keinen Dacosta!«, rief Henry aus und senkte erschrocken erneut die Stimme. »Was weißt du über ihn?«

»Pedro Dacosta hatte, nachdem seine Frau ihn verlassen hatte, seinen Job als Sicherheitsmann aufgegeben und die Ausbildung zum Detective begonnen. Er war dann ein Jahr in meinem Team in London. Guter Kriminalbeamter mit einem ausgezeichneten Gespür für Ungereimtheiten. Wurde dann auch sehr schnell Sergeant und sollte Penzance als Sprungbrett für seine weitere Karriere nutzen.«

»Dacosta war in Penzancet?« Bloombottem war perplex. »Aber warum hat denn keiner vom Revier was gesagt?«

»Falsch! Dacosta ist immer noch in Penzance. Allerdings hatte er kurze Zeit nach Beginn seiner Ausbildung bei uns seinen Namen geändert und heißt jetzt – Peter Smith.«

Wie vom Donner gerührt, starrte Henry seinen Vater an. »Peter Smith«, flüsterte er kaum hörbar. »Mein Gott! Für heute hat er seinen letzten Mord angekündigt. Ich muss los, Dad!«

Gerald schaute seinem Sohn erschöpft nach, als dieser sich einen Weg zum Ausgang bahnte, das Handy bereits am Ohr. *Peter, was hast du nur getan*, dachte er matt. *Du hättest es bis zum Super bringen können.* Erschrocken zuckte er zusammen, als die Bedienung sein Steak vor ihn hinstellte und ihn mit dem zweiten Teller in der Hand fragend ansah. »Tut mir leid, mein Sohn musste los. Notfall. Und mir ist gerade der Appetit vergangen.«

22:40 Penzance/Polizeirevier

Henry Bloombottem stürmte am erstaunten Hicks vorbei und lief die Treppe, zwei Stufen auf einmal nehmend, nach oben. Er riss die Tür zum Besprechungsraum auf. Ivy Clarks, die gerade zum Telefonhörer gegriffen hatte, sah ihn verblüfft an.

»Ich wollte dich gerade …«, weiter kam sie nicht.

»Wo ist der Chef?« Henrys Stimme überschlug sich fast.

»Er wollte in seine Pension. Ich kann ihn aber nicht erreichen, nur die Mailbox.«

»Ich hab's auch schon vergeblich bei ihm versucht. Ruf in der Pension an. Ich weiß jetzt, wer der Mörder ist!«

Sie merkte, dass ihre Finger begonnen hatten, zu zittern. Nur mit Mühe gelang es ihr, die richtigen Tasten zu drücken. Am anderen Ende wurde sofort abgenommen.

»PC Clarks. Ma'am, entschuldigen Sie die Störung, aber ich muss sofort den Chief Inspector sprechen!«

»Meine Liebe, da kommen Sie leider zu spät. Der Chief Inspector hat vor einer viertel Stunde einen Anruf bekommen und gleich darauf das Haus verlassen«, antwortete die freundliche Stimme von Mrs Cloud.

»Wissen Sie, wohin er gegangen ist?«, fragte Ivy Clarks verzweifelt.

»Er sagte, dass wieder eine Leiche gefunden wurde – im Penleen Quarry.«

»Danke, Ma'am.« Clarks legte den Hörer auf und schaute Bloombottem mit angsterfüllten Augen an. »Sie sagt, dass der Chief nach einem Anruf das Haus verlassen habe und zum Penleen Quarry gefahren sei. Angeblich ein neuer Leichenfund.«

»Leute, was ist denn los?« Barnabas Hicks lehnte an der Tür und unterdrückte ein Gähnen. »Bei mir ist keine Meldung reingekommen. Allerdings hat der Chef vor zehn Minuten angerufen. Er sagte, dass er sich jetzt auch auf den Weg machen würde. Dann gab es so ein komisches Piepsen, ihr wisst schon, wenn der Akku leer ist, und dann war die Leitung tot.«

»Verdammte Scheiße!« Henry raufte sich das Haar. »Wir müssen sofort los und du, Hicks, kümmerst dich um Verstärkung. Aber die Jungs sollen auf keinen Fall mit Blaulicht und Sirenen ankommen. Und wir brauchen unsere Waffen und die Wagenschlüssel.« Dann schaute er zu Clarks. »Was ist? Komm schon! Der Chef ist in Gefahr!«

Sie rührte sich nicht. »Wer ist der Täter, Henry?«

»Smith, Peter Smith!«, schrie der Sergeant. »Verflixt, komm in die Gänge. Der Dreckskerl hat den Chief in eine Falle gelockt! Und vergiss deine schusssichere Weste nicht!« Dann rannte er polternd die Treppe hinunter.

22:54 Mousehole/Penleen Quarry

Pantel lenkte seinen Spider vorsichtig über den Schotterweg, bis im Scheinwerferlicht die alte Zufahrt zum Steinbruch auftauchte. Er passierte das Tor und fuhr behutsam die steile, geschotterte Werksstraße bis zu einer Ausbuchtung hinunter. Dort parkte er seinen Wagen. Die letzten Meter wollte er lieber zu Fuß gehen, schließlich wurde der Platz direkt am Tatort von der Forensik benötigt. Er stieg aus und konnte am Ufer die Lichter eines Wagens erkennen. In deren Lichtkegel sah er die mit einer Rettungsdecke verhüllten Umrisse eines Leichnams. Daneben stand ein Mann im weißen Schutzanzug. Er erkannte Peter Smith, der ihm entgegensah und die Hand zum Gruß hob.

Na, wenigstens hat er dieses Mal daran gedacht, den Tatort nicht zu kontaminieren. Aber was soll der Blödsinn mit der Decke? Pantel streifte ebenfalls seine Schutzkleidung über und ging auf Smith zu.

»Schön, dass Sie so schnell kommen konnten, Sir!«, begrüßte ihn der Sergeant.

»Guten Abend, Smith! Dann wollen wir uns die Sache mal ansehen.«

»Gern, Sir«, erwiderte der Beamte und zog grinsend die Decke von der vermeintlichen Leiche. Pantel stutzte einen Moment, dann kochte Wut in ihm hoch.

»Was soll das, Mann!«, fauchte er den Kollegen, der einige Schritte zurückgetreten war, an. Im selben Moment zog dieser seine Waffe aus dem Overall und richtete sie mit einem bösen Lächeln auf Pantel.

»Tut mir leid, Sir, aber ich muss dieses hier und jetzt zu Ende bringen. Zu Ihrer Information, falls Sie es noch nicht bemerkt haben, Sie sind der Letzte auf meiner Liste.«

Pantels Gedanken rasten, und plötzlich wusste er, was ihn am Tag zuvor ungereimt vorgekommen war. Was stand noch im Brief des Mörders? *Sie glauben ja gar nicht, was für einen Spaß es mir bereitet hat, Sie auf Potts' und damit falsche Spur zu bringen.* Es gab lediglich eine Person, die ihn und die Kollegen auf Potts' Spur gebracht hatte – Peter Smith. Er war es, der Taylor angewiesen hatte, die Mitarbeiter des Seniorenheims zu überprüfen. Er war es, der sämtliche Ermittlungen zu Potts übernommen hatte und in der Lage gewesen war, Informationen über ihn gefiltert weiterzugeben. Er war allein in Potts' Wohnung und hatte die Gelegenheit, den gefälschten Pass und das Geld dort zu deponieren.

Pantel wurde klar, dass er nun auf sich allein gestellt war. Es gab niemanden, der hätte ahnen können, wo und vor allem in welcher Gefahr er sich gerade befand. *Du brauchst mehr Zeit*, schrie eine Stimme in seinem Kopf.

»Peter, oder soll ich Sie lieber Robert oder vielleicht Pedro nennen?«

»Ich denke, Sie sprechen Kollegen nur mit Dienstgrad oder Nachnamen an. Kommen Sie mir jetzt nicht mit irgendeiner Verbrüderungsscheiße!« Smiths Stimme triefte nur so vor Häme.

»Gut, Smith! Den Dienstgrad werde ich bei Ihnen sicherlich nicht mehr verwenden, denn Sie sind kein Polizist mehr, sondern nur ein armseliger Krimineller, der sein Leben nicht im Griff hat!«

»Vorsicht, Chief Inspector! Noch so eine Bemerkung, und ich erschieße Sie schneller, als ich eingeplant habe. Verspielen Sie nicht die paar Minuten, die Ihnen noch bleiben.«

»Smith, ich dachte, Sie wären so eine Art Rächer für ungesühnte Vergehen. Was habe ich getan, außer, anstatt Ihrer, die Stelle in Truro zu bekommen?«

Smith lachte laut auf und betrachtete sein Gegenüber belustigt.

»Das sind die Richtigen! Andere verurteilen, aber selbst genug Dreck am Stecken haben. Sagen Ihnen die Namen Benny Freeman und Claire Hampton etwas, oder haben Sie die beiden und das, was Sie ihnen angetan haben, wirklich erfolgreich verdrängt?«

Pantel zuckte zusammen. Woher wusste dieser Kerl von Benny und Claire? In seinem Leben hatte er zwei schreckliche Fehler begangen, und Smith hatte sie tatsächlich ausgegraben.

»Vielleicht kann ich Ihr Gedächtnis ein wenig auffrischen? Sie erinnern sich, als Sie mit fünfzehn Daddys Auto gestohlen und eine Spritztour damit gemacht hatten? Benny hatte das Pech, zur gleichen Zeit mit dem Fahrrad unterwegs zu sein. Hören Sie manchmal heute noch den Knall, als Benny auf die Windschutzscheibe aufschlug? Sehen Sie noch die riesige Blutlache, in der der leblose Körper des jungen Mannes lag? Sie sind damals von der Unfallstelle verschwunden, haben Benny verbluten lassen. Und was hat Ihr Daddy gemacht? Einen schicken Anwalt besorgt, der Sie rausboxte. Wie viel Pfund waren es genau, die Ihr Dad hinblättern musste? Fünfhundert?«

Pantel sah plötzlich alles wieder vor sich. Wie aus dem Nichts war der Radfahrer aufgetaucht. Pantel wollte reagieren, wusste aber nicht, wie. In seiner Panik hatte er anstatt der Bremse das

Gaspedal erwischt. Der dumpfe Aufprall, das Knirschen der berstenden Frontscheibe und dann diese furchtbare Stille. Pantel wusste, dass Smith recht hatte. Er hatte tatsächlich diese grauenvolle Nacht verdrängt. Vielmehr hatte er sich maßlos darüber gefreut, so glimpflich davongekommen zu sein. Er hatte sogar mit seinen Freunden diesen Erfolg später gefeiert! Der junge Mann und das Leid sowie die Trauer der Familie hatten ihn nicht weiter interessiert.

»Ich sehe Ihnen an, Sir, dass Ihr Gedächtnis wieder funktioniert!« Verächtlich musterte Smith seinen Vorgesetzten. »Dann lassen Sie uns doch gleich mit Claire Hampton weitermachen. Verdammt hübsches Mädchen. Jeder Junge an der High School wollte mit ihr in die Kiste steigen. Sie haben es dann schließlich geschafft und Peng! gleich ein Volltreffer. Ihr Vater hat Claires Familie dann mit 3.000 Pfund abgespeist – für die Abtreibung und als Schmerzensgeld. Sie waren wieder einmal aus dem Schneider, aber Claire hatte später versucht, sich umzubringen. Leider misslang das Vorhaben. Sie vegetierte fünfzehn Jahre im Wachkoma, bis der Himmel endlich ein Einsehen hatte. Haben Sie sie jemals besucht oder sich bei den Eltern entschuldigt?«

Pantel schüttelte den Kopf. Betroffen dachte er an das wunderschöne, sanfte Mädchen, das jede seiner Lügen und falschen Versprechungen geglaubt hatte. Zu seinem achtzehnten Geburtstag hatte sie ihm die große Neuigkeit voll Vertrauen geschenkt. Er hatte sich geschämt – nicht, weil er sie hintergangen hatte, sondern vor seinen Freunden, die sich über seine Dummheit, nicht richtig zu verhüten, lustig gemacht hätten. Sein Vater war explodiert. Er hatte ihm den weiteren Kontakt mit Claire verboten, nannte sie eine Schlampe und Herumtreiberin und hatte sich dann um alles gekümmert. Pantel war froh gewesen, dass sich für ihn keine Folgen ergaben.

Vielleicht war das ja die Strafe dafür, dass ich mit Sophie keine Kinder bekommen konnte, dachte er bekümmert.

»Nun schauen Sie nicht wie ein reumütiges Schaf!« Smith richtete die Pistole auf Pantels Kopf. »Ich werde Sie gleich von ihrem unwerten Leben befreien. Hat auch was Gutes! Dann sind Sie wieder mit Ihrer ach so geliebten Sophie vereint.«

Pantel schaute fast ergeben in den Lauf der Pistole, doch dann regte sich plötzlich Widerstand in ihm. Hatte er nicht mit der Kinderlosigkeit und dem Tod von Sophie sowohl für Benny als auch für Claire genug gebüßt? Fieberhaft suchte er nach einem Ausweg, als er aus den Augenwinkeln eine Gestalt an seinem Wagen vorbeihuschen sah. Er brauchte mehr Zeit.

23:00 Mousehole/Penleen Quarry

Henry Bloombottem trat das Gaspedal durch. Er musste sich auf die Straße konzentrieren. Ivy Clarks klammerte sich stumm an den Haltegriff über der Tür. Endlich tauchte die Einfahrt zum Steinbruch auf. Bloombottem bog mit quietschenden Reifen ein und merkte erst im letzten Moment, dass das Tor verschlossen war. Er trat hart auf die Bremse.

»Mist, wie kommen wir jetzt da rein?«, brauste er auf.

Ivy stieg wortlos aus dem Wagen und lief zum Tor. Dann eilte sie zurück.

»Ich konnte ganz hinten einen Lichtschein sehen. Los, wir fahren bis zu diesem B & B und gehen zu Fuß über den Trampelpfad zum südlichen Tor.«

Henry legte den Rückwärtsgang ein und schoss zurück auf die Straße. »Sag den anderen Bescheid, dass sie auch zum Südtor kommen sollen!«

Ivy griff zum Funkgerät und gab die neue Anweisung durch. Eine Minute später erreichten sie die Pension. Sie sprangen aus dem Wagen und hasteten die Böschung hinauf. Vor dem weit geöffneten Tor blieben sie nach Atem ringend stehen. Von hier aus war eindeutig das von Clarks beschriebene Licht zu erkennen.

»Wir gehen da jetzt rein. Ich werde den Weg nach rechts runter zum See nehmen. Du bewegst dich nach links und bleibst auf dem oberen Fahrweg. So hast du einen besseren Überblick und kannst mir den Rücken freihalten. Und wenn was danebengeht, knallst du Smith ab. Hast du mich verstanden?«

Sie nickte stumm. Ihr Herz schlug ihr bis zum Hals, und ihr Mund war vollkommen ausgetrocknet. Sie folgte Henry Bloombottem, und die beiden traten geduckt aus der Deckung der Büsche. Unten am Ufer sahen sie Pantel sowie einen anderen Mann in weißem Overall und einer Pistole in der Hand im Scheinwerferlicht stehen. Peter Smith. Einzelne Wörter waren leise zu hören.

»Ich hoffe, dass der Chef ihn noch etwas hinhalten kann. Drück uns die Daumen«, flüsterte Bloombottem der jungen Beamtin ins Ohr und verschwand in der Dunkelheit. Ivy Clarks bewegte sich so weit nach links, bis die Entfernung zu dem unter ihr sprechenden Smith am kürzesten war. Trotzdem kamen ihr Zweifel, ob ein gezielter Schuss von hier oben überhaupt möglich war. Sie legte sich flach auf den Boden und lugte über die Abbruchkante. Versuchsweise zielte sie auf Smith, der gut zwanzig Meter von ihr entfernt stand. Sie wusste, dass die *Glock* bei dieser Entfernung und unter optimalen Bedingungen eine Streuung von höchstens zehn Zentimetern hatte. Doch sie merkte auch, dass ihre Hand zitterte.

Bloombottem bewegte sich schnell und leise über den Schotter durch die Dunkelheit, bis vor ihm der im schwachen Licht matt glänzende Spider auftauchte. Gebückt lief er daran vorbei, bis ihn die Schatten der Felsen erneut verschluckten. Als er den Fahrweg, der direkt am Ufer des Sees entlangführte, erreichte, wendete er sich nach links. Eng drückte er sich gegen die Böschung, um nicht vom Scheinwerferlicht des Astras erfasst zu werden. Smith stand mit dem Rücken zu ihm, keine fünfzehn Meter entfernt. *Bitte, lieber Gott, lass den Chief entspannt bleiben, wenn er mich entdeckt.* Er atmete einmal tief durch und trat dann in den Lichtkegel.

Pantel erkannte Bloombottem, ohne Smith aus den Augen zu lassen, in dem Moment, als dieser im gleißenden Halogenlicht erschien. Er räusperte sich. »Eines müssen Sie mir aber noch erklären, Smith. Wieso jetzt? Wieso haben Sie mit ihrer Rache so lange gewartet?«

»Weil Sie der letzte Tropfen waren, der das Fass zum Überlaufen gebracht hat! Wären Sie nicht gewesen, könnten all die Menschen noch leben. Im Prinzip tragen Sie daran die Schuld, dass ...« Smith wirbelte nach links und starrte hinauf zur Abbruchkante, von der sich kleine Steinchen gelöst hatten und dicht neben ihm aufprallten. Er hob die Waffe und schoss. Ein kurzer, spitzer Schrei, eindeutig von einer Frau, durchdrang die Dunkelheit – dann Stille. Im nächsten Moment lag Smith unter dem wohlgerundeten Körper Bloombottems auf dem Boden. Dieser rang einen Augenblick mit dem sich wehrenden Täter, entwaffnete ihn und warf die Pistole in weitem Bogen gegen die Felswand.

»Los, Chief, Ivy ist oben! Ich werde mit dem Mistkerl allein fertig!«

Pantel spurtete los, schnappte sich aus seinem Wagen eine Taschenlampe und rannte zum oberen Fahrweg hinauf. Er ließ den Lichtstrahl über die Schotterpiste gleiten, und für einen Moment setzte sein Herzschlag aus. Hinter sich hörte er schwere Schritte und lautes Zurufen. *Die Kavallerie*, schoss es ihm durch den Kopf, doch es kümmerte ihn nicht. Er sah nur Ivy Clarks, zusammengekrümmt an der Abbruchkannte liegen. Er schrie den ankommenden Polizisten zu, sie sollen die Sanitäter herschicken, rannte los und ließ sich neben Ivy auf die Knie fallen. Ihr rechter Uniformärmel war blutdurchtränkt.

»Ivy, kannst du mich hören?« Behutsam berührte er sie an der Schulter. Ihr Gesicht war kalkweiß und Schweißtropfen glänzten auf ihrer Stirn. Langsam öffnete sie die Augen.

»Mir geht es gut, Sir!«, flüsterte sie und machte Anstalten, sich aufzusetzen.

»Klar geht es dir gut«, erwiderte er ironisch, doch sie konnte die tiefe Besorgnis in seiner Stimme hören. »Du bleibst liegen!« Sanft drückte er sie wieder zu Boden. »Falls du dich bewegen solltest, verpasse ich dir ein Disziplinarverfahren! Hast du das verstanden?« »Ja, Sir!«, antwortete sie matt lächelnd. »Und falls du noch einmal Sir zu mir sagst, wenn wir allein sind, gibt es eine Abmahnung!«

26. Juni 2020
2:45 Penzance/West Cornwall Hospital

Pantel saß auf einem der unbequemen Plastikstühle im Warteraum vor den OP-Sälen des West Cornwall Hospitals. Er war, trotz des massiven Protests der Rettungsassistenten, mit Ivy im Ambulanzwagen mitgefahren. Er hatte ihre Hand gehalten und beruhigend auf sie eingeredet, obwohl sie immer wieder wegdämmerte. Die von Smith ziellos in die Dunkelheit abgefeuerte Kugel hatte ihre rechte Schulter getroffen und nur knapp die Arterie unter dem Schlüsselbein verfehlt. Das Projektil hatten die Ärzte erfolgreich entfernen können, und nun wartete Pantel drauf, dass Ivy aus der Narkose aufwachte.

Bloombottems rot leuchtender Schopf erschien am Ende des sterilen Krankenhausflurs. Grinsend, mit zwei großen Pappbechern bewaffnet, ging er auf seinen Chef zu.

»Na, da hat das Mädel noch einmal Glück gehabt, was Chief?« Er gab Pantel einen der Becher, aus dem köstlicher Kaffeeduft strömte.

»Das können Sie laut sagen, Sarge! Einen halben Zentimeter weiter links, und sie wäre verblutet.« Vorsichtig nippte er an seinem Kaffee. »Und, wie ist der Stand?«

»Tja, erst einmal habe ich Ihnen Ihren Spider wohlbehalten vor die Tür gestellt.« Der Sergeant griff in seine Jackentasche und gab Pantel den Wagenschlüssel. »Smith wurde direkt nach Truro gebracht. Er hat herumgewütet und ständig geschrien: »Gott wird euch richten!«

»Will er erreichen, dass er für unzurechnungsfähig erklärt wird? Na ja, er ist sicher besser in einer Einrichtung für psychisch Kranke als im Knast aufgehoben. Die schweren Jungs würden ihm das Leben zur Hölle machen.«

»Mag sein, Sir. Aber ich glaube, dass er tatsächlich durchgeknallt ist.« Henry wedelte mit der Hand vor seinem Gesicht. »Die Spurensicherung ist im Steinbruch. Brown war so fuchsteufelswild, dass ich Angst hatte, er würde Smith totschlagen, als die beiden aufeinandertrafen.«

»Hoffentlich kommt Smith heil in Truro. Auf der Beliebtheitsskala seiner Kollegen wird er wohl ins Bodenlose gefallen sein.«

»Jenkins ist mitgefahren, Sir. Die wird schon auf ihn aufpassen.« Der Sergeant grinste. »Aber so eine richtige Abreibung hätte er sicher verdient!«

»Wissen Sie, Bloombottem, ich mache mir Vorwürfe, dass ich ihn sein Ding habe machen lassen, bloß damit ich Ruhe vor ihm hatte. Ich hätte ihm besser öfter auf die Finger schauen sollen. Außerdem, im Nachhinein betrachtet, hätte ich viel früher erkennen müssen, dass er etwas mit den Morden zu tun hatte.«

»Machen Sie sich mal keine Gedanken darüber. Wir haben doch alle gedacht, dass er sich so komisch verhält, weil er den Täter allein schnappen und die Lorbeeren dafür einstreichen wollte. Wer wäre denn auf die Idee gekommen, dass er in Wahrheit seine Arbeitszeit dafür genutzt hatte, zu morden, falsche Fährten zu legen und seine Spuren zu verwischen?« Bloombottem trank vorsichtig einen Schluck seines heißen Kaffees. »Übrigens hat der Super versucht, Sie zu erreichen.«

»Ach, und was wollte er?«

»Erst einmal hat er sich lautstark beschwert, dass Sie nicht ans Telefon gehen. Dann hat er so etwas wie ›Herzlichen Glückwunsch zur Lösung des Falls‹ gemurmelt, um schließlich darüber zu meckern, dass wir Smith nicht schon eher auf die Schliche gekommen sind.«

»Ausgerechnet er, der Smith in den Himmel gelobt hatte. Oder hat er sich dazu geäußert?«

Bloombottem lachte laut auf. »Sie kennen den Boss doch! Angeblich hätte er immer schon gewusst, dass mit Smith etwas nicht stimmt.«

Die Männer saßen einen Moment schweigend nebeneinander und hingen ihren eigenen Gedanken nach. Dann räusperte sich Pantel. »Übrigens, Sergeant, ich habe mich bei Ihnen noch gar nicht richtig bedankt. Sie und Ivy haben mir das Leben gerettet und Sie wissen ja, dass, einer chinesischen Weisheit nach, Sie beide ab jetzt für mich verantwortlich sind. Um Ihnen Ihre Aufgabe zu erleichtern, werde ich daher mit einem meiner strengsten Grundsätze brechen. Ich heiße Charles. Und dich werde ich ab jetzt Henry nennen, falls du nichts dagegen hast.«

Pantel streckte Bloombotten die Hand hin, die dieser sprachlos ergriff. »Außer natürlich bei formellen Anlässen«, fügte er schmunzelnd hinzu.

Henry fuhr sich mit der Hand durch die Locken. »Ähm, natürlich. Aber Chief darf ich doch trotzdem ab und zu sagen?«

Charles lachte laut auf. »Wenn du dich dann besser fühlst. Und jetzt erzähl mir, wie ihr auf die Idee gekommen seid, dass ich in Gefahr sein könnte.«

»Das war reiner Zufall«, begann der Sergeant erleichtert zu berichten. »Habe mich doch gestern Abend seit Langem wieder mit meinem Vater getroffen. Ein Wort ergab das andere und dann sagte Dad, dass Pedro Dacosta bei ihm in London im Team gewesen sei und kurz nach seiner Scheidung einen anderen Namen angenommen hatte. Als er den Namen Peter Smith aussprach, bin ich fast hinten rüber gefallen! So schnell war ich noch nie aus einem Pub raus«, erklärte er grinsend. »Gott sei Dank hatten Sie, ähm, ich meine Du, Mrs Cloud gesagt, wohin du gefahren bist. Sonst könnte ich jetzt meinen schwarzen Anzug aus dem Schrank holen.« Erneut entstand eine Pause.

»Übrigens, ähm, Charles, als ich gestern ins Revier gestürmt bin, hatte Ivy gerade herausgefunden, dass es im University Hospital in Plymouth nie einen Peter Potts gegeben hatte. Und da sie ja clever ist, hat sie sich natürlich gefragt, warum Smith gelogen hatte. Der einzige Grund, der ihr einfiel, war, dass Smith eine falsche Spur legen wollte. Ich bin mir sicher, dass sie daraus irgendwann die richtigen Rückschlüsse gezogen hätte. Allerdings wäre es für dich dann zu spät gewesen.«

»Danke, für dein Mitgefühl, Henry«, reagierte Pantel mit leichtem Spott.

»Und, kommt das Mädel jetzt mit nach Truro?«

Charles schob sich eine seiner Veilchenpastillen in den Mund.

»Sie hat sich noch nicht entschieden.«

Die Türen zum OP-Bereich öffneten sich, und ein Bett wurde herausgeschoben. Darin lag Ivy Clarks, klein, blass, erbarmungswürdig. Die beiden Männer standen auf.

»Ich weiß, ich weiß«, rief die OP-Schwester aus. »Wir bringen Ms Clarks in den Beobachtungsraum, und dann kann einer von Ihnen mit ihr sprechen. Aber nicht länger als fünf Minuten! Haben wir uns verstanden, Chief Inspector?«

»Ja, Ma'am!«, antworte Pantel artig und folgte dem Gespann in ein Zimmer, das mit Monitoren und anderen Kontrollgeräten vollgestellt war.

»Ich lasse Sie einen Augenblick allein.« Die Schwester wandte sich der Tür zu und rief dann über ihre Schulter: »Fünf Minuten!«

Pantel trat an das Bett und nahm vorsichtig Ivy Clarks' Hand.

»Meine Güte, was hast du mir einen Schrecken eingejagt!«, sprach er sie an. »Und das mit der verdeckten Beobachtung müssen wir noch ein wenig üben«, fügte er schmunzelnd hinzu.

Sie antwortete mit einem Lächeln.

»Wir haben Smith nach Truro gebracht. Damit hat dieser Albtraum endlich ein Ende! Ich selbst werde nachher ebenfalls nach

Truro fahren, aber ich werde dich besuchen und kontrollieren, ob du dich an das halten wirst, was die Ärzte sagen.«

Sie lächelte immer noch.

»Und falls du dich nicht schonen solltest, bekommst du mit mir Ärger!«

Nun nickte sie.

»Ruh dich jetzt aus. Wir sehen uns bald wieder.« Pantel trat vom Bett zurück und ging zur Tür.

»Charles!«

Überrascht drehte er sich zu Ivy um.

»Halte mir bitte die Stelle in Truro frei!«

Wenn ich tot bin, darfst du gar nicht trauern.
Meine Liebe wird mich überdauern
Und in fremden Kleidern dir begegnen
Und dich segnen.
Lebe, lache gut!
Mach deine Sache gut!
(Ringelnatz, aus »An M.«)

Epilog

26. Juni 2020
19:30 Truro/Redannick Cres

Pantel betrat seine Wohnung am Redannick Cres. Die Luft war abgestanden. Er öffnete die Balkontür und sog den würzigen Duft frisch gemähten Grases ein. Auch wenn er sich hier immer noch nicht richtig zu Hause fühlte, so war es doch besser als die Enge in der Pension. Er brachte sein Gepäck ins Schlafzimmer. Auspacken würde er morgen, hatte er sich vorgenommen. Dann verstaute er die Lebensmittel, die er besorgt hatte, in der Küche, öffnete ein Bier und ging zurück ins Wohnzimmer.

Er ließ seinen Blick kritisch durch den Raum schweifen. *Es wird Zeit, dass ich auch die restlichen Kartons auspacke,* tadelte er sich im Stillen. Spielerisch hob er einen Deckel der fünf Umzugskartons an, die er lustlos in eine Ecke des Zimmers geschoben hatte. Sein Blick fiel auf ein Buch mit hellblauem Einband.

Sophies Lieblingsbuch, das sie überall hin mitgenommen hatte, selbst in den Urlaub. Pantel hatte nie ganz verstanden, was Sophie an Ringelnatz so begeistert hatte. Er nahm das Buch heraus und setzte sich in seinen VOOG – Sophies letztem Weihnachtsgeschenk. Bequem lehnte er sich zurück, trank einen Schluck Bier und öffnete das Buch an der Stelle, an der die Ecke eines Zettels herauslugte. ›Ich habe dich so lieb‹ hieß das Gedicht. Pantel las die ersten Zeilen. Nein, diese Art von Poesie würde sich ihm niemals erschließen. Interessanter war da schon der gefaltete Briefbogen, den Sophie wohl als Lesezeichen benutzt hatte. Er faltete ihn auf, und ein Schauer lief ihm über den Rücken. Es war ein Brief an ihn, von Sophie an dem Tag geschrieben, als sie starb.

Liebster Charles,

wenn Du diesen Brief liest, werde ich aller Wahrscheinlichkeit nach nicht mehr bei Dir sein. Ich schreibe ihn, weil ich äußerst beunruhigt bin über etwas, das ich heute Nacht geträumt habe.
Ich stand in einem wunderschönen Garten. Die Sonne wärmte meine Haut, und der Duft unzähliger Blumen stieg in meine Nase. Bunte Schmetterlinge flatterten durch das endlose Blütenmeer, und die Vögel sangen, als wollten sie einen Wettbewerb gewinnen. In der Ferne konnte ich das blaue Meer sehen, darauf Dutzende von Segelbooten. Plötzlich erschien Granny. Sie trug ein weißes, wallendes Gewand und lächelte mir zu.
»Mein Liebling«, sprach sie sanft, »noch darf ich dich nicht umarmen, aber schon sehr bald werde ich dich herzen und küssen können, ganz so wie früher. Habe keine Angst vor dem, was kommen wird. Ich werde bei dir sein, dich in meine Arme nehmen und aus der Dunkelheit ins Licht führen.«
Dann verschwand sie und ich erwachte.
Sollte sich dieser Traum tatsächlich erfüllen, mache ich mir ernsthafte Sorgen um dich. Ich sehe dich schon vor mir: von Selbstmitleid und Trauer zerfressen und stockbetrunken. Und darum möchte ich mir mit diesen Zeilen etwas von dir wünschen:
Traure um mich, aber vergiss nicht, zu leben!
Denk daran, was ich dich gelehrt habe: Genieße jeden Augenblick deines Lebens. Mache ab und an etwas Verrücktes. Verkrieche dich nicht vor der Welt. Denke voll Freude an die schönen Momente, die wir gemeinsam hatten.

Auch wenn ich nicht mehr da bin, die gemeinsamen Erinnerungen werden immer da sein. Also schaue schmunzelnd und nicht verzweifelt zurück. Weißt du noch damals die Maus, die uns drei Nächte den Schlaf geraubt hatte? Was haben wir nicht alles getan, um sie zu fangen. Schließlich hat Nachbars Katze das Problem für uns erledigt. Oder der kleine Junge, der schreiend weglief, als er dich sah. Er dachte, du wärst Severus Snape (warum wohl?) und wolltest ihn verzaubern.

Und noch etwas: Wir haben uns Treue geschworen, bis dass der Tod uns scheidet. Nicht darüber hinaus! Also, wenn du auf eine nette Frau treffen solltest, die dich Griesgram wirklich haben will, dann greif zu!

So, und jetzt schauen wir mal, ob Granny mir mit diesem Traum tatsächlich eine Nachricht gesandt hat. Wenn ja, kannst du unbesorgt sein, denn in diesem Garten werde ich ein wundervolles Leben haben und auf dich warten.

Solltest du mir meine Wünsche allerdings nicht erfüllen, werde ich als Geist zu dir kommen und dir das Leben zur Hölle machen!

In Liebe
Sophie

»Du vollkommen verrücktes Huhn!«, stieß Charles schluchzend aus. Sorgsam faltete er den Brief und legte ihn zurück in das Buch.